- BEYZA ALKOÇ -
SINIRSIZ

İ N D İ G O K İ T A P

SINIRSIZ
Beyza Alkoç

Baskı: Ağustos 2020
ISBN: 978-605-2361-59-7
Yayınevi Sertifika No: 31594

Editör: Büşra Kanoğlu
Kapak Tasarımı: Yasin Öksüz

Baskı
My Matbaacılık San. ve Tic. Ltd. Şti.
Maltepe Mah. Yılanlı Ayazma Sok. No: 8 Kat: 2 Zeytinburnu / İstanbul
Tel: 0 (212) 674 85 28
Sertifika No: 47939

indigo
y a y

İNDİGO YAY. DAĞ. PAZ. REK. LTD. ŞTİ.
Tozkoparan Mah. General Ali Rıza Gürcan Cad. Metropol Center A
No: 31 İç Kapı No: 54 Güngören / İstanbul
Tel: 0 (212) 438 17 83 • Fax: 0 (212) 438 17 84
www.indigokitap.com • info@indigokitap.com

İNDİGO YAY Bir İndigo Kitap Yayın Dağ. Paz. Rek. Ltd. Şti. markasıdır.

- BEYZA ALKOÇ -
SINIRSIZ

İ N D İ G O   K İ T A P

Önsöz

Bazen zamanı unuttuğunuz, mekânı unuttuğunuz, kendinizi unuttuğunuz anlar olur. Çevrenizde ne olup bittiğini görmediğiniz, sesleri duymadığınız anlar... Birileri gider, bazı evler yıkılır. Birileri gider, bazı sesler susar. Birileri gider, bazı renkler kaybolur. Oysa bazı insanlar vardır, onlar gittiğinde yıkılmadık ev kalmaz. Tüm sesler susar, ortada renk kalmaz. Siyah beyaz bile göremeyiz hiçbir şeyi, siyah da bir renktir beyaz da. Kocaman bir boşluk oluşur tam hayatımızın ortasında. İşte ben bu kitabı o insanlara adıyorum. Bu kitabı hayatımda olan, hayatımdan çıktığında ardında ne ev, ne ses, ne renk bırakacak insanlara adıyorum. Evim dediğim, duyduğum her seste aradığım, hayatıma renk veren insanlara. Beni doğuran, bana bakan, "Bu kitaptaki Deniz gibi annesiz babasız mı büyüdün sen de?" sorusuyla şok olmama sebep olan anneme babama adıyorum öncelikle. Şoka girmiştim, çünkü yanımdaydılar ki her an, elimden tuttular her düştüğümde... Ve her seferinde tekrar tekrar o kadar çok düştüm ki, belki de bir teşekkür değil özür borçluyum onlara. Her seferinde elimden tuttular, her seferinde bırakıldığında yine kendi içime döndüm, yine kendi içime düştüm. Ama kendini çocuklarına adamak demek böyle bir şey herhalde, ben ne zaman karanlıkta kalsam o karanlığın içinde ne olduğunu görmeden, acaba zarar görür müyüz demeden ellerini uzatıp çekip çıkardılar beni o karanlıktan.

Hayatımdaki herkes, en ufak rolleriyle bile yeri geldiğinde elini uzattı bana. Ben o elleri tutmamak için inat ettim. Bir el daha uzandı, sonra bir el daha. Yürüdüğüm, yürümeye karar verdiğim her yolda hangi evin önünden geçsem bir kapı açıldı bana. Şansım vardı, yolum açıktı. Ama ben çok fazla dinlenmeyi seçtim. Açılan kapılardan girmeyi değil, o evlerin önündeki ağaçların altında dinlenmeyi seçtim. Neden bilmiyorum... dinlenip yorulmayı seçtim. Ama insanın hayatı yanında olanların onu sürüklediği yerdedir ve beni güzel bir yere sürüklediler. Beni büyüttüler. Beni sadece annem babam değil, ablam ve kardeşim bile büyüttü. Ablam bana "Sen kendi geleceğini göremiyorsun," dediğinde içimde bir kapı açtı, kardeşimin bile kendi hayatını düşünmesi gereken yaşta benimle ilgili umutları vardı. Kitabımı okuyan anneannemin yüzündeki gurur, teyzemin herkese beni anlatışı, minik kuzenlerimin gördükleri her kitabı "Bak senin kitabın!" diyerek bana getirmeleri...

Dünyaya yayılmak, ailede başlıyor biliyorum. Kocaman bir dünyanın içinde mutlu olmak istiyorsanız önce ailenizin içinde mutlu olmayı deneyin. Bunu mümkün kılabilirsiniz, sizin elinizde, biliyorsunuz. Bir dünya sizi okusun istiyorsanız, önce en sevdiklerinizin sizi okumasına izin verin. Ve emin olun, aile sadece akraba isimlerinden, kan bağından ibaret değil. Benim kendime gelmemi sağlayan, beni mutlu eden, çıktığım yollara beni geri sokan kim varsa ailemdir benim. Tüm aileme adıyorum bu kitabı. Bunu okuyup "Acaba beni de ailesinden sayar mı?" diyen herkese...

Size tek bir tavsiyem var, en korktuğunuz şey zarar görmek, üzülmek olmasın. En korktuğunuz şey zarar vermek, üzmek olsun. Son olarak, kendini hayata kapatıp yazmaya adayan bir insan değilim ve hiçbir zaman öyle bir insan olamadım. Bazen merak ediyorum, kendimi bir yere kapatsam, oradan hiç çıkmasam, hiç kimseyle konuşmadan hiç kimseyi görmeden sadece yazsam... Belki iki haftada bitirirdim aylarımı alan bu kitabı. Sonra kitaba bir bakardım, satırlara dokunurdum ve hiçbir şey hissetmezdim, biliyor musunuz? Hiçbir şey. Çünkü yaşanmışlıklarım olmazdı bu satırlarda. Ben Sınırsız'ı yazarken çok şey yaşadım. Hislerim değişti, duygularım değişti, düşüncelerim değişti. İnsanlar değişti, hayatımın anlamları değişti. Ben bu kitabı yazarken benim kalbim değişti, yaşadığım yer değişti, duymak istediğim ses değişti. Bir daha olmaz dediğim ne varsa oldu.

Yaşamam dediğiniz ne varsa yaşayacaksınız. Hissetmem dediğiniz şeyleri hissedeceksiniz, aklınızın ucundan geçmeyen cümleler dudaklarınızdan dökülecek. O yüzden, her şey, herkes bu kadar kolay değişebilirken hayatınızı fırtınaya yakalanmış bir kasabaya benzetin. Bulduğunuz en sağlam ağaca tutunun. Sizi bırakmayacak ve hep yanınızda olacak insanlar sizin en sağlam ağaçlarınızdır. Siz de onları bırakmayın. Ne yarı yolda ne yolun sonunda. Beni okuduğunuz için, beni okuyacağınız için, beni de, Cihan'ı da, Deniz'i de hayatlarınıza alacağınız için çok teşekkür ederim. Yeni hayatlarda görüşmek üzere!

Beyza Alkoç

Giriş

Türkiye'nin en ünlü inşaat markası "KARAHANLI"nın sahipleri bugün İstanbul'da buluştu. Karahanlı büyükleri, Ahmet Karahanlı, Murat Karahanlı ve Erdem Karahanlı yıllar sonra ilk defa aynı şehirde. Ev sahipliğini Ahmet Karahanlı yapıyor, üç kardeşten İstanbul'da yaşayan bir tek o kaldı, ne Murat Karahanlı Ankara'da olmaktan ne de Erdem Karahanlı İzmir'de olmaktan şikâyetçi. Şirketlerini üç büyük ilde gururla taşıyorlar.

"Sessizlik…" Ahmet Karahanlı, elindeki şarap kadehiyle birlikte kocaman masada ayağa kalktığında bütün gözler ona çevrildi. Sesler sustu, gülüşmeler bitti. Aldıkları milyonlarca dolarlık işi kutluyorlardı ve kocaman bir aile olmanın sevinciyle oldukça mutlulardı.

"Bugün burada olduğunuz için her birinize en içten teşekkürlerimi sunuyorum sevgili ailem! Oğlum, kızım, eşim, sevgili gelinim… Kardeşlerim, yeğenlerim, hepinize, her birinize çok teşekkür ederim. Biraz daha görüşmeseydik yüzlerinizi unutacaktım!" Salonda kahkahalar yankılanırken Ahmet Karahanlı'nın gözü tek tek çocuklarında, gelini Nehir Karahanlı'da, yeğenlerinde dolaştı.

"Gençler… ah, gençliğimizi görüyorum sizde. Biz de üç kardeş böyle delikanlıydık bir zamanlar. Kanımız deli gibi akıyordu. Sizin de akıyor, gözlerinizden anlıyorum, biricik yeğenlerim, çocuklarım… Ne kadar başarılı olacağınızı, hangi noktalara geleceğinizi söylememe gerek yoktur eminim. Her birinizden eminim. Burada olanlarınızdan da, olmayanlarınızdan da." Kaşları çatılı bir şekilde kardeşi Murat Karahanlı'ya döndü Ahmet Karahanlı.

"Sahi senin hayta oğlan nerede?" Murat Karahanlı zaten şu anda tam da bu konuyu düşünüyormuş gibi hayıflanarak bir nefes aldı.

"Cihan…" diye küfür eder gibi bıraktı nefesini Murat Karahanlı, "Hafta sonu motor yarışı varmış. Getiremedik." Ahmet Karahanlı yeğeninin deli dolu oluşuyla gurur duyar gibi parlak gözlerle gülümsedi ve başını salladı.

"Gençliğini yaşasın… Üstüne gitme." dedikten sonra gözü oğluna ve gelinine kaydı. Bora ve Nehir Karahanlı. Oğlunun gelininin arkasındaki yastığı dikkatle düzeltişini izledi. Bora Karahanlı karısının arkasındaki yastığı düzeltti, ona nasıl hissettiğini sordu ve *hemen sonra elini karısının şişkin karnına götürdü*… Bebeğini hissetmek hoşuna gidiyordu.

Ahmet Karahanlı onlara doğru huzur dolu bir bakış attıktan sonra konuşmaya devam etti. "Biz öldükten sonra birbirinizin ailesi sizler olacaksınız. Bizim olmadığımız zamanlarda birbirinizin yanında siz olacaksınız. Şimdi biliyorum, büyüklerin konuşmasından çok mutlu değilsiniz. Yüzünüzde 'yeter be amca' diyen ifadelerinizi görüyorum. Hadi, hadi yemeklerinizi yiyin!" Çocuklar gülüşürken Ahmet Karahanlı da yerine oturdu ve yemeğine başladı. İki yanında iki kardeşi, karşısında eşi, çocukları, yeğenleri, kardeşlerinin eşleri... Daha büyük bir mutluluk olabilir miydi onun için?

Yemek güzel gidiyordu. Masada herkes akrabalarıyla olmaktan oldukça mutluydu. Ama masanın en mutlusu tabii ki Bora Karahanlı'ydı. Mutluluğu gözlerinden okunuyordu. Bir dönemin duygusuz, mutsuz, sert yüzlü varisi şimdi mutluluktan ne yapacağını şaşırmıştı. Gözlerini, yanakları yediklerinden dolayı kıpkırmızı olan karısından ayırmak istemiyordu.

"Sevgilim, sen onu yeme. O acı. Geçen gün doktorunla konuştum acı yemenin doğumu hızlandıracağını söyledi. Sen bundan ye." Bora Nehir'in önüne bir tabak kazandibi bıraktığında Nehir inanamaz gözlerle döndü Bora'ya.

"Sen bensiz kadın doğum uzmanına mı gittin?" Bora bu şekilde sorulacak bir soru değilmiş gibi anında başını salladı teessüf eder bir ifadeyle.

"Sormam gereken sorular vardı." Nehir buna inanamıyordu. Daha aylar önce ped almaya zar zor yolladığı adam tek başına, takım elbiseleri içinde kadın doğum uzmanına gitmişti!

"Ne gibi? Yani bir erkek ne için tek başına kadın doğum uzmanına gider?" Konuşmalarını duyan Murat Karahanlı'nın eşi Filiz Karahanlı anında olaya atlayıverdi. "Karısını çok seviyorsa gider kızım! Murat da gitmişti!" Masada gülüşmeler olunca Nehir utanarak biraz daha kızardı ve Bora'ya kızgın bir bakış attı. Bora ise ona aşk dolu gözlerle bakıyordu.

"Doğru," dedi Bora Karahanlı, "seviyorum." Uzanıp karısının elini tuttu ve ikisinin ellerini Nehir'in karnında birleştirdi. Nehir kızsa da, anlam veremese de seviyordu bu adamı. Engel olunamaz ve bitmez bir sevgisi vardı.

Nehir ve Bora'nın bu halini gören Murat Karahanlı daha fazla dayanamayacaktı. Aklında dolanıp duran bir soru vardı ve bu soru onu yiyip bitiriyordu. Başını abisi Ahmet Karahanlı'ya çevirdi.

"Abi," dedi sessizce, "siz bu çocuğa büyü mü yaptırdınız?" Ahmet Karahanlı bir kahkaha atarak kardeşine döndü.

"Büyü gibi değil mi?"

"Büyü mü yaptırdınız, ne içirdiniz ne yedirdiniz bu çocuğa da böyle oldu? En son yıllar önce yaptığımız yemeğe sevgilisiyle buluşacak diye gelmemişti. Şimdi gözü karısından başkasını görmüyor. Siz bu çocuğu nasıl yola soktunuz?" Murat Karahanlı merak ediyordu, kendi oğlu Cihan'ın şimdiki hali Bora'nın önceki haline öyle çok benziyordu ki içten içe sonları da benzer mi diye düşünüyordu. Ama mümkün değildi. Cihan Karahanlı'nın birini insani duygularla sevmesinin imkânı yoktu.

"Zor oldu be Murat'ım..." dedi Ahmet Bey gözleri onlara daldığında, "Çocuğu mahvettik. Uğraştık, ezdik, yıktık. Onu mahvettik, âşık ettik onu. Zorla, çeke çeke âşık ettik. Önüne gencecik bir kız attık, ona muhtaç bir kız, sakat bir kız. Buna kimse duyarsız kalamaz. Birisi senin karşında sana muhtaçsa, ne durumda olursan ol yardım edersin. Bizim oğlan da öyle yaptı. Kızı sorumluluğu haline getirdi. Gerçi çok üzdü kızı, gelinim de mahvoldu. Ama sonra aynılarını yaşattık bizim oğlana. Onu kaldırımdan aldık başka yollara sapmasın diye yola getirdik. *Onlarınki bir yola getirme hikâyesi...*"

Murat Karahanlı'nın kaşları çatıldı. Bir şeyleri anlamaya başlıyordu.

"Yani bir oyun oynadınız, zorla evlendirdiniz?" Ahmet Bey başını salladı.

"Aynen öyle Murat'ım. Bakıyorum da plan kafana yattı." Murat Karahanlı abisine dönüp baktığında beyninde binlerce plan dönüyordu.

"Cihan için mi?" diye ikinci bir soru yöneltti abisi Ahmet Bey, Murat Karahanlı'ya. Anında başını salladı ağır ağır. Cihan Karahanlı hayatının kaldırımlarında dolaşıyordu. Her yola sapıp çıkıyordu. Artık bir yola girmesinin zamanı gelmişti.

"Evet. Cihan için." Üç kelime. İki cümle. Bu on üç harf o kadar çok hayatı değiştirecekti ki, kimsenin haberi yoktu.

"Bak ne diyeceğim," diye söze girdi Ahmet Karahanlı, "bir kız bul. Senin oğlanın sorumluluğunu almak zorunda kalacağı bir kız. Ankara'ya dönerken yanına Nehir'le Bora'yı da al. Biraz tatil yapsın çocuklar. Kız da eve geldiğinde yalnızlık çekmesin. Hem Cihan Bora'yı sever, bilirsin."

Murat Karahanlı'nın kafasında plan çoktan oluşmuştu. Her ayrıntısıyla ne yapacağını biliyordu. Geriye bir kız bulmak kalmıştı. Sadece bir kız bulacaktı ve onu oğlunun önüne çıkaracaktı. Oğlunu evlenmeye nasıl zorlayacağını bile çok iyi biliyordu.

Yemek bittikten sonra gençler bahçede ateş etrafında oturup sohbetler ettiler, eski anılarını anlattılar birbirlerine, aşk hakkında konuştular, Bora'ya defalarca Nehir'in hamile olduğunu öğrendiği ilk anı anlattırdılar. Nehir evlerinde Bora'nın dönüşünü heyecanla beklemişti o gün. Ama Bora bir türlü gelmek bilmiyordu. Toplantısı uzayabileceği kadar uzamıştı. En sonunda Nehir sinirlenip arkadaşı Nazlı'nın evine gitmişti. Bora Karahanlı gecenin 1'inde eve döndüğünde evde karısını bulamamıştı. Her yeri kontrol ederken gözüne yatak odalarının aynalı masasının üstündeki değişik aksesuar çarpmıştı. "Hassiktir..." demişti Bora Karahanlı. O bir aksesuar değildi. O bir hamilelik testiydi ve sonuç pozitifti. Bora Karahanlı deliye dönmüştü. Hayatında ilk defa hem bu kadar mutlu hem kendine bu kadar kızgındı. Merdivenleri yıkarcasına evden çıkışı, Nazlı'ya gidip Nehir'i buluşu ve daha Nehir hesap soramadan ona sıkıca sarılışı... O gece eve dönmek için caddeye indiklerinde Bora Karahanlı herkese tek tek baba olacağını söylemişti. Hayatlarının en mutlu gecesiydi. Daha mutlusunu bebekleri doğduğunda yaşayacaklardı.

* * *

İki gün sonra hep birlikte yola çıktılar. Murat Karahanlı, ailesi ve Nehir-Bora çifti birlikte Ankara'ya gidiyorlardı. Nehir ve Bora da uzun zaman sonra ilk defa şehir değişikliği yapacak olmaktan gayet memnunlardı. En son İstanbul'dan çıktıklarında İngiltere'ye gitmişlerdi ve birlikte berbat günler geçirmişlerdi. Şimdi her şey çok daha iyiydi, daha da iyi olacaktı.

Ankara'ya ayrı arabalarda vardıklarında Murat Karahanlı eşi arabadan indiği sırada yapacağı bir telefon görüşmesi için arabada şoförüyle birlikte kaldı. Abisi Ahmet Karahanlı'yı arayacaktı. Konuşmaya yolculuklarını anlatarak başladıktan sonra direkt konuya girdi. "Abi, ben düşündüm de aklıma doğru düzgün bir kız gelmedi. Bizim etrafımızdakileri biliyorsun, hep sağlıklı, göz yükseklerde, mevkisi de yüksek kızlar. Cihan onlarla aynı evin içinde olmaya dayanamaz. Bizim oğlanı biliyorsun, öyle kızları bir günden fazla yanında tutmaz. Bana masum bir kız lazım, bizim oğlanın sorumluluğunu almak zorunda kalacağı, iyi akıllı bir kız."

Ahmet Karahanlı telefonda duyduklarından sonra birkaç saniye düşündü. "Tamam Murat, ben de bir araştırayım. Bulalım temiz bir kız."

"Tamam abi. Soruştur bakalım. Ben de bakınacağım. Ne kadar çabuk olursa o kadar iyi."

Bu konuşma iki kişinin arasında geçiyor sayılmazdı, üçüncü bir kişi daha vardı. Murat Karahanlı'nın şoförü Cemil. Aklında muhteşem bir fikir vardı ve bunu patronuna söyleyip söylememek konusunda tereddüt içindeydi. Patronu telefon konuşmasını bitirir bitirmez ona doğru döndü. "Efendim, konuşmanıza istemeden kulak misafiri oldum da..."

"Söyle Cemil, işim var."

Cemil yutkunduktan sonra söze girip girmemek konusunda kararsız kalsa da dudaklarını araladı. "Efendim bir kız var..." Murat Bey anında başını kaldırdı. Kaşları çatık bir şekilde şoförünün yüzüne baktı.

"Kız mı?"

"Telefon konuşmanızı duydum. Benim tanıdığım bir kız var... Bizim hanım bir dönem, kısa süreliğine çocuk esirgeme kurumunda çalıştı, o sıralar orada küçük bir kız vardı 11-12 yaşlarında. İsmi Deniz. Bizim hanım oradan ayrıldıktan sonra da kızla bağlarını koparmadılar, bizim onu evlat edinecek maddi durumumuz yoktu o zamanlar. Ama kızla görüşmeyi kesmedik. Her hafta ziyaretine gideriz. Deniz şimdi 18 yaşında, yurttan birkaç hafta içinde çıkması isteniyor. Gidecek bir yeri yok, hayalleri var, okumak istiyor. Bir de tüm bunlar olurken... tüm bunlar olurken..." derken adamın gözleri doldu. Murat Karahanlı anında öne doğru eğildi ve olayı anlamaya çalıştı.

"Tüm bunlar olurken ne Cemil?"

"Kız geçen hafta hastalanmış. Eşimden rica etmiş, birlikte hastaneye gitmişler. Daha sonuçlar çıkmadı, ama doktorun %99 ihtimalle üzerinde durduğu bir durum var, kesinleştirmek için sonucu bekliyorlar. Kız büyük ihtimalle kanser efendim."

Murat Karahanlı donakalmıştı. Murat Bey oldukça yardımsever, iyi kalpli bir adamdı. Sokakta gördüğü köpekler, kediler için bile adamlarına emir verir, hepsinin karnını doyururdu. Şimdi bahsedilen gencecik bir kızdı. Küçük yaşta çocuk esirgeme kurumuna bırakılmış, hayalleri olan, okumak isteyen, gidecek hiçbir yeri olmayan, hasta bir kız. O an karar verdi Murat Bey. O kız onun gelini olacaktı. Kıza yardım edecekti, kızın da ona yardım etmesini isteyecekti.

O kızı, Deniz'i, oğlu Cihan Karahanlı'nın hayatına sokacaktı. Gerekirse çeke çeke yapacaktı bunu ama ikisini bir araya getirecekti. Çünkü birbirlerine ihtiyaçları vardı...

Hepimizin bildiği gibi, kelime anlamına bakınca cihan dünya demekti ve **denizsiz cihan olmazdı...**

1. Bölüm
Karahanlı Savaşları!

"Deniz, bitti mi işin?" Selma ablanın sesiyle başımı Aylin'in boyama defterinden kaldırıp ona baktım. Selma abla, kaldığım yurdun görevlilerinden biriydi. Kızların bulunduğu bölümden sorumluydu ve çoğu kimsesiz yurtlarının görevlilerine göre bizim için oldukça iyiydi.

"Bitti abla. Aylin sen kızın eteklerini pembe renge boyarsın, tamam mı tatlım?" Aylin başını kaldırdı. Mavi, sımsıcak gözleriyle yüzüme baktı ve başını salladı.

"Sen nereye gidiyorsun Deniz? Daha saklambaç oynayacaktık!" Beş yaşındaydı. Aylin yurtta en samimi arkadaşımdı ve sadece beş yaşındaydı. O buraya ben 13 yaşındayken getirildi. Daha birkaç günlük bir bebekti. İçimizde büyüdü, ısıtıcılarımız çalışmadığında montlarımızın içinde gezdire gezdire büyüttük onu. Elimizde olsa içimize sokardık. Her birimiz, sadece ben değil, onu çok seviyorduk. Bizim en küçüğümüz, en özelimizdi. Türkiye'deki yaş-cinsiyet karması en yüksek olan yurt bizdik. Eğer öyle olmasaydık belki de Aylin'i tanıyamazdım bile. Ama öyleydi ve benim kız kardeşim gibi sevdiğim bir minik vardı artık hayatımda.

"Bilmiyorum, gidince öğreneceğim. Birazdan gelirim ama tamam mı?" Oturduğum yerden kalktım, tam Selma ablaya doğru yöneliyordum ki Aylin elimi tuttu. Dönüp ona baktığımda koca mavi gözleri bana yalvarır gibi bakıyordu. Kaşlarımı çattım. "Deniz... geri geleceksin tamam mı?" Klasik yurt repliği. Burada herkes birbirine geri gelip gelmeyeceğini sorar. *Buradaki herkes gidenlerin geri dönmeyeceğine alışmıştır.* Kiminin annesi bakkala gidiyorum deyip geri gelmemiştir, kiminin babası gelip seni alacağım demiştir bir daha dönmemiştir. *Buradaki insanların en büyük korkusu birilerinin gitmesi.* Çünkü dönüşünün olmayacağına inanıyorlar. Onlar, yani biz, gitmeyi iki taraflı bir eylem olarak göremiyoruz. *Bize göre gidiş varsa, dönüş yoktur...*

"Geleceğim tatlım. İnan bana." Başını sallayarak boyama kitabına geri döndü. Boyamasına devam ederken ben Selma ablaya yöneldim. Birlikte odadan çıkıp koridora ulaştığımızda konuşmaya başladım. "Eğer yine yurttan çıkmam gerektiğini söyleyeceksiniz söylemeyin. Bunu zaten biliyorum ve araştırıyorum, bir şeyler bulmaya çalışıyorum. Bir iş bulabilsem... bir de ucuz bir ev... ama yok işte. Hiçbir vasfım, çalışma tecrübem yok. Tek başına yaşayan genç bir kıza da kimse ev vermek istemiyor. Benim gibilerine ne ev var ne iş. Hiçbir şey yok çün..." dediğim sırada Selma abla sözümü kesti.

"Onu söylemeyeceğiz kızım. Konu başka. Müdür Bey'in odasında bir misafirin var." Kaşlarımı çattım. Olduğum yerde kaldım ve bir an için, sadece bir an için içime bir umut doğdu.

"Annem mi?" Sorum buydu. Ağzımdan çıkan tek şey buydu. Hayatımda ilk defa bir misafirin var cümlesini duyuyordum ve annemin yıllar sonra bile beni gelip alacağına dair öyle büyük bir umudum vardı ki ilk sorum bu olmuştu. Selma abla bana baktı dolmuş gözlerle.

"Hayır Deniz. Üzgünüm… " Kabullenmek zordu. Ama yapılacak hiçbir şey yoktu. Yokluğuna alışmıştım, gelmemesine alışmıştım. Günlerce, gecelerce camlarda beklemiştim onu ama en sonunda umudum yitmese de gelmeyeceği fikrine alışmıştım. Başımı öne eğdim. Birlikte koridorda yürümeye devam ettik. Müdürün odasına geldiğimizde heyecanlı değildim. Annem değilse kim gelirse gelsin umurumda değildi. İçeri birlikte girdiğimizde başımı kaldırdım ve odaya baktım. Müdür Bey koltuğunda oturuyordu, önünde bir kahve fincanı vardı, tam karşısında zengin olduğu her halinden belli olan, bir alnında "BENDE PARA VAR" yazmadığı kalmış 55-60 yaşlarında bir adam oturuyordu. Adam beni görünce kaşlarını kaldırdı. Gözlerinin aydınlandığını gördüm.

"Evet, işte kızımız geldi." Müdür Bey bana eliyle o adamın karşısındaki koltuğu işaret edince tereddütle baktım. İstemeye istemeye yürüdüm ve tam karşısındaki koltuğa oturdum. Geçen sene yurttan ayrılan Esin'in bana bıraktığı kahverengi hırkamın uzun gelen kollarının içine sakladım ellerimi, çekinerek yüzlerine baktığım sırada. Adam bana umut dolu gözlerle bakıyordu.

"Deniz, Murat Bey'le tanış. Murat Karahanlı. Çok saygın bir iş adamıdır kendisi." Başımı kaldırdım. Yüzüne uzun uzun baktım adam bana gülümsediğinde.

"Ne istiyor?" diye sordum patavatsızca. Müdür Bey anında bana döndü yüzünde biraz daha nazik olmamı istediğini belirten bir ifadeyle.

"Beyefendi seninle özel bir konuda konuşmak istiyor. Ben sizi yalnız bırakacağım, lütfen nazik ol." Müdür Bey ayağa kalktığında gözlerim hâlâ adamın üzerindeydi. Böyle zengin bir adam beni nereden bulmuştu, benden ne istiyor olabilirdi? Müdür odadan çıkarken adam boğazını temizledi ve bana tekrar gülümsedi.

"Merhaba…" diye mırıldandı. Ama cevap alamayınca rahatsız olmuş gibi derin bir nefes aldı ve kahvesini masaya bırakıp devam etti. "Benimle konuşmaktan mutlu değilsin. Biliyorum. Kısaca durumu anlatacağım sana. Seni okutmak istiyorum, kalacak yer sorununu çözmek, maddi açıdan hiçbir sorununun kalmamasını sağlamak istiyorum. Okul konusunda da bir dershaneye yazılmak istiyormuşsun sanırım. Her şeyi halledeceğim." Art arda kurduğu cümleler karşısında şok içinde baktım yüzüne. Ne diyordu bu adam? Kimdi, ne istiyordu benden?

"Siz… kimsiniz?"

"Ben Cemil amcanın patronuyum. Bana senden o bahsetti. Durumundan… hastalığından…"

Cemil amca… Nurten ablamın kocasıydı. Bir nevi koruyucu ailem. Demek beni patronuna anlatmıştı. Yardımcı olması için. Ama hangi insan böyle bir şey yapmayı kabul ederdi? Bir sebebi olmak zorundaydı.

"Peki benden ne istiyorsunuz?"

Adam birden gülümsedi. "Anlattıkları kadar zekisin." Demek ki cidden bir şey istiyordu. Beynimde milyonlarca ihtimal sıralanmıştı ama hiçbirine değer veremiyordum. Çünkü benim ona yardımcı olabileceğim hiçbir konu yoktu. Ben Deniz'dim işte. Deniz Akay. Kimsesiz, hiçbir şeyi olmayan bir genç kız. Aklıma okuduğum bazı romanlar geldi. Yaşı büyük adamlar, kendilerinden onlarca yaş küçük kızlarla evlenmek için onlara para teklif ediyorlardı, bunu defalarca okumuştum.

Birden öfkeyle ayağa kalktım. "Bakın ben satılık değilim!"

Adam kaşlarını çattı. Şaşkın bakışlarla ellerini birleştirdi. "Seni satın almaya çalışmıyorum kızım." Kızım mı? Kızım diyorsa beni böyle bir amaçla istiyor olamazdı. Değil mi?

"O zaman... o zaman ne istiyorsunuz benden?" Eliyle oturmamı işaret etti. Dediğini yapıp oturdum uysal olmaya çalışarak.

"Senden ufak bir yardım istiyorum. Bir süreliğine bana yardım edeceksin. Sana olayı anlatayım. Bak kızım, benim bir oğlum var. Senden 5 yaş büyük. 23 yaşında. Ve haytanın tekidir. Yıllardır yola sokamadık onu. Motosiklet yarışlarında, kızların yanında, bar köşelerinde heba ediyor hayatını. Bizi dinlemiyor, yüzünü gördüğümüz bile yok. Bir yere bağlandı mı takılıp kalıyor. Onun bağlanacağı yeri, evi yapmak zorundayız. Ona tutunacak bir el vermek zorundayız. Ona bir sorumluluk kazandırmak zorundayız. Buna ihtiyacı var, yoksa hayatını mahvedecek. Onun tutunacağı el de bu ellerden biri..." diyerek iki elimi gösterince kaşlarımı çattım. Anlam vermeye, olayı sindirmeye çalışıyordum.

"Yani... ne istiyorsunuz?"

"Oğlumla evlenmeni istiyorum. Onunla hiçbir münasebete girmek zorunda değilsin. Sadece evlenip bizim yanımızda yaşamanı istiyorum." Ağzım bir karış açık şaşkınlıkla bakıyordum yüzüne. Ne dediğinin farkında mıydı bu adam? Bu adamın oğluyla mı evlenecektim? Beni tanımayan, benim tanımadığım biriyle? Öylesine birdenbire ortaya çıkıp biz evleniyoruz mu diyecektim?

"Siz delirdiniz galiba! Birbirini tanımayan iki insanı evlendirmeye çalışmak deliliktir. Ben tanımadığım biriyle asla evlenmem." Adam yüzüme anlayışla baktı ve başını salladı.

"Hastasın, kalacak bir yerin yok, hayallerin var, okumak istiyorsun. Sana üçünün de çözümünü sunacağım. Yeter ki plan işe yarasın. Oğlumu yola sokalım, sonra istersen ayrılırsın ve sana ömrünün sonuna kadar yardımcı olurum. Hem tedavilerin için hem hayallerin için. Senden bedeninle ilgili hiçbir şey istemiyorum. Oğlumun elini tutmak zorunda bile değilsin. Sadece yanında olmanı istiyorum. Bizimle yaşayacaksın, onun sorumluluğu olacaksın ve onu büyüteceğiz birlikte. Tek istediğim bu. Bak kızım, gençsin, güzelsin… hayallerine yazık etme. Sağlığını düşün. Ölmek mi istiyorsun? Çünkü bu şekilde öleceksin."

Yutkundum. Derin bir nefes almaya çalıştım, olmadı. Yüksek ihtimalle kanser olduğumu sonuçlar açıklanmamasına rağmen geçen hafta öğrenmiştim. Yüzüme karşı kimse öleceğimi söylememişti. Ben bile kendimi bu düşünceye alıştıramamıştım. Ama şimdi duyuyordum işte. Karşımdaki adam bana teklifini kabul etmezsem öleceğimi söylüyordu. Hayallerim vardı… Buradan çıkacaktım, güzel bir evim olacaktı, okuyacaktım… Karşımda duran adam bana hayatımı ve istediklerimi verebileceğini söylüyordu.

"Ben kabul etsem bile oğlunuz kabul etmez." Adam öne doğru eğildiğinde gözlerimi kaçırdım.

"Onu maddi desteğimi kesmekle tehdit edeceğim. Bizimle tek bağı bu. Parasız yaşayamaz. Kabul etmek zorunda kalacak. Bak kızım, sana istediğin hayatı vereceğimi söylüyorum. Bana şimdi kararını söyleyeceksin, seni yarın alacağım eve götüreceğim, evleneceksiniz. Hayatın değişecek."

Yurt müdürümüzün beni geçen hafta odasına çağırıp yaptığı konuşma geldi aklıma. Beni buradan kovmuştu. Kelimenin tam anlamıyla, evet, kovmuştu. Aylardır çıkmam gerektiğini söylüyordu ama gidecek bir yerim olmadığı için gidemeyeceğimi söylüyordum. O an o kadar utanmıştım ki... Gözümün önüne aynı konuşmayı bir daha yapabileceğim geldi. Dayanamazdım. Gözümün önüne doktorumun durumumun kötü olduğunu söylerkenki ifadesi geldi, kaldıramazdım. Gözümün önüne hayallerimin hiçbirine ulaşamama ihtimalim geldi, biterdim. Tükenirdim. Bunların tamamını yaşarsam mahvolurdum ben. Bedenimi istemiyordu benden. Dokunmak zorunda bile değilsin diyordu. Sadece bir ev verecekti bana, oğlunun arkadaşı olmam karşılığında, onu yola getirmem karşılığında sıcak bir ev, bir aile ve hayallerimi verecekti bana. Bana hayatımı geri verecekti.

Bu teklifi bir dakika düşünmeden reddedebilirdim. Ama altın cümleyi kurmuştu sanırım, öleceğimi söylemişti. Ölmek istemiyordum. Hayatım ne kadar berbat olursa olsun ben ölmek istemiyordum. Böyle olmazdı, istediğim hiçbir şeyi gerçekleştirmeden ölemezdim. Buna izin veremezdim.

"Tamam... ben... tamam..." Başımı ellerimin arasına alıp derin bir nefes almaya çalıştım. Murat Karahanlı rahatlamış gibi gülerek bir nefes bırakınca ayağa kalktım.

"Kabul ediyorum." diye mırıldandım.

O da ayağa kalktı ve tam karşımda gururla baktı bana. "Yarın sabah seni aldırtacağım. Yıldırım nikâhıyla evleneceksiniz." Gözlerimi kaçırdım. Bu gerçekten oluyor olamazdı.

"Tamam..."

"Şimdi gitmeliyim kızım. Bizim haytayla da konuşmam lazım." Adam kapıya yönelirken uzanıp görgüsüzce koluna dokundum. Durdu ve bana baktı.

"Şey..." diye mırıldandım çekinerek, "İsmi ne?"

"Kimin?" Kaşları çatıktı. Söylemeye çekiniyordum. Yutkundum. O an durumu anlamış gibi yüzü aydınlandı benim açıklamama gerek kalmadan.

"Cihan," dedi, "Cihan Karahanlı."

Sadece yüzüne bakakaldım. Cihan Karahanlı. Evleneceğim adamın ismi buydu. Hayatımı değiştirecek iki kelime buydu. Belki hayatımı cehenneme çevirecek, belki de bana cennetimi verecekti. Ama ne olursa olsun, bir şeyleri değiştirecekti. Hayatıma yeni bir insan giriyordu. *Hayatıma Cihan Karahanlı giriyordu...*

Sabah gözlerimi açtığımda yaptığım ilk iş Aylin'i uyandırmak oldu. Ona dün hiçbir şeyi açıklayamamıştım. Aptal boyama kitabının bir sayfası yırtılmıştı, buna saatlerce ağladığı için ona durup da ben gideceğim diyememiştim. Bugün diyecektim, bu sabah. Beni almalarına yarım saat vardı. Uyandığım gibi kahvaltı yapmak yerine çekmecenin bana ait olan bölmesini açtım. Müdür Bey'in bana yollattığı küçük valize eşyalarımı doldurmaya başladım. Bugün nikâh vardı. Onun için Esin'in giderken bıraktığı açık mavi yazlık elbisesini giyecektim. Tamam basit kaçacaktı ama daha iyi bir şeyim yoktu.

Üstümü değiştirdikten sonra aynanın karşısına geçip saçlarımı açtım. Saçlarım omzuma geliyordu. Hayatımda ilk defa saçlarımı bu kadar uzatabilmiştim ve bu çok bile sayılmazdı. Yurtları bilirsiniz, bitlenme riski az olsun diye uzun saç istemiyorlar. Oysa benim en büyük hayallerimden biri saçlarımı belime kadar uzatmaktı. Bundan sonra yapacaktım, gerçekleştireceğim ilk hayalim o olacaktı.

Saçlarımı tarayıp yüzüme hafif bir makyaj yaptıktan sonra ayağıma beyaz sahte vans ayakkabılarımı geçirdim. Topuklu ayakkabım yoktu, yani burada topuklu ayakkabısı olan birini bulamazdınız da zaten. Ama önemli değildi. Bunlarla da idare ederdim.

Hazırlığım tamamlandıktan sonra gelmelerine on dakika kala kahvaltıdan dönen Aylin'i kapıda yakaladım. Önüne doğru eğildim. "Canımın içi, sana bir şey söyleyeceğim."

"Aah ne oldu Denizaşkım? Bir yere mi gideceğiz yoksa?" Denizaşkım... Aylin onu dışarı götürdüğüm zamanlarda bana böyle hitap ederdi. Dolan gözlerimi yok saydım ve yutkundum.

"Ben gideceğim... sen değil..." Aylin'in kaşları çatıldı. Aylin yüzüme inanamayarak baktı ve bir adım geri gitti.

"Hayır gitmeyeceksin." dedi. Gidersem dönmeyeceğimi biliyordu.

"Aylin, sana yemin ederim seni her zaman göreceğim! Birbirimizi özlemeyeceğiz bile!"

"Hayır Deniz, hayır! Gitmeyeceksin!" Dizlerimin üstüne oturdum. Küçük ellerini ellerimin arasına aldım. Yalvaracaktım. Ağlamak üzereydim, titreyen sesimle ona yalvaracaktım.

"Aylin, canımın içi, söz veriyorum sana hep geleceğim." Aylin birden hıçkıra hıçkıra ağlamaya başlayınca kendimi tutamadım. Ona sarıldım ve onunla ağlamaya başladım.

"Deniz ne olursun gitme Deniz, ben sensiz yaşayamam, ne olursun beni de götür, sana yalvarıyorum, beni de götür!"

O kadar kötü bir yalvarmaydı ki bu, o an ona hayır diyemezdim. Ve aslında bakarsanız hayır demek istemiyordum da. Gözlerimi sildim. Sonra onun gözyaşlarını da kendi ellerimle sildim ve elini tutup ayağa kalktım. Aylin ne olduğunu anlayamadan koridora çıkardım onu.

"Ne oluyor Deniz?"

Hiçbir şey söylemeden onu hızlı adımlarla müdürün odasına götürdüm. Kapıyı çalmadan açtığım gibi içeri girdim Aylin'le birlikte. Müdür kaşları çatılı bir şekilde bize döndü.

"Müdür Bey, neler olduğunu biliyorsunuz. Dün o adam benden önce sizinle konuştu, biliyorum. Oğluyla evleneceğimi bildiğinizi de biliyorum. Şimdi, madem evleniyorum ben Aylin'i evlatlık olarak almak istiyorum."

Şok. Adam da, Aylin de şok içindeler. Evlatlık olarak alma deyiminin ne demek olduğunu beş yaşında olmasına rağmen en iyi Aylin biliyor. Bir sürü aileyle görüştü evlatlık alınmak için. Geleceğiz dediler, alacağız dediler, gelmediler de almadılar da.

"Ne? Deniz sen iyi misin kızım?"

"Gayet iyiyim," dedim kararlı bir tavırla, "onu istiyorum. Benimle gelecek. Aklım yerinde. O benimle büyüdü, bensiz yapamaz. Bu yüzden benimle gelmek zorunda."

"Prosedürler var…"

"Ne gerekiyorsa yapılsın."

"Tamam… Yani… şartlar var, biliyorsun. Önce evlenmen lazım. Sonra evliliğini, eşini ve aile hayatını incelememiz lazım. Ancak ondan sonra alabilirsin Aylin'i." Alt dudağımı ısırdım. Aylin masmavi gözleriyle gülerek bana bakıyordu.

"Yani şimdi biz bir evde mi yaşayacağız Deniz?" Aylin'in sorusuyla birlikte ona gülerek başımı salladım.

"Evet canımın içi. Ama bak, müdür beyi duydun. Senin biraz daha burada kalman gerekiyor. Sonra sana söz veriyorum seni yanıma alacağım. Kim ne derse desin sen benim yanımda olacaksın." Aylin bacağıma sarılınca eğildim ve saçlarını öptüm. Tam o sırada müdür beyin odasının kapısı çalındı.

"Girin!" Kapı açılınca içeri takım elbiseli bir adam girdi.

"Efendim, beni Murat Karahanlı yolladı. Deniz Hanım'ı almam için." Buraya kadardı. Burada işim bitmişti. Gidiyordum.

"Ah, evet evet, Deniz Hanım da burada. Denizciğim eşyaların nerede?" Müdür'ün yüzüne bile bakmadan adama döndüm.

"Siz arabaya geçin, ben eşyalarımı alıp geliyorum. Zaten az eşyam var."

"Peki Deniz Hanım."

Ardından Müdür Bey'e döndüm, Aylin bacağıma sarılı bir şekilde elimi tutarken başımı dikleştirdim.

"Sizinle kötü anılarımız oldu. Ama şimdi istediğiniz gibi gidiyorum buradan. Keşke biraz daha iyi bir insan olmaya çabalasaydınız, ama olsun, belki benim için çabalamadınız ama bir başkası için çabalarsınız. O günleri umarım görürüm. Her şey için teşekkürler." Odasından hiçbir şey söylemesini beklemeden Aylin'le birlikte çıktım.

"Deniz, ne zaman beni alacaksın?"

"Birkaç haftaya, canımın içi. O zamana kadar hep ziyaretine geleceğim, sakın üzülme, olur mu?"

Aylin başını sallayınca birlikte kaldığımız odaya girdik. Küçük valizimi aldım ve Aylin'e döndüm. Eğilip alnını, yanaklarını, saçlarını öptüm uzun uzun. Güzel kokusunu içime çektim.

"Sakın kimsenin seni üzmesine izin verme bebeğim. Yemeklerini ye, resimlerini boya, sıkı sıkı giyin, temiz bir kız ol ve akşamları erken yat. Ben hep yanında olacağım. Bir ihtiyacın olduğu an Selma abladan beni aramasını iste, tamam mı?" Aylin anlayışla başını salladı.

"Sen de kendine iyi bak Denizaşkım. Sıkı giyin." Gülümsedim.

"Tamam, giyinirim." Doğruldum ve derin bir nefes aldım, "Gitme vakti…" Aylin gülerek başını salladı.

"Hoşça kal Deniz, geri geleceksin, biliyorum."

"Geleceğim bir tanem. Hoşça kal." Kapıya gözlerimi ondan ayırmadan yöneldim. Kapının kulpunu çevirdim ve kapıyı açtım. Tam kapıdan çıkıyordum ki Aylin bir adım attı.

"Deniz!" Ona döndüm. Gözlerime bakıyordu bana inanmak istermiş gibi baktı.

"Yemin et." dedi.

"Ne için?"

"Geri geleceğine… yemin et." Kuşku… Beş yaşındaki bir çocuğun kalbine kuşku düşürmek, bu onun annesinin babasının suçu.

"Yemin ederim geri geleceğim. Hep yanında olacağım. Söz veriyorum." Gülümsedi. Ve bu gülümseme, bu yurtta gördüğüm son şey oldu.

Yaklaşık yarım saat sonra arabadaydık ve yolun sonuna ulaşmak üzereydik. Nereye gidiyorduk bilmiyordum, ama Çankaya taraflarında olduğumuzu tahmin ediyordum. Yol boyunca dışarıyı izledim. Hiç böyle tek başıma bir arabada oturarak yolculuk yapmamıştım. Minibüslerde, otobüslerde hiçbir zaman boş bir koltuk bulamamıştım. Boş koltuk bulabilenler hep şanslı kesimiydiler toplumun. Toplumda öyle bir sınıf bile vardı, boş koltuk bulabilenler sınıfı. Ben onlardan değildim. Deniz Akay'dım ben, her zaman otobüsün ortasında ayakta yolculuk eden, minibüslerde tutunacak yer bulamayıp defalarca düşme tehlikesi atlatan toplu taşıma şanssızı Deniz Akay.

Nihayet büyük bir villanın bahçesine girdiğimizde düşüncelerimden sıyrıldım ve derin bir nefes aldım. Kendimi garip hissediyordum. Evleneceğim adam, yanlarında yaşayacağım aile şu an bu duvarların, bu kapıların ardındaydı. Ne olacaktı, nasıl olacaktı? Hayatımın belli bir dönemini geçireceğim eve hoş gelmiş miydim?

Şoför inip benim kapımı açmak için koşarken zahmet olmasın diye kapıyı açıp indim. Şoför valizimi taşırken birlikte eve ulaşan dört basamağı geçtik ve şoför zile bastı. O an nefesimi tuttum, kimle ya da neyle karşılaşacağımı bilmiyordum. Kapı açıldığında gözlerim kocaman açıldı. Kapıyı bir hizmetçi açmıştı. Hemen yanında Murat Karahanlı, onun yaşlarında kızıl saçlı bir kadın, 19-20 yaşlarında esmer bir kız, yine o yaşlarda kızıl saçlı oldukça güzel -hatta sanırım hayatımda gördüğüm en güzel yüze sahip olan- genç bir kız vardı. Ah, genç dedim ama... hamile miydi?

"Hoş geldin Deniz! Geç içeri!" Murat Bey beni içeri davet ettiğinde bana uzattığı elini sıktım.

"Bu eşim Filiz. Bu kızım Zenan, Cihan'ın kardeşi. Bu da abimin gelini Nehir." Hepsinin bir bir uzattıkları elleri sıktım. Filiz Hanım çok heyecanlı görünmese de nazik bir şekilde gülümsüyordu. Zenan ve Nehir diye tanıttıkları kişiler ise bana sırıtıyorlardı, sanki bir an önce sarılmak istiyor gibilerdi.

"Çok memnun oldum." diye mırıldandım gözlerim Cihan Karahanlı'yı ararken.

"Zenan, çıkalım mı?" Nehir Karahanlı'nın sorusuyla birlikte Cihan'ın kardeşi heyecanla ellerini çırptı küçük bir çocuk gibi ve beklemediğim bir şekilde ikisi aynı anda birer koluma girdiler.

"Hadi gel, seni süsleyelim!"

"Ne?"

"Şşş, soru sormak yok!" Zenan beni susturarak merdivene yöneltince şaşkınlıkla yürümek zorunda kaldım. Birlikte merdivenleri bir bir çıktık, beni ilk katta bir koridora soktular. Gözlerim yine her yerde evleneceğim adamı arıyordu ama görsem bile tanımazdım ki.

Bir odanın kapısını açtığımızda bizi kocaman, lüks bir yatak odası karşıladı. Beş kişiye yetecek büyüklükte bir yatak, süslü bir avize, kocaman bir tuvalet aynası vardı. Oda kahverengi-lacivert tonlarda düzenlenmişti. Zenan beni çekiştirince Nehir'in yatağa oturduğunu ve elini karnına koyduğunu gördüm.

"Evet, şimdi öncelikle şu elbiseyi giymelisin. Beyaz, günün anlam ve önemine uygun!" Elime bir elbise tutuşturduktan sonra beni iterek odanın tuvaletine soktu ve kapıyı üzerime kapattı. "Çabuk ol gelin hanım! Vaktimiz çok az, dakikalar sonra nikâh başlayacak!"

"Tamam…" Elbisemi aceleyle çıkarıp nasıl olduğuna bile bakmadan beyaz elbiseyi üzerime geçirmeye başladım. O sırada dışarıdan gelen konuşmaları az da olsa duyabiliyordum. "Bora abi, Cihan abimle konuşmuş mu yenge? Abim ne durumdaymış?" Zenan'ın sesiydi bu. Cihan Karahanlı'dan bahsediliyordu.

Kaşlarımı çatarak elbisenin fermuarını kapatmadan kapıya dayadım kulağımı.

"Sakinleştirmeye çalışıyor. Deli çocuk içmiş biraz, kavga edecekti babanla neredeyse. Ama Bora halleder, en son baktığımda konuşuyorlardı." Demek ki Cihan Karahanlı bu evlilik fikrinden nefret etmişti. O an gerildiğimi hissettim, kim bilir beni görünce tepkisi ne olacaktı... Sıkıntıyla derin bir nefes alıp doğruldum ve beyaz dantelli askılı elbisenin yan fermuarını çekip sarıya dönük kumral saçlarımı sırtıma attım.

"Deniz! Hazır mısın?" Zenan'ın sesiyle birlikte başımı sallayarak çıktım tuvaletten.

"Vay canına!" dedi Zenan Nehir'le birlikte bana heyecanla bakarken, "Çok yakışmış!"

"Teşekkür ederim... sizin kadar güzel olmasam da..."

Zenan ufak bir kahkaha attı. "Yalan söyleyemem, Nehir yengemden güzel değilsin, ama benden güzel olduğun kesin. Gerçekten doğal bir güzelliğin var. Ama biraz makyaj yapmak zorundayız nikâha uysun diye. Gel, otur bakalım köle!" Zenan o kadar doğal davranıyordu ki kendimi farkında olmadan sırıtırken buldum. Dediği gibi tuvalet aynasının önündeki sandalyeye oturdum. O sırada Nehir'in de ayağa kalkıp yanımıza geldiğini gördüm.

Nehir Karahanlı yemyeşil gözleriyle benim ela gözlerimi inceledi uzun uzun. "Korkuyor musun?" diye sorunca ister istemez başımı salladım. "Ben de korkmuştum, seni çok iyi anlıyorum..." deyince kaşlarımı çattım. Ne demekti bu?

"Nasıl yani? Sen de mi..." Nehir gülerek başını salladı Zenan bana makyaj yapmaya çabalarken.

"Evet, sizin gibi evlendik Bora'yla, Cihan'ın kuzeniyle. İşler çok farklı gelişti ve âşık olduk. Ama yalan söyleyemem, senin işin çok daha zor. Bora en azından disiplinli bir adamdı. Sert de olsa, kırıcı da olsa sahip olduğu disiplin onu sorumluluk almaya zorluyordu. Cihan biraz daha şey... nasıl derler... Murat amcanın dediği gibi, hayta!" Zenan'la birlikte gülerek birbirlerine baktıklarında yutkundum. Beni neyin beklediği hakkında hiçbir fikrim yoktu. Ama kötü bir şeylerin beklediğine emindim.

"Tamam abim biraz öyledir, yani baş belasıdır işte, ama yine de şunu söylemeden geçemeyeceğim. Abim bir markadır benim gözümde. Cihan Karahanlı severse tam sever. Bir kere birini hayatına almayı kabul ederse bir daha bırakmaz. Kör kütük sever. Ama işte onu o noktaya getirebilmek dünyanın en zor işi. Yapabilirsen önünde saygıyla eğilirim. Bunu sana çok da korkma diye söylüyorum, sevmesi imkânsız değil. Severse harbiden sever."

Severse harbiden sever... Cihan Karahanlı, daha tanışmadan benim gözümde de bir marka haline gelmişti. İsmi soyadını söylemeden zikredilmeyecek tiplerden. Ben mesela sadece Deniz'im. Ama o Cihan Karahanlı. Aramızda bu kadar fark varken beni hayatına almayı kabul eder miydi? Bence etmezdi. Ama olsun, denemeye değerdi...

İşimiz bittiğinde ve son olarak Zenan'ın kırmızı topuklu ayakkabılarını zorla da olsa giydiğimde birlikte çıktık odadan. Nehir kocaman karnıyla birlikte düşmemek için koluma tutunuyordu. O kadar sevimli görünüyordu ki inanamazdınız. Yanakları kocaman, kıpkırmızı olmuştu. Üstünde pembe bir elbise vardı ve tam karın kısmında zar zor görünen üç yıldız vardı. O yıldızlardan biri kendisiydi, biri kocasıydı, biri de bebekleriydi belli ki. Çok anlamlıydı...

Merdivenlerden indiğimiz sırada heyecandan delirmek üzereydim. Aslında heyecandan değil, korkudan delirecektim. Orada onu göreceğimi biliyordum. Hayatına girmeye çalışacağım adamı görecektim birkaç saniye içinde, evleneceğim adamı. Neyle karşılaşacağımı bilmiyordum. Görüntüsünü de, vereceği tepkiyi de sorgulamadan evet demiştim, çünkü hayatımı geri kazanmak istiyorsam kabul etmek zorundaydım. Son bir basamak kala durdum, derin bir nefes aldım.

"Sakin ol, inan bana kötü bir şey olmayacak. Sana ters bir şey söylerse sen de ona ters bir şey söylersin olur biter. Cevabını vereceksin, kendini ezdirmeyeceksin." Başımı salladım Nehir'in kurduğu cümlelerden sonra. Haklıydı, cevabını verecektim, vermek zorundaydım. Büyük bir cesaretle bir yanımda Nehir ve diğer yanımdaki Zenan'la büyük salona doğru bir adım attım. Salonda bir sürü insan vardı. Şu an Nehir'e yaklaşmak üzere olan Matt Bomer'dan anladığım kadarıyla o Cihan değildi. Ve benim gözlerim bu kadar insanın arasında sadece bir kişinin üzerindeydi. Saçları kahverengi ve asker tıraşı yapılmış olan, benim iki katım gibi görünen, esmer, hafif sakallı, sert duruşlu o adamda. Cihan Karahanlı olduğuna emin olduğum, herkesten nefret eder gibi bakan o adamda. Ayakta durduğunu, yutkunduğunu gördüm. Gözleri gözlerimle buluştu. Kaşlarını çattı. Elinde olsaydı o an yemek masasında duran bıçaklardan birini alır üzerime fırlatırdı, yüzünün her halinden bunu okuyabiliyordum.

Garip bir an oldu. Salonda bir sürü insan vardı. Konuşmalar yapılıyordu. İnsanların ağzından cümleler çıkıyordu ama Cihan Karahanlı ve ben o an birbirimizden başka kimseyi görmüyorduk. Benim gözlerim onun üstündeydi, ona korkuyla bakıyordum. Onun gözleri benim üstümdeydi ve bana korkutmak ister gibi bakıyordu.

"Hadi, abimle tanış!" Zenan beni kolumdan çeke çeke götürmeye çalışınca düşmemeye çalışarak korkuyla peşinden ilerledim. Bakışlarını üstümden çekmiyordu. Ben ilerledikçe bana bakıyordu. En sonunda Zenan beni onun önüne atıp, orada tek başıma bırakıp gidince ne yapacağımı bilemedim. Titriyordum. Korkudan titriyordum. Hiçbir şey söylemeden elaya kaçan kahverengi gözleriyle direkt gözlerime bakıyordu.

"Merhaba..." diye mırıldandım, "Ben..." Kaşlarını çattı o an. Kaşları çatık bir şekilde yüzüme garip bir şey söylemişim gibi baktı ve dudaklarını araladığı gibi tereddüt bile etmeden konuştu.

"Sana benimle konuşabileceğini düşündürten ne oldu?" Donakaldım. İçim de dışım da dondu o an. Bu kadar olacağını tahmin etmemiştim. Cihan Karahanlı, beni ilk saniyede soyut duvarlarına çarptırmıştı. Yüzümün yandığını hissediyordum. Güçlü olmak zorundaydım. Soğuk bir savaşın ortasındaydık, Nehir'in dediği gibi, o bana ters konuşuyorsa ben de ona öyle konuşmak zorundaydım. Duruşumu dikleştirdim.

"Bana seninle konuşamayacağımı düşündürten hiçbir şey göremedim. Bu yüzden geldim." Yüzünde milim kıpırdanma görmedim. Sadece gözbebekleri baştan aşağı süzdü beni ve ardından tekrar gözlerimde sabitlendi.

"İyi, şimdi öğrenmiş ol. Ben seninle konuşmadığım müddetçe, sen benimle konuşamazsın." Yanımdan çekip gidiyordu ki bir an bir şeyler yapmak zorunda hissettim. Onu benimle evlenmeye zorlayan ben değildim. Zorlanan taraf oydu. Babası onu maddi imkânlarını elinden almakla tehdit ettiği için evleniyordu benimle. Mağdur durumunda olan oydu, evlenmek zorunda olan taraf yani sorun çıkarmaması gereken taraf oydu. Bu yüzden cesur olmalıydım, beklenmeyen bir cesaretle ona döndüm.

"Cihan Karahanlı!" dedim bana kendisine çikolata verilmiş kedi gibi anlam vermeye çalışarak döndüğünde, "Bir hayat konuşmadan geçmez. Benimle konuşmaya alışsan iyi olur. Ömrün benimle geçecek. Ben..." dedim cesaretim fazla geldiğinde yutkunarak, "senin karın olacağım. İstesen de istemesen de."

Bana acır gibi güldüğünü gördüm. Başını onaylamaz bir ifadeyle sağa sola doğru salladı. "Konuşacağız." dedi ağır ağır, "Madem bu kadar çok istiyorsun, gece olduğunda, yatakta çok güzel konuşacağız."

Dumur olmak deyimini bilir misiniz? Donakalmak, salak gibi bakakalmak, kıpırdayamamak, şoka girmek, hiçbir şey diyememek... Dumur oldum. O an saf gibi korku içinde yüzüne baktığım sırada Cihan Karahanlı bana kurabileceği en kötü cümleyi kurdu ve tepkime göz kırparak çekti gitti önümden.

Hani demiştim ya, bir savaştayız diye. Bir savaşta değil, savaşlar silsilesindeydik ve ilk maçı Cihan Karahanlı almıştı. Çok net, bir sıfır öndeydi.

2. Bölüm
Duvar Karahanlı!

Çocukken futbol maçına çok karıştım. Yurdum karma olduğu için erkeklerle büyüdüm ben ve tahmin edersiniz, çok fazla oyuncak bebeğe sahip olma şansım yoktu. Ama her yurtta mutlaka bir tane futbol topu bulunduğu gibi bizde de vardı. Çok iyi hatırlıyorum, beni her seferinde ama lanet olsun ki her seferinde kaleci yaparlardı. Buna bozulsam da altı-yedi yaşlarındaydım ve itiraz etme imkânım yoktu. Her seferinde kaleye geçerdim ve görüp görebileceğiniz en iyi çocuk kaleci rolünü canlandırırdım. Kimse benim önünde olduğum kaleye gol atamazdı. Her gol kurtarışımdan sonra omuzlarında taşırlardı beni. Ömer, Serkan, Burak, Caner, Sinan... Hepsinin omuzlarında gezerdim. İsmimi bağırırlardı tezahürat edasıyla. Ne garip değil mi? Hayatımızda hiçbir eksik yokmuş gibi davranıyor olmamız, ne garip... Terk edilmemişiz gibi, hiçbir sorunumuz yokmuş gibi, her şey tamammış gibi, derdimiz yokmuş gibi, gelecek kaygımız yokmuş gibi her şeyi boş verip bahçede futbol oynamamız çok garip değil mi? Eğer bir gün onlarla yeniden bir araya gelme fırsatım olursa bir futbol maçı daha isteyeceğim. Son bir futbol maçı daha. Çünkü o eski umursamaz şampiyonluk günlerine dönmeye ihtiyacım var. Belki de bunun sebebi o günlerdeki umutlu halimi özlüyor olmam. Umutluydum, yeni terk edilmiştim, daha birkaç yıl geçmişti ve terk edilmeye ne kadar yakınsanız o kadar umutlu oluyordunuz. Yıllar geçtikçe bitti benim umudum. *Ben büyüdüm, umudum benim büyüyüşümle küçüldü.*

Şimdi buradayım, bir futbol maçının ortasındayım. İki kişilik bir maçtayız. Deniz Akay ve Cihan Karahanlı. Hem kalelerimizi korumaya çalışıyoruz hem gol atmaya çalışıyoruz. Bir o attı, bir ben attım, bir o attı ve öyle kaldı. İlk maçı kazanan o oldu. Söylediği son cümle dumura uğrattı beni. Gece dedi, yatakta dedi, konuşacağız dedi. Böyle bir şey olmayacaktı. Bu, mümkün olmayan bir halüsinasyondan ibaretti. Cihan Karahanlı bana tecavüz sınırlarına girmediği sürece elini bile süremezdi. Yine de ona bunun cevabını vermeye alışık büyümemiştim. Yurtta büyüyüp her gün hor görülüp ruhunuz ne zaman kanatlanmak istese kendinizi durdurduğunuz bir hayattan sonra kalkıp da birine kolay kolay sen bana elini süremezsin diyemiyorsunuz. Her gün yaptığınız bir şey değil. Yavaş yavaş öğreneceğim. Tamam, bana elini tabii ki süremeyecek. Ama bunu yüzüne söyleyebilecek insan ben değilim.

O istediği kadar gol atsın benim kaleme. *Ben bu kalenin önünden çekilmeyeceğim.*

"Evet çocuklar, hadi nikâh masasına oturun, nikâh başlıyor!" Murat Karahanlı'nın telaşlı sesiyle birlikte yutkundum. Düşüncelerimden sıyrıldıktan sonra gözlerim nedense Nehir'in üstüne kaydı. Nehir ve kocası Bora'nın... Çok mutlulardı. Bora Karahanlı karısının üstüne doğru eğilmiş elbisesinin düğmeleriyle oynuyordu ve ilgili bir şekilde bir şeyler anlatıyordu. Çok merak ediyordum, onların nikâh günleri nasıl geçmişti? Eğer

Bora Karahanlı da Cihan Karahanlı gibiyse nasıl olmuştu da bu hâle gelmişti? Aşk mıydı bunu yapan, yoksa maharet Nehir Karahanlı da mıydı?

"Hadi Deniz, hadi abi!" Zenan beni belimden iterek ihtişamlı beyaz sandalyelerden birine oturttuğunda gözüm Cihan Karahanlı'ya kaydı. Asker tıraşı yapılmış saçlarını kaşıyordu, oldukça sert ve nefret dolu görünen yüzü bir an önce üstündeki takım elbiseyi yırtıp atma isteğiyle doluydu. İstemeye istemeye ağzından anlaşılmayan bir küfür savurarak yanıma oturduğunda derin bir nefes aldım. Tanrı biliyordu ya, maharet kimde olursa olsun benim işim çok zordu.

Ben bir insanla evlenmiyordum. *Ben bir duvarla evleniyordum.* Nikâh memuru ve daha önce hayatımda bir kez bile görmediğim şahitlerimiz de masada yerini aldıklarında bundan sonra hayatımda olacak yeni akrabalarıma şöyle bir baktım. Kimse bu evlilikten çok mutlu görünmüyordu, daha doğrusu hepsinin yüzünde bir telaş vardı, sanki hepsi içlerinden dua ediyordu. Sanki hepsi Cihan'ın tek hareketiyle beni yere serebileceğini hissediyorlardı da böyle bir şey olmasın diye dua ediyorlar gibiydi. Zenan'ın dua ettiği çok açıktı, gözlerini kapatmıştı sesi çıkmıyordu ama dudakları oynuyordu. "Allah'ım ne olur abim delirmesin, ne olur abim delirmesin, lütfen Allah'ım yalvarırım abim delirmesin…" gibi bir şeyler dediğine de emindim çünkü yanımda oturan bu duvarda her an delirebilecekmiş gibi bir tip vardı.

"Belediyemize yapmış olduğunuz nikâh başvurusunda…" Konuşma başladığında gözüm Nehir'e kaydı bir kez daha. Ne vardı bilmiyordum ama Nehir Karahanlı'da beni çeken bir şey vardı. Gariptir ki onun gözleri de benim üstümdeydi, farklı bir ifadeyle bakıyordu. Sanki destek vermek istermiş gibi, sanki yardım istiyormuşum da yardım etmeye hazırmış gibi. Bilmiyorum, kendimi ona çok yakın hissediyordum. Ve bu iyiydi. Şu anda en azından bu salonun içinde, baktıkça kendimi rahat hissetmemi sağlayan bir insan vardı. Bana iki gözünü birden kırptı ve nazikçe gülümsedi. Ben de titrek bir şekilde başımı salladım ve nikâh memuruna döndüm.

"Siz, Nazım ve Tomris Akay'dan doğma Deniz Akay..." Yutkundum. Annemin ve babamın adını yıllar sonra ilk defa birinin ağzından duymak, onların ismini yan yana duymak, onları yan yana görmüşüm gibi hissettirdi. Vurgun yemiş gibi baktım nikâh memuruna, derin bir nefes aldım ve titreyen başımı toparlamaya çalıştım. "Murat ve Filiz Karahanlı'dan doğma Cihan Karahanlı'yı eşiniz olarak kabul ediyor musunuz..." derken başımı Cihan'a çevirdim. Yüzüme bakmıyordu. Sesi çıkmıyordu. Nefes almıyordu. Duvarı izliyordu. Kimsede değildi gözleri. Bunca insan arasında gözleri insanların hepsini delip geçmiş ve duvarın bir noktasına sabitlenmişti.

O duvarda ayna yoktu, ama biliyordum, Cihan Karahanlı kendisini izliyordu. Gözler bana yönelmişken, Zenan dua katsayısını ikiye çıkarmışken başka bir çarem olmadığını çok net bilerek başımı salladım. Cihan'ın bana bakmıyor oluşu beni incitse de yutkundum ve nikah memuruna döndüm.

"Evet..." diye fısıldadım ve tekrarladım, "Evet."

"Siz, Murat ve Filiz Karahanlı'dan doğma Cihan Karahanlı, Nazım ve Tomris Akay'dan doğma Deniz Akay'ı eşiniz olarak kabul ed..."

"Evet."

Şok içinde Cihan'a döndüğümde bir kez daha duruşunu bozmadan bir asker edasıyla dimdik ileri baktığını gördüm. Adamın sorusunu bitirmesini bile beklememişti. Cevabı netti, kabul ediyordu. Ve bana sorunun bitimine kadar bile tahammül edemeyecekti. Nikâh memuru tereddütle Murat Karahanlı'ya dönünce Murat Bey'in adama rica eden gözlerle baktığını gördüm. Arkadaş oldukları belliydi. Başkası olsa soruyu tekrarlardı. Bakışlarımı bir kez daha incinerek Cihan Karahanlı'dan başka yöne çevirdim. Dinlemiyordum, dinlemeyecektim. Şahitlerin evet dediğini nikâh defteri önüme gelince fark ettim. İmzamı ismimin altına attım ve defteri nazikçe Cihan'a uzattım. Kalemi elimden sertçe çekip imzasını attığı gibi ayağa kalktı ve dimdik duvarı izleyerek beklemeye başladı. Tereddütle ayağa kalktığımda nikâh memurunun ve şahitlerin de ayakta olduğunu gördüm.

"Ben de sizleri karı koca ilan ediyorum!" Alkış. Gürültüler. Yüzüme bile bakmadan kalabalığın arasına karışıp merdivenlere yönelen Cihan Karahanlı. Ağlamak istiyordum, formalite evliliğin bile en kötü versiyonunu yaşıyordum, ben bu hayatta neyin güzelini hak ettim ki?

Kendimi tebriklerin arasında ve Cihan'ı arayan gözlerin ortasında bulduğumda bir elin beni çekiştirdiğini fark ettim. Başımı kaldırıp Nehir Karahanlı'yı görünce gülümsemeye çalıştım. Beni merdivenlerin başına çekti. Yüzü öfkeli görünüyordu.

"Sakın izin verme." diye mırıldandı, kaşlarımı çattım.

"Neye?"

"Bak, sessiz kalmasına, çekip gitmesine izin verme Deniz. Kavga da etseniz konuşun. Yoksa yola gelmez. Ortaya laf atacaksın, onu sinirlendireceksin ve sinirden delirişini ama sana hiçbir zarar veremeyişini izleyeceksin. Cihan'ı az da olsa tanıyorum. Masum, kimseye zarar vermez. Serttir, öfkesini içinde yaşar, ama senin gibilere zarar vermez. Eğer sessiz kalıp seni görmezden gelmesine izin verirsen onu yola getirme işini unut. Cihan Karahanlı böyle yola gelmez."

"Ama... elimden bir şey gelmez ki. Çekip gidiyor, yüzüme bakmıyor, konuşmuyor." Çaresizce Nehir'in yemyeşil gözlerine baktığımda bana bu konularda acemiymişim gibi gülümsedi ve kolumu sıvazladı.

"Tek yapman gereken biraz yüzsüzlük. Bir şeyler söyleyip dur, onu gıcık et işte. Küçük çocuk mantığı. Biraz çocukluğuna dön. Cihan da daha çocuk, birlikte birbirini gıcık eden iki küçük çocuk oluverin, tamam mı?" Plan mantıklıydı ama bende bunu gerçekleştirebilecek kondisyon yoktu işte. Sıkıntıyla nefesimi bıraktım ve başımı salladım.

"Elimden geleni yaparım... Nehir... çok teşekkür ederim..."

Gözlerini kırparak sımsıcak bir gülümseme verdi bana Nehir Karahanlı. "Önemli değil, seni çok iyi anlıyorum... Sakın ama sakın seni üzmesine izin verme. Hak etmiyorsun." Başımı salladım. Haklıydı. Hak etmiyordum. Yeterince üzülmüştüm ve daha fazla üzülmeyecektim, buna izin vermeyecektim. Başımı dikleştirip yutkunduğumda Murat Karahanlı'nın bana doğru geldiğini gördüm. Beni kolumdan tuttu. "Deniz, biraz yukarı çıkmamız gerek. Cihan ve seninle konuşmam gereken bazı şeyler var."

Tereddütle başımı Nehir'e çevirdiğimde Nehir'in başını salladığını gördüm. Ondan onay aldığım için anında Murat Bey'e döndüm. "Tamam. Olur."

"Gel bakalım."

Murat Karahanlı'yla birlikte merdiven basamaklarını bir bir çıktık. Yol boyunca konuşmadık. İkinci kat koridoruna ulaştığımızda koridorun sonundaki odadan gelen gürültülü metal şarkı sesiyle gözlerimi kıstım. Bu evde metal dinleyen mi vardı?

"Ah bu oğlan…" Murat Karahanlı söylenince kaşlarımı çattım. Cihan mıydı dinleyen? Şaka mı?

"Oğlunuz… yani Cihan metal mi dinliyor?"

"Hastasıdır. Bayılır bangır bangır müzik dinlemeye." Cihan Karahanlı'yla anlaşamayacağımız bir nokta daha. Ben İncesaz filan dinliyorum, kocam metal dinliyor.

Murat Bey benim için yatak odasının kapısını açıp içeri girmemi bekledi. İçeri girdiğimde odanın küçük koridorunu geçtik ve sonunda yatağının başında ayakta durmuş telefonuyla uğraşmakta olan Cihan Karahanlı'yı gördük. Takım elbisesinin ceketini çıkarmıştı, gömlek düğmelerini tek eliyle açmaya çalışıyordu telefonuyla uğraşırken. Murat Bey eğilip müzik çaları kapatınca Cihan öfkeyle başını kaldırdı. Gözleri önce benimle buluştu. Bana benden iğrenir gibi baktıktan sonra babasına döndü.

"Keşke odada olduğunu haber verseydin baba." Tekil konuşuyor. Burada benim de olduğumu bile görmezden geliyor. Vay canına. Hayalimdeki evlilik.

"Müzikten duymuyorsun ki hayta. Oğlum, geç otur şöyle, Deniz kızım sen de otur. Söyleyeceklerim var." Ben söylenildiği gibi odanın tam köşesindeki üçlü koltuğa oturduğumda Cihan dolabın kapağını açtı ve içinden deri bir mont çıkardı.

"Ben çıkacağım. Akşam yarış var." Başımı öne eğdim. Tabii ki yanıma oturup konuşmak istemiyordu.

"Cihan!" dedi Murat Karahanlı sert bir sesle, "Motorunu ben aldım, deri ceketini, özel ayakkabılarını... cebindeki para benden geliyor. Bu evliliği ne için yaptığını unutma. Eğer onların hepsine hâlâ sahip olmaya devam etmek istiyorsan otur karının yanına. Şartlarımı bir güzel sıralayayım, hayatına nasıl devam edeceğini öğren, sonra dediklerime uygun şekilde ne yaparsan yap."

Cihan Karahanlı babasına şiddetli yağmur sırasında ortaya çıkan gök gürültüsü gibi bir bakış attı. Babasıyla yaklaşık otuz saniye kadar bakıştılar. Sonra elindeki deri ceketi öfkeyle yatağa bıraktı ve sinirli adımlarla bana doğru geldi. Benim olduğum köşeye en uzak şekilde oturdu ve arkasına yaslanıp bacaklarını açtı tam bir erkek edasıyla. Murat Bey tam karşımızdaki tekli koltuğa oturdu ve bize baktı sırayla.

"Cihan, sana söylediğim cümleyi hatırlıyorsun. Dediklerimi yapmazsan, eğer birini bile yapmazsan para akışını keseceğimi söylemiştim sana. Yalnızca dediklerimi yaptığın müddetçe para almaya devam edebileceksin. Eğer yapmazsan, paran da, ehliyetin de, motorun da, araban da gider. Şimdi, ilk şartım evlenmendi. Evlendin, aferin. Ve sırada çok basit bir şart var. *Kızı yanından ayırmayacaksın.*" Başımı şok içinde kaldırdığımda Cihan'ın da öfke kusacakmış gibi şokla baktığını gördüm babasına. Ne demekti bu şimdi? Ne demek yanından ayırmamak? Bu ölüm fermanımın okunması gibiydi!

"Ne demek bu?"

"Söylediğimi anladığını biliyorum Cihan Karahanlı. Tek istediğim bu. Nereye gidersen git kız yanında olacak. Yarışa mı gidiyorsun, Deniz de gelecek. Arkadaşlarınla içmeye mi gidiyorsun, Deniz de gelecek. Yurtdışına mı çıkıyorsun, Deniz de gelecek. Bu kız artık senin sorumluluğunda. Gittiğin her yerde yanında olacak. Eğer seni ondan ayrı bir yerde görürsem sahip olduklarını unut. Deniz yanında olduğu sürece istediğin her yere gidip istediğin her şeyi yapabilirsin. Ama yanında olacak. Onsuz bir yere gittiğini görmeyeceğim."

Yaz kızım, Deniz Akay'ın intihara sürüklenmesine karar veril- miştir... Tüm bunlar, tüm bu şartlar ne demekti böyle? Cihan Karahanlı ve ben on dakika boyunca aynı odanın içinde kilitli kalsak onuncu dakikada ben öldürülmüş ya da intihar etmiş olurdum, sürekli yanında olmam akıl sağlığına uygun bir istek değildi. Şaka olmalıydı, kesinlikle. Murat Karahanlı şaka yapı- yor olmalıydı.

"Güzel şaka," diye mırıldandı Cihan Karahanlı, "gerçek şart ne?"

Murat Karahanlı öfkeli gözlerle Cihan'ın dalga geçen umarsız tavırlarına baktıktan sonra ayağa kalktı. Başıyla kapıyı işaret etti.

"Dışarı gel. Sana gayet açık bir dille her şeyi açıklayayım. Deniz, kızım sen burada bekle."

Cihan Karahanlı istemeye istemeye ayağa kalktığı gibi ba- basının gelmesini bile beklemeden kapıyı sertçe çekip çıktı dı- şarı. Babası peşinden giderken şok içinde kendi kendime olayı sindirmeye çalıştım. Ciddi ciddi hayatımın geri kalan kısmının belli bir kısmında bu duvarla birlikte mi olacaktım? Gittiği her yere nasıl giderdim? Beni öldürürdü, buna emindim. İçmeye gitmekten, motosiklet yarışlarından bahsediyorlardı... Kim bi- lir nasıl ortamlara giriyordur. Tüm o ortamlara nasıl girerdim? Ne yapacağım ben? Gerçi düşünmeme gerek yok. Cihan Kara- hanlı bunu zaten kabul etmeyecektir. Sonuçta bu onun için ko- lay değil, nefret ettiği birini gittiği her yere götürmek, hayatına sokmak... Kabul etmez, değil mi?

Odanın kapısı birden açılınca korkuyla yerimde sıçradım. Kapı arkadan sertçe kapandı ve Cihan Karahanlı göründü. Bu sefer ilk defa bana direkt olarak baktığını gördüm. Bakışlarını yüzüme yöneltti, olduğu yerde dimdik durdu ve kurşun gibi kalın, öfke dolu sesi kulaklarıma ulaştı. "Hazırlan," diye emretti, "*yarışa gidiyoruz.*"

Hassiktir...

Hayatımın en garip, en ait olmadığım yerlerde bulunacağım dönemine giriyordum. Yarışa gitmek, bu benim gözümde tıbbi bir terimden farksızdı. Ben ne anlardım yarışlardan, motosikletlerden, deri ceketlerden? Ne anlardım tüm bunlardan? Kim bilir nerede hangi pis semtte hangi pis insanlarla yapılacaktı bu yarış, kim bilir neler gelecekti başıma? Kahretsin. Şu düştüğüm duruma düşebilecek kadere sahip tek kişi bendim. Kendimi hayal bile edemeyeceğim yerlerde bulmak üzereydim. Ama oluyordu işte, hayatım bir eksenden alınıp karanlık bir eksene sürükleniyordu.

Hem de kocam tarafından. Üstünde Sons of Anarchy resimleri bulunan duvar kâğıtlı bir duvar tarafından. *Cihan Karahanlı tarafından.*

3. Bölüm
Adrenalin Çığlığı!

İnsanın hayatı boyunca güzel hiçbir şey yaşamamış olması ve tam güzel bir şeyler yaşayabileceğini düşünürken sessiz sakin ama kötü dünyasından alınıp gürültülü karanlık bir dünyanın ortasına atılması... Durum daha iyi özetlenemez. Bugün yeni hayatımın ilk günündeyim. Evlendim. İkinci bir ailem oldu. Bir kocam oldu. Kendisi şu saniyeye kadar yüzüme bakmazken birden karşımda durmuş ve bana hazırlanmamı söylüyor. Çünkü diyor, yarışa gideceğiz diyor. Ve ben buna sahip olduğum ufak küfür sözlüğümden birkaç kelimeyle cevap veriyorum. İçimden tabi. Dışımdan söylersem sinirleneceği belli. Tüm bunlar yetmezmiş gibi bir de karşımda durmuş, gömleğinin düğmelerini açmakla meşgul. Korku içinde ayağa kalktım ve yutkundum. Başımı yatağımda duran çantama çevirdim.

"Hazırlan derken..." diye mırıldandım sessizce, "Böyle gelinmez mi?" Cihan Karahanlı birkaç saniyeliğine durdu. Gömlek düğmeleri yarıya inmişken ve kaslı vücudunun bir parçası önümde sergilenirken baştan aşağı süzdü beni.

"Dalga mı geçiyorsun?" deyince başımı eğip üstüme baktım. Zenan'ın giydirdiği beyaz dantelli sade bir elbise ve kırmızı topuklu ayakkabılar. Tamam… haklı. Başımı tereddütle kaldırıp çantama uzandım.

"O zaman daha sade bir şeyler giyeyim… Mesela…" diyerek çantamı açtığım sırada Cihan Karahanlı'nın soyunmayı bırakıp bana baktığını fark ettim. Kaşlarını çatmış beni izliyordu. Kahretsin Deniz ya kıyafetlerini ona sorma fikri de nereden çıktı! Titreyen ellerimle çantamdan, yüksek bel dar koyu renk pantolonumu çıkardım ve ona gösterdim.

"Bunu giyeyim… bir de…" Pantolonu bir elimle tutup diğer elimi çantanın içine attım ve üzerinde iki cep bulunan siyah spor tişörtümü çıkardım. "Üstüne de bu. Montumu da giyerim."

O an Cihan Karahanlı'nın sertliğinin hafifçe de olsa azaldığını hissettim. Gözleri üstümdeydi, doğrulup tepkisini görmek için yüzüne baktığımda yüzüme sert bakmıyordu. Kesinlikle ve kesinlikle o an sert değildi. Hatta bu adam böyle bakabiliyor muymuş diye şaşırmadım desem yalan olur. Kötü bakmıyor. Tamam gözlerinden kalp çıkmıyor ama öldürmek ister gibi de bakmıyor.

"Olmaz." dedi, kararsız bir şekilde asker tıraşı yapılmış saçlarını kaşıdıktan sonra sıkıntıyla derin bir nefes bıraktı. "Bekle burada." Aniden dönüp odanın kapısına yönelince kaşlarımı çattım. Ne yapacaktı ki? Olduğum yerde yavaşça eğildim ve yatağın üstüne oturup yarış dediği şeyi gözümün önüne getirmeye çalıştım. Bir motosiklet yarışı nasıl olurdu ki? Gözümde hep karanlık tipler, yarışın başladığını belirten silah sesleri, seksi kızlar canlanıyordu. Ama bunlar karikatürize hayallerden başka bir şey değildi. Canlısı nasıl olurdu, bu kıyafetler neden uygun değildi anlamamıştım. Ama bir bildiği olmalıydı. Hem nereye

gitmişti? Yan odalardan birinin kapısının kapandığını duymuş-
tum, ama ne yapmaya gittiği hakkında hiçbir fikrim yoktu. Ve
tahmin de edemedim. Aklımdan evden kaçacağı bile geçti ama
yaklaşık beş dakika sonra elinde kıyafetlerle döneceği aklımın
ucundan geçmedi. Şok içinde kapıyı kapatıp sertçe kıyafetle-
ri kucağıma atışını izledim. Kucağımda yine yüksek bel siyah
dapdar bir kot, üzerinde REBEL yazan siyah küçücük -sanırım
göbeği açık- bir tişört, bir de deri ceket belirince, bir kıyafetlere
bir soyunmaya devam eden Cihan Karahanlı'ya baktım.

"Şey... ben... bunları... nasıl... yani... hiç..." Birden kaş-
ları çatılı bir şekilde durup bana baktı.

"Cümle kurmayı bilmiyor musun?" dedi ve dalga geçer gibi
ekledi, "Özne başa gelir, nesne olarak isim kullanılır, genelde
sıfat isimden önce, isim doğal olarak sıfattan sonra, zarf yük-
lemden önce gelir, yüklem en sona. Şimdi yeniden kur cümle-
ni." Yutkundum. Bizim konuşmalarımız hep böyle mi olacaktı?
Hep o dalga geçecekti ben susacak mıydım? O an itiraz ede-
ceğim varsa bile vazgeçerek kıyafetleri aldım ve ayağa kalktım.

"Ben bunları giyip geleyim." Hafifçe güldüğünü gördüm.

"Aferin. Güzel cümle." Sinirle tuvaletin kapısını açıp ken-
dimi içeri attım ve kapıyı kapattım. Aptal Deniz! Aptal! Aptal!
Cevap versene! Altta kalmasana! Ama lanet olsun işte, alışık
değilim böyle cümlelere. Lanet olsun ki alışık değilim, salak
gibi kalıyorum! Ama sakin olacağım. Sakin olacağım ve cevap
vereceğim günler de tabii ki gelecek. Şimdi şu saçma sapan kı-
yafetleri giyip görevim neyse onu yapacağım.

Pantolon gayet normaldi. Zaten giymeye alışık olduğum bir
türdü, ama tişört kısacıktı. Giyerken bile elimle çekiştirmeden
duramıyordum. Belimin bir kısmı görünüyordu, öne doğru

salımlı olduğu için ve pantolon yüksek olduğu için karnım görünmüyordu ama milim kıpırdarsam görünecekti. Ve deri ceket. Tanrım. Deri ceket giymek özgüven istiyordu ve özgüven denilen şey bende yoktu. Şu özgüvenli olmam gerektiğini bağıran kıyafetlerin içinde neredeyse ağlayacaktım. Salak gibi omuzlarım düşük duruyordum. Resmen kıyafetlerin ağırlığının altında ezilmiştim. Bir boynumda zincirli kolyem eksikti. Ama demek ki Cihan Karahanlı'nın istediği buydu. Sıkıntılı bir nefes alarak saçlarımı arkaya doğru attım ve tuvaletten çıktım. Zenan'ın elbisesi ve ayakkabılarını da alıp odaya geçtim. Cihan Karahanlı arkası dönük bir şekilde telefonuyla uğraşıyordu. Hazırlanmıştı. Adamın deri ceketinden tutun ayakkabılarına kadar duman sertliği akıyordu. Bu adam karanlıktı, çevirdiği işler olmasa da yaydığı enerji karanlıktı işte. Ben ise siyah olmaya çalışan bir pembeydim. Yutkunarak elbiseyle ayakkabıları yatağa bıraktım.

"Şey…" dedim en ezik halimle, "Hazırım." Cihan Karahanlı telefonuna bakmayı sürdürürken bana döndü. Sadece birkaç saniyeliğine bana bakmak için başını kaldırdı, sonra tam başını tekrar eğecekken bir şey oldu. Eğemedi. Kaşları çatık bir şekilde beni inceledi. Başını sağa sola salladı.

"Hazır değilsin." Yutkunarak tereddütle alt dudağımı ısırdım ve kendime baktım. Verdiği her şeyi giymiştim işte, sorun neydi?

"Ama… verdiğin her şeyi giydim. Yani, sorun ne?" Telefonunu cebine attı. Derin bir nefes aldı ve bacak boyu sağ olsun, bir adımda dibime geldi. Tam dibimde durdu ve birden beklemediğim bir şekilde ellerini omuzlarıma koydu. Yüzünde merhametten eser yoktu ve ne yaptığı hakkında hiçbir fikrim yoktu. Tek bildiğim gerginlikten ölmek üzere olduğumdu. Elleri omuzlarımdaydı ve boynumun korkudan sertleştiğini hissediyordum. Ürkekçe başımı kaldırdım ve yüzüne bakmaya çalıştım ama yapamadım.

"Ne... ne... yapıyorsun?" Omuzlarımdaki ellerini sıkınca başımı korkuyla öne eğdim.

"Dik dur," diye emredince anlam veremeyerek baktım yüzüne. Ne demekti bu?

"Ne?"

"Dik dur." diye yineledi sertçe. Boğazımı temizleyip korkmamaya çalıştım. Duruşumu dikleştirdim ve istediğinin olup olmadığını görmek için yüzüne baktım. Başını olumsuz anlamında sallayınca biraz daha dikleşmeye çalıştım. Bu özgüvenle en dik durabildiğim halim buydu işte! Birden eli omzumdan kayıp belimi tuttuğunda korkuyla kendimi geri çekmeye çalıştım ama kıpırdamam mümkün değildi. Belimi sertçe sıktı ve elini sırtımın dimdik bir çizgisinde sertçe dolaştırdı. Eli her santimime değdikçe dikleşti sırtım. Ve inanmayacaksınız, ama korkudan dimdik duruyordum. Dik durmak o kadar rahatsız ediciydi ki nefes bile alamıyordum.

"Oldu mu?" diye sorduğumda hiçbir şey söylemeden başını salladı. Ellerini vücudumdan çekti ve doğruldu. Cebinden telefonunu çıkarıp kapıya yöneldi.

"Yürü." Harika. Ömrümüz böyle geçecekti. Cihan Karahanlı emredecekti, Deniz Akay kabul edecekti. Ama başka çarem de yoktu, peşinden onun hızına yetişmek için çabalayarak gittiğimde geldiğim merdivenlere değil koridorun arkasına yöneldiğini gördüm.

"Ama benim geldiğim merdivenler orada değildi!" diye söylendiğim sırada Cihan Karahanlı başını kaldırdı sıkıntıyla.

"Soru sorulmasından hoşlanmam kumral." Kumral mı? Hayatımda ilk defa böyle anılıyordum. Kullandığı sıfatın nedense hoşuma gidişinin yüzümde oluşturduğu gülümsemeyle birlikte arka taraftaki merdivenlerde peşinden ilerledim. O önde ben arkasında birlikte merdivenlerden indik ve arka taraftaki kapıların birinden evin arka bahçesine çıktık. Bahçede kimse yoktu, yani... neredeyse. Bora ve Nehir dışında. Arka bahçenin küçük havuzunun kenarında oturmuşlardı ve Nehir Bora'ya hevesli hevesli bir şeyler anlatıyordu. Bora da hayranlıkla karısını dinliyordu. Onlara bakıp iç çektiğim sırada Bora Cihan'ı fark etti ve bize doğru başıyla selam verdi.

"Abi," diyerek oraya yöneldi Cihan. Ben de peşinden ilerlediğim sırada Nehir'in bize döndüğünü gördüm. Bize döndü, beni baştan aşağı süzdü ve halime gülümseyerek göz kırptı bana.

"Nereye gidiyorsunuz yeni evliler?" Bora Karahanlı gülerek Cihan'a laf attığında Cihan'ın gözlerini devirdiğini gördüm.

"Sorma abi ya. Anlatırım sonra." Cihan'ı ilk defa bu kadar insan gibi görüyordum. Demek ki bu ailenin en sevdiği üyesi Bora Karahanlı'ydı. Bora ayağa kalkınca ona baktım, bana bir abi edasıyla göz kırpınca gülümsedim.

"Gel anlat bakalım, derdin neymiş." Bora ve Cihan bahçenin sol tarafına doğru beraber ilerlerlerken Nehir bana doğru döndü gülerek.

"Cihan Karahanlı'nın kız versiyonu olmuşsun Deniz Karahanlı!" Sesi oldukça heyecanlı çıkıyordu. Başımı kaldırdım, Bora'yla sinirli sinirli konuşan Cihan'a baktım. Büyük ihtimalle benim onunla her yere gitmek zorunda olduğumu anlatıyordu, yüzünden nefret okunuyordu. Moral bozukluğuyla Nehir'e döndüm.

"Benden nefret ediyor." Bu cümlem Nehir'i daha çok gülümsetti.

"Senden nefret etmiyor. Sana gıcık oluyor. Birdenbire hayatına girdin ve ona göre her şeyi mahvettin. Bora da böyle hissediyordu benim için. Bir yere kadar sürekli kavga ettik, bir gün yollar bizi ayırdı ve Bora benim eksikliğimi fark etti. O gün bana âşık olduğu gün olmuş, öyle diyor..." Umutsuzca deri ceketin fermuarıyla oynadım.

"Cihan benim eksikliğimi hissetmez. O ve ben... Olamayız... İmkânsız..." Nehir uzanıp elimi tuttu diğer eli karnındayken.

"Eksikliğini hissetmesi için ona ara ara da olsa huzur vermen lazım. Bak ne yap biliyor musunuz, ona bir şeyler anlat. Onu etkileyecek, ona huzur verecek, ona insansı duygular hissettirecek bir şeyler anlat ara ara. Onu bu duyguları sadece seninle hissedebileceğine inandır, alıştır. Bir süre sonra sen olmazsan seni özleyecektir. Ve inan bana, duygular, hisler, alışkanlıklar tüm bunlar Cihan Karahanlı'yı insan yapacak. Onun şu an duyguları yok, yani varsa bile beyninin kalbinin en altlarında kalmış duyguları. Sen duygularının üstündeki bütün eşyaları tek tek ellerinle tutup kaldıracaksın. Bunu yapmanın tek yolu onunla konuşmak. Konuşarak aklında yer edeceksin. Çekinme ondan. Duygularını, hislerini açık açık söyle ona, aklına gelen bir şeyi içine atma. O an söyle. O an aklından çikolata yemek mi geçiyor, birdenbire söyle bunu. Her şeyini onunla paylaş. Bak, Cihan'ı tanıdığım kadarıyla bir insanın onunla bir şeyler paylaşmasını önemseyen bir çocuk o. Onunla kendini paylaşırsan sana karşı en azından biraz yumuşar. Hadi, geliyorlar...

söylediklerimi uygula..." Bora ve Cihan bize doğru yaklaşırlarken Nehir bana göz kırparak elini elimden çekti ve ayağa kalktı. Uzanıp Bora'nın yanağına bir öpücük kondurdu ve Bora derin bir nefes alıp Nehir'in dudaklarına yöneldiğinde kendini gülerek geri çekti ve Bora Nehir'i öpemedi. Bora gözlerini devirince ister istemez gülümsedim. "Boşanma davası açmam için çabalıyorsun." Bora'nın kurduğu cümleyle birlikte Nehir'e baktım. Gülerek gözlerini devirdi.

"Senin kaybına olur." Onlar kendi aralarında şakalaşırlarken Cihan bana sertçe bahçe kapısını işaret etti başını oynatarak. Başımı salladım.

"Abi biz gidiyoruz, gece uyanık olursanız görüşürüz."

"Görüşürüz, dikkatli ol, başına bir şey gelirse seni vururum." Bora ve Cihan aralarında gülüşürlerken ben yine üçüncü şahıs olarak bahçe kapısına yöneldim. Ağır ağır ilerliyordum ki Cihan çoktan hızlanıp beni geçmişti bile. Peşinden ilerlediğim sırada bahçenin çıkışında duran motoru görünce şoka girdim. Olduğum yerde kaldım ve Cihan Karahanlı bana kasklardan birini uzatırken donmuş bir şekilde ağzım bir karış açık baktım yüzüne.

"Ne oldu, hayatında ilk defa mı görüyorsun?" Şaka mıydı bu? Ben motora filan binemezdim. Dalga mı geçiyordu!

"Ben... ben... buna hayatta binemem! Öyle bir imkân yok!" Bir adım geri attığımda Cihan Karahanlı aynı şekilde bir adım atıp tam önümde durdu ve gözlerimin içine sertçe baktı. "Yürüyerek mi geleceksin?" Bir motora bir Cihan'a baktım. O şeye binersem korkudan büyük ihtimalle yarı yolda kendimi aşağı atardım. Bu hoş olmazdı.

"Evet," dedim telaşla, "evet yürüyerek geleceğim! Nereye gelmem gerekiyor?" Cihan Karahanlı şaşkınlıkla gülünce yutkundum. Dalga geçer gibi güldü ve elindeki siyah kaskı kaldırıp başıma geçirdi. Şaka gibi! Ben şaşkınlıklar içinde burada dururken o baya kafama kaskı takmıştı bile! Dikkatlice yerleştirdi ve hemen sonra kendininkini de takıp başıyla motoru işaret etti. Ben donakaldığım an motora oturdu ve çalıştırdı. Ne yaptığımın, neden yaptığımın, nasıl yapacağımın bilinçsizliğiyle korku dolu iki adım attım, içimden hayret küfürleri ederken kendimi bir anda Cihan Karahanlı'nın arkasında otururken buldum.

"Belime sarılsan iyi olur. Sende düşme potansiyeli görüyorum." Korkuyla beline striptiz direğine sarılır gibi yapıştım ve titreye titreye beklemeye başladım.

Hiçbir şey anlamamıştım, hiçbir şey anlayamıyordum, korkudan ölüyordum ve Cihan Karahanlı tam o an gaza bastı. Olan olay çok net ve açıktı.

Ben, Deniz Akay. 18 yaşındayım. Bu zamana kadar hayatımda aksiyonu bırakın maceraya, hatta bilim kurguya, hatta romantizme, hatta komediye, hatta bağımsız film edasına bile yer olmadı. Benim hayatım yavaştı. Benim hayatımda hız yoktu. Ben hayatım boyunca hiçbir şey için heyecanlanmamıştım. Ben bu zamana kadar hiçbir şeyden korkmamıştım. Ve şimdi, Ankara'nın tenha caddelerinden birindeydik, bir saatlik geçmişim olan kocama sarılmıştım, başımda kaskım, kollarım Cihan Karahanlı'nın belinde, çığlık atıyordum. Evet, adrenalinden çığlık attığımı çok net hatırlıyorum. Gülmeyin. Çünkü bu durumla eğlenen bir insan zaten var. Cihan Karahanlı bu durumdan oldukça eğleniyordu, onun gülmemesine rağmen eğlendiğini belli etmesi yetmezmiş gibi lütfen, siz de bana gülmeyin. Siz benim yanımda olun. Ağlayın ya da çığlık atın. Hemen. Şimdi.

4. Bölüm
Rezilliğin Dip Boyutu

Özgürlük neydi? Özgürlük bir yere bağlı kalmadan, kimsenin boyunduruğu altında olmadan yaşamak mıydı? Yoksa özgürlük uçmak mıydı? Kuşlar mı özgürdü aslında yoksa insanlar mı? Ben kuşlar diyeceğim. Kuşlar ve uçabilen insanlar. Evet, uçabilen insanlar da var. Bizzat onlardan biri olduğum bir günü yaşıyorum.

Buradayım, Cihan Karahanlı'nın tam arkasında bir motorun üstünde oturmuş uçtuğumu hissediyorum! Bu zamana kadar hiçbir zamana motor kullanan insanların bunu neden yaptıklarını çözememiştim. Ama şimdi anlıyorum işte, bu uçma eyleminin mekanizmaya taşınmış haliydi. Motora binmek uçmaktı. Etrafınızda sizi tutan araba kapıları, camlar yoktu. Ellerinizi kaldırdığınızda havaya dokunuyordunuz, başka bir şeye değil. Biz buna uçmak diyorduk. Ve inanın bana, ben uçmayı çok sevmiştim.

Kollarımdan teki Cihan Karahanlı'yı sıkı sıkı sararken diğer kolum havayı selamlıyordu sanki. Havaya dokunuyordum, değiyordum. Başımı geriye atmıştım, tek elimle kendimi güvenceye alırken vücudumun kalanıyla özgürlüğümü yaşıyordum. Cihan Karahanlı'ya beni arabaya bindirmediği için teşekkür etmeliydim. Hatta bir tur binebilir miyim diye sormalıydım! Hatta kendim için de bir motor istemeliydim! Evlilik şartı olarak! Tamam Deniz abartma.

"Ne kadar kaldı?" Kulağına doğru eğildim ve heyecanlı sesimle sordum. Cihan Karahanlı sesini duyabileyim diye biraz geriye doğru eğildi ve kasklı yüzünü kasklı yüzüme yaklaştırdı.

"Ne oldu? Korkuyor musun?" Gözlerimi devirdim ve kendi kendime güldüm.

"Aksine. Bu iş için yaratılmış gibiyim." dediğim anda Cihan Karahanlı motorun hızını bir anda iki katına çıkarınca şok içinde bir çığlık attım! Tanrım! Korkudan ölüyordum! Az kalsın düşecektim! O an ne yaptığımın bilinçsizliğiyle hafifçe sırtına vurdum!

"Ne yaptığını sanıyorsun Cihan Karahanlı?! Ölecektik!"

"Bize bir şey olmaz," dediğini duydum rüzgarın arasından, "ne de olsa bu iş için yaratılmışız. Öyle değil mi?"

Korkudan ölmek üzere olduğum için o an ona cevap verebilecek durumda değildim. Nefes nefese, motorun iki katına çıkmış, hızına alışmaya çalıştığım sırada bir ara gözlerimin karardığını hissettim. Kalp atışım o kadar hızlıydı ki bayılmak üzereydim. Kendimi sakinleştirebilmek için derin bir nefes aldım. Ağır ağır ağzımdan verdim. Bir kez daha ve bir kez daha... Aynı olayı dört kez tekrarladığımda biraz daha iyiydim. Gerçi bu hızda ne kadar sakin olabileceksem... Gözlerimi kapatıp sadece rüzgarı dinlemek istedim o an. Sadece rüzgarı hissetmek. Gözlerimin görüşü kendini karanlığa bırakırken rüzgârı hissettim. Tenime çarpıp geçiyordu ve her seferinde "bu son" diyordu sanki. Hayattan aldığımız darbeler gibi. Aldığımız her darbe bize bir darbe daha almayacağımızın sözünü verir. Sonra bir darbe daha alırız. Sonra bir tane daha. Sonra bir tane daha... sonra bir tane daha... bir tane daha... bir ta...

"Kumral." Gözlerimi ağır ağır açtığımda üzerimdeki ağırlığı fark ettim, bilincimin yeni yeni yerine geldiğini. Başımdaki kaskın yokluğunun yarattığı hafiflik beni şaşırttığı an elimi şapşalca saçlarıma götürdüm ve başımı kaldırdım. Motorun üstünde, Cihan Karahanlı'ya sarılarak uyuyakalmıştım! Ve şimdi tam şu anda Cihan Karahanlı ayaktaydı, oldukça sert bir şekilde hatta benden nefret eder gibi yüzüme bakıyordu ve düşmeyeyim diye beni kollarımdan tutuyordu. Kendimi anında geri çektim ve ayağa kalktım telaşla. Ayağa kalkar kalkmaz başımın hafifçe dönmesiyle dengemi kaybettiğim an Cihan Karahanlı bir kez daha tuttu beni. "Dağılıyorsun," diye açıkladı, "içtin mi sen?"

Gözlerimi gözlerine çevirdim ve kaşlarımı çattım. Geçen hafta doktorun saydığı bazı belirtiler geldi aklıma. *Olur olmaz yerlerde aniden uyuyakalmalar, baş dönmeleri, mide bulantıları, kâbuslar, nefes darlığı, göz kararması...* daha bir sürü şey. Başlıyordu, değil mi? Hayatımı bitirecek belirtiler ortaya çıkmaya başlıyordu.

"Hayır. Hayır... Şey... Ondan değil... bunlar belirtiler..." Beceriksizce açıklamaya çalıştığım sırada kendimi Cihan Karahanlı'dan çektim ve doğrulmaya çalıştım. Cihan yüzüme anlam veremeyerek baktı.

"Neyin belirtileri?" Bir dakika? Bir dakika. Bilmiyor mu? Cihan Karahanlı benim hasta olduğumu bilmiyor mu?

"Neyin belirtileri derken? Murat Bey... seninle konuşmadı mı?" Yüzü şimdi çok daha şok edici bir donukluktaydı.

"Ne konuşması gerekiyordu?" Belki sonra söyleyecekti? Yani bilmek zorundaydı. Ama vaktinin şimdi olmadığını düşünmüştü belki de. Tamam, birkaç gün daha saklayabilirdik. Başımı salladım geçiştirmek için.

"Stres belirtileri. Ben çok stresliyimdir de genel olarak." diye mırıldandım, "Çok stres yaptığım için, o yüzden böyle oluyor. Eee... yarış nerede?" Birkaç saniye yüzüme soran gözlerle baksa da durumu uzatmayacağı belliydi. Başıyla arkamı işaret etti. Yutkundum, derin bir nefes aldım ve arkamı döndüm. Arkamızda bomboş bir yol vardı. Tenha, uzun uzadıya bir yol. Tam arka kısmımda yanan meşaleler, bir tenekenin içinde yakılmış büyük bir ateş. Deri ceketli, deri pantolonlu insanlar. Bir, iki, üç... Yaklaşık yirmi kişiler. Kızlar da var, ama geneli erkek. Hepsinin her yerinden siyah renge duydukları aşk akıyor. Fazlasıyla deri... ve fazlasıyla siyahlar... ve hiç dost canlısı görünmüyorlar. Korkuyla alt dudağımı ısırdım ve Cihan'a döndüm.

"Buralarda bir yerlerde bir kafe varsa ben orada oturup bekle..." diye kekelediğim sırada Cihan Karahanlı sertçe harekete geçerek sözümü kesti. "Yürü."

Elinde kaskı motorunu da beni de bırakmış sert adımlarla yürüyordu. Korkuyla arkasına takıldım, peşinden ufak ufak adımlarla ilerlemeye başladım. Tanrım, bunlar beni çiğ çiğ yerdi. Ciddi söylüyorum, aralarında çok korkunç tipler vardı. Cihan Karahanlı bile en az korkunç olanlarıydı. Yani en azından konuşmuşluğumuz vardı, diğerleri bana yiyecek gibi bakıyorlardı.

İstemeye istemeye Cihan'ın arkasından ilerlediğim sırada kalabalık grubun tam aralarında durduk, ben yine de geride durmaya çalışıyordum. Cihan tek tek hepsiyle oldukça garip ama seksi bir şekilde el selamlaşması yaptığında gözlerin bana döndüğünü hissettim. Birkaç kişinin Cihan'a kaş göz işareti yaparak beni gösterdiklerini görebiliyordum. Cihan rahatsız olmuş gibi doğruldu ve sıkıntıyla derin bir nefes aldı başıyla beni göstererek. "Arkadaşım."

Beklemiyordum. Ciddiyim, arkadaşım diye tanıştıracak kadar bu evlilikten nefret ettiğini tahmin edememiştim. Ama ne yapabilirdim, ona uymaktan başka çarem yoktu. Kibarca gülümsemeye çalıştığım sırada kalabalık arasından garip ve moral bozucu bir ses geldi. "Niye getirdin?"

Soru Cihan'aydı. Tanrı aşkına, kendimi daha fazla fazlalık gibi hissedebilmem mümkün müydü? Değildi. Başımı öne eğdim.

"Sana ne?" Cihan'ın sert sesi buz gibi havaya çarpıp bir kar tanesi olarak yere düştüğünde fazlalık gibi hissetme durumumda değişen hiçbir şey yoktu. Hâlâ fazlalık gibiydim. Ama belki de fazlalık gibi hissetmemin tek sebebi buradaki fazla insan olmam değildi, onlardan fazla olmamdı. Onlardan çok daha fazlaydım belki de, kalbim fazlaydı, ruhum.

Kendimi fark ettirmeden birkaç adım geri çektim. Onlar kendi aralarında sohbet ederlerken yolun kenarında başımı yerdeki taşlara çevirdim ve taşları izlemeye başladım. Sohbetlerine katılma gibi bir isteğim yoktu. Konuştukları şey hakkında pek bir fikrim de yoktu. Onlar öyle iyilerdi kendi aralarında. Ben de böyle tek başıma iyiydim.

"Abi kız gelmiş böyle, bana şey diyor siz tasma takacak bir beye benziyorsunuz, dedim ki size mi? Asla hanımefendi, size öyle bir şey yapmam." Kahkahalar. "Hayır saçmalamayın kolye olanlardan soruyorum ben diyor, o sırada manitayla sahildeyiz, sanki dükkan açtım sahile. Soran sorana abi yemin ederim, artık halka açık yerlere giderken mülayim bir beyefendi gibi giyineceğim."

Size tek konuşmaya tanıklık ederek buradaki ortamı, gülünen esprileri, Cihan'ın arkadaşlarını özetledim. Müthiş bir ortamdı. Tebessüm bile etmeyeceğim konuşmalara gülünüyordu. Gerçi Cihan Karahanlı'nın güldüğünü görmedim. Aklı başka bir yerde gibi. Hafifçe gülüp geçti.

Yaklaşık yarım saat boyunca burada böyle tek başıma salak gibi bekledim. Saçma sapan konular konuşup saçma sapan esprilere güldüler, birine bile gülemedim ve Cihan Karahanlı bir kez bile arkasına bakmadı. Ya insan hiç mi merak etmez bu kız nereye gitti diye? Arkana dönüp baksan ne olur? Belki de bakmıştır da ben taşları izlerken görmemişimdir. Bilemeyeceğim.

"Başlayalım mı?" diye sordu Cihan yaşlarındaki başka bir adam.

"Başlayalım." Kalabalık başlama konusunda hemfikir olduğunda birkaç adım daha geri çekildim önümden geçebilsinler diye. Cihan Karahanlı diğerleri geçip giderken yüzüme bakmadan tam önümde durdu.

"Yarış birkaç saat sürebilir." Şok içinde başımı kaldırdığımda Cihan hâlâ yüzüme bakmıyordu. Ne demek yarış birkaç saat sürebilir?

"Birkaç saat derken?" Başını salladı gözü arkadaşlarındayken.

"Son yarışı hava kararmadan yapmıyoruz. Hava kararınca son bir yarış yapıp bitiriyoruz. Son yarışa kadar otuz yarış yapmışlığımız bile oldu daha önce." Ne diyor bu, Allah'ım beni kiminle evlendim! Bildiğim tek yabancı dizi Sons of Anarchy ve dizinin içine düşmüş gibiyim. Şimdi kendimi yola atıp ağlamaya başlayacağım. Acı çığlıklarım herkesin kulaklarını dolduracak. Yapayım mı?

"Peki ben o saate kadar ne yapacağım?" diye sordum nazikçe. Hâlâ nazik kalabiliyorum.

"Ateşin yanına geç, kenara oturup bizi izleyebilirsin. Ayrıca alış buna, boşanana kadar hep geleceğiz." Söylediği şey umurumda değildi. Onunla evli kalmaya meraklı değildim. Ama sinirimi bozan bir şey vardı. Yüzüme bakmayışı o kadar sinirlerimi bozuyordu ki neredeyse uzanıp ellerimle yüzünü tutup bana bakmasını sağlayacaktım. Derdi neydi? Yüzüme bakınca arkadaşlarının evli olduğumuzu anlayacağından mı korkuyordu? Bundan neden korkuyordu? Beni beğenmiyor muydu?

"Saatlerce orada mı oturacağım?" Bakışlarını en sonunda bana çevirdi, yüzüme çok soru soruyormuşum gibi kaşlarını çatarak baktı.

"Yarışa katılmak mı istiyorsun?" Anında gözlerimi devirdim ve sıkıntılı bir nefes verdim.

"Burada olmam çok saçma. Evde bekleseydim de aynı şey olacaktı." diye kendi kendime söylendiğim sırada Cihan Karahanlı'nın insancıl bir tavırla başını salladığını gördüm. Başımı ona doğru çevirdiğimde kurduğum cümleyle hayrete düşmüş gibiydi.

"Bir şey mi oldu?" diye sordum.

"Hiç. Sadece… aynı fikirde olmamıza şaşırdım." Kendimi gülmemek için zor tutarak, gururlandığımı belli etmemek için gözlerimi kırpıştırdım. Az buz değil, Cihan Karahanlı'yla aynı fikirdeydik.

"Bu evliliği senin kadar ben de iste…"

"Cihan!" Tam müthiş bir açıklama yapıyordum ki kalabalığın arasından boynunda dövmesi görünen kilolu sarışın bir adam bağırınca Cihan oraya döndü. Elini kaldırıp geleceğini işaret ettikten sonra son kez bana yöneldi.

"Ateşin yanında otur bekle. Birkaç saat sonra döneceğiz." Başımı salladım. İstemeye istemeye yönümü oraya çevirdim ve tenekenin hemen yanına, yolun biraz yüksek kısmına bağdaş kurup oturdum.

Yarışlar başladığında gözlerim onların üzerindeydi. Aralarında birbirlerine gıcık olan insanlar olduğu çok netti. Cihan'a özellikle nefretle bakan bir çocuk görmüştüm. Ama en iyileri Cihan'dı. Nefretin sebebi bu olmalıydı.

Ara vermeden yarışıyorlardı. Yarış biter bitmez kazananı not edip devam ediyorlardı. Üç gruba ayrılmışlardı ve Cihan kendi grubunda yapılan 3 yarışın 2'sini kazanmıştı. Gözlerim üzerlerindeydi. Sürekli bir yolun başına, bir yolun sonuna gidip geldikleri için kendimi sallanan bir beşiği izler gibi hissediyordum. Kaç yarış olmuştu hatırlamıyordum. Bir ara Cihan tekrar kazandığı sırada kendimi fazla kaptırıp nedense elimle alkışlamaya çalıştığımı ama ellerimin uyuştuğunu hissettiğimi hatırlıyordum. Derin bir nefes aldım. Çok sıcaktı. Ateşten gelen hava öyle sıcak öyle bunaltıcı ama aynı zamanda öyle mayıştırıcıydı ki deri ceketimi çıkardım, yere serdim. Ve son hatırladığım şey hava yavaş yavaş kararırken bir şekilde başımı o deri ceketin üstüne yasladığımdı.

Bugün evlenmiştim. Ve kocamla birlikte bir motor yarışındaydık. Kocam yarışıyordu, ben de onu izliyordum. Siz hiç tanımadığınız biriyle evlendiniz mi? Siz hiç düğün gününüzde evlendiğiniz adamın motor yarışını izlemeye gittiniz mi? Siz hiç, bir motor yarışı izlerken uyuyakaldınız mı? Siz hiç tenha bir caddenin kenarında, içinde ateş yanan bir tenekenin yanında, deri ceketli motorlu insanların içinde, bir yarışın ortasında, yolun üstünde yattınız mı? Ben yattım. Ben, Deniz Akay, 18 yaşındayım, rezilliğin dip boyutunu aştım.

5. Bölüm
Yanımda Olduğun Sürece

Bir yerden bir yere taşındığımı hissettim. Bedenimin tutulduğunu, dokunulduğunu, taşındığını hissettim. Hissimin tek tarifi var, soğuktan sıcağa taşınmak. Zıtlıkların farkında olmadan, bilinçsizce yaşamışım gibi bir şey oldu. Ne farkına vardım ne de ne yaşadığımı anladım. Sadece hissettim, önce üşüdüm birden, sonra sıcacık hissettim.

Uykudan daha ağır bir şeydi yaşadığım. Kıpırdandığımı hatırlıyordum. Birkaç cümle duyduğumu, dudaklarımı aralayıp bir şeyler mırıldandığımı hatırlıyordum. Ama söylenenleri ve söylediklerimi hatırlamıyordum. Aklımda hiçbir şey yoktu o an. Sadece baygın değildim, tek bildiğim buydu. Bayılmaktan daha hafif, uykudan daha ağırdı bu.

Bir yerde uzanıyor olduğuma emindim, sallanan bir şeyin içinde sanki... bir beşik? Uykumun yoğunluğuna yoğunluk katan bir ortamdaydım ama başımda büyük bir ağrı vardı. Kulaklarıma gelen bangır bangır müzik sesini hatırlıyorum. Adamın birinin bilmediğim bir dilde bağırarak şarkı söyleyip durduğunu. Şarkının tabanındaki elektrogitar tınıları beynimin içine birer iğne saplanırmış gibi hissettirirken ne uyanabiliyordum ne de acı çekmeyi kesebiliyordum.

Gözlerimi sıktığımı, içe doğru bastırdığımı hatırlıyorum. Müzik sesinin kesildiğini, tık diye bir ses geldiğini, soğuk havayı üstümde hissettiğimi ve tekrar, bir yerden bir yere taşındığımı hissedişimi hatırlıyorum. Sanki birinin kolları arasındayım, sert, kalın, ama sıcak... Geceleri ne zaman üşürsem yorganıma sarıldığım gibi sıkıca kolların arasına sıkışmaya çalıştığımı, izinsizce sarıldığımı hatırlıyorum. Sallana sallana ilerlediğimizi, bir yerlerden geçtiğimizi... yukarılara çıkışımızı, hava değişimlerini, hepsini bir bir hatırlıyorum. Ama bilincimi uyarıp "ne oluyor?" soruma cevap bulmak için gözlerimi açamıyorum. Sonra hatırladığım son bir şey var. Yumuşak, yumuşacık bir zemin. Kendimi yumuşacık bir şeyin üstünde bulduğumu hatırlıyorum, üstümün soğuk bir yorganla örtülüşünü, başımın kuş tüyü bir yastığa konuşunu ve yorganın altına bir kedi edasıyla sinişimi, yorgana sarılışımı...

Sonra ne kadar zaman geçti bilmiyorum. Ne oldu, neredeyim, ne yaşadım hiçbir fikrim yok. Sadece sonumun rahat olduğunu biliyorum, belki saatlerce sıcacık bir yatağın üstünde, en sarılınası yorganların altında yattığımı biliyorum. Ve kaldığım yerden devam eder gibi gözlerimin açıldığını hissediyorum.

Gözlerimi açar açmaz karanlık ve loş bir odayla karşılaştım. İlk önce yatak başlığının hafifçe dönüşünü görür gibi oldum. Yatağın altımdan kayar gibi olduğunu hissettiğim an gözlerimi kapattım ve derin bir nefes alıp tekrar açtım. Bir, iki üç, sakinleş... Kendimi gayet iyi hissederek etrafa bakındığımda buranın Cihan Karahanlı'nın odası olduğunu hatırladım. Olay hakkında hâlâ bir fikrim yoktu. Ama oda Cihan Karahanlı'ya aitti, hatırlıyordum. Dikkatlice kalktım yataktan. Üstümde hâlâ yarışa giderken giydiklerim vardı. Yatağın yanında kendi çantamın durduğunu görünce eğildim ve içinden pijamalarımı çıkardım. Yeşil, sade, ama aynı zamanda çocuksu pijamalarım... Onları yatağa bırakıp cama doğru ilerledim, hava alabilmek için camı açtım ve aşağı doğru eğildim. Aşağıdan gelen kahkaha sesiyle kaşlarımı çatıp başımı sola doğru çevirdim. Ah. Ses Nehir'den geliyordu. Nehir, Bora Karahanlı, Cihan ve Zenan, arka bahçedeki küçük havuzun yanında çimenlerin üstüne serilmiş örtülerin, armut koltukların üzerinde yayılmışlardı. Neden bilmiyorum, imrenerek baktım onlara. Bir aileydiler. Mutluydular, gülüyorlardı. Nehir şanslıydı, evlendirildiği adam Bora Karahanlı gibi ilgi delisi bir adamdı, şu haline bakın. Ama ben... Cihan Karahanlı yanında ölsem dönüp de bakmazdı. Sahi ya, neler oldu? Son hatırladığım yarış esnasında ölüm gibi bir uykuyla birlikte ceketimin üstüne yığılıp kaldığımdı. Buraya nasıl geldim? Neler oldu?

Gözlerim onların üstündeyken birden Cihan Karahanlı'nın bakışlarının bana çevrildiğini fark ettim. Korkuyla içeri doğru bir adım attım, ama bakışları hâlâ buradaydı. Yutkundum, saçımı kulağımın arkasına doğru attım ve camı kapattım anında. Neden bilmiyorum, ama onları izlemeye haddim olmadığını düşüneceğinden korktum. Camın tülünü hafifçe çektim ve tülün arkasından bir kez daha baktım. Cihan'ın ayağa kalkışını gördüm. Elindeki bira şişesini yere bıraktı ve ayağa kalkıp evin arka kapısına doğru ilerlemeye başladı. Geliyor. Korkuyla alt dudağımı ısırdım ve yatağa doğru ilerledim. Belki de uyuyor gibi yapmalıyım. Gerçi gördü beni, camdaki ben değildim benim hayaletimdi mi diyeceğim? Yatağa oturdum, üstümdeki deri ceketi çıkardım ve beklemeye başladım.

Yalnızca bir dakika sonra odanın kapısı açıldı, ben kapıya arkam dönük bir şekilde oturduğum sırada Cihan Karahanlı'nın içeri girdiğini kokusundan anladım. Parfüm değildi bu, onun kendine has bir kokusu vardı. Karlı hava kokusu gibi, soğuk ama güzel. Tüyler ürpertici ama iç açıcı.

Yatağın yanından geçip dimdik ilerledi, tam karşıma denk geldiğinde kolları sert göğsünde birleşmiş bir şekilde bana doğru dönüp yüzüme direkt olarak baktı. Yüzü koruyucu gözlük camıyla korunuyormuş gibiydi, ne ışık alırdı ne ışık verirdi dışarıya. Cihan Karahanlı'ya ulaşmanın zor oluşu her halinden belliydi. Uzansam dokunamazdım. Konuşsam duyuramazdım. Sadece o izin verirse, sadece Cihan Karahanlı izin verirse dokunulurdu ona. Sadece o izin verirse duyurabilirdim cümlelerimi bir bir.

"Sana tek bir soru soracağım." Cümlesi sertti, bakışları zaten sert kelimesinin resimli sözlükteki bir diğer karşılığıydı, ben tereddütle yüzüne baktığımda devam etti. "Tek bir cevap vereceksin." Derin bir nefes aldım. Ne diyecekti bilmiyordum, cevabım ne olmalıydı onu da bilmiyordum. Tek bildiğim vardı, ben Cihan Karahanlı'dan korkuyordum. Bakın, ben kendimi ezdiren bir insan değilim, olmadım. Ama yurtta büyüdüm ben, insanlar kötü olmasalar da, kötü davranmasalar da bir yerden sonra hep ezilen taraf oldum. Bu yüzden cesur olamam. İstediğim her şeyi söyleyemem. Dikkatli olmak zorundayım, özgüvenim bir darbe daha yiyemez, izin veremem. Kendim için söylüyorum, başkası için değil. Özgüvenim için.

"Tamam…" diye mırıldandım dikkatlice. Gözlerimi kaçırmaya hazırlanarak başımı salladığımda bana doğru bir adım attı. Başını iyice dikleştirdi ve tereddüt bile etmeden direkt sordu sorusunu. "Neyin var?"

Beklediğim bir soruydu aslında bakarsanız. Ne sorabilirdi başka? Evlendiği insan bir gün içinde iki kez olur olmaz yerlerde yanında uyuyakalmıştı. Başka ne soracaktı? Bunu soracağı apaçık bir şekilde belliydi. Ama cevabım hiç belli değildi. Murat Karahanlı ona hiçbir açıklama yapmamıştı. O söylemeden benim söylemem doğru muydu? Bana kalsa bilmesi gerekiyordu. Ama anlaşmaya uymak istiyorsam Murat Karahanlı'nın yolundan gitmeliydim.

"Nasıl yani?" diye sordum anlamazlıktan gelerek. Tahammülsüz bir şekilde gözlerini devirdi.

"Anlamazlıktan gelme. Neyin var?"

"Gerçekten anlamıyorum... İyiyim ben, bir şey mi oldu ki?" Saf rolü yapmakta üstüme yok ama bu kadar saf gibi görünmeye devam edersem birazdan Cihan Karahanlı üstüme atlayacak. Yüzüme uzun uzun baktı. Başını onaylamaz bir şekilde sallayıp gözlerini gözlerime iyice dikerek bana doğru yaklaştığında kendimi hafifçe geri çektim. Üstüme doğru eğildi. Bir gölge gibi değil, bir ağaç gibi karanlık yarattı üstümde.

"Öğreneceğim," diye mırıldandı, "ne sakladığını öğreneceğim." Sonra ağır ağır ekledi, "Ya da ne sakladığınızı mı demeliyim?" Yutkunarak iyice geri çektim kendimi. Cihan Karahanlı tiksinir gibi bir saniyeliğine güldü ve doğruldu. Benim elim yatakta duran pijamalarıma gittiğinde başını salladı.

"Aşağı iniyoruz." Başımı kaldırıp yüzüne baktığım sırada yüzüme bakmıyordu, oldukça sert bir şekilde duvarı izliyordu. Yüzüme bakmak yerine duvarı izlemeyi tercih eden bir kocam vardı. Ve bana emir veriyordu.

"Ama... geç olmadı mı? Neden iniyoruz?"

"Çünkü ben öyle istiyorum." Derin bir nefes aldım. İlk defa belki emrine biraz da olsa karşı çıkmalıydım. En azından biraz da olsun itiraz eder gibi yapmalıydım. Beni kukla gibi görmesine izin veremezdim.

"O zaman sen in." diye mırıldandım. Bakışları inanamaz gibi baktı yüzüme. Beni oturduğum yerde baştan aşağı süzdü ağır ağır.

"Babam nerede olursak beraber olmamızı istiyor. Seni yanımda istediğimden değil. Zorunda olduğumdan. Şimdi yürü, aşağı iniyoruz."

Tamamdır, benim itiraz dilekçem buraya kadardı. Daha fazla itiraz edemem. Zamanla öğreneceğim, yani öyle umuyorum, yani öyle ummayı umuyorum.

Cihan Karahanlı kapıya yöneldiğinde ayağa kalkıp peşinden geliyordum ki ikinci bir emir daha geldi. "Kendine hırka al." Bu emir nedense kaşlarımı çatmama sebep oldu. Hırka mı alayım? Üşüyeceğimden mi endişeleniyor? Cihan Karahanlı? Benim? Üşüyeceğimden? Mi? Endişelendi? Kendi kendime gülerek çantama eğildim ve en üstte duran dizime kadar gelen uzun krem hırkamı kaptığım gibi peşinden ilerlemeye başladım. Bir yandan yürüyor bir yandan peşinden gidiyordum. Birlikte arka kapıya çıkan merdivenlerden indiğimiz sırada hırkamı giymiştim. Önünü çekiştirerek ellerimle kapalı tutuyordum kollarımı göğsümde birleştirerek. Birlikte aşağı inip arka bahçeye çıktığımızda Nehir, Bora ve Zenan'ı gördüm. Oraya doğru ilerledik. Görüş alanlarına girdiğimizde üçünün de bana gülerek, sevgi dolu gözlerle baktıklarını gördüm. En azından şu an bu ortamda beni seven birileri de vardı.

"Deniz! Yarışta uyuyakalmışsın! Bu kız aynı ben ya, ben de küçükken her yerde uyuyakalırdım!" Zenan'ın güldürücü cümlesiyle gerçeği bilmiyor oluşunu kendime hatırlatarak gülümsemeye çalıştım. Başımı sallayarak armut koltuklardan birine oturdum.

"Ben de anlamadım. Birkaç gündür uyuyamıyordum, sanırım o yüzden böyle oldu..." Nehir'in bakışlarını üstümde hissettiğimde ona döndüm, gülerek baktığım sırada bana göz kırpınca içimin huzurla dolduğunu hissettim. Bu kız bana iyi geliyordu. İyi şeyler yaşayacağımı garanti eder gibiydi resmen. Yeşil gözleri öyle derin bakıyordu ki dünyada böyle bakan gözler oldukça her yolun sonu denize çıkar diyordum.

"Eee gençler! Balayına nereye gidiyorsunuz?" Bora Karahanlı'nın gülerek sorduğu imalı soruyla birlikte çekinerek yutkundum ve başımı eğdim. Eğik başımla hafifçe Cihan Karahanlı'ya göz attım. Cihan oldukça küfür eder gibi bir ifadeyle Bora'ya bakıyordu. Bora Cihan'a göz kırparak kolunu Nehir'in omzuna attı ve Nehir'i kendine doğru çekti.

"Biz Fransa'ya gitmiştik. Müthiş bir balayı geçirdik. Değil mi hayatım?" Bora Nehir'e sorduğu soruyla birlikte Nehir'in saçlarına bir öpücük kondurunca Nehir büyük bir kahkaha attı.

"Evet müthişti. Gerçekten herkesin yaşaması gereken bir deneyimdi! Size psikoloğu olan bir otel tavsiye ederim, ihtiyacınız olur." Kendi aralarında yaşadıkları olayları hatırlayıp güldükleri sırada bakışlarımı tekrar Cihan'a çevirdim. Birasını dikmiş bir seferde bitirmeyi amaçlıyor gibi görünüyordu. Baktıkça umudum azalıyordu. Bir Bora Karahanlı'ya baktım, bir Cihan Karahanlı'ya. Aralarındaki fark jetlag yaşatacak kadardı. Olmaz, diye düşündüm, *Cihan'dan Bora olmaz...* Cihan Karahanlı sevemezdi. Öyle güzel ilgilenemezdi. İmkânsızdı. Beni asla arkadaşı olarak bile görmeyecekti. Zenan ne düşünerek *"Cihan Karahanlı severse harbiden sever."* demişti anlamıyordum. Sevemezdi, harbiden sevmeyi bırakın bir milim bile sevemezdi!

Zenan çalan telefonuna bakmak için ayağa kalkıp bizden uzaklaştığı sırada Nehir ve Bora'nın kendi aralarında konuştuklarını gördüm. Tam anlamadım ama ismi Guillamo olan bir adamdan bahsediyorlardı. Fransız mıymış psikolog muymuş neymiş... O tarz bir şeyler duydum. Birbirlerine oldukça konsantre gibi görünüyorlardı. Sadece Cihan ve ben sessizdik. Ona doğru döndüm. Birasından bir yudum daha aldığında yüzüne baktım. Sert, sakallı, acımasız, duygu yoksunu yüzüne.

"Neler oldu?" diye sordum. Kaşlarının çatıldığını fark ettim. Yüzü ağır ağır bana döndü. "Ne?" Yutkundum. Sanki her kurduğum cümleden sonra bana kızacakmış gibi hissetmem normal miydi? Aşacaktım, bunu da aşacaktım.

"Ne olduğu hakkında hiçbir fikrim yok. En son yarış esnasında uyuduğumu hatırlıyorum. Sonra, ne oldu? Buraya nasıl geldim?" Dikkatlice yüzüme baktı. Gözlerinin soğuktan kızaran yanaklarımda, dudaklarımda, gözlerimde olduğunu hissettim.

"Tahmin edebilirsin." dedi kısaca başından savar gibi. Nehir'in bugün söyledikleri aklımdaydı, Cihan'la konuşmam gerektiğini söylemişti. Onunla konuşmam ve onu konuşturmam gerektiğini. Ne kadar çok konuşursak o kadar ısınma ihtimali olacaktı çünkü. İmkânsız gibi görünse de düşman gibi yaşamaktan iyiydi.

"Tahmin edemiyorum. Motorla gittiğimiz yerden ben uyurken nasıl dönmüş olabiliriz?"

"Arabayla."

"Kimin arabası?"

"Ebru'nun." Kaşlarımı çattım. Hadi biraz daha konuş. Adamın cevapları tek kelime sınırını aşmıyor ki!

"Ebru kim?" Öfkeyle bana döndü tahammül edemiyormuş gibi. Acaba yanlış mı yapıyordum? Soru sormasa mıydım? "Çok fazla soru soruyorsun kumral ve ben bundan hoşlanmam." Başımı salladım, aslında haklıydı. Ebru'nun kim olduğundan bana neydi? Önüme döndükten sonra derin bir iç çektim. Nehir'in söylediklerini bir kez daha aklıma getirmeye çalıştım. Ona huzur vermem gerektiğini söylüyordu ya da üzücü de olsa onun duygularını harekete geçirecek şekilde konuşmalıydım onunla.

"Uyuyakaldığım için…" diye başladım, "özür dilerim. Aslında garip bir şey oldu. Eski zamanlarda yaşadığım bir geceyi hatırladım sanırım. O yüzden orası o an bana çok güvenli geldi. Bir gece, sekiz yaşımdayken yurttan kaçmıştım. Annemi ve babamı bulmak için…" Yüzüme bakmıyordu ama beni dinlediğine emindim, yutkunarak devam ettim. "Sokaklarca koştum. Caddelerce. Yağan yağmurun altında, soğuk havaya çarpa çarpa koştum. Onları bulacağıma inanıyordum. Bir yerlerde beni bekliyor olabileceklerine inanıyordum. Çünkü o dönemlerde beni bırakıp gittiklerini değil, beni kaybetmiş olabileceklerini düşünüyordum. Belki beni arıyorlardır diyordum. Ne bileyim, bir yerlerde onlar da beni bulamadıkları için üzülüyorlardır diye düşünüyordum… Onlara gitmeye çalıştım. Yağmur ayakkabılarımı ıslatmıştı ve ayakkabılarım yeryüzündeki en çok su alan ayakkabılardı. O kadar ağırlaşmışlardı ki koşamıyordum. Bir süre sonra ayakkabılarımı çıkarıp çıplak ayaklarıma basa basa devam ettim koşmaya. Yerler ıslaktı, ben ıslaktım, hem yerler hem ben ıslakken üşümüyorum gibi geliyordu. Saatlerce koştum o gece. Bir yere yetişmeye çalışıyormuşum gibi koştum. Sanki annem ve babamla sözleşmiştik belli bir saatte belli bir yerde buluşacağız diye. Ama saati bilmiyordum, yeri bilmiyordum. Saatini ve yerini bilmediğim bir buluşmaya yetişmeye çalışıyordum. Saatler sonra koşacak gücüm kalmamıştı. Bir sokağa girdim. Bir sürü insan vardı, garip giyimli insanlar. Bir ateşin etrafında oturmuş konuşuyorlardı. Yanlarında motosikletleri vardı. Deri ceketleri... Ağır ağır yürüdüm. Onlara biraz uzakta, ateşin etki ettiği bir yerde büyük bir kartonun üstünde bir köpek yatıyordu. Ona doğru ilerledim. Yaklaştıkça ateş o kadar güzel geliyordu ki... Tam köpeğin yanında durdum, kartonun üstüne yattım, köpeğin yanına... Bana hiçbir şey demediler, bakmadılar bile, köpek de uyanmadı. Ateşleri beni ısıtıyordu ve benden bunun karşılığında hiçbir şey istemiyorlardı. Anne ve babamın bana bebekken verdikleri sıcaklığın bir benzerini orada yaşamıştım o gece. Yorgundum, ıslanmıştım, üşüyordum. Bugün aynı ortamı bir kez daha yaşayınca... geçmişe döner gibi oldum, o gece yaşadığım hisler başıma üşüştü birden. Tutamadım kendimi. Saatlerce koşmuşum gibi, saatlerdir üşüyormuşum gibi uyuyakaldım. Eğer seni rezil ettiğimi düşünüyorsan... özür dilerim. Sadece... üşüdüm..."

Cihan'ın bakışlarının üstümde olduğunu hissettiğimde başımı kaldırdım. Yüzüme baktığında yüzünde ufacık bir kıpırdanma, ufacık bir değişim gördüm. Ufacık bir umut doğdu içimde. Cihan Karahanlı anlattıklarıma üzülmese bile 'yazık' demişti. Biliyordum. İçinde bir yerlerin oynadığını hissediyordum.

"Uyumak rezil olmak değildir." dedi kısaca. O kadar laf ettim söyleyeceğin şey bu muydu diye sinirlenmeyeceğim, bence bu büyük bir gelişme. Cihan Karahanlı'ya onu rezil ettiğimi iddia ettim, o da bunun rezil olmak olmadığını söyledi. Beni düzeltti. Bu bir ilk. Başımı sallayarak baktım yüzüne.

"Evet… ama… arkadaşların bir şeyler söylemiş olabilirler diye düşündüm…" Sertçe başını kaldırdı.

"Arkadaşlarım," dedi keskin sesiyle, "tek kelime edemezler. Sen benim yanımda olduğun sürece kimse ağzını açıp tek kelime edemez."

O an garip bir şey hissettim. Ne deniyor buna? Sahiplenme mi? Hayatımda ilk defa, ilk defa biri bana güvence veriyordu. Gözlerimin önünde milyon dolarlık sözleşme imzalanmış gibi emin oldum, Cihan Karahanlı'nın yanında olduğum sürece onun dışında kimse zarar veremezdi bana. Bunu kendisi söylüyordu. Beklenmedik bir şekilde söylemişti. Beklemiyordum. Kısaydı cümlesi, özdü. Ama açıktı. Ben nefret etse de, yanında olduğum sürece beni koruyacaktı. Ve görünen oydu ki, uzun bir süre yanında olacaktım. İzin verdiği kadarıyla…

6. Bölüm
Şimdi… Hemen…

Güneş battıktan sonra bütün dertler çözülür denmişti bir kez bana. Kim dedi hatırlamıyorum, yurda bizi ziyaret etmeye gelen zenginlerden biriydi belli ki. Ama yüzünü hatırlayamıyorum, cümlesi beynime o kadar kazınmış ki hatırladığım şey yüzü değil kelimeleri. Onu hiç görmeseydim de, sadece duysaydım, ya da okusaydım bile, bu cümleyle hatırlardım. Çünkü bu benim için büyük bir ipucu olacak gibi gelmişti o an. Ne zaman mutsuz olursam akşamı bekliyorum o günden beri. Havanın kararmasını bekliyorum ki sorunlarım çözülsün. Bazı günler camda güneşin batışını bekledim sorunumun annemin ve babamın olmayışı olduğunu evrene üstüne basa basa hissettirdiğimde. *Güneş gider sevdiklerim gelir sandım.* Ama öyle işlemiyor. Giden geri gelmiyor. Sorununun içinde insanlar varsa, o sorun çözülüyor. Ama senin sorununun gitmiş iki insandan ibaretse, onlar geri gelmiyor. Keşke gelseler, keşke bir gün dönseler, keşke yolda görsem, görünce tanısam, kollarından tutsam zorla çeke çeke geri alsam onları hayatıma. Ama olmuyor, olmaz. Hâlâ hayatındalarken tutacaksın sevdiklerini, bırakmayacaksın. Bir kere giderlerse sonucu söylemeye bir kez daha dayanamam, anla.

Şimdi benim hayatımda kim var. Bir Aylin'im var, birkaç arkadaşım var, hayatıma yeni girmiş insanlar var. Karahanlı ailesi, hayatımı bir günde doldurup taşırmış bir topluluk var. Kocam var. Cihan Karahanlı. Neler olacak bilmiyorum ve aslında bakarsanız göremiyorum da. Sadece içimden gelen hiçbir kelimeyi tutmamam gerektiğini biliyorum, çünkü bunu gördüm. Cihan Karahanlı'nın duvarlarını yıkacak şey tekme değil, taş değil, sopa değil, onu kelimeler yıkacak. Onu kelimelerimle yıkacağım.

"Geç olmadı mı? Yatsak mı?" Nehir'in yorgun sesiyle birlikte başımı salladım. Ben de kendimi yorgun hissetmeye başlamıştım. Nehir'in şu haliyle yorgun hissetmesi doğaldan da öteydi.

"Yoruldun mu?" diye sordu Bora Karahanlı Nehir'e aşk dolu gözlerle bakarken.

"Biraz." Bora'nın Nehir'in gözlerine bakarken iç çektiğini gördüm. Adamın içi gidiyordu. Cihan konuşurken benim yüzüme bile bakmıyordu.

"Kucağıma alayım mı?" Bora Karahanlı'nın sorusuyla birlikte başımı öne doğru eğdim. Onların özel anına şahit olmaya hakkım yoktu. Ve evet, kıskanıyordum da. Tam tekrar başımı kaldıracağım sırada Murat Karahanlı'nın telaşla bahçeye girdiğini gördüm. Başımı ona doğru çevirdiğimde bana başıyla evi işaret etti. Cihan'ın ya da diğerlerinin onu gördüğünü sanmıyordum. Murat Bey bana içeriyi işaret ettikten sonra derhal içeri girince görülmek istemediğini anladım. Beni çağırıyordu. Yutkunarak başımı Cihan'a çevirdim.

"Ben... bir tuvalete gideyim..." Cihan umursamadı bile söylediğim şeyi. Hafifçe başını sallayıp cebinden telefonunu çıkardı. Ayağa kalktım ve telaşla eve doğru ilerledim. İçeri girdiğimde Murat Karahanlı Asmalı Konak'tan fırlamışçasına gizemli bir şekilde kolumdan tuttu beni.

"Benimle konuşacağını anlamadılar değil mi?" Başımı salladım anında.

"Hayır. Tuvalete gidiyorum dedim. Bir şey mi oldu?" Düşünceli ve telaşlı haliyle başını kaldırdı.

"Camdan sizi izledim... Yüzüne bile bakmıyor değil mi?" Yutkunarak başımı kaldırdım ve saçımı düzelttim beceriksizce. Öyle olduğunun farkındaydım da duymak kötü hissettiriyordu.

"Bakmıyor. Murat Bey açıkçası... ben... Cihan'ın beni sevebileceğine inanmıyorum."

"Sevebilir!" dedi anında, "Sevecek. Yıllar önce sevdiği bir kız vardı, onun için insanın nefesini tutarak dinleyeceği bir sürü şey yaptı. Sevdi onu. Yine sevebilir, sevecek. Sadece bir şey lazım. Soyut bir kelepçe... Yan yana olmak zorunda bırakılmanız lazım. Burada, bu şekilde olmaz. Bak kızım, ben oğlumun bir kalbi olduğunu yeniden hatırlamasını istiyorum. Bunun için de belki de etrafında kaçabileceği bir köşe olmaması gerekiyor. Etrafından tanıdığı bütün insanları bir süreliğine alacağım. Sadece sen olacaksın. Sana muhtaç kalacak." Adam delirdi.

"Ama nasıl?"

"Başka bir şehir! Bir... bir balayı! Birkaç günlüğüne şehir dışına çıkmanızı istiyorum. Yarını bile beklemeden, hemen gitmenizi istiyorum. Telaşımın sebebini anlamak bu kadar zor olmasa gerek." Gözlerinin içine baktım derin bir nefes alarak. Ciddi anlamda gereksiz bir telaş yaptığını düşünüyordum.

"Aslında bakarsanız," dedim, "telaşınızın sebebini anlamak zor. Sizden farklı bir hayat yaşıyor diye onu sorunlu olarak göremezsiniz. Arkadaş çevresi sizden farklı diye, dinledikleri, giydikleri sizden farklı diye onu değiştirmeye çalışmanızı anlamadım. Belki böyle mutludur?"

"Uyuşturucu." Ağzından çıkan ilk kelime bu olunca bir an kaşlarımı çattım anlam vermeye çalışarak.

"Ne?"

"Bir dönem uyuşturucu kullanıyordu. Hayatı dibe batmıştı, gözü uyuşturucudan, alkolden, kadınlardan ve yarışlardan başka bir şey görmüyordu. Sonra âşık oldu, hepsini tek tek bıraktı. Bir gün kız da onu bırakınca, yarışlara geri döndü. Şu an sadece yarışlara katılıyor, ama ya bir gün başka şeylere de geri dönerse kızım? Onu kaybedemem. Anlıyor musun? Duygularını tercihlerinin üstüne çıkarmak zorundayım. Seni onunla bir kutuya hapsetmek, gözünün önüne seni koymak, ona zorla senin elini tutturmak, sana muhtaç kalmasını sağlamak zorundayım. Sana fiziksel olarak hiçbir şey istemediğimi söylemiştim, bu hâlâ geçerli. Benim senden istediğim soyut bir şey kızım. Ben senden oğlumun seni sevmesini istiyorum. Ona kendini sevdir. Bunu yap ki doğru yola girmek için bir sebebi olsun. Ve ben görebiliyorum… dünyanın en güzel gözlerine sahipsin, tut oğlumun yüzünü, çevir gözlerine. Emin ol, bir kez daha bakmak isteyecektir…"

Nedenini bilmediğim bir şekilde dolan gözlerimi gizlemek için başımı önüme doğru eğdim. Sevgi, satılamaz, alınamaz bir şeydi. Ama sevgi sağlanabilirdi. Onun beni sevmesini sağlayabilirdim, eğer benden nefret etmiyorsa bunu yapabilirdim, nefret ediyorsa kesin yapardım.

"Sen şimdi odana çık. Ben Cihan'a balayına gideceğinizi haber vereceğim. En azından sabahı beklememiz için ısrar edecek, biliyorum, ama olmaz. Sabah olduğunda da akşamı beklemek için ısrar edeceğine adım kadar eminim. Hadi Deniz, güzel kızım. Git, bekle. Sana güveniyorum. Bu evden çıkarken sahip olduğunuz hiçbir şey, bu eve geri döndüğünüzde yerinde duruyor olmayacak. İyi yolculuklar, hem yol olarak hem hayat olarak."

Başımı salladım. Cümlelerin ağır yüküyle birlikte merdivenlere yöneldim. Bir bir çıktım basamakları. Koridoru geçtim aklımda hayatımın bir yolculuğa benzetilip iyi yolculuklar dilenmesinin ironisiyle. Odaya girdim, yatağın üstüne oturdum. Ve öylece kaldım. Söylenecek bir şey yok, yapılacak bir şey yok. Birine kendimi sevdirmek zorundayım. Yapacağım şey bu, birine kendimi sevdirmek. İç sesim susarsa ağlamadan düşünebilirim, ama susmuyor. İç sesim öyle şeyler söylüyor ki…

'Ben kendi anneme babama bile sevdiremedim kendimi.'

'Şimdi ona nasıl…'

'Bir yabancıya nasıl…'

Dakikalar geçti. Ben boş boş duvarı izledim, içimden bir ses bana beni sevme içgüdüsüyle doğmuş insanların bile beni bırakıp gittikleri bu dünyada birine kendimi nasıl sevdirebileceğimi sorup duruyordu. Annesi tarafından, babası tarafından sevilmemiş bir insanın bir gündür tanıdığı birine kendini sevdirme ihtimali yerlerde sürünüyordu. Ama yapmak zorundaydım. Düşünebildiğim tek şey buydu, zorunda olmam. Yol yok, çıkar yok, seçenek yok, sadece eylem var ve eylemin tek adı yapmak.

Odanın kapısı açılıp sertçe kapanınca Cihan Karahanlı'nın birdenbire odayı dolduran nefret dolu rüzgârını fark ettim. Odaya girdiği gibi kapıyı kırarcasına kapattı. Yüzüme bile bakmadan dolabının kapaklarını açtı, kendisine çıkardığı küçük bir valize birkaç kıyafet doldurdu ve nihayet başını kaldırdı.

"Çantan nerede?" Korkuyla başımı yatağın kenarına çevirip çantamı işaret ettim. Sertçe eğildi ve çantamı bir eline, kendi çantasını diğer elini alıp doğruldu.

"Gidiyoruz." Soru soramadım, tepki veremedim. Ayağa kalktım ve peşinden tıpış tıpış ilerledim. Merdivenlerden indik, kimseyi görmeden çıktık evden. Cihan Karahanlı kapıları çarpa çarpa arkasında bıraktığını umursamadan gidiyor, ben de arkasında bıraktığıyım.

Ben ne zaman insanların arkalarında bıraktığı olmaktan vazgeçeceğim?

Çantaları arabanın şoför koltuğunun yanındaki koltuğuna koyunca derin bir nefes aldım. Bu şey demekti, öne, yani yanıma oturamazsın senin yerin arkada demekti. Ben bunlara üzülmüyordum, ben bunlara bozulmuyordum. Ben annemle babamın hayatından atıldım, Cihan Karahanlı'nın arka koltuğuna oturmam beni üzmezdi. İtiraz bile etmeden geçtim arka koltuğa. Oturdum, telefonumu cebimden çıkardım ve gözlerimi telefonumun ekranına çevirdim. Ben de ona bakmaya meraklı değildim. Keşke şu an bir şey söyleseydi de cevap vermeseydim, soğuk davrandığımı anlasaydı. Ama onun bana kuracağı tek bir cümle yoktu belli ki.

Öyle de oldu. Hiçbir şey söylemedi, dönüp bakmadı bile, ben arkada öylece telefonumla oynadım gecenin karanlığında. Nereye gittiğimizi bilmiyordum, ne zaman varacağımızı bilmiyordum, ne yapmam gerektiğini bilmiyordum. Ama aklımda Murat Karahanlı'nın kurduğu cümleler vardı, beni sevmesini istiyordu. Susarak başarabilir miydim bunu? Bir insan bir insanı susuyor diye sever miydi? Susmaya devam etmeli miydim, edecek miydim? Risk almak, onursuz davranmak zorundaydım.

"Nereye gidiyoruz?"

Soruma beklemeden anında soruyla cevap verdi. "Hep böyle mi yaparsın?" Kaşlarımı çattım.

"Nasıl?"

"Yola her çıktığında nereye gideceğini yolda geçen iki saatin ardından mı sorarsın?"

Tamam, kızmış. Tamam, Cihan Karahanlı ona nereye gittiğimizi sormamı beklemiş. Tamam, soru gelmeyince sinirlenmiş. Tamam, Cihan'ın duyguları var. Tamam.

Gülümsememeye çalışarak başımı kaldırdım ve öne doğru eğildim. Duvarlarını kelimelerle yıkıp onu kendine umursamayarak getirmek. Durum bu. Umursamadan konuşmak. Konuşmadan konuşmak. Zor gibi görünüyor, ama anlayacaksınız.

"Kapıları yüzüme çarpa çarpa çıkıp gittiğin için kendime gelmem iki saatimi aldı. Gideceğimiz yer de çok umurumda değildi. Hevesli değilim. Sadece merak ettim."

"İyi." dedi sert sesiyle, "Merak etmeye devam et."

Harika, bakın çok iyi anlaşıyoruz. Ben onu tersliyorum, o beni tersliyor, o bana soru sormadım diye kızıyor, ben soruyorum, sonra cevap vermiyor, zaten umurumda değildi diyorum, sonra cevap vermedi diye kızıyorum. Çok uyumlu, müthiş bir çift olmadık mı?

"Yalnız bana nereye gideceğimizi söylemediğin sürece beni kaçırmaktan farklı bir şey yapmış olmuyorsun. Polisi arasam ihbarımı ciddiye alıp gelirler." Omuz silktiğini gördüm.

"Ne diyeceksin, 'kocam beni kaçırıyor' mu?" Doğru ya, biz evliydik!

"Ayrılmak üzere olduğum kocam beni kaçırıyor dersem gelebilirler."

"Hızlı bir evlilik olmuş. Sabah evlenip akşam ayrılmak üzereyiz diyebileceğin konuma gelmemiz hoş. Hep böyle mi konuşursun?" Kaşlarımı çattım bir kez daha. "Nasıl?"

"Mantıksız." Ooo, Cihan Bey babasına öfkelenmiş, sinirini benden çıkarıyor. Daha birkaç saat önce yüzüme bakmayan, sorularıma, cümlelerime tek kelime etmeyen adam konuşmaya başladı. Ama kusura bakmayın, oğlu yıllar sonra konuşmaya başlamış bir anne gibi sevinemeyeceğim. Çünkü güzel konuşmuyor.

"Evet, hep böyle konuşurum. Sorun olacaksa sağa çek, ineyim." Şu an arabada tek olsam tebrik etmek için kendi elimi sıkardım, çünkü belki de hayatımda ilk defa kendimi ezdirmeyecek bir cevap verdim. Havalının da ötesindeyim! Resmen rest çektim. Arkadaşlar, Cihan arabayı sağa çekiyor. Başımın dönmeye başladığını hissediyorum. Arabayı sağa çekiyor. Arabayı sağa çekiyor diyorum.

Araba sağda durduğunda yüzümde Bihter ve Behlül'ü öğrenmiş Adnan Bey edasıyla bir yola bir Cihan'a baktım.

"İn." dedi. Rüya mı görüyorum, lütfen, lütfen rüya görüyor olayım? Ama ne olursa olsun, rüya olsa bile ona yalvaracak, şaşkın bir şekilde bakakalacak değilim. Şokumu sadece iki saniyede atlattım. Gözlerim Cihan'ın üzerinde yutkunarak başımı kaldırdım iyice.

"Tamam." Elimi ağır ağır kapıya götürdüğüm sırada Cihan'ın umurunda bile olmadığımı fark ettim. Burada beni böylece bırakıp gidecekti, gidebilirdi. Elimi kapıya götürdüm, kapıyı açtım ve tam bir adım atıyordum ki araba birden çalışınca savrularak kapattım kapıyı. Şok içinde baktım ona.

"Manyak mısın sen!" diye bağırdım, "Beni öldürmeye mi çalışıyorsun?"

"Evet." Sesi oldukça tekdüze, sıradandı. Bir manyakla evlenmiştim, benden nefret ediyordu. Benden iğreniyordu!

"Ben ciddiyim Cihan Karahanlı. Derdin ne!"

"Anlamaya çalışıyorum." Kaşlarımı çatıp gözlerimi kıstım ve söylediğini algılamaya, çözümlemeye çalıştım.

"Neyi?"

"Amacını."

"Ne amacı?" Arabayı birden bir kez daha ani bir frenle durdurunca öğürecekmiş gibi bir hızda öne doğru sıçradım. Yemin ediyorum bu adam beni öldürecekti. Başını kaldırdı ve bana dönmek yerine yüzüme aynadan bakmayı tercih etti. "Benimle..." dedi ağır ağır, "niye evlendiğini söyleyeceksin. Şimdi. Hemen."

Anlaşıldı. Cihan Karahanlı onunla benim de istemeden evlendiğime inanmıyordu. Tamam, ben onun yerinde olsam ben de inanmazdım, ama istiyor gibi de göründüğümü sanmıyordum. Bu onun kafasını karıştırabilirdi, ama yapabileceğim hiçbir açıklama yoktu. Ona hasta olduğumu söyleyemezdim, ona bu evliliği istediğimi söylemem de mantıksızdı. Ne söyleyebilirdim? Hiçbir şey. Ona verebileceğim tek bir kelimem yoktu ve o benden cevap istiyordu. Şimdi. Hemen.

7. Bölüm
Deniz'i Denize...

Cihan Karahanlı, arabanın şoför koltuğundan bana doğru dönmüş, yüzünde hiçbir acıma olmadığını anlatan bir ifadeyle kelimelerini tane tane sıralamıştı. Benden onunla evlenmemin sebebini öğrenmek istiyordu. Aklımdan binlerce şey geçti. Hasta olduğumu söyleyemezdim, Murat Karahanlı'nın bunu neden sakladığını bilmiyordum ama ona uymak zorundaydım. Bir yurt çocuğu olarak büyüdüğümü, kalacak yerim olmadığı için onunla evlendiğimi mi söyleseydim? Ama bunu zaten biliyor olmalıydı. O başka bir şey istiyordu. Başka bir cevap arıyordu. Belki onunla para için evlendiğimi düşünüyordu. Belki bunun doğru olup olmadığını öğrenmeye çalışıyordu. Gözlerimi ona çevirdim ve yüzüne olabildiğince dik bir şekilde bakmaya çalıştım.

"Sana beklediğin cevabı vermeyeceğim Cihan Karahanlı." Sesim olabildiğince duygudan yoksundu. Kaşlarının hafifçe kıpırdadığını gördüm.

"Beklediğim cevabı değil, doğru cevabı istiyorum."

"Sana cevap verecek kişi de ben değilim. Baban. Her şeyi sana anlatması gereken insan o." Rengi her daim değişebilecek ama maviyle uzaktan yakından alakası olmayan sert gözleri kısıldı. Yüzünde kendini haklı çıkaran bir ifade vardı.

"Sakladığınız bir şey olduğunu kabul ediyorsun yani." Yutkundum. Zekiydi, bunu anlayacağını tahmin ediyordum.

"Kabul ediyorum. Ama inan bana sakladığımız şey seni en ufak şekilde bile etkilemez, etkilemeyecek."

"Söyle." dedi kısaca, "Hemen." Derin bir nefes aldım sıkıntıyla. Gözlerinin içine bakıp ben hastayım demek kolay değildi. Hayatımı kurtarabilecek bir anlaşmanın kurallarına uymamak ondan daha zordu. Kalp atışlarımın hızlandığını hissettiğimde elimi sıktım kendimi kontrol altına alabilmek için ve başımı öne eğdim.

"Söylemeyeceğim Cihan Karahanlı. Benden tek kelime alamazsın. Ama saklanır bir şey değil, senden sonsuza kadar saklanamayacağına emin ol. En geç bir hafta, on gün... öğreneceksin. Ama bunu sana ben söylemeyeceğim. Bu yüzden lütfen ısrar etme. Sorma, emretme. Her şeyi zorlaştırma..."

Kaşları çatıldı anında. "Ben," dedi üstüne basa basa, "hiçbir şeyi zorlaştırmıyorum. Hayatımı mahveden sensin."

"Hayatını mahvetmek mi? Ben olmasaydım da başkasıyla evlendirilecektin. Benim bu hikâyede hiçbir suçum yok. Ben sadece nefes almaya çalışıyorum tamam mı? Bir gün kurduğum bu cümleyi çok iyi anlayacaksın. Şimdi anlamıyorsun, ama bir gün gelecek çok iyi anlayacaksın. Seninle evlenmemin tek sebebi bu, ben nefes almaya çalışıyorum. Seninle nefes alabilmek için evlendim. Hayatım boyunca bir kez olsun havanın ciğerlerimi tam doldurduğunu hissetmedim. Ciğerlerimin deneme sürümünü kullanıyormuşum gibi yaşadım, tam dolduramadım, ne zaman nefes alsam her seferinde yarım aldım... izin ver birkaç gün nefes alayım. Tek istediğim nefes almak. Para istemiyorum, seni istemiyorum, bir ev bir araba istemiyorum.

Nefes almak istiyorum. İster inan, ister inanma. Kendi içinde sorgulamayı da bırak, nefes almamın seninle ne alakası olduğunu anlayacaksın. Cevap sana gelecek. Kurabileceğim başka cümlem kalmadı..."

Yüzüme baktı. Yüzümü incelediğini gördüm, kaşları çatıktı, yüzümü derin derin inceledi saniyelerce. Derin bir nefes aldı ardından. Ben dudaklarının arasından çıkacak bir cümlesini beklerken o direksiyona doğru döndü ve arabayı çalıştırdı. Bu izin vermek anlamına geliyordu. Birkaç gün de olsa, nefes almama izin verecekti.

Gözlerimi camdan dışarı çevirdim, karanlık geceyi gördüm, izledim. Gökyüzünde o kadar az yıldız vardı ki kendi şansıma acır gibi gülümsedim. Ben ne zaman gökyüzüne baksam gökyüzünde ya hiç ya da tek tük yıldızlar olurdu. Çünkü ben yıldız görmeyi bile hak etmiyordum. Ben bir yıldızı bile hak etmiyordum. Tek bir tanesini bile. Bilirsiniz... gökyüzünde ne kadar az yıldız varsa bir yıldızın kayışını görme ihtimaliniz o kadar düşer. Ben, hayatım boyunca bir kez bile bir yıldızın kayışına şahit olamadım. Ben hayatım boyunca bir kez bile gökyüzünün bana yıldız kaydırarak "hadi dilek dile" deyişini duyamadım, göremedim. Hiçbir yıldız yok benim için kayacak. Gökyüzündeki yıldızlar bana ait değil. Benim, bana parlayan tek bir yıldızım bile yok. Kayan, parlayan, benim için sönen bile, benim tek bir yıldızım bile yok. Gözlerimi gökyüzünden çevirip kucağımdaki ellerime çevirdim. Bileğime çizilmiş minik yıldız resmine... Aylin çizmişti. Aylin... Onu o kadar özledim ki. Yanıma gelecek, bileklerimi yıldız resimleriyle dolduracak. Ve ben bileklerimi her yıkadığımda, yıldızların çıkışını her gördüğümde bir dilek dileyeceğim. Benim yıldız kayışım bu olacak. Benim dileğimin sebebi Aylin olacak. Nereye gidiyoruz bilmiyorum, ama döndüğümüzde her şey çok daha iyi olacak.

Gözlerimin kapanmak için kendilerini de beni de zorladıklarını hissediyordum. Kapanmak için ısrarcılardı. Araba altımızda hareket ederken bir beşikte gibi hissediyordum. Önce koltuğa dayalı kolumun kaydığını hissettim. Kendimi düzeltmek yerine kolumun kayıp yarattığı boşluğa başımı yasladım. Bacaklarımı koltuğa, karnıma doğru çektim, kendimi kendi kollarımla sardım. Siz bir insanın kendini kendi kollarıyla sarması ne demektir bilir misiniz? Ben bunu çok yaptım. Yurtta geceleri her korktuğumda yatağımdan kalktım, odada koşarak bir tur attım sanki annem ve babamın odasına gidiyormuşum gibi, kendi yatağıma annem ve babamın yatağına giriyormuşum gibi girdim tekrar, kendi kollarımla kendimi sardım sanki bir kolum annemin bir kolum babamınmış gibi. Siz insanın kendisinin anne babası olmak zorunda kalması ne demek bilir misiniz? Ben bilirim.

Kendi başına olmak, kolay uyumak demektir. Sizi uyutmasını isteyebileceğiniz kimse yoksa etrafınızda o kadar kolay uyuyorsunuz ki. Üç saniye, benim uyumam üç saniye sürer. Gözlerimi kapatırım ve üç saniye sonra uyurum. Korkularım uyandırır belki evet, ama kendime sarılır korurum kendimi. Siz… bir insanın kendisini korumak zorunda kalması nasıldır bilir misiniz? Ben bilirim.

Gözlerimi bir ara açtığımı hatırlıyorum, üstümde hissettiğim kıpırdanmayla gözlerimi araladım ve doğrulmaya çalıştım. Ama uykumun yarattığı baş dönmem öyle ağırdı ki kalkamadım, gözlerim tekrar kapanırken gördüğüm tek görüntü aklımdaydı. Hava karanlıktı, Cihan Karahanlı ön koltuktan üzerime doğru eğilmiş üstümü örtüyordu. Ceketine sıkıca tutunup ısınmaya çalıştım. Sert gözlerini gördüm, ama bir saniye kadar sürdü. Sonra tekrar uykunun kollarında buldum kendimi.

Gözlerimi tamamen araladığımda ise her şey farklıydı. Bulunduğumuz yer, hava, ışık... Bir kere, şunu söylemeliyim, şu an sabah olmuştu! Güneşin yeni doğduğu odanın her yerini doldurmasından belliydi. İkincisi, arabada değildim, bir yatağın üstündeydim. Kocaman, dünyanın en rahat yatağı denilebilecek bir yatağın üstündeydim. Üstüm güneş olmasına rağmen havanın soğuk olduğunu her haliyle belli etmesinin ispatı gibi turuncu bir yorganla örtülmüştü. Ağır ağır doğruldum yattığım yerden. Lüks bir otel odasıydı burası. Turuncu, mavi tonlarında düzenlenmiş, içinde aradığınız her şeyi bulabileceğiniz kocaman bir otel odası. Odayı incelemek için başımı çevirdiğim sırada birden banyo olduğunu düşündüğüm yerin kapısı açıldı ve ahh, içeriden beline sarılmış havlusuyla çıplak ve ıslak ve hatta buharlı Cihan Karahanlı çıktı! Adamdan dumanlar çıkıyordu... Telaşla ne yapacağımı bilemeyerek kendimi yatağa attım ve yorganla başımı kapattım.

"Uyuyor gibi yapman için çok geç. Uyandığını gördüm."

"Uyuyor gibi yapmıyorum," diye mırıldandım yorganın altından, "uyuyorum."

Gelen hışırtı seslerinden Cihan Karahanlı'nın odanın içinde ilerlediğini ve çantalardan birini açtığını anladım. Fermuar sesi hızla tekrarlandı, büyük ihtimalle kıyafetlerini alıp kapatmıştı. Yorganı iyice kendimi koruyacak şekilde çektim ve yutkundum. Ne cüretle benimle aynı odadayken banyo yapardı!

"Sen hiç banyo yapan birini görmedin mi?" dedi alaycı bir sesle. Yatağın altından omuz silktim gözümün önüne gelen görüntülerle.

"Yüzlerce defa gördüm. Yurtlarda küçük yaşlardayken özel banyo diye bir şey olmuyor. 50 kız sıraya dizilirdi, sırayla hepsi... bazen ikişer ikişer... bazen üçer üçer..." Yutkundum. Cihan Karahanlı'nın kıyafetlerinden gelen hışırtının da tam o an durduğunu fark ettim.

"Bunları anlatmak sana acı vermiyor mu?" Sesi duygudan yoksun, cümlesi hayret doluydu. Bir kez daha omuz silktim.

"Ben beni dokuz ay karnında taşımayı kabul etmiş bir kadının beni bırakıp gidişini izledim. Bunlardan utanacak, acı çekecek değilim. Karnına düşmemi zevkle kabul edip yanında kalmamı istemeyen bir kadının gidişini, en sevdiğimin, en sevdiklerimin gidişini izledim. Banyo anılarım hiçbir şey. Hatta ne var biliyor musun," dedim ve giyinmiş olması için dua ederek yorganı başımdan çektim. Giyinmişti ve öylece beni izliyordu. "...mümkün olsaydı da o anları kamerayla bir bir kaydedebilseydim. Bütün dünyaya duyurmak isterdim, bütün dünyaya izletmek isterdim. Ben ne kadar üzüldüysem insanlar bunları görsün duysun bilsin istiyorum artık. Acı çektiysem çektim, bunların hiçbirini ağzımdan bir şey kaçırır mıyım gerginliğini yaşamak için anılarıma eklemedim. Yani hayır. Bunları anlatmak bana acı vermiyor. Asla da vermez."

Şunu fark ettim, siz de fark ettiniz mi bilmiyorum, Cihan'la tanıştığımdan beri daha çok konuşmaya başladım. Ve bunun sebebinin Nehir Karahanlı'nın kurduğu bir cümle olduğuna eminim. Bana onunla konuş demişti... Konuşabildiğin kadar konuş, anlat... Ben de bunu yapıyorum. Kendimi tutmuyorum, dudaklarıma geleni durdurmuyorum. Geldiği gibi anlatıyorum, söylüyorum. Ve inanın bana, Cihan Karahanlı'nın bakışlarında değişen birtakım şeyler olduğunu da görebiliyorum.

Acımak değil bu. Hani bebekler anne karnına düştüğünde ismi konulmaz, ama büyüdüklerinde, cinsiyetleri belli olduğunda, hatta doğduklarında ismi konulur ya, Cihan Karahanlı'nın duygusu daha o kadar küçük ki ismi yok, türü belli değil. Ama büyüyecek ve biz ona bir isim koyacağız.

"Kahvaltıyı..." dedi saçlarını kaşıyarak, "nerede yapmak istiyorsun?" Konu değiştirme dalında yüksek lisans yapmış gibi değil mi? O an sorusuna cevap vermek yerine aklıma gelen soruyla kaşlarımı kaldırdım.

"Şu an neredeyiz?'

"Odadayız." Hafifçe gülerek sorumu açtım.

"Tamam da neredeyiz?"

"Bir otelin odası." Benimle dalga geçtiği o kadar netti ki.

"Hangi otelin?"

"Bir ilçedeki bir otelin odası..."

"Hangi ilçe?"

"Bir ilin ilçesi."

Gözlerimi devirdim Cihan Karahanlı benimle yüzündeki sert ifadeyi bozmadan dalga geçerken. Ayağa kalktım öfkeyle, sıkıntılı adımlarla cama doğru ilerledim. Nerede olduğumuzu kendi gözlerimle görmek istiyorum. Gerçi şöyle bir sorun vardı, bu zamana kadar Ankara dışında bir yer görmediğim için nerede olduğumuzu da büyük ihtimalle anlayamazdım. Cama yaklaştığımda durdum, perdeyi çektim ve kenardan baktım.

Deniz... sonsuzluğa uzanan, masmavi bir deniz... tertemiz, kimsesiz bir plaj. Yanda görünen eski püskü ama şirin, çiçeklerle kaplanmış bina pencereleri. Sanki 80'lere dönmüşüz gibi, bir köydeymişiz gibi. Tahmin ettiğim gibi, nerede olduğumuzu bilmiyorum. Ama şunu biliyorum, biz çok güzel bir yerdeyiz.

"Cunda…" Arkamdan gelen kadife sesle birlikte kaşlarımı çattım, "Cunda Adası."

"Hatırladım!" dedim birden burayla ilgili bir görüntü gözümün önüne geldiğinde. Tüm sinirimden, soğukluğumdan, mesafemden sıyrılmıştım ve çocuklar gibi neşeli bir şekilde Cihan Karahanlı'ya bakıyordum. Kaşlarını çattı neşeme şaşırmış gibi.

"Daha önce geldin mi?" Gülmemek için zor tuttum kendimi.

"Hayır. Televizyonda görmüştüm. Sen… gelmiş olmalısın." Başını salladı yüzü sert bir ifadeyle bakmayı sürdürürken.

"Sürekli gelirdim bir ara." Bir ara? İçimden bir ses buranın Cihan Karahanlı için çok önemli bir yer olduğunu fısıldıyor ama göreceğiz.

"İmkânım olsaydı ben de sürekli gelirdim. Televizyonda izlediğim kadarıyla Türkiye'nin en güzel adalarından biri. Gerçi diğerlerini de görmedim. Ama nedense o an öyle hissetmiştim işte…"

O an sanki bir anlığına Cihan'ın durup beni teselli edeceğini, etmek isteyeceğini düşündüm nedense. Sanki öyle bir enerji geldi ondan bana sadece üç saniyeliğine. Ama sonra duruşunu düzeltti. Boğazını temizledi ve başıyla kapıyı işaret etti.

"Kahvaltı?" Başımı salladım gülümsemeye çalışarak.

"Mümkünse deniz gören bir yerde yapalım." Başını kaldırdı, dudağının tek kenarının hafifçe havaya kalktığını gördüm, tam o sırada, dudaklarının arasından çıkan cümle beni olduğum yere çiviledi.

"Seninle kim kahvaltı yapsa deniz gören bir yerde kahvaltı yapmış olur."

Kurduğu cümlenin güzelliğiyle, benim o cümleye layık olmayışımla kısa bir süre şok yaşadım. Kaşlarım çatık, yüzüm donuk öylece baktım yüzüne. Anında dudağını indirdi ve tekrar sert bir ifade takındı. "İsminden dolayı." diye açıkladı.

Ben, Deniz Akay. Annem ve babama teşekkür edeceğim tek konu bana verdikleri isim derdim hep. Şimdi çok daha iyi anlıyorum. Cihan Karahanlı benimle karanlık bir odada bile kahvaltı yapsa deniz gören bir yerde kahvaltı yapmış olacak, böyle hissediyor ve bunu bana söyledi ya hani, sanırım artık ondan nefret edemem. Çünkü gördüm, onun içinde nefretten öte ufacık duyguların da olduğunu, orada büyümek için gün saydıklarını gördüm.

"Anladım..." diye mırıldandım sessizce, "Ben de denizi görmek istiyorum. Mümkün mü?" Başını salladı.

"Mümkün. Madem bu kadar çok istiyorsun... *Deniz'i denize götürelim bakalım.*"

İçimde garip bir his vardı. Cihan Karahanlı'nın daha şimdiden değişmeye başladığını hissediyordum. İsmimin bu kadar üstünde durması, bana nefretle bakmaması, benimle kahvaltı yapmayı kabul etmiş olması, ben uyurken odayı terk edip gitmemiş olması... Büyük şeyler değil belki, biliyorum, ama şunu görüyorum, Cihan Karahanlı'nın içindeki duvarın tek tuğlasını oradan ayırdım, ayaklarımla eziyorum.

Şimdi, izniniz olursa denizi gören bir yere gideceğiz. *Hayatımda ilk defa... beni gören insanların aksine, hayatımda ilk defa denizi göreceğim. Belki de aynaya bakmak gibi olacak, ama kimse aynaya bakmayacak...*

8. Bölüm
Denize Doğru…

Cihan'la beraber odadan çıktığımızda buraya gelirken görmemin mümkün olmadığı oteli görme imkânım oldu. Merdivenler, koridorlar, otelin her yeri çiçeklerle bezenmişti. Her yerde, her yerde çiçekler vardı… Burası denizin ve çiçeklerin adasıydı. Ve şaşırtıcı bir şekilde Cihan Karahanlı beni açık büfesinde 750 çeşit yiyecek bulunan aynı kattaki geçişlerin bile asansörle yapıldığı mekanik bir otele getirmemişti. Cihan Karahanlı beni şirin mi şirin, sevimli mi sevimli ufacık doğal bir otele getirmişti. Bakışlarımı otelin büyük tahtalı camlarından görünen deniz manzarasından ayırıp merdivenlere doğru bir adım daha attığımda Cihan'ın güneş gözlüğü taktığını fark ettim. Güneş gözlüğü bir adama bu kadar mı yakışırdı? Tamam, harika anlaşıyoruz diyemem, yolda beni arabadan indirmeyi kabul ettiğini hatırlatırım, ama düzeltebiliriz. Düzelebileceğini görebiliyorum, hata yapmazsam, ona huzur verirsem beni seveceğini, beni bırakmayacağını biliyorum. Çünkü Zenan'ın dediği gibi, ben de eminim, Cihan Karahanlı severse harbiden severdi… Ha beni sevmiş ha başkasını, sevgi onu düzeltecek, onun düzelişini görmek için başkasını sevişini bile kabullenebilirim. Çünkü zaten dendiği gibi, sonsuza kadar birlikte olmayacağız, bizim yollarımız birleşmeyecek, ayrı ayrı gideceğiz, biz şimdilik sadece bir köprüyü ortak kullanıyoruz o kadar.

"Nereye gideceğiz?" Merdivenlerin son basamağından inip kendimizi otelin bahçesine doğru ilerlerken bulduğumuzda otelden çıkıyor olduğumuzu anladım. Demek ki otelde yapmayacaktık kahvaltıyı, Cihan yüzüme bakmadan dudaklarını araladı.

"Denize." Kaşlarımı çattım.

"Deniz kenarında bir yere mi?" Egoist bir şekilde gülümsedi.

"Kenarına değil," diye düzeltti, "denize." Anlam veremeyerek peşinden ilerlediğim sırada tam ne demek istediğini soracaktım ki otelin bahçesinde önümüze yaşlı sevimli bir kadın çıktı, bembeyaz dalgalı kısa saçlarının üstüne çiçekli bir saç bandı takmıştı ve Cihan'a hayranlıkla bakıyordu, bakışlarını bana çevirdiğinde gülüşünün büyüdüğünü gördüm.

"Hoş geldiniz!" dedi neşeyle. Bakışlarımı Cihan'a çevirdiğimde Cihan'ın kadına sarılmak için eğildiğini gördüm.

"Hoş bulduk güzellik, gençleşmişsin." Söylediği gibi buraya daha önce de defalarca gelmişti belli ki. Kadınla aralarındaki samimiyet hoşuma gitmiş gibi izlediğim sırada kadın bana döndü ve beklemediğim bir şekilde elini omzuma koyup yanağıma doğru uzandı. Kaşlarım çatılı bir şekilde yanağımı öpüşünü izleyip utanarak gülümsedim.

"Eee kaç ay oldu sen gelmeyeli, ben de yeni taliplerim çıksın diye süslenip gençleşmek zorunda kaldım zıpır oğlan! Anlaşılan sen de birilerine talip olmuşsun! Kim bu güzeller güzeli kızımız? Saçlara bak, aynı benim gençliğim!" Elleri uzun kumral saçlarımda dolaşıyordu. Alt dudağımı ısırarak Cihan'a döndüm.

Beni arkadaşı olarak tanıştırışını ikinci defa zevkle izleyecektim. Gözlerini kadından ayırmadan kendi saçlarını düzeltti.

"Sana bir şey demiştim, hatırlıyor musun?" dedi kadına derin bir sesle. Kadın kaşlarını çatıp kırışık ama bembeyaz yüzünü Cihan'a çevirdi. Ne demişti?

"Bana çok şey söyledin güzel çocuğum. Hangisi?"

"Senin gençliğine benzeyen birini bulursam..." dediği sırada kadın Cihan'ın cümlesini bitirmesine izin vermeden şok içinde ağzını bir karış açtı ve bir bana bir Cihan'a baktı.

"Şaka mı yapıyorsun sen?" Konuşmaya hiçbir anlam veremiyordum. Kaşlarımı çatarak Cihan'a döndüm, bana bakmıyordu bile, sadece kadının tepkisini izliyordu. "Evlendin mi?" diye sordu kadın şok içinde, "Evlendiniz mi?"

Taşlar şimdi yerine oturuyordu, demek ki Cihan çok önce bu kadına onun gençliğine benzeyen birini bulursa evleneceğini söylemişti. Ama algılayamıyorum, ona neden beni bulur bulmaz evlenmeye karar verdiğini göstermeye çalışıyor ki, neden zorla evlendirildiğimizi söyleyip beni rencide etmiyor, neden arkadaş olduğumuz yalanını söylemiyor? Neden birdenbire bu kadının gözünde ilk görüşte aşk tarzında bir hikâyenin başında olduğumuzun görünmesini istedi? Sebep ne bilmiyorum, öğrenmeye de çalışmayacağım ama durumdan gayet memnunum. Bir an için, sadece birkaç saniyeliğine de olsa birinin gözlerinin önünde aşk evliliği yapmışım gibi hissediyorum. Biri bana âşık gibi, Cihan Karahanlı beni bulmuş ve bırakmak istememiş gibi.

"Evlendik." dedi kısaca. Kadın tek eliyle benim tek elimi, diğer eliyle de Cihan'ın tek elini tuttu ve hayranlıkla baktı bize iç çekerek.

"Çocuklar, çok ama çok sevindim! Akşam size özel pasta kestireceğim yemekte, sakın gelmezlik etmeyin! Ayrıca akşam bana bu aşkın nasıl başladığını, evlilik teklifini, her şeyi anlatmanızı istiyorum! Hadi şimdi gidin gezin, akşam erkenden burada olun! Çok tebrik ederim. Cihan'ım, oğlum çok güzel bir karar vermişsin, kızımızın adı neydi?" diyerek bana döndü.

Dudaklarımı araladığım sırada Cihan benden önce davrandı. "Deniz." diye mırıldandı ismimle gurur duyuyormuş gibi. Cihan Karahanlı'nın deniz kelimesine özel bir ilgi duyduğu belliydi ve bir gün anneme ya da babama ulaşma imkânım olursa bana bu ismi verdikleri için onlara teşekkür edip bir daha yüzlerine bile bakmayacaktım.

"Deniz, tatlım bak, Cihan yaramaz bir çocuktur, sert görünür ama onun içini en iyi ben bilirim! O benim oğlum sayılır, çok iyidir, çok güzel bir kalbi vardır, kimseyi üzemez. Çok mutlu olun, çok mutlu olacaksınız da ben eminim! Küçük küçük Cihan'larla geleceksiniz bir gün buraya!" deyip kendi kendine güldüğü zaman yüzümü buruşturdum ve Cihan'a baktım, donuk bir ifadeyle bozulmuş gibi havaya bakıyordu. O an gözümde bir an olsun söylenen şey canlandı, ben, Cihan ve küçük Karahanlı'lar. Ölüm grubu gibi olduk, değil mi? Çünkü söylediğim gibi, bizim ortak bir yolumuz yok. Bunun bahsinin bile Cihan'ın midesini bulandırdığına eminim. Derin bir iç çektim ve boğazımı temizledim.

"Teşekkür ederiz. Umarım." diye mırıldandım geçiştirmek için. Cihan yapmacık bir gülümsemeyle kadına döndü ve başıyla denizi işaret etti. "Biz biraz dışarıda vakit geçirelim, dönünce görüşürüz güzellerin güzeli." Kadın anında gülümseyerek başını salladı bize hayranlıkla baktığında.

"Gezin bakalım, bunlar en güzel en aşk dolu günleriniz." Tabii canım yolda arabadan atlayacak olan da ben değildim. Çok aşk dolu günler yaşıyoruz, motosiklet yarışlarının ortasında yerde uyuyakalmalar filan…

"Görüşürüz, çok memnun oldum." diye mırıldandım ve kadının güzel dilekleriyle birlikte otelin bahçesinden çıkıp denize doğru ilerleyen yola girdik. Zaten arada iki üç dakikalık mesafe vardı. Başımı Cihan'a çevirip güneşte yüzüne bakmaya çalıştım.

"İsmi ne?"

"Aydan. Çocukluğumdan beri tanışıyoruz, otelin eski sahibinin eşi. Kocasının onu aldattığını öğrenince boşanma davası açtı, oteli elinden aldı şimdi o yönetiyor. O olaydan sonra erkek düşmanı oldu diyebilirim, şu an dünyada sevdiği tek erkek benim." Kendimi tutamayıp kıkırdadım. Olayın yaşanış anını izlemek isterdim, kadının yüzünden ne kadar güçlü olduğu görünüyordu, aldatıldığı zaman bunu kocasının burnundan getirmiş olduğu her halinden belliydi, oteli bile elinden aldıysa adamı ne hale getirmiştir kim bilir. Bu kadını örnek alınacaklar listeme eklemeliyim.

"Peki neden gerçeği söylemedin?" Cihan derin bir nefes aldı.

"İnan bana," diye mırıldandı, "eğer evlilik sebebimizi öğrenseydi beni senden kurtarmaya çalışırdı. Daha önce yaptığı oldu." Şok içinde baktım yüzüne.

"Daha önce derken? Daha önce…"

Cihan yüzünü yüzüme çevirip istifini bozmadan cevapladı. "Evet. İlk evliliğimde." Olduğum yerde kaldım ve gözlerimi olabildiğince açıp kolunu tuttum durması için. Durdu, gözlüklerini çıkarmadan egoist bir ifadeyle yüzüme baktı. "Ne oldu? Bir sorun mu var?"

"Sen... daha önce... ev..."

"Zamir. Zarf. İsim. Sana cümle kurmayı öğrettiğimi sanıyordum. Yüklemi unuttun."

"Bırak şimdi cümle yapısını! Ne demek ilk evliliğim?"

"Evet. Bu senin için bir sorun mu?" Duyduklarıma inanamıyordum. Cihan benden önce evlenmiş miydi? Hayır, evlenseydi haberim olurdu. Değil mi?

"Yalan söylüyorsun," dedim, "evlenseydin haberim olurdu."

"Kusura bakma, düğüne çağırmayı unutmuşuz." Eğlendiği her halinden belliydi. Ciddi durmak yerine fıkra üstü konuşması yapıyor gibiydi. Şaka yaptığını görebiliyordum, gözlerimi devirdim.

"İki kişilik davetiye yollamamışsınız sevgilim de onsuz gitmeme izin vermedi!" Cihan Karahanlı'nın eğlenerek kaşlarını kaldırdığını gördüm.

"Tüh, sevgilin olabileceğine ihtimal vermediğimiz için akıl edememişiz. Bizim düğüne çağırsaydın onu da, ilkine gelemedi ikinciye gelseydi bari. Belki seni alıp götürürdü de şu an özgür olurdum." İkinci kez gözlerimi devirdim, balayımızın ilk günü müthiş başlamıştı.

"Ben senin özgürlüğünü kısıtlamıyorum... yani... en azından bilerek isteyerek kısıtlamıyorum..."

"Bilerek, bilmeyerek, isteyerek, istemeyerek, gönüllü olarak ya da zorla, hiç fark etmez. Sen benim özgürlüğümü kısıtlıyorsun. İlk evliliğim böyle değildi." Ciddi konuşmasının sonunda bir kez daha aynı şakayı yapınca hiç çekinmeden koluna vurup sinirle denize doğru yürümeye başladım. Bir an bile tereddüt etmeden uzun bir adım atıp bana yetişti. Birlikte denize doğru ilerliyorduk. Kollarımı tepkimi göstermek için göğsümde birleştirdim.

Plaj kalabalık değildi, tek tük insanlar vardı, plajın kenarındaki kafelerin birinden Göksel'in sesi yükseliyordu. "Denize bıraksam kendimi…" şarkısı kendimi bir klip içerisinde hissetmeme sebep oluyordu. Cihan Karahanlı-Deniz Akay Düeti / Denize Bıraksam Kendimi. Ya da şey, Cihan Karahanlı – Deniz Akay Düeti / Yolun Ortasında Arabadan Atsam Kendimi.

"Dur." Cihan Karahanlı'nın sert emriyle birlikte gözlerimi bir kez daha devirerek durdum ve ona döndüm.

"İçinde ne var?" Sorusunu duyduğum anda şok içinde baktım yüzüne.

"Ne?"

"Kıyafetlerinin altında ne var?" Bir an Cihan sarhoş mu diye düşünmedim değil.

"Ne demek kıyafetlerinin altında ne var? Sen iyi misin?" Sıkıntılı bir iç çekti.

"Gerçekten kıyafetlerinin altında ne olduğunu senin hakkında bir fantezi kurduğumdan dolayı bilmek istediğimi mi düşünüyorsun? Yüzün öyle görünüyor." Cevap vermek yerine boş boş yüzüne baktığım sırada yüzüme bıkmış bir ifadeyle bakıyordu. "Denize gidiyoruz dedim. Pantolonla mı girmeyi düşünüyorsun?" Bir an gerçekten benimle müstehcen konuşacağını sanmış olamam değil mi? Lütfen öyle düşünmemiş olayım. Yüzümün kızardığına emin olarak gözlerimi kaçırdım.

"Ha, onu soruyorsun… Aslında bakarsan ben ne yapacağımızı tam anlamadım. Kahvaltıya gelmedik mi? Şimdi denize gireceğiz diyorsun." Cihan soruma karşılık başıyla arkamı işaret edince kaşlarımı çatarak döndüm. İleride, plajın ssonundaki iskelenin önünde bekleyen bir tekneye çarptı gözüm. Üstünde "KARAHANLI" yazıyordu.

"Kahvaltıyı teknede yapacağız."

"Tekne mi? Ama... ben..."

"Benimle denizin ortasında baş başa kalmaktan mı korkuyorsun yoksa?" Dudağını hafifçe kıvırınca omuz silktim.

"Cümleden bazı kelimeleri çıkaralım. Seninle değil, baş başa değil, ama evet, denizin ortasında kalmaktan korkuyorum."

"Denizden mi korkuyorsun?" dedi şaşkınlıkla. Yutkundum, sanki hayatımda deniz görmüşlüğüm mü var...

"Yani, doğal olarak... Hayatımda hiç deniz görmediğim için... Yüzmeyi de bilmiyorum, o kocaman şey denizin üstünde nasıl durur bunu da aklım almıyor... Hem, yağmur yağarsa ne yapacağız baksana hava iyi değil gibi..." Tereddütlerimi bir bir sıraladığımda Cihan Karahanlı'nın küçük bir çocuğa bakar gibi baktığını gördüm. Onun gözünde küçük bir çocuk olabilirdim. Çünkü çocuk olmak yaşa bakmıyordu, yaşanmışlığa bakıyordu. Ne kadar az tecrübe, o kadar çok çocuk.

"Gel benimle." Birden kolumu tutup beni bir mağazaya doğru çekiştirince tepki veremeden peşinden ilerledim.

"Nereye?"

"Sana ufak bir şey alacağız." Birden kendimi bir bikini mağazasının içinde bulduğumda gözlerim kocaman açıldı. Gerçekten, gerçekten ufak bir şey alacaktık.

"İstediğini seç, çok vaktimiz yok, yedi saniyen var. Bir, iki, üç, dört..." derken ne yapacağımı bilemeden yine de kendimi bir şey yapmak zorunda hissederek uzanıp anında elime gelen kırmızı bikiniyi aldım. Cihan Karahanlı'nın yüzünde onaylar gibi bir ifade oluştu ve şeklinin ne olduğuna bile bakamadığım bikiniyi elimden kaptığı gibi kasaya ilerledi. O ödemeyi yaparken ben olduğum yere kaldım ve aldığım bikininin nasıl bir şey olduğunu anlamak için raftaki aynı model diğer bikinilere bakmaya başladım. Aman Tanrım! Bu gerçekten minicik bir şeydi! Benim bunun içine girmem mümkün değildi! Hadi girdim diyelim bu şekilde Cihan'ın karşısına çıkmam mümkün değildi! Gözlerimi Cihan'a çevirdiğimde rafta duran mini şortlardan birini de aldığını gördüm. Ben utançla o şeyi nasıl giyeceğimi düşünürken Cihan ödemeyi yapıp çoktan yanıma ulaşmıştı bile.

"Gidelim," dedi, "Deniz'i denize götürelim…" Bikiniyi burada unutalım, öyle götürelim!

"Hı hı." Sesim çıkmıyordu bile. Utançtan sesim kısılmıştı. Cihan hızla önden giderken peşinden ağlayarak ilerliyordum. Şaka şaka, ağlamıyordum, o kadar da değil. Ama her an utançtan ağlayabilirdim. Bakın anlamıyorsunuz, buna alışık olsam bu bana büyük bir olay gibi gelmez, ama ben alışık değilim. Ben şort giyip gezmeye bile alışık değilim. Hadi alıştım diyelim, daha önce sokaklarda çıplak dolaşmışlığım olsa bile Cihan'ın yanında bikini giyemezdim. Çünkü… çünkü o Cihan Karahanlı!

Birlikte teknenin önüne geldiğimizde Cihan benden önce atlayıp binebilmem için bana elini uzattı. Gözüm diğer elindeki poşetteydi. Acaba poşete vurup denize düşürseydim denize atlayıp alabilir miydi? Alırdı. Riske gerek yok. İstemeye istemeye Cihan'ın elini tutup tekneye atladım ve Cihan'ın teknenin halatını çözmesini izledim. İçeri doğru birkaç adım atıp tekneyi inceleyince oldukça lüks bir teknede olduğumuzu anladım. Ama yine de sıfat olarak şu nefret ettiğim mekanik kelimesinin yanına bile yaklaşamazdı. Çünkü sıcaktı, teknede sıcak bir atmosfer vardı. Koltuklarda turuncu battaniyeler, kırmızı yastıklar...

"Sen şimdi ciddi ciddi denizden korkuyorsun öyle mi?" Gözlerimi Cihan'a çevirdiğimde yüzüme merakla bakıyordu.

"Haklı sebeplerim var."

"Adil olmayan sebepler olduğuna eminim."

"Adil olmadıklarını kabul edeceğini düşünemezdim. Aslında bakarsan benim hakkımda düşünebileceğini, benim hayatımın adil olmayışını dile getireceğini bile tahmin edemezdim." Cihan kaşlarını çattı, ciddi bir hale bürünüp derin bir nefes aldı.

"Yaşadığın hayatın adil olduğunu düşünseydim asıl buna şaşırman gerekirdi. Sana Deniz ismini verip seni denizden korkacağın bir hayat yaşamaya mahkûm etmeleri adil değil. Bunu görebiliyorum. Bu yüzden seni denize getirmekle ne kadar doğru bir karar verdiğimi de görebiliyorum. Seni korkuna getirdim, ama tam değil, beş dakika kadar sonra... kendini korkunun tam içinde bulacaksın. Çünkü hazırlan, kumral... denize gireceğiz."

9. Bölüm
Burada mısın?

Yaklaşık yirmi dakika, yaklaşık yirmi dakikadır teknenin yatak odasının içindeyim. Cihan Karahanlı beni aldığımız bikiniyi giymem için buraya yolladı ve ben saf gibi telaşla bikiniyi izliyorum yalnızca. Daha üstümdekileri çıkarmadım bile! Nasıl giyeceğim, nasıl çıkacağım dışarı? Yirmi dakikadır kendimi ikna etmeye çalışıyorum ama başarılı olma seviyem sıfır! Sakinleşmem lazım, bu çok basit bir şey. Kötü bir fiziğim yok, 1.68 boyunda, 50 kiloyum. Fiziğimden utanıyor da değilim zaten... sadece... utanıyorum işte. Ama tamam, Cihan Karahanlı hayatı boyunca hep cesur kızlarla oldu, her şeyi görmeye alışık, ben şimdi çıkıp da ona kusura bakma ben utandığım için bikiniyi giyemiyorum denize pantolonla gireceğim desem saçma ötesi olur, bu yüzden giyeceğim. Zorla da olsa giyeceğim...

Kıyafetlerimi ağır ağır çıkardım, aynada kendime bakmamaya çalışarak kırmızı dar bikinileri üstüme geçirdim ve yanan yüzümü zar zor aynaya çevirdim bikiniyi giymeye uğraşmakla geçirdiğim üç dakikanın sonunda. Aman Tanrım... Hayatımda hiç böyle bir şey giymemiştim. İç çamaşırlarım hep beyazdı, seksi markaların iç çamaşırlarını değil pazarda satılan pamuklu beyaz iç çamaşırlarını giydim hep. Bikini zaten benim hayalini bile kurmadığım bir şeydi. Ama şimdi, kırmızı bir bikininin içindeyim ve gözlerime inanamıyorum. Cihan ne düşünür bilmem, ama güzel görünüyorum. Gerçekten, gerçekten güzel görünüyorum. Vücuduma hiç böyle bakmadığımı, bakamadığımı fark ettim o an. Banyodan hemen sonra buğulanan aynayı silip bir kez bile bakmadım yüzüme, ki zaten hiçbir zamen boydan bir ayna olmadı banyomuzda. Hayatınızı yaşayış ölçünüz baktığınız aynanın boyuyla eş değer aslında. Kendinizi ne kadar görebiliyorsanız dünyanız o kadar geniş. Ben şimdi buradayım, hayatım boyunca kendime ilk defa bu kadar açık, bu kadar belden aşağı bakıyorum. Çünkü sanırım... benim... dünyam büyüdü.

"Deniz..." Odanın kapısında Cihan'ın sesi duyulduğunda gözlerimi aynadan kapıya çevirdim. Utancım biraz olsun sönmüştü ve yerini dünyamın büyüyüşünün farkındalığına bırakmıştı. Kapıyı yutkunarak açtım. Beklediğim gibi olmadı, utanmamı gerektirecek gibi olmadı, çünkü Cihan Karahanlı beni baştan aşağı süzmedi bile, gözleri sadece gözlerimdeydi.

"Hazır mısın?" dedi. Hazır olup olmadığımı bile bana soruyordu bakmak yerine. Ben ona baktım, ama görmeye muhtaç gibi baktığımda altına bir deniz şortu giydiğini gördüm ve kaslarını tabii... Onlardan bahsetmeye kalkmayacağım.

"Hazırım da... acaba ben denize girmesem mi?" Hafifçe gülümsedi.

"Korkaklar kaybeder, derler. Yanımda olan kimsenin kaybetmesine izin vermem." Yutkunup gündüz saatleri olmasına rağmen buz gibi olan ve yağmur yağacağını belli edercesine kararan havaya baktım. Denizde biraz açılmıştık ve her an yağmur başlayabilirdi, beni korkutan da buydu.

"Ama yağmur yağacak... eğer biz deni..."

"Ha içinde bulunmuşuz suyun, ha tepemize yağmış. Sen denizden mi korkuyorsun yağmurdan mı karar ver, öyle konuşalım."

O an gözlerim ciddiyetle bana bakan Cihan'ın gözlerine kaydı. Öyle kararsızdı ki gözleri mavi mi olmalıydı yeşil mi karar verememişti, zira iki rengin ortasında bir yerde sıkışıp kalmıştı. Söylediğini düşündüm. Deniz değildi belki korkum, öyle olsaydı yağmurdan korkmazdım sanki, ama yağmurdan korkuyorum da diyemezdim, ya ikisinden de korkuyordum ya da başka bir şeyden... Daha büyük, sudan daha güçlü bir şeyden. Ben bir maddeden korkmuyordum, ben bir eylemden korkuyordum. Başımı kaldırdım, boğazımdaki yumruyu yuttum.

"Korkum ne deniz ne yağmur," dedim farkındalığımın yarattığı ağırlıkla, "ben sanırım ölmekten korkuyorum."

Ölüme bu kadar yakın olup ölmekten bu kadar korkmak haklılık tablosuna girmiyordu. Haksızlığın tepesiydi, zirvesiydi bu. Ben ölmek istemiyordum. Ben ölmemek için denize girmeyecek, yağmura çıkmayacak, güneşlenmeyecek, rüzgârda kendini evlerin içindeki dolapların en tenha çekmecelerine saklayacak bir insandım. Ben ölmek istemiyordum, benden çok şey alındı, hayatımı da vermek istemiyorum. Yaşamak istiyorum. Bu size anlamlı gelir, ama karşımdaki adama anlamlı gelir mi bilmiyorum. Öleceğimi bilmeyen bir adama, ölümün bana yakın olduğunu ve bu sebeple yanımda dolaştığı sürece ölümün onunla aynı ortamda olacağını bilmeyen bir adama ne kadar mantıklı gelirdi bilmiyorum ama yüzüme öyle anlamlı baktı ki bir an içimi okudu sandım.

"Korkulan şey ölümse korkulacak hiçbir şey yok demektir. Böyle cümleler kurarak denize girmemene izin vereceğimi sanıyorsan yanılıyorsun," dedi alayla, "hadi!"

Beni beklemediğim bir şekilde kolumdan tutunca garip bir şekilde içimde bir korku olmadığını fark ettim. Benim içimde karşımda duran bu adama karşı bir güven oluşmuştu. Ölümden korkmuyordu, ölümün bir hiç olduğunu söylemişti ve sanki ölüme yakın olan birinin de ölümü bir hiç olarak gören birine ihtiyacı vardı. Benim, meğer ona ihtiyacım varmış. Olmasa bile ya da dediğim gibi varsa, şu an anın tadını çıkaracağım.

"Nasıl gireceğiz?" diye sordum enerjimi yüksek tutmaya çalışarak. Tam o sırada hafifçe başımın döndüğünü hissettiğim için bir anlığına durdum.

"İyi misin?" Başımı salladım anında toparlanmaya çalışarak.

"İyiyim... Sanırım korkudan... başım döndü... Geçti şimdi." Cihan Karahanlı yüzüme bir süre dikkatlice baktı. Yüzümü dikkatlice süzdü ve ardından boğazını temizleyip başını denize çevirdi.

"Merdivenle de inebiliriz, ama atlayacağız. Ben atlayacağım, peşimden sen atlayacaksın ben seni tutacağım. Tamam mı?" Atlamak mı? Ben ve denize atlamak?

"Ben atlayamam! Ya tutamazsan?"

"Kim tutamayacak?" dedi küçümser gibi, "Ben mi?"

"Tamam, güçlüsün anladık. Ama tutamayabilirsin, o an denizde batmamaya çalışmak için büyük bir mücadele veriyor olacaksın zaten ya beni tutmayı unutursan?" Cihan anında gözlerini devirdi.

"Sen yüzmeyi çok yanlış anlamışsın, mücadele vermek filan yok. Deniz seni yukarıda tutuyor zaten. Bırak da mücadeleyi senin yerine deniz versin. Denize güven, ondan önce bana güven. Tamam mı? Atlıyorum. Suda görüşmek üzere." Teknenin kenarına bastığı gibi denize atlayan Cihan Karahanlı'nın ardından ufak bir çığlık attım ve hayretler içinde denize baktım.

Aman Tanrım!

Aman Tanrım!

Çıkmıyor! Suyun içine girdi ve çıkmıyor! Dibe mi battı? O kaslarla dibe batar tabii! Boğuluyor mu ne oluyor? Suda kıpırdama bile yok!

"Cihan!" diye bağırdım korkuyla, "Cihan!" Kafayı yemek üzereyim! Ne yapabilirim yani yapabileceğim ne var ki ben yüzmeyi bile bilmiyorum! Ama atlamak zorundayım, su zaten seni yukarıda tutuyor dedi, atlayıp ona ne olduğuna bakmak yardım etmek zorundayım! Düşünmedim bile, bütün korkuma rağmen denize atladım! Ve ah! Atladığım an bacaklarım birinin kolları tarafından sarılıp havaya kaldırıldım! Cihan Karahanlı büyük bir kahkaha atarak hem beni hem kendini su yüzüne çıkardı! Kollarım korkuyla titreye titreye boynuna sarılı ve öfkeden delirmek üzereyim.

"Boğuldun sandım! Nasıl... yani... nasıl?"

"Ufak bir şaka." dedi nefes nefese. Anında omzuna vurdum sinirle.

"Böyle şaka yapılır mı! Senin yüzünden denize atladım!"

"Benim yüzümden denize atlamadın." dedi, "Benim sayemde denize atladın. Seni adaşınla tanıştırmaktan gurur duyarım Deniz." Titreyen başımı denizin masmavi tertemiz sularına çevirdim. Adaşım, korkum...

"Ben... ben çıkmak istiyorum...." diye mırıldandım. Bu korku bana yetmişti. Cihan Karahanlı onaylamazcasına başını salladı anında. Ellerini belimden çekti ve beni ben hayretler içinde korkuyla ona daha fazla sarılmaya çalışırken suya bırakmaya çalıştı.

"Bırakma beni!" diye bağırdım anında.

"Güven bana…" Ellerini ağır ağır çekti üzerimden, daha sonra boynundaki kollarımı tek hareketle çözdü ve beni suya bıraktı. Bedenim korkuyla titreyerek suda batmaya başladığında çığlık atıp Cihan'ın elini tuttum anında.

"Sakin ol." dedi Cihan, "Su seni tutacak. Sakinleşirsen suyun üzerinde kalabileceksin."

Elimi ağır ağır bırakınca suyun içinde çırpınarak ona doğru ilerlemeye çalıştım. Ona doğru ilerledikçe korkum azalıyordu ama birden Cihan benden uzaklaşınca korkuyla gözümden bir damla yaş aktığını fark ettim. Kendimi titreye titreye kaderime bıraktım, su beni gelen bir dalgayla içine alırken çırpınmaya çalıştım, o an başımın döndüğünü hissettim, suyun içinde nefes alamazken başım dönünce kollarımın uyuştuğunu fark ettim, kıpırdayamıyordum, kıpırdayamıyordum… bacaklarımın gücü yok olmuştu sanki! Gözlerimin ağır ağır kapanmak üzere olduğunu hissettiğim sırada güçlü kolların beni sardığını fark ettim. Su yüzeyine çıktığımızda uyuşan kollarımı bir şekilde korkuyla omzuna doladım ve neredeyse Cihan'ın tepesine çıktım! Ve inanmayacaksınız ama ağlıyordum.

"Dur, dur…" dedi Cihan yüzüme bakmaya çalışırken, "Sakin ol. Ağlıyor musun sen? Bu kadar korkulacak bir şey yok, tamam geçti, sakin ol…" Yüzümü hıçkırıklarımın arasında boynuna gömdüm.

"Çok korktum… beni… bırakıp… gittin…" Cihan'ın boynundan bana attığı bakışı görebiliyordum, gözleri kocaman açılmıştı ve yüzünde şaşkın ama heyecan dolu garip bir ifade vardı.

"Bu kadar çok mu korktun..." diye fısıldayabildi yalnızca. Sanki kucağında bir çocuğu teselli ediyordu.

"Beni bırakma!" deyiverdim sadece. Sadece bunu söyleyebildim.

"Tamam, ben yanındayım, seni bırakmıyorum. Şimdi tekneye çıkacağız tamam mı?" Başımı salladım sakinleşmeye çalıştığım sırada. Cihan suda yavaş yavaş ilerledi boynuna sarılmış benimle beraber. Teknenin merdivenlerine adım attığında korkum biraz olsun azalmıştı. Tekneye tamamen çıktığımızda ise daha iyiydim. Cihan beni ağır ağır teknenin koltuklarından birinin üstüne oturttu. Koltuktaki yastığın üstüne başımı koydum anında. Cihan da hiç beklemeden üstümü koltuğun üstündeki turuncu battaniyeyle örttü. Battaniyeye anneme sarılır gibi sıkıca sarıldım. O sırada Cihan'ın önümde eğildiğini gördüm.

"İyi misin?" diye sordu fısıltıyla.

"İyiyim... sadece... korktum..."

"Özür dilerim," dedi, "daha önce denizden korkulduğuna şahit olmadım. Kimle denize girsem gayet iyi yüzücülerdi. Kimsenin denizden bu kadar korkabileceğini bilmiyordum. Sen korktuğunu söylediğinde de inanmamıştım. Ama şimdi gördüm, sen gerçekten korkuyorsun. Yani... bak, ben normalde böyle konuşmalar yapmam, kimseden özür de dilemem, hele senden niye özür diliyorum bunu da bilmiyorum ama diliyorum. Korkunu gördüm, o an bana nasıl sarıldığını gördüm, bunları niye söylediğimi de bilmiyorum... bana garip şeyler hissettirdin... Ben... Özür dilerim..."

Cihan'ın kurduğu cümleleri tahlil edemiyordum. Ama iyi bir şeyler söylediğine emindim, daha sonra bu cümleler üzerinde düşünecektim. Şimdi kendi halime odaklanmalıydım.

"Özür dileme... korkmam senin suçun değil..."

"Bana beni bırakma dedin. Seni bıraktım, bu benim suçum." Gülümsemeye çalıştım gözyaşlarımın arasında.

"Beni bırakmayan kalmadı ki." Bu cümle, üstüne 700 sayfalık kitap yazılacak bir cümleydi. Al bu cümleyi, kim girmişse hayatıma yaz, gelen gitti çünkü. Beni bırakmayan kalmadı.

"O an..." diye mırıldandım, "Annemle babamın beni bırakış anını anımsattı bana. O gece çok yağmur yağıyordu, o gece de ıslanmıştım, çaresizdim ve bırakıldım. Şimdi yine ıslandım, yine çaresiz kaldım, yine bırakıldım. Ama tuttun beni, kurtardın. Ağlamamın sebebi belki de o anı hatırlamış olmam. Sebep sen değilsin, sebep geçmişim. Şimdi de..." diyerek devam edeceğim sırada alnıma düşen birkaç damlayla birlikte başımı kaldırdım, anında gök gürledi. Yağmur başlamıştı. Cihan'ın da aynı şekilde başını kaldırdığını gördüm.

"Yağmur yağıyor." dedi Cihan sakin bir sesle.

"O gece olduğu gibi." dedim. Cihan'ın bakışları bana çevrildi.

"Ama şimdi tek değilsin," diye mırıldandı ağır ağır.

"Tek değil miyim? Her şeyinle burada mısın? Aklın başka yerlerde değil mi? Başka bir yerde olmak istiyorsundur, tahmin edebiliyorum. Başka insanlarla olmak istiyorsundur. Yani... Burada değilsin aslında. Yanılıyor muyum?"

Gözlerimin içine birkaç saniye baktı. Sessizce izledi gözlerimi kırpışımı, derin bir nefes aldı, tereddüt ettiğine bile şahit olmadım, dudaklarını araladı, tek kelime çıktı ağzından. "Buradayım."

10. Bölüm
Kimden?

Burada olmak veya olmamak, işte asıl mesele bu aslında. Ben buradayım, denizden yeni çıkmış, korkudan titreye titreye yağmurun altında Karahanlı teknesinin içinde battaniyeme sarılmış yatıyorum. Cihan Karahanlı ise karşımda ne üşüyecek ne hasta olacak gibi üstüne hiçbir şey almadan öylece oturuyor, beni izliyor. Garip bir çekim var aramızda. Bana dokunmuyor, benimle konuşmuyor, bana en son sadece burada olduğunu söyledi ve ondan beri birbirimizi izliyoruz.

Birbirini izlemek... İki insanın sessizce birbirini izlemesi. Yağmurun altında, kirpiklerindeki su damlalarını kırpıştırarak kovup birbirini izlemeleri. Rahat izleyemedikleri için yağmur damlalarında suç bulmaları. Yağmur damlalarını suçlamak. Yağmur damlalarının suçlu olması... Bakın, çok garip. Ben bunu ilk kez yurttaki gönüllü ablalarımın birinden duymuştum. İki insan birbirini sevmek üzereyse bundan aldıkları havayı sorumlu tutar, rüzgârı suçlarlar demişti. Biz birbirimizi sevmeye mi başladık? Ben yağmur damlalarını suçluyorum, gökyüzünü sorumlu tutuyorum, sevgi mi bu? Ben Cihan Karahanlı'yı sevmeye mi başladım? Bu kadar kolay değil. Bir insanın bir insanı sevmesi bu kadar kolay değil. Ama biraz empati yaparsanız eğer, eğer kendinizi benim yerime koyarsanız sevmeye sevilmeye ne kadar muhtaç olduğumu anlarsanız, bir insanı ne kadar kolay sevebileceğimi anlarsınız. Beni suyun içinden o kurtardı. Tamam, beni suya bırakan da oydu, ama kurtaran da o oldu. Ben hep bu anı bekledim. Annem ve babam beni suyun içine bırakır gibi bıraktılar tek başıma bir hayatın ortasında. Hep gelip kurtarmalarını bekledim, kurtarsınlar diye hep zarar verdim kendime. Dolapların tepelerine çıktım kendimi aşağı attım tam düşeceğim an annem ya da babam gelir tutar beni diye. Kollarıma iğneler batırdım kanadığını hissederler de yara bandını kaptıkları gibi gelirler diye. Ben hep bekledim, ben çok bekledim, ben çok istedim annem gelsin, babam gelsin, ben çok istedim beni bu suyun içinde boğulmaktan kurtarsınlar. Olmadı, gelmediler, kurtarmadılar. Ama şimdi kurtuldum işte. Hayatımda ilk defa biri beni kurtardı. Beni o suyun içine onun bırakması umurumda bile değil. Beni kurtardı. Cihan Karahanlı beni kurtardı. Şimdi ister inanın, ister inanmayın, ona büyük bir bağlılık hissediyorum. Aşk değil, ama sanırım ben ona bağlandım...

Gözlerim Cihan'ın gözlerindeyken birden büyük bir gök gürültüsüyle olduğum yerde sıçradım. Korkuyla doğrulmaya çalıştığımda Cihan'ın ayağa kalktığını gördüm, elini koluma koydu sakinleştirmeye çalışır gibi.

"Tamam..." dedi sessizce, "Gök gürledi sadece. Gök gürültüsünden... korkuyor musun?" Bir çocukla konuşur gibi temkinliydi. Her an her şeyden korkabileceğimi çok net biliyordu. Yağmurun altında ıslanan saçlarımı ağır ağır salladım.

"Şu hayatta beni korkutmayan bir şey kalmadı." Benim bildiğim, bana anlatılan Cihan Karahanlı şimdi yanıma oturur susardı. Konuşmazdı, konuşturmazdı, ama öyle olmadı. Yanıma oturdu, battaniyeyi üstüme iyice sardı ve gözlerini gözlerime dikti.

"Niye?" dedi. Cihan Karahanlı bana soru sordu. Ona açıklama yapmamı istedi. Merak etti anlıyor musunuz? Biri benimle ilgili bir şeyi merak etti.

"Annem gitti, babam gitti, yurda ilk geldiğimde çok küçüktüm, birine âşık oldum, sonra bir aile aldı onu, o da gitti, arkadaşlarım birer birer gitti, bazı günler yurt o kadar azaldı ki bir gece koskoca 30 kişilik odada tek kişi yattığımı bilirim. Gök çok gürledi o gece, çok küçüktüm, biri bana kızıyor sandım. Kalktım, koştum, kimse yoktu. Kimse hiçbir zaman olmadı. Sonra alıştım gök gürültüsüyle, karanlıkla, yağmurla, suyla tek başıma boğuşmaya. Ama şimdi şu duruma bak, yanımda biri var. Hayatımda ilk defa korktuğumda yanımda korkmayan biri var. Güç almam gerekiyor belki senden, ama senin güçlü olman bana güçsüz olma özgürlüğünü veriyor Cihan." Adını ağzımdan duyduğu an nefesini tuttuğunu ve yutkunduğunu fark ettim, gözlerim dolu dolu gözlerine baktım.

"Ben güçlü olmaya çalışmaktan çok yoruldum. Ben güçsüz olmak istiyorum. Korkudan çığlık çığlığa bağırmak, bağıra bağıra ağlamak istiyorum. Çok korkuyorum demek istiyorum. Saklamak istemiyorum artık. Söylemek istiyorum."

Gözlerime uzun uzun baktı, sanki ufacık bir cesaret kırıntısı arıyor gibiydi. Bana doğru ağır ağır döndü, ellerini iki yanağıma koydu ve ona bakmamı sağladı. Ağzından tek bir kelime çıktı önce, "Söyle." dedi.

"Ne?" diye mırıldandım korkuyla.

"Söyle Deniz. Korkuyor musun, söyle?"

"Cihan... Ben..."

"Söyle." diye emretti bir kez daha. Yutkundum. Gözlerimi kaçırmaya, başımı çevirmeye çalıştım ama elleri kıpırdamama izin vermiyordu. Derin bir nefes aldım, belki de kendimi bırakmalıydım, belki de salmalıydım gitmeliydi. Korkuyorsam söylemeliydim. Söylediğimde iyi hissedecektim, biliyordum. Başımı salladım.

"Korkuyorum..." diye mırıldandım sessizce, sonra cesaretim kat kat büyüdü, "Çok korkuyorum Cihan..." Tutamadım kendimi, hıçkırıklar ağzımdan çıkarken Cihan'ın yüzümü tutan elleri gevşedi. Hüngür hüngür, hıçkıra hıçkıra yasladım başımı Cihan'ın göğsüne. Önce birkaç saniye tereddüt ettiğini hissettim. Onun için de zordu kimseye bağlanamazken benim onun göğsünde ağlamam, ama kapının dışında bırakmadı beni, kollarıyla sardı... Kendimi o an o kadar güvende, o kadar iyi hissediyordum ki.

"Çok korkuyorum..." dedim bir kez daha hıçkıra hıçkıra. Söylemek çok güzeldi, korktuğunu söylemek, haykırmak, bağırmak, çok güzeldi. Korkuyorum demek korkunun tek çaresiydi.

"Kork." Cihan Karahanlı'nın sert, kararlı sesi bana çok daha güç veriyordu, "Yanında seni koruyabilecek biri olduğu sürece kork, sorun değil. Sana sonsuza kadar yanında kalacağım diyemem, senden kurtulmak istemiyor da değilim, istiyorum, ama senin yanında ne kadar süre kalmaya mahkûmsam o kadar koruyacağım seni." Kolları sırtımda dolaşırken, yağmurun altında bir battaniyeye bir de Cihan Karahanlı'ya sarıldığım o an kendimi en güvende hissettiğim andı.

"Güvendesin." diye mırıldandı, "Yanımda güvendesin."

Dakikalarca oturduk orada o şekilde yağmurun altında, Cihan beni kollarının arasında sımsıkı tuttu, bırakmaya niyeti yok gibiydi. Islansam da, üşümem gerekse de o kadar huzur doluydum ki umursamadım bile havanın halini. Gözlerim ağır ağır kapanırken Cihan Karahanlı'nın kollarının arasında uyuyakaldım.

O an ilk kez, bir erkeğin kolları arasında uyuyakaldım. Babam bile uyutmadı beni kolları arasında, şimdi Cihan'ın kolları arasında uyuyakaldım...

Gözlerimi açtığımda sallanan teknenin küçük camından sızan ışık gözlerimi rahatsız ettiği an yorganı başıma doğru çektim. Neredeydim, ne yapıyordum? Yorganı başımdan çekip bulunduğum yere baktım, teknenin yatak odasındaydım, yatağın ortasında yatıyordum. Demek ki Cihan gece beni buraya getirmişti. Ve utanç verici bir şekilde üstümde bikiniler vardı... Ah. Çok utanç verici! Anında yataktan kalkıp sallanan teknede düşmemeye çalışarak ağır ağır ilerledim, kıyafetlerimi yerden alıp banyoya girdim. Bikinileri çabucak üstümden çıkardım ve dünden kalan kıyafetlerimi üstüme geçirdim. Kumral saçlarım dünkü yağmurdan sonra hâlâ hafif nemli ve dalga dalgaydı. Yine de saçlarımın halini umursamadım, Cihan beni sırılsıklam, salya sümük bile görmüştü. Şu halimi umursamazdı. Banyodan çıktım ve dışarı göz attım.

Şaka mı? Gözlerimi doğru görüp görmediğimi anlamak için iyice ovuşturdum. Aman Tanrım! Cihan Karahanlı kahvaltı malzemelerini masaya mı taşıyordu? Cihan Karahanlı kahvaltı mı hazırlıyordu? Birkaç adım atıp şaşkınlıkla baktım ona.

"Günaydın, beni mi izliyordun?" diye mırıldandı çapkın bir havayla. Şaşkınlıktan ne diyeceğimi bile bilemiyordum. Yutkundum.

"Günaydın..." dedim, "Kahvaltı mı hazırlıyordun?" Başını salladı.

"Senin için değil. Acıktım." Benim için olduğunu söyleyecek hali yoktu tabii. Gülmemeye çalışarak masaya doğru bir adım attım.

"Ben de sana katılabilir miyim peki?"

"Hmmm..." dedi saçlarını kaşıyarak, "Düşünmem lazım." Gözlerimi devirdim. Tam o sırada birden başım dönünce öne doğru eğilip masaya tutunmaya çalıştım. Cihan anında elindeki peynir tabağını masaya bırakıp bana doğru bir adım attı, kolumdan tuttu.

"İyi misin? Ne oldu?"

"Başım döndü..." diye mırıldandım. Cihan beni kaşları çatılı bir şekilde masanın koltuğuna oturttu.

"Tamam ya bir kahvaltı için başın dönüyormuş gibi yapmana gerek yok." dedi muzırca. Sonra masayı göstererek ekledi, "Yiyebilirsin."

Elim alnımda başımı salladım gülmeye çalışarak.

"Teşekkür ederim. Çok iyisin." Cihan önüme bir bardak portakal suyu koyduktan sonra tam karşıma oturdu. Elime çatalımı aldım ve ağzıma bir parça domates attım. Tam o an, domates ağzıma girdiği an birden öğürerek masadan kalktım.

"Deniz!"

Anında koşturarak yatak odasına girdim, Cihan peşimden gelirken tuvalete daldığım gibi klozetin kapağını açtım.

"Gelme!" dedim Cihan'a. Ama dinlemedi bile, saçlarımı tutup bana korkuyla baktığında bir kez daha öğürdüm. Ama kusmadım. Bu belirtiler çok sıklaşmaya başlamıştı... Cihan'ın anlamasından korkuyordum. Bana kalsa sorun yoktu ama Murat Karahanlı Cihan'ın öğrenmesini istemiyordu işte.

Bir kez daha öğürüp zar zor ağzımdaki domates parçasını yuttuktan sonra nefes nefese tuvaletin duvarına yaslandım. O sırada Cihan'ın bakışlarında farklı bir şey yakaladım. Aklına bir şey gelmişti. Ve çok, ama çok öfkeliydi... Nefes nefese baktım yüzüne o bana kaşları çatık bir şekilde anlam vermeye çalıştığı sırada.

"Bir şey mi oldu?" diye sordum korkuyla. Bakışı ölümden beterdi. Bir insan bir insanı bakarak öldürebilseydi, Cihan Karahanlı o an beni öldürürdü.

"Kimden..." dedi dişlerinin arasından fısıltıyla, "Karnındaki çocuk kimden?"

11. Bölüm
Bir Kez Daha…

O an gözümün önünden bir dolu şey geçti. Murat Karahanlı'nın beni yurdumda buluşu, bana bir teklifi olduğunu söyleyişi, teklifini anlatışı, Aylin'i bırakıp gidişim, Cihan'ı gördüğüm ilk an, bana evet deyişi, motosiklette beline sarılışım, yanan ateşin önünde uyuyakalışım, Cihan'ın her saniyesi, kurduğu her cümle, ağzından çıkan her kelime, bana "buradayım" deyişi, burada oluşu, bütünüyle Cihan Karahanlı… Şimdi karşımda durmuş, benim öğürmekten sararmış yüzüme bakıyor. Ve bana öyle bir soru soruyor ki nefes alış sıklığıma bir ad vermek gerekirse çaresiz kalıyorum. Öyle şaşırtıcı bir hale bürünüyor ki aramızdaki elektrik, geçmiş zamanı bırakıp şimdiki zamanla devam ediyorum. Kendime gelmek zorundayım, şimdiki zaman telaşın üslubudur, ben geçmiş zamana dönmek zorundayım.

Başımı dikleştirdim. Kaşlarımı çatarak baktım yüzüne. Bana bunu nasıl söylerdi?

"Karnımdaki ne?" diye sordum şaşkınlıkla. Yüzündeki nefret dolu ifadeyle kaşlarını kaldırarak karnımı işaret etti.

"Hamilesin." Şaşkınlıkla doğrulmaya çalıştım.

"Gerçekten mi? Bana neden haber vermediniz?" diye sordum dalga geçer gibi. Cihan ciddi ifadesini bozmadan başını dikleştirdi.

"Beni salak mı sanıyorsun? Benimle evlenmen için bir sebebin olmak zorundaydı, bir sebebin olduğunu biliyordum. Olur olmaz yerlerde uyuyakalıyorsun, başın dönüyor, miden bulanıyor. Hamilelik testine gerek yok. Piçin tekinden hamile kalmışsın çocuğunu bana yamamaya çalışıyorsun." Şok içinde doğruldum ve dizlerimin üstünde Cihan'a doğru yaklaştım.

"Alnımda da yazıyor mu hamile olduğum?"

"Bir o eksik." Derin bir nefes alarak sakinleşmeye çalıştım. O an öyle bir haldeydim ki baş dönmemi, mide bulantımı her şeyi unutmuştum. Hastalığım bile bir anlığına aklımdan çıkmıştı.

"Ben hamile değilim." diye açıkladım. Kin dolu bir bakış attı yüzüme.

"Babam hamile olduğunu biliyor mu?"

"Değilim diyorum!"

"Bilmiyor, değil mi? Bu kadar ileri gitmez. Ama öğrenecek." Cihan Karahanlı telaşla ayağa kalkarken şok içinde doğrulmaya çalıştım. Ayağa kalktım ve peşinden ilerledim.

"Ne yapıyorsun?" Teknenin dümenine doğru ilerleyen Cihan'a şok içinde baktım. Resmen kendi kendine hamile olduğuma karar vermişti ve bunu babasına yüz yüze iletebilmek için geri dönüyorduk! Cihan Karahanlı'nın ikinci bir ismi olsaymış bu isim fevri olurmuş. Bir kez olsun karşısındakini dinlemek gibi bir hobisi yok mu bu adamın? Uzanıp kolunu tuttum, bana bakmasını sağladığımda benim konuşmama izin vermeden o söze girdi.

"Bak kızım," dedi görebileceğiniz en sinirli haliyle, "aptal değilim. Başkasının çocuğuna baba olmaya da niyetim yok. Güzel plan yapmışsın, ama kusura bakma ben bu planı sikerim."

Gözlerime, kulaklarıma, burnuma, inanamıyordum. Cihan Karahanlı ciddi ciddi kendi hükmünü vermişti. Gözünde onu ve ailesini dolandırmaya çalışan, çocuğunu onlara yamamaya çalışan yalancının tekiydim. Zaten böyle bir şeye ihtiyacı vardı. Benim yanımda olmayı onunla evlenmemin gerçek sebebini öğreninceye kadar kabul etmişti. Şimdi öğrendiğini sanıyordu ve bu kadardı işte. Gördüğü ilk durakta açmıştı arabanın kapısını, inmeye çalışıyordu. Kaçmaya, benden kaçmaya çalışıyordu.

Ben 18 yaşındayım.

İsmim Deniz.

Denizleri bilirsiniz, hep varlardır, yaşları 18 değildir, ben sonradan oluşan bir denizim, yeniyim ben. Denizleri bildiğinizi bilirim, bazı insanlar yüzme bildikleri için ve bilmeyenler dahi cesur oldukları için korkmazlar denizlerin içinde bulunmaktan. Ama bazı insanlar, korkaktır. Benim gibi. Ben denizin içinde bulunmaktan korkuyorum, yüzme bilmiyorum ve bu çok daha farklı bir yere götürüyor beni. Ben artık kendi içimde olmaktan da korkuyorum. Ben, Deniz'im. Ben denizim. Yüzme bilmiyorum ve artık kendi içimde yaşamak istemiyorum. Başka biri olmak, başka birinin içinde olmak, yüzmek zorunda kalmamak istiyorum. Bu hayat, bu beden, bana yazılmış kader, beni yüzmeye zorluyor. Bana boğulmayacağımın garantisi verilmediği sürece ben bu denizin içinde kalmak istemiyorum. Çıkmak istiyorum. Karşımda bir tekne var. Teknenin adı Cihan. O tekneye tutundum, üstüne çıkıyordum, kurtulacağım sandım, ama şimdi şunu anlıyorum. Cihan tekne olmayı bırakın, kâğıttan kayık bile olamaz. Çünkü o benden çok daha korkak. Sorumluluk almaktan, yalan duymaktan, aldatılmaktan korkuyor.

Sanıyor ki demirlerine tutunan tek bir el çekecek denizin içine batıracak teknesini. O yalnız olmak istiyor, tek başına denizde ilerleyen bir tekne olmak istiyor. Ama bilmiyor ki, tek başına denizde ilerleyen bir tekne olmak istiyorsa bir Deniz'e ihtiyacı var. Benim ona ihtiyacım var, onun bana ihtiyacı var. Gördüğü ilk durakta, bulduğu ilk kaçışta bırakıp gitmeye çalışsa da beni, kurtuldum sansa da, onun deyişiyle aklında oluşan yalan planımı "sikecekse" de, bana ihtiyacı var. Şu an fark ediyorum. Benim ona ne kadar ihtiyacım varsa, onun da bana o kadar ihtiyacı var.

İkimiz de hastayız. Benim hasta olduğumu biliyordunuz, siz de biliyordunuz, Murat Karahanlı da biliyordu. Benim hastalığımın bir ismi var. Kanser. Kanser ne demek? Doktorun deyişini hatırlayayım, bekleyin… Kanser, DNA'nın hasarı sonucu hücrelerin kontrolsüz veya anormal bir şekilde büyümesi ve çoğalmasıdır.

Şimdi bakın, dikkatli bakın. Cihan'a bakın. Benim DNA'mda hasar olabilir. Onun da aklının bir köşesinde hasar var, kalbinde, güven kapakçığının hemen altında bir hasar var. Bağlanma korkusu. Bağlanma hücrelerinin kontrolsüz veya anormal bir şekilde büyümesi ve çoğalması.

Hastayız biz. Gözlerinin içine bakıyorum, ona bir fazlalığım olmadığını, bir hasarımın olduğunu bağırarak anlatmaya çalışıyorum. Gözlerimle anlatmaya çalışıyorum ama imkânı yok. Cihan Karahanlı'nın gözlerini benden kurtulma hevesi bürümüş. O artık burada değil, aklına benim hamile olabileceğim düşüncesi ya da düşünceden de öte hayali geldiği anda terk etti burayı. Bedeni burada, ama ruhu Ankara'ya uçtu ve babasına bunun haberini verip benden kurtulacağı anın tadını çıkarma hevesiyle dolu. Ne yapabilirim bilmiyorum. Kolundan tutup hamile değilim dedim, bağıra bağıra, bastıra bastıra karnımda minik bir can taşımadığımı söyledim ona. Şimdi ne yapabilirim hiçbir fikrim yok, artık ne yapabilirim, daha ne yapabilirim? Söylediği gibi, alnımda yazmıyor ki.

Cihan'ın gözlerine çevirdim gözlerimi. Yalvarır gibi baktım ona, bana bakma, beni gör der gibi baktım. Bir görseydi, ona yalan söylemeyeceğimi, söylemediğimi bir görseydi, görebilseydi... Neden bilmiyorum, belki de dün gece bağlandım ona, dün geceden beri yanımda olmasına ihtiyacım varmış gibi hissediyorum. Yanımda, yakınımda olmasına, bana inanmasına, bana destek olmasına, beni sevmesine, bana aş... Tamam. Hayallere doğru gitmeyelim, bana inanmasını istiyorum, bu kadar.

"Bir kez olsun beni dinle." diye mırıldandım Cihan'a doğru. Yüzündeki nefret ifadesi azalmadan, artmadan, katiyen değişmeden kaşlarını sabitledi üzerimde.

"Yalanlarını mı dinleyeyim?"

"Ben asla yalan söylemem! Bir şeyleri saklarım belki, sonra söylerim diye tutarım içimde, sırlarım vardır, ama yalan söylemem. Ben yalan söyleyecek, birilerini aldatacak bir insan değilim."

"Benimle evlendin, durup dururken, beni tanımıyorken benimle evlendin. Para için değil diyorsun, ama bir sebebi olmak zorunda. Kusuyorsun, başın dönüyor, mi..." derken sözünü kestim.

"Sen çok fazla Yeşilçam filmine maruz kalmışsın Cihan Karahanlı. Her midesi bulanan hamile olsaydı ülke nüfusu 150 milyonu aşmıştı." Sakinleşmeye çalışır gibi derin bir nefes aldı.

"Söyleyeceksin." dedi üstüne basa basa, "Şimdi!"

"Hamile değilim!" Başını iki yana salladı.

"Sebebini." dedi, "Benimle evlendin, sebebini şu an söyle-yeceksin."

Gözlerimi kaçırdım. Alt dudağımı hafifçe ısırdığım sırada yutkunma ihtiyacı hissettim. Cihan Karahanlı öfkeden deli-rirken benim yapabileceklerim değil ama yapamayacaklarım belliydi, ona söyleyemezdim. Söyleyebilir miydim? Murat Ka-rahanlı bunu oğlundan ne sebeple olursa olsun saklarken ben söylemeli miydim? Söyleyebilir miydim?

"Ben..." diye mırıldandım. Tek kaşı havaya kalktı.

"Sen ne? Söyle."

"Ben..."

"Siktir!" diye mırıldandı ağır ağır. Sözümü bile dinlemeden dü-mene yönelirken yapabileceğim bir şey yoktu. Başımı kaldırdım.

"Cihan!" dedim. Durmadı, beklemedi, yürümeye, adım at-maya devam ediyordu. O an yaşadığım karmaşayı hayal ede-mezdiniz.

Söylemek ve söylememek, aynı eylemin olumsuz ve olumlu halleri. Bakın bir eylemi olumlu yapmak çok kolay, hiçbir şey yapmıyorsunuz. Eylemi söylediğiniz an olumlu oluyor. Asıl zor olan olumsuz yapmak, ek getirmeniz gerekiyor. Hayatın içinde olduğu gibi, uğraşmazsan güzel şeyler gelip seni bulur, uğraşa uğraşa kötüyü çekersin, benim ilkem bu. Ben hep mutlu ol-mak için çabaladım her seferinde ama her seferinde çok daha kötüyü çektim. Çevremde çok insan gördüm, sahiplenildiler, aileleri oldu, vardı, mutlu oldular, kıllarını bile kıpırdatmadı-lar. Orada oturdular ve tatlı oldular sadece. Bense yalvardım. Her hafta sonu yurdu ziyarete gelen çiftlere beni almaları için yalvardığım sekiz yaşlarımı hatırlıyorum. Beni alın beni alın beni alın... Size anne diyebilir miyim? Bana bir oda verir misiniz? Babam olur musunuz? Lütfen beni seçin. Uslu dururum, sizi üzmem, çok çalışırım, temizlik yaparım, banyomu tek başıma yapabilirim, soğuk suyla yıkanabilirim, yalvarırım beni seçin, beni alın, beni kabul edin, ben...

Hep kabul ettirmeye çalıştım kendimi. Asla söylemem desem de yalanlar da söyledim. Soğuk suyla yıkanamazdım, imkânı yoktu, annem ve babamın beni bıraktığı o yağmurlu geceden sonra vücuduma değen bir damla soğuk suya tahammülüm yoktu, bu yalandı. Ama kabullenilmek istedim, sahiplenilmek istedim ve bu yüzden yalan söyledim. Söylemek ve söylememek. Bakın yalan olumsuz, söylemek olumlu, yalan söylemek ne oluyor peki? Fiilen olumlu ama olumsuz olduğunu anlamanız için ne yapmam gerekiyor? Söylememek, yalan söylememek. "Me" eki hayatta ilk defa olumsuz yapmıyor bir fiili. Şimdi olumsuzlaştıramam kendimi, şimdi yalan söyleyemem, saklayamam.

Cihan Karahanlı bir kez olsun bana kendimi iyi hissettirdi. Bir kez olsun bana "buradayım" dedi, buradaydı, gerçekten, yanımdaydı. Beni suyun içine attığı gibi suyun içinden kurtardı, çıkardı beni kollarıyla sardı. Şimdi öyle muhtacım, öyle zavallıyım ki tekrar istiyorum. Öyle aptalım ki bir kez daha istiyorum sarılmayı, sahiplenilmeyi.

Ben Cihan Karahanlı'yı istiyorum. *Sonsuza dek değil. Sadece bir kez daha istiyorum, bu kadar.*

"Cihan..." dedim bir kez daha, hazırdım. "Ben hastayım."

Durdu. O an durdu. Kıpırdamadı. Bana arkası dönük olduğu yerde durdu sadece, omzunun hafifçe indiğini gördüm. Başını şok içinde bana doğru çevirdi, tek kaşı kalkmıştı, yüzünde anlam veremez bir ifade vardı.

"Ne?" dedi allak bullak olmuş bir tavırla.

Başımı salladım. "Ölmek üzereyim." dedim, ölmek üzereydim.

12. Bölüm
Beni Bırak!

Şok mu daha güçlü yoksa acı mı, düşünüyorum. İkisinin de dalga dalga yayıldığını biliyorum, aniden vurduğunu ama sindirmenin güç olduğunu, yalnızca dalga dalga yayıldığının çok iyi biliyorum. İkisini de yaşadım. İlk şokumu ailem beni terk ettiğinde yaşadım, bunun acısı dalga dalga yayıldı içimde ve ben hâlâ sindiremedim. Şok ve acı birbirine bağlı bir yerde. Birbirlerini getiriyorlar, beraber geliyorlar, tek başlarına değil. Acı yaşadığında, yaşadığın acının hissettirdikleri şoka sokuyor seni. Şok yaşadığında ise yaşadığın şokun büyüklüğü ardından acıyı getiriyor. Ama şundan eminim, kimse ama kimse, sevmediği ya da nefret ettiği bir insan için acı çekmez. Öyleyse ben neden, Cihan Karahanlı'nın gözlerinde şokla karışık ufacık da olsa bir acı görüyorum?

"Ne?" İkinci kez veriyor aynı tepkiyi. Çünkü şaşkın, çünkü anlam veremiyor, çünkü şok içinde, çünkü kendinizi onun yerine koyun bir saniye! Apar topar evlendirildi, birdenbire bir karısı oldu, babası onun hayatına dahil olmam için elinden geleni yaptı, bana biraz olsun iyi davranmaya başlamışken birdenbire hamile olduğumu sandı ve bir şok yaşadı, o şoku atlatamamışken şimdi karşısına geçip kurduğum cümle şu: "Ben ölmek üzereyim."

Karşınızdaki insan kim olursa olsun, tanısanız da tanımasanız da eğer o insan ölmek üzereyse donakalıyordunuz. Bir insanın ölmek üzere olması sizin dikkatinizi çekiyordu, başka bir şey değil. Bir kitapta okumuştum, kadın adama hesap soruyordu, "Senin dikkat radarına girmek için ölüyor olmak mı gerekiyor?" diye. İnsanlar ölmediğiniz sürece sizi dikkat radarlarına almıyorlardı. Cihan Karahanlı da öyle, ölüyor olduğumu duyduğu saniyeden beri vücudundaki her santim, her milim bana dikkat kesildi.

"Seninle evlendim," diye girdim söze yutkunarak, "çünkü ölmek istemiyorum." Dudaklarım titriyordu. Gök gürledi o an, havanın hızla kapandığını gördüm. Sanki akmayan gözyaşlarım yüzümü ıslatamazken onların yerini doldurmak için yağar gibi başladı yağmur bir kez daha hafif hafif. Dün geceden sonra bir kez daha ıslanıyorduk, ben sanki böyle anlarda yağmur altında kalmaya mahkûmdum. Cihan'a bakmaya çalıştım, hâlâ şok içindeydi.

"Açıkla." dedi tekdüze bir sesle emrederek.

"Ben... biliyorsun... ben..." Açıklayamıyordum. Tir tir titrerken hiçbir lanet olası şeyi açıklamam mümkün değildi çünkü!

"Bilmiyorum. Açıkla!" dedi bir kez daha, "Sen ne?"

Duruşumu dikleştirmeye çabaladım ama olmuyordu. Buz gibi rüzgârın altında tir tir titreyen bir kuş gibi titriyordum Cihan Karahanlı'nın gözleri önünde. Ağzımdan çıkan bir hıçkırıkla birlikte yağan yağmurun altında dizlerimin üstünde buldum kendimi. Ağlıyordum, kahretsin.

Cihan sinirle eğildi ve kollarımdan tuttu beni.

"Korkak mısın sen? Her yağmur yağdığında, ben sana her emir verdiğimde korkudan dizlerinin üstüne çöküp tir tir titreyecek misin? Her soru sorduğumda cevapsız mı bırakacaksın böyle? Sana çok basit bir soru sordum. Ölüyorum diyorsun, ne demek bu? Yüzüme bak..." Elini çenemin altına götürüp yüzümü sertçe yüzüne çevirdi. Çiseleyen yağmurun altında ıslanmış bir kedi gibi tir tir bakıyordum yüzüne. Onun yüzünde ise merhametten eser yoktu. Sertti, öyle sertti ki korkuyordum. Karşısında ölsem beni suçlayacak gibiydi. Kollarından kurtulup koşarak denize atlamak ve sonsuza kadar suyun altında kalmak istiyordum. Ama içimden bir ses hayır diyordu, Cihan Karahanlı'nın ıslak kolları denizin altından çok daha güvenli, diyordu...

"Hoşuma gitsin ya da gitmesin..." diye başladı, "madem bir Karahanlı oldun dimdik duracaksın. Şimdi kendine gel. Başını kaldır, yüzüme bak. Madem benimle evlenmeyi göze aldın yüzüme bakacaksın ve konuş. Madem ağzın var... konuşacaksın."

Durdum. Sertliğinin altında bir yerlerde bir merak duygusu, ufacık bir endişe mi sezdim? Gözlerimi kırpıştırarak baktım ona. Kaşları çatıktı, kolları kollarımda, üzerimde gölgesi beni yağmurdan korumak ister gibi cevabımı bekliyordu.

"Göğüs kanseriyim ben," deyiverdim bir anda, "seninle evlendim, çünkü baban beni tedavi ettirmek karşılığında bana seni sundu. Oğlumla evlenirsen seni iyileştireceğim dedi ve ben ölmek istemiyorum Cihan Karahanlı. Anladın mı?"

Dakikalar, dakikalardır yüzüme bakıyor. Gerçeği yüzüne öyle bir çarptım ki Cihan sadece beni izliyor. Sanki gözleriyle vücudumdaki kanser dokusu taşıyan hücreleri görebilecekmiş gibi öyle derin bakıyor ki... Bu sefer kendine gelemeyen o. Ben ona istediği cevabı verdim, ben dimdik de duruyorum, yine dururum. Ama o kaldırabilecek mi?

"Ne oldu?" diye sordum dalga geçer gibi, "Kanser hastası bir kıza mahkûm edilmenin şokunu atlatamadın mı? Evet. Saçlarım dökülecek. Belki göğüslerim de alınacak. Kilo da vereceğim. Yüzümün rengi de uçup gidecek. Beni görmek, benimle görülmek de istemeyeceksin. Ama Allah kahretsin ki ben sana muhtacım. Saçlarımı, göğüslerimi, kilolarımı, yüzümün rengini, hayatımı geri istiyorsam senin yanında olmaya mahkûmum!"

Cevap veremedi. Bir kez daha, öylece yüzüme bakıyor sadece. Gözleri saçlarımda dolaşıyor, gözlerimde, burnumda, dudaklarımda. Elleri kollarımı tutmuş öylece şok içinde beni izliyor sadece. Kendimi ondan geri çekmeye çalıştım, ama beni bırakmıyor da.

"Cihan!" dedim isyan eder gibi, "Haklısın, çok haklısın, beni ne yanında ister bir insan ne altında ne üstünde ne hayatının en dip köşesinde ister! Sen beni istememekte çok haklısın. Ama lütfen bakma bana. Gözlerinde dönüşeceğim halin nasıl olacağını hayal edişini görüyorum ve bu hayalden hoşlanmıyorum. Berbat olacak, her şey berbat olacak. Bu yüzden tamam... sana muhtaç olsam da... git. İstediğin yere git, bırak beni."

Gözlerimden akan yaşlarla birlikte yağmurun hızlanışını hissettim, Cihan'ın beni bırakmasını bekliyordum. Ama bir an çok farklı bir şey oldu. Elleri kollarımdan çekildi, kollarını uzattı ve beni birdenbire kucağına aldı. Şaşkınlıkla yüzünü izlediğim sırada hiçbir şey söylemedi. Beni kucağında teknenin içine doğru götürüyordu.

Ağır ağır ilerledi teknenin içinde, küçük kapılı odalardan birine soktu beni. Odanın içi dağınıktı, bir köşede Cihan'ın kıyafetleri duruyordu. Burası onun odasıydı... Kapıyı arkasından kapatırken şaşkınlığım hâlâ zirvedeydi.

Beni yatağına bıraktı. Doğrulup dolaplardan birine doğru ilerledi. Dolabın içinden büyük bebek mavisi bir havlu çıkardı. Ben onu izlerken tereddütsüzce yanıma geldi. Havluyu yüzüme sürdü hafifçe, yüzümün ıslaklığını alır almaz saçlarıma... kollarıma... ellerime... elbisemin altından görünen bacaklarıma... Sonra havluyu bir kenara bıraktı, korkusuzca uzandı ve elbisemin fermuarını bir çırpıda açtı. Ben anlam veremezken sırılsıklam elbisemi tek çekişte kollarımı kaldırarak aldı attı üstümden. Hiçbir şey diyemedim, öyle büyük bir şoktaydım ki hiçbir şey diyemedim. Karşısında iç çamaşırlarımla kaldığımda utanamadım bile. Havluyu bir kez daha eline aldı.

"Arkanı dön." dedi.

"Ama..." Cümleye başlayamadan bir kez daha emretti. "Arkanı dön."

Yutkundum. Dediğini yapıp ona arkamı döndüm, havluyu bir kez daha eline aldığını gördüm. Havluyu ıslak saçlarıma doğru tuttu. Saçlarımı tutam tutam alıp havlunun arasında kurutmaya başladı.

Anlam veremiyordum. Neler oluyordu? Cihan Karahanlı daha biraz önce hamile olduğumu söyleyip beni geri götüreceğinden bahseden adam değil miydi? Şimdi ne olmuştu da beni kuruluyordu? Ne olmuştu da saç tellerim onun ellerindeydi?

Saçlarımı tutam tutam havlunun arasında kuruttu, kuruttukça omzumun kenarına doğru bıraktı. Saçlarım omzumun kenarında birikirken ara ara sırtıma değen ellerinin sert olmayışı beni hayretler içinde bırakıyordu. Daha biraz önce kendimi onun yanından kurtarıp denize atmayı düşünüyordum. Şimdi ne olmuştu böyle? Aklım almıyordu. Beynimde binlerce soru, sorulmayı bekliyordu.

"Doktorun hangi şehirde?" Sorusuyla birlikte duvara baktım o saçlarımı kurulamaya devam ederken.

"Ankara."

"Sadece tek bir doktora mı gittin?"

"Evet... yani aynı hastanede iki doktora... Dahiliyeden yönlendirdiler, kan seviyelerimde bir gariplik olunca..."

"Yüzde yüz kanser olduğun söylendi mi?" Sorduğu soruların, ilgilenmesinin şoku içinde kekeliyordum.

"Bazı testler gerekiyormuş. Ama doktor yüksek ihtimalle öyle olduğunu söyledi. El muayenesinde sağ göğsümün altında bir kitle tespit etti. Ama... dönünce bazı testler yaptırmamız... gerekecek."

Derin bir nefes aldığını fark ettim.

"Bu belirtiler ne kadar zamandır var?"

"Birkaç aydır." Bir an durdu, sanki onu şoka sokacak bir şey söylemişim gibi beklediğini fark ettim.

"Doktora ne zaman gittin?"

"Geçen hafta..." dedim tereddütle. Sanki bir şeye kızmak üzere gibiydi.

"Neden? Belirtiler başladığı ilk an neden gitmedin?" Kendimi o an hem suçlu hem çaresiz hissettim. Ona doğru döndüm dolu gözlerle, yumuşak ama öfkeli bakışlarla bakıyordu bana elinde havlusuyla.

"Benim yaşadığım hayatı yaşasan bilirdin. Bir yerden sonra kendinin umurunda olmuyorsun. İster başın dönsün, ister miden bulansın, ister kus, ister öl. Seni doktora götüren biri yoksa yanında, doktora gitmek de istemiyorsun. Durumumu aylar sonra yurttaki eski ablalarımdan biri fark etti beni ziyarete geldiğinde. Doktora zorla götürdü... eğer götürmeseydi..." derken sözümü tamamladı.

"Eğer götürmeseydi hâlâ gitmemiş olacaktın, birkaç haftaya da ölürdün." Kaşlarımı çattım. Bu siniri niyeydi? Ne oluyordu? "Evet," dedim, "ölürdüm. Belki de yine öleceğim."

Cihan Karahanlı o an yüzüme küçümser bir ifadeyle baktı. Yataktan bir anda kalktı ve elini omzuma koyup beni ağır ağır yatağa doğru itti. Ne yaptığı hakkında hiçbir fikrim yoktu ama itiraz edemedim. Eline karşı koymak yerine yatağa uzandım iç çamaşırlarımla. Üstüme beyaz kalın yorganını örterken kaşlarım çatılıydı.

"En sevdiğin çorba?" diye sordu tekdüze bir sesle.

"Ne?"

"En sevdiğin çorbayı soruyorum." Sanki öldürmek ister gibiydi.

"Neden?"

"Sana soruya soruyla cevap verilmemesi gerektiğini öğretmediler mi? En sevdiğin çorbayı soruyorsam bana en sevdiğin çorbayı söyleyeceksin. 'Neden' diye bir çorba adı duymadım."

Şok içinde baktım yüzüne. Bir insan nasıl bu kadar dengesiz olabilirdi?

"Ben..." diye kekeledim, "domates çorbası..." Başını salladı.

"Sakın kalkayım deme. Birazdan burada olurum." Kaşlarımı çattım anında.

"Nereye gidiyorsun?"

Üstündeki ıslak tişörtü çıkarıp yerine yenisini geçirirken anlamsızca cevap verdi. "Sana çorba yapmaya."

Anlam vermeye çalıştım. Biraz önce beni bırakabilmeye bu kadar yakın olan bu adam, benden nefret eden bu adam, beni götürüp bir yere bırakmak için çabalayan bu adam şimdi bana çorba mı yapacaktı? Saçlarımı kurulamıştı, ıslak elbisemi çıkarıp beni yatağıma yatırmıştı... Şimdi bir de çorba mı yapacaktı? Ona istemeye istemeye *beni bırak* diye yalvarışımı hatırladım. Şimdi ne oluyordu? Cihan Karahanlı tam odadan çıkmak üzereyken yataktan uzandım ve kolunu tuttum şaşkınlıkla, tüm bu olanların, tüm bu tavrının bir açıklaması olmalıydı. Beni bırak demiştim ona, beni bırak dememe rağmen burada yanımda mı kalacaktı? Bir cevap arayarak şaşkınlıkla ağzımı açtım.

"Ne yapıyorsun?" diye sordum.

Gözlerini gözlerime çevirdi, derin bir nefes aldı. "Seni bırakmıyorum." dedi.

13. Bölüm
Ölmene İzin Vermeyeceğim

Yatakta öylece uzanmış teknenin tavanını izliyorum. Aklımda garip sorular, aklımda Cihan'ın tavrı, aklımda Cihan'ın değişimi, aklımda Cihan'ın endişesi, aklımda Cihan...

Ne oldu birden anlayamadım. Hastalığımı öğrendi ve o an gözlerinde garip bir ışık gördüm. Karanlık, ama bordo izler taşıyan güçlü bir acı ışığı. Cihan Karahanlı sanki bu anı daha önce yaşamış gibi, aynı anı tekrar yaşıyormuş gibi baktı bana. Aldı beni, hiç tereddüt etmeden getirdi yatağına yatırdı. Adam duvardan farksız, ama şimdi kalktı bana çorba yapmaya gitti. Anlam veremiyorum, algılayamıyorum, zaten anlamam mümkün de değil. Ben onun kimiyim, neyiyim. Ya da bende kimi gördü bu adam da birdenbire böyle değişiverdi. Bana iyi davranıyor değil. Çorba yapmaya gitti ama bunu bile öldürecek gibi söyledi. Ama çorba yapmaya gitti işte!

Yüzümde beliren anlamsız bir gülümsemeyle birlikte yorganı sıkıca tutup başıma doğru çektim. Yüzüm yorganla kapatılınca kendi kendime biraz daha güldüm. Hayatımda ilk defa yorganla başımı kapatıp altında gülecek kadar mutlu hissediyordum kendimi. Kanser karısına çorba yapmaya giden bir kocam var ve bu beni mutlu etti. Kanserim, ama mutluyum. Çünkü hayatımda ilk defa bir insan sadece benim için çorba yapıyor. Daha önce hepiniz gibi defalarca çorba içtim. Ama içtiğim çorbalar yüze yakın çocuk için yapılmıştı, ben de onlardan biriydim. Şimdi sadece bana yapılıyor, sadece benim için, sadece bana ait bir kâse çorba. Belki saçma gelecek, ama çok mutluyum. Tavırları umurumda değil. Sonuca bakıyorum. Ve sonuç bu, Cihan Karahanlı bana çorba yapıyor ve ben mutluluktan yorganın altında gülüyorum.

"Kendini boğmaya mı çalışıyorsun?" Cihan'ın sesiyle birlikte gülmemi engellemeye çalışarak yorganı hafifçe kafamdan çektim ve kıpkırmızı olmuş yüzümde ona baktım. Elinde bir tepsi, tepside birkaç dilim ekmek ve bir kâse domates çorbası, bana bakıyordu.

"Yoo… ben hep yorganın altında yatarım…" Yalan değildi, cidden başımı her uyuduğumda yorganla kapatırdım.

"Niye?"

Cihan yatağa yaklaşırken doğrulup arkama yaslandım ve anlatmaya başladım. "Ben korktuğum zaman annemin ve babamın aralarına yatabileceğim bir çocukluk geçirmedim. Yanına yatacak kimsem yoktu. Bazı geceler çocuk aklımla olur olmaz şeyleri düşünür korkardım. Beni yorganımın koruduğuna inanırdım. O günlerden sonra alışkanlık oldu. Hâlâ yorganın altında yatıyorum." Cihan gözlerimin içine baktı. Gözlerinin karmakarışık tonu öyle güzeldi ki gözlerimi kaçırmaya çalıştım. Ama ona bakmak öyle güzeldi ki sonsuza kadar bakmak istiyordum.

"Yorganıma öyle sarılınca geceden kalan kokumu içine çekiyorsun sandım." Gözlerimi devirdim. İçimden İngiliz aksanıyla bezenmiş bir ses "Egoist Karahanlı is back in town!" diye mırıldandı. Derin bir nefes aldım.

"Yorganı koklamadım." diye mırıldandım.

"Direkt beni mi koklamak istiyorsun?" Birden dalga geçmek için başıma üşüşen ani bir cesaretle başımı salladım.

"Evet, direkt seni koklamak istiyorum." Cihan şok içinde durdu, tepsiyi kucağıma bırakırken bana baktı vereceğim cevabı beklemiyormuş gibi. Yine utanacağımı düşünmüştü belli ki, ama ona beklemediği cevabı vermekten gurur duyuyordum.

"Tamam. Kokla." Ne? İşte bu da benim beklemediğim cevaptı. Ne demek kokla? Kendimi gülmeye zorladım.

"Ne... ne yapayım?" Cihan tek kaşını kaldırdı.

"Kokla." diye mırıldandı.

"Ama... ben..."

"Seni koklamak istiyorum demedin mi? Kokla." Delirmek üzereydim. Kokla diyordu ya. Cihan tüm erkeksiliğiyle karşımda oturmuş bana onu koklamamı söylüyordu! Ben de adama hangi akılla seni koklamak istiyorum dediysem...

"Ben koklamak istediğim için koklamak istiyorum demedim..." Cihan'ın gülmemek için kendini zor tuttuğu belliydi.

"Ne için seni koklamak istiyorum dedin peki?" Gözlerime dalga geçer gibi baktı.

"Öylesine..." Cevabım müthişti. Hiçbir şekilde cevap bulamamam, Cihan'ın laflarının altında kalıyor oluşum müthişti. Bari doğru düzgün bir cevap bulsaydım.

"Beni..." dedi tane tane, "koklamak istiyor musun, istemiyor musun?" Yutkundum. Bir kere koklamak istiyorum dediysem dönüşü yoktu. Şimdi hayır istemiyorum diyemezdim. Gözlerimi ürkekçe gözlerine diktim.

"İstiyorum."

Birden Cihan Karahanlı beklemediğim bir şekilde öne doğru eğildi! Neredeyse üstüme çıkacaktı! Başını boynuma doğru götürünce boynu tam olarak dudaklarımla burnumun önünde beliriverdi. Sıcak nefesini boynumda hissettiğimde neye uğradığımı şaşırmıştım ve şaşkınlıktan nefesimi tutuyordum.

"Kokla." diye mırıldandı. Kendimi geri çekmeye çalıştığım sırada başım yatağın başlığına dayandı, kaçabileceğim bir yer yoktu. Cihan bir kez daha boynuma doğru nefesini verince kalp krizi geçireceğimi hissettim. Çaresizce burnumu boynuna yaslayıp derin bir nefes aldım. Koku... Hayatımda duyduğum en güzel koku... Bayılmak üzereydim. Bir insanın kokusu bu kadar etkileyici olmamalıydı. Mest olmuş bir şekilde bir kez daha kokladığım sırada Cihan'ın güldüğünü duydum.

"Beni bütünüyle içine çekmeye mi çalışıyorsun?" Cihan'ın bu cümlesi beni kendime getirdi. Rezil olmuştum! Resmen yüz elli kere kokusunu içime çekecektim eğer kendime gelmeseydim!

"Koklamadım!" dedim, "Nefes alıyorum... kokun da geliyor." Öyle mi Deniz? Cevabıma bakın, rezillik.

Cihan'ın bir kez daha güldüğünü duyunca ellerimle ittim onu. Ben itmezsem sonsuza kadar onu koklayabileyim diye o şekilde dururdu.

"Çekilir misin?" diye mırıldandım. Çekildiğinde yüzünde çarpık bir gülüş vardı. Erkeksi, aynı zamanda ciddi çarpık bir gülüş... Başını kendi kendine sallayıp kaşlarıyla çorbayı işaret etti. "İç." diye emretti. Emrine amade olmak gibi bir niyetim yoktu, bu koklama olayına da sinirlerim bozulmuştu ama çorba yapmış olması beni öyle mutlu ediyordu ki içecektim.

Kâsenin içindeki kaşığı alıp anında şok içinde kâseye bıraktım! Ah! Kaşık o kadar sıcaktı ki elim yanmıştı! Ben acı içinde elimi üflerken Cihan elimi tuttu telaşla. Ben ne yapacağına bakarken elimi açıp baktı. Elimin içinde kırmızı bir çizgi belirmişti. Canım yanarken elime hafifçe üfledi...

"Kendine zarar vermekten başka bir işe yaramıyorsun."

Elime üflüyor, canım yandığı için üzgün, ama beni azarlıyor. Cihan Karahanlı stili de bu işte. Bu ne kadar sürecek? Ben her kendime "yanlışlıkla" zarar verdiğimde bana mı kızacak? Elimi sinirle çekmeye çalıştığımda sıkıca bir kez daha kavradı ve çekmeme izin vermedi.

"Dur," diye emretti sertçe, "bekle." Elimi bırakmadan eğildi ve yatağın yanında duran küçük dolabın üst çekmecesini açıp bir krem çıkardı. Kredim kapağını açıp birazını elime sıktı ve ağır ağır elimin içine doğru dağıttı. Kremin etkisiyle yanan elimin acısı birkaç saniyeliğine arttığında dudağımı ısırdım.

"Geçecek şimdi. Yastığın üstüne koy." Elimi yavaşça bırakınca elim yanda duran yastığın üstüne düştü, yastığın soğukluğu biraz iyi gelirken Cihan kremi dolaba bıraktı ve sıcak kaşığı tutup bir kaşık çorba aldı. Kaşlarımı çattım. Bana çorba mı içirecek?

"Sen..." dedim şaşkınlıkla, "bana..." Kaşığı ağzıma doğru götürürken şaşkınlığım bin kat daha arttı. "çorba mı..." Şaşkınlıktan devam edemiyordum. Cihan kaşığı zorla ağzıma sokarken tekdüze bir sesle cevap verdi.

"Evet. Ben. Sana. Çorba." Şu ciddi yüz ifadesiyle bile dalga geçiyordu. Şaşkınlıktan gözlerimi bile deviremiyordum, kaşıktaki çorba ağzıma yayılırken zar zor yutkundu. Cihan kaşığı ağzımdan çekip bir kaşık çorba daha aldı.

"Gerek yok be kendim…" Birden sözümü kesmek için kaşığı bir kez daha ağzıma soktu.

"Gerek var." Çorbayı bir kez daha yuttuğumda Cihan tekrar kaşığı kâseye daldırınca dudaklarımı araladım.

"Diğer elimle içeb…" Cümlemi bir kez daha tamamlayamadan ağzım çorba dolu bir kaşıkla doldu!

"İçemezsin Deniz…" Adımı Cihan'ın ağzından duyduğumda şok içinde baktım, "Sus."

Emrediyor. Azarlıyor. Kızıyor. Sinirlendiriyor. Ama bana çorba yaptı… bana çorba içiriyor… Bu her şeyi unutturacak bir hareket. Cihan Karahanlı'nın bana çorba yapması, bana çorba içirmesi şey gibi, sanki teknenin duvarı birden kalkmış hareket etmeye başlamış mutfağa gitmiş de çorba yapmış şimdi de bana içiriyormuş gibi. Duvardan farksız, hatta belki de kalbi yok, ama içinde bir yerlerde ufak da olsa bir şeyler var…

Kâsede çorba kalmayınca Cihan hiçbir şey söylemeden tepsiyi aldı, ayağa kalktı ve kapıya yöneldi. Tam o sırada uzanıp kolunu tuttum.

"Cihan!" Arkasını döndü. "Ne?" Kibar olmadığı gerçeğini göz ardı ederek sorumu sordum.

"Kanser olduğumu öğrendiğinden beri benimle ilgileniyorsun. Bunu yapmak zorunda değilsin, beni seviyor da değilsin… o zaman… neden?" Başını dikleştirdi. Derin bir nefes aldı hazmedemediği bir gerçeği hazmetmeye çalışıyormuş gibi.

"Ben… çok sevdiğim bir insanı bu şekilde kaybettim. Çabalamadım, elimden bir şey gelmezdi de, çok geç öğrendim. Şimdi senin de bir sevenin vardır diye…" Tereddütle durdu, zar zor devam etti. "…bir sevenin vardır diye ölmene izin vermeyeceğim."

14. Bölüm
Biri Var

Cihan'ın cümlesi beynimin içinde yankılanıyordu. Bir sevenin vardır diye ölmene izin vermeyeceğim... Bir sevenin vardır diye ölmene izin vermeyeceğim. Bir sevenin vardır diye... ölmene izin vermeyeceğim. Ölmene izin vermeyeceğim, bir sevenin vardır diye.

Belli ki Cihan Karahanlı sevdiği insanı bu şekilde kaybetmişti. Arkadaşı mıydı sevgilisi miydi bilmem, âşık olduğu kadın mıydı, yürekten sevdiği bir insan mıydı kimiydi neyiydi bilmem bilmiyorum bilemem. Ama şundan eminim ki Cihan'ın bu değişiminin sebebi bir kayıp daha görmek istememesiydi. Beni sevmiyordu, benden hoşlanıyor da değildi, beni tanımıyordu da. Evet. Ama bildiğim, emin olduğum bir şey vardı, Cihan benim ölmeme izin vermeyecekti. Bizi almışlardı bir kutunun içine koymuşlardı. Şimdi o kutunun içinde yan yana ya da karşı karşıya hatta arka arkaya olmaktan başka şansımız olmasa bile hep onun çevresinde bir yerlerde olacaktım. Çevresinde olan bir insanın göz göre göre kaybolup gitmesine izin vermezdi, vermeyecekti. Beni sevmezdi belki, kendisinin beni sevmesine de izin vermezdi bunu da biliyordum. Ama önemli olan o veya bu değil. Önemli olan, benim yanımda olacaktı, düştüğümde tutup kaldıracaktı beni. Ve ister inanın ister inanmayın ben düşüyordum...

Somut bir düşüş değil bu, buradan kalktığım anda düşmem belki, ayaklarım çalışıyor bacaklarımda hiçbir sorun yok ben iyiyim, ben... iyiyim. Ama benim içimde bir şeyler düşüyor. İçimde deprem var, duygularım hislerim umutlarım korkularım raflardan bir bir içimin ıslak zeminine düşüyor. Ben ayakta görünüyor olabilirim ama benim içim düşüyor. Cihan, gördüğüm kadarıyla, düşeni tutup kaldıracak bir insan. Eminim ki o benim içimi de görecek. Elimi tutup kaldırmasa da içimde düşen hislerime el uzatacak. Benim içimin toparlanmasına ihtiyacım var ve Cihan benim içimi toparlayan adam olacak.

"Doktorun..." diyerek odaya girdi Cihan kaşları çatılı bir şekilde, "Hangi klinikte?" Kaşlarımı çattım. Klinikte bir doktora gidebilmek için yüklü bir miktar paraya ihtiyacım vardı, o tahlilleri özelde yaptırmak için üstüme yapılı üç katlı bir binaya sahip olmalıydım sanırım.

"Ulus Devlet Hastanesi'nde. Birkaç haftadır gidiyorum, çok gidemedim gerçi... Pek umutlu olmadığım için." Cihan gözlerini devirerek cebinden çıkardığı telefonunu açtı ve bir numara çevirip telefonunu kulağına dayadı.

"Murat," diyerek söze başladı, "senin bir doktor arkadaşın vardı, ismi neydi? Anladım. Ben şu an Cunda'dayım. Buradan Akçay'a geçebilirim. Şu an klinikte midir? Tamam. Randevu? Anladım, o zaman direkt geçelim sorun olmaz diyorsun. Tamamdır, yok benimle ilgili değil... bir... arkadaşımla ilgili."

Gözlerimi kaçırdım. Cihan da o sırada tepkimi görmek istermiş gibi bana bakıyordu. Ne yapabilirdim? Nasıl bir tepki verebilirdim? Ne dememi bekliyordu, neden karısı olduğumu söylemediği için kızmamı mı? Haklıydı. Ben onun arkadaşı bile değildim. Kâğıt üzerinde ne olduğumuz gerçekte ne olduğumuzu göstermiyordu.

"Tamam, sen adresi bana mesaj atarsın biz de yola çıkıyoruz şimdi. Görüşürüz, uğrarım sana."

Cihan Karahanlı telefonunu kapatıp tek kaşı havada bakışını bana yönlendirdiğinde burnumu çektim ve yataktan kalktım. Karşı dolaptaki aynadan saçlarımı düzeltip başımı Cihan'a çevirdim. Dağılmış haldeydim. O da benden farklı değildi.

"Gidiyor muyuz?" Başını salladı.

"Akçay'daki bir doktora geçeceğiz. Bir arkadaşımın arkadaşı. Şimdi kıyıya varacağız, sonra yolda uyursun. Dinlenmen lazım." Gözlerimi devirdim anında.

"Hasta gibi davranma bana. Tamam… hastayım. Ama hasta gibi davranma." Cihan yüzüme uzun uzun baktı, bir şey bekliyormuş gibi, bir şey söylemek istiyormuş gibi. Sonra omuz silkti.

"Hasta olmasan bile yorgunsun. Hazırlan istersen." Hiçbir şey söylememe izin vermeden odadan çıkınca derin bir nefes aldım. İletişim sorunumuz yetmezmiş gibi şimdi bir de doktor stresiyle başa çıkmam için burada tek başıma bırakmıştı beni. Doktor stresini yoğun olarak yaşayan bir insandım. Ne zaman doktora gidecek olsam kendi kendimi içten içe stresimle öldürmeye yeltenirdim. Çünkü… bilmiyorum. Ne zaman doktora götürülsem anne babasıyla beraber gelen çocukları görürdüm. Aslında bakarsanız korkumun bir hikâyesi var. Bir gün yurttaki ablalarımdan biriyle bir doktora yollandım. Sıra beklerken bir çocuğun doktordan korkup ağladığını gördüm. Annesi çocuğa ağlarsan seni doktora veririz diyordu. Bu da korkunç bir şey olduğu anlamına gelirdi. Sonra bu taktik işe yaramak yerine ters tepip çocuğun daha çok ağlamasına sebep olunca babası çocuğa "Ben buradayım," dedi, "doktorlar babalara hiçbir şey yapamaz. Ben seni korumaya geldim." Böyle işte. Doktorlar korkunçtu ve bizi onlardan sadece babalar koruyabilirdi. Çocuklukta beynime böyle kazımışım. Şimdi saçma olduğunun farkındayım evet. Mantıksızlığını görüyorum. Ama yine de her şeye rağmen korkuyorum. Engel olamıyorum…

Kıyıya varana kadar kendimi biraz olsun toparlamaya çalıştım. Doktora kötü bir halde görünmek istemiyordum. Yoğun bir tedaviden uzak kalmanın yolu buydu belki de, iyi görünmek. Sıcak bir duş aldım. Üzerime temiz kıyafetler geçirdim ve kıyafetlerin açık renk olmasına özellikle dikkat ettim çünkü açık renk giymek ben iyiyim demekti. Ve ben iyiydim, iyi olacaktım.

Cihan'la iletişim halinde değildik. Bakışlarını üzerimde hissediyordum. Tekneden inerken bana elini bile uzatmıştı ama konuşmuyorduk. O benimle konuşmuyordu. Bana hiçbir şey söylemiyordu. Gel diyordu, dikkat et diyordu, elime tutun diyordu ama konu açmıyordu. Konuşmak değil, yönlendirmek istiyordu. Çünkü benimle olmak değil, beni iyileştirmek istiyordu.

Durumum çok açıktı, arabanın arka koltuğuna Cihan'ın emriyle uzanır uzanmaz uyuyakalmıştım. Gidecek yolumuz ve sıcacık bir havamız vardı. Güneş gözlerimi doldururken kendimi huzurlu bir uykunun kollarına bıraktım. Ne kadar daha uyuyacaktım, belki zamanı gelince uyutulacaktım ama şunu söylemeliyim, uyumak güzeldi. Uyanık kalıp insanları izlemek onlara anlam vermeye çalışmak bir yana dursun, uyumak çok güzeldi. Sessizlik güzeldi, güneşe rağmen karanlık güzeldi… Güzeldi.

"Deniz..." Cihan'ın sesiyle gözlerimi araladığımda hayatımda geçirdiğim en huzurlu uykudan uyanmış buldum kendimi. Koltuğun rahat oluşu, havanın güzelliği, kuş sesleri...

Cihan arka kapıyı açmış bana doğru eğilmiş beni izliyordu öylece. Yüzünde hiçbir ifade yoktu. Başımı ağır ağır kaldırdım ve yutkunarak doğruldum.

"Geldik mi?" diye sordum. Nedense soruma hafifçe gülümsedi.

"Geldik."

Gülümseyişinin ardında sorumu çocuk gibi sormuşum da buna gülüyormuş edası yatıyordu ve bu eda beni oldukça mutlu etmişti. Çocukluğumu, içimdeki çocuğu gören biri var diye düşündüm. Biri var, ne güzel cümle. Biri var.

Arabadan indiğimde bizi çok güzel bir ilçe karşıladı. Sağ tarafta ağaçların ve ufak bir çarşının ardında görünen masmavi deniz, kuşlar, kelebekler, sol tarafta turistlerin gezdiği bir kitap fuarı ve tam önünde durduğumuz bembeyaz bir bina. Her katta isimler yazıyordu, Avukat Hüseyin Çayar, Onkoloji Uzmanı Kerim Sayer, Diş Hekimi Canan Karay.

"Hazırsan girelim?" Cihan'ın sorusu ve bu soruyu sorarkenki gülüşüyle kaşlarımı çattım.

"Bir gariplik var sende." diye mırıldandım, "bir şey düşünüyorsun. Neye gülüyorsun?" Binaya doğru ilerlediğimizden Cihan omuz silkti.

"Hiçbir şeye." Ama hâlâ gülüyordu. Çekinmeden uzanıp kolunu tuttum.

"Ne var? Bir şey mi oldu?"

Binaya girdiğimiz sırada Cihan girişteki asansörün tuşuna bastı ve tek kaşı havada bana döndü.

"Korkuyorsun değil mi?" Kaşlarımı çattım anında şaşkınlıkla. "Ne korkması?"

"Doktordan korkuyorsun. Değil mi?" Bunu... nereden anlamış olabilirdi?

"Sen... ben... yani... doktordan... hayır korkmuyorum." Gerçekten korktuğunu hiç belli etmedin Deniz!

"Ben... sen... yani... doktordan... evet korkuyorsun." Gülerek asansöre binmem için bana yol verdiğinde alt dudağımı ısırdım. Cihan'ı tanıştığımızdan beri ilk defa bu kadar olumlu görüyordum ama bunu düşünecek değildim. Korktuğumu nereden biliyordu?

"Nereden çıkardın bunu?"

"Bizzat sen söyledin." Şok içinde baktım yüzüne.

"Ne? Ben kanser hastasıyım," diye mırıldandım, "akli dengemle ilgili bir sorunum yok. Söylesem bilirdim."

"Söyledin ve bilmiyorsun." İnanamayacaksınız ama bunu söyledikten sonra bana göz kırptı. Acaba ben uyurken Cihan farklı bir insana dönüşmeye mi karar verdi? Acaba ben uyurken kaza mı yaptık? Acaba bu adam Cihan Karahanlı değil mi?

"Cihan?" dedim birden.

"Efendim?" Tamam oymuş. Çok rezil bir test yaptım şu an, hatta akli dengem yerinde diyorum ama yanımda duran adama gerçekten o mu değil mi diye adıyla seslenmek mantıksızlığın dibi ama ciddi anlamda hal ve tavırları o kadar değişmiş ki siz de görseniz inanamazsınız.

"Bir şey yok... sadece... daha açık konuşur musun?" Hafifçe güldü.

"Uyurken bir şeyler sayıkladın."

"Ne dedim?"

"Seviyorum dedin."

"Ne?"

"Çok seviyorum dedin."

"Ne! Kimi! Seni sevmiyorum!" Cihan keyifle gülerken olayı yavaş yavaş anlamaya da başlamıştım. Büyük ihtimalle benimle konuşmasa da uyurken bir şeyler sayıklamıştım ve bu bana karşı olan düşüncelerini yumuşatmıştı. Ama ne demiştim?

"Aklına direkt ben geldim. Bir sevenin vardır diye ölmene izin vermiyorum, unutma. Sadece doktor korkunu anlattın. Seni korumamı söyledin." Şok içinde baktım yüzüne. Rezilliğe bakın!

"Sana… beni doktordan koru mu dedim…" Gülmemek için zor tutuyordu kendisini. Asansörden birlikte indiğimiz sırada başını salladı.

"Evet ama korkma, seni koruyacağım. Dediğin gibi sen benim arkamda duracaksın."

"Ne? Sana… önümde dur mu dedim?" Dalga geçer gibi başını salladı.

"Evet." Utançla alt dudağımı ısırdım ve olduğum yerde kaldım. Resmen uyur uyumaz üç yaşındaki çocuklara dönmüştüm! Bir daha uyumayacaktım. Bakın, tek olsam bile asla ve asla uyumayacaktım. Rezillik!

"Korkudan mı gelmiyorsun?" Cihan durduğumu görüp tam kapıda durunca ona doğru bir adım atıp durdum.

"Rezil oldum…" diye mırıldandım. Gözlerini devirdi.

"Rezil olmadın tamam mı? Gel şimdi." Bir adım daha attım. Tekrar durdum.

"Korkuyorum da..." İşte bu, Cihan'ı tekrar gülümseten cümleydi. Korkmam mı, çocuk gibi olmam mı bilmiyorum ama bir şey onu güldürüyordu. Bir şey hoşuna gidiyordu. Bu beni rahatsız etmiyordu aksine korkuma gülüyor olması dalga geçtiğini değil bundan hoşlandığını bile gösterebilirdi ve bu beni neden rahatsız etsindi ki? O an garip bir şey oldu. Cihan bana elini uzattı.

"Tut." diye emretti. Kaşlarımı çattım.

"Ne?"

"Elimi tut. Korkmaman için."

Gözlerinin içine baktım. Uzun uzun bakmak istedim, ama kaçırmak zorundaydım. Yine de olabildiğince uzun süre baktım ve çekine çekine de olsa uzandım, o kocaman ellerinden birini küçük ellerimden biriyle tuttum. İşte oldu. Şimdi bedenlerimiz birbirine bağlandı.

"Korkuyor musun?" dedi. Korkuyordum.

"Hayır." dedim, çünkü korkumun sönüşünü öyle güzel hissediyordum ki...

Bakın çok garip. Hayatım boyunca bir sürü şeyden bir sürü insandan bir sürü meslek grubundan bir sürü varlıktan bir sürü sözden korktum. Yanımda kimse yoktu. Kimseye sığınamadım. Hep korkularımın üstüne gitmek zorunda kaldım ve bu bilinenin aksine beni daha az değil daha fazla korkak yaptı. Ben şu an korkağın tekiyim! Anneme sığınamadım, babama koşamadım beni korusun diye. Hep tek başımaydım. Hep tek başıma korkmak zorunda kaldım çünkü korkmaktan başka çarem yoktu. Oysa şimdi çok garip, biri var... Söylemesi çok güzel değil mi? Biri var... Ben henüz ölmemişken tanıştık, şimdi yanımda biri var.

15. Bölüm
Sığınağım

Doktorun kliniğine adım attığımız sırada parmaklarım korkuyla Cihan'ın parmaklarına sarılmıştı. Belki bedenim de komple ona sarılmak istiyordu, isterdi ama bu mümkün değildi. Belki bir gün ona sarılacağım bir an da gelirdi, ama o gün bugün değildi. Yanlış anlamayın, ona karşı bir şeyler hissetmeye başlamış değilim. Sadece... ben birine sarılmayalı ne kadar uzun zaman oldu biliyor musunuz? Benden büyük, benden güçlü birine sarılmayalı kaç yıl geçti biliyor musunuz? Beni koruyabileceğini hissettiğim birinin yanında olmayalı, elini tutmayalı, sarılmayalı, arkasına saklanmayalı kaç yıl oldu, tahmin edebiliyor musunuz? Yalnızlığın tavan seviyesini yaşadım şimdi tutacak bir el arkasına saklanılacak bir insan buldum, duygularımın sebebi budur. Cihan Karahanlı benim hayatıma girdi. Ben hayatıma giren insanları hep eşyalarla cansız varlıklarla ya da olaylarla özdeşleştiririm. Cihan Karahanlı da benim arkasına saklandığım duvarımmış meğer. Bir de beni bilirsiniz, güvenmeden adım atmam, yıkılacak bir duvarın arkasına saklanmam ben. Cihan Karahanlı benim yıkılmayacak duvarım. Arkadaşım değil, sevgilim hiç değil, o benim sığınağım. Bir gün onun yüzüne bakacağım, ama uzun uzun upuzun bakacağım ve diyeceğim ki *sen de benim sığınağımmışsın meğer, arkasına saklandığım duvarımmışsın.*

"Cihan Bey, hoş geldiniz. Kıvanç Bey sizi bekliyordu. Siz de hoş geldiniz. Buyurun." Doktorun sekreteri bizi doktorun odasına yönlendirirken Cihan'ın elini sıktım. Cihan başını hafifçe çevirip yüzüme baktı ve beklemediğim bir şekilde güven vermek istercesine göz kırptı bana. Başımı salladım ama titriyordum. Bu kadar korku normal değildi. Ama bilirsiniz, doktorlar çocuklara hep aynı türmüş gibi gelir ve bana denk gelen tür hiç de iç açıcı değildi. Sevilebilir değildi, saygı duyulabilir değildi. Yedi yaşındaydım, bana sırtını aç dedi, öksür dedi sonra bir şeyler mırıldanarak beni oraya götüren koruyucu ablama döndü ve "Siz bu çocukları yıkamıyor musunuz? Bu pislik ne?" dedi. Hayatımda hiç o kadar utandığımı hatırlamıyorum. Düşününce bile çok kötü. Hatırlayınca bile, o kadar kötü ki. Pis... Pis... Pis olmak. Kirli olmak. Elimden ne gelirdi ki ben kendimi yıkamayı bile bilmiyordum. O günün gecesi yurda döndüğümde büyüyüp tek başıma yıkanmaya başlayabileyim diye dua ettiğimi hatırlıyorum. Doktor öyle sertti ki kendimi suçlu hissetmiştim. Her kontrole gittiğimde her seferinde kendimi kötü hissettirecek bir şeyler duymaktan korktum. Sırtımı açmak istemedim. Ne kadar hasta olursam olayım doktora gitmemek için hastalığımı saklamaya çalıştım. Şimdi yine aynısı olacak gibi geliyor. Ama bu sefer farklı. Bu sefer yanımda Cihan var...

"Cihan Bey, Deniz Hanım, hoş geldiniz. Murat sizden çok bahsetti telefonda." Odaya girdiğimizde bizi masasından kalkıp Cihan'a el uzatan genç bir doktor karşıladı. Saçları simsiyah, teni bembeyaz, gözleri masmaviydi. Cihan'ın yanında bahsi bile geçemezdi ama adam yakışıklıydı. Hayatımda ilk defa yakışıklı bir doktor görüyordum.

"Murat sizden de çok bahsetti. Size bu kadar güvenmese bana sizi önermezdi."

"Murat beni sever. Üniversite zamanı yurtta oda arkadaşıydık. Gecemiz gündüzümüz birlikte geçerdi. Şimdi çok yakın bir arkadaşını bana yönlendirdiğini söyleyince çok mutlu oldum, onun arkadaşlarıyla tanışmak benim için güzel bir şey. O sevdiyse ben hayli hayli severim."

Bu doktor şaka mıydı? Bildiğin arkadaş gibi konuşuyor. Sert olması gerekmiyor mu? Oturun, şikâyetleriniz neler, ne zamandır var, bir tahlil isteyeceğim... bunlar yok mu?

"Biz Murat'la çocukluk arkadaşıyız. Bana sizden çok bahsetti, bir ara tanıştıracaktı sanırım ama o zamanlar ben yurtdışındaydım fırsat olmadı. Şimdi... Eee, eşimde bir rahatsızlık olunca aklıma direkt siz geldiniz."

Doktorun bakışları anında bana yöneldi. Gülümseyerek elini uzatınca kendimi korkuyla kastığımı fark ettim. Bakışlarımı Cihan'a çevirdim. Bana onaylar gibi başını salladı ve elimi bıraktı birden. O an kendimi boşlukta gibi hissetsem de titreyen elimi kaldırdım ve doktorun elini sıktım. Çok kısa sürdü. Elimi sıktı, bana gülümsedi ve elimi anında geri çekip Cihan'ın elini tuttum.

"Evet biliyorum Murat bahsetti, şöyle oturun lütfen. İçecek bir şeyler alır mısınız?" Kafeye mi geldik ya bu nasıl doktor.

"Bir şey ister misin?" diye sordu Cihan bana bakarak, anında kaşlarımı kaldırdım.

"Yok, teşekkürler..." Cihan bana tekrar güven vermek isteyerek göz kırpınca duruşumu dikleştirmeye çalıştım. Biraz özgüvenli olmalıydım. Biraz olsun korkumu tek başıma yenmeliydim. Cihan'ın elini bırakıp doktorun masasının önündeki karşılıklı iki kırmızı koltuktan birine oturdum. Doktor yerine yerleşirken Cihan da tam karşıma oturmuştu bile. Bakışlarımı önce Cihan'a, sonra da yerdeki gri parkelere çevirdim.

"Deniz Hanım, ben mesafeli konuşmayı sevmem. O yüzden izninizle size Deniz diyeceğim, sen diye hitap edeceğim. Aynı şey sizin için de geçerli Cihan Bey. Arkadaş sayılırız. Hasta doktor ilişkisine girmeyelim." Cihan'a baktığımda gülerek başını salladı.

"Mesafeye gerek yok. Nasıl olsa uzun bir süre görüşeceğiz." diye onayladı Cihan. Ben de başımı salladım ve gergin bir şekilde yutkundum. O kadar gergindim ki neredeyse birden ağlamaya başlayacaktım. Doktor bana döndüğünde nefesimi tuttum.

"Şimdi bütün ayrıntılarıyla şikâyetlerini öğrenebilir miyim Deniz?"

Bakışlarımı Cihan'a çevirdim. Tir tir titriyordum. Ne yapacaktım şimdi ne diyecektim? Cihan yüzüme öyle bir bakıyordu ki hiçbir şey yapmadan yüz ifadesinden destek olmaya çalıştığı belliydi. Hadi Deniz, alt tarafı konuşacaksın, çok basit.

"Ben… ee… uzun bir süredir baş dönmelerim ve mide bulantılarım oluyordu. Sık sık terlemeye başlamıştım. Yani bunlar için doktora gidip kan tahlili yaptırdım ve benden şey istedi… şey…" Doktor kaşları çatık bir şekilde gülümsedi.

"Mamografi mi?" Başımı salladım.

"Evet… sanırım oydu. Onun sonucunda… işte… dedi ki… göğsümde…" Devam edemiyordum. Cümleyi kuramıyordum. İnsanın kendi başına gelen bu olayı böyle anlatması, böyle kolay söylemesi göründüğü kadar kolay değildi işte. Durup dururken birdenbire 'ben kanserim' demek kolay mıydı? Ki doktor da Cihan da beni anlamış gibilerdi. Doktor başını salladı.

"Seni ultrason odasına alacağım şimdi. Meme ultrasonu çekeceğiz. Bir de biz görelim bakalım, belki tekrar bir mamografi isteyebilirim eğer bir şey çıkmazsa." Ultrason mu? Oda mı? Gerçekten iki korkunç kelimeyi aynı cümlede kullanınca kalp atış hızım üç katına çıktı. Anında Cihan'a baktım. Bir şey demeyecek miydi? Bir şey yapmayacak mıydı? Tamam basit bir şey gibi görünebilir ama ben korkuyordum. Ben, benim annem ve babam tarafından bırakıldığım günde kalmış ruhum korkuyordu çünkü ben hala o çocuktum daha. Hiçbir çocuk ultrasona öyle tıpış tıpış gitmezdi. Cihan'ın gözlerine baktım yalvarır gibi.

"Sen de gel." dedim. Kaşlarını çattı.

"İstersen sen de gelebilirsin Cihan." Doktorun kurduğu cümleyle birlikte tekrar Cihan'a döndüm. Neredeyse yalvaracaktım. Ayaklarına kapanıp beni tek bırakma diyecektim. Ama gerek kalmadı bile. Cihan ikiletmeden ayağa kalktı ben de peşinden ayağa kalkarken doktorun yön göstermek için önümüze geçişini izledik. Odanın içinde bulunan bir kapıyı açıp bizi hafif karanlık bir odaya sokunca korkuyla titredim. Basit bir şey olacağına emindim, beni korkutan olaylardı. Doktor odanın loş ışığını açarken olduğum yerde durup Cihan'a baktım.

"Korkuyor musun?" Cihan'ın güven verici ses tonuyla sorduğu sorusuyla birlikte başımı salladım.

"Burası… biraz gergin bir ortam…"

"Farkındayım. Yine de benim yanımda hâlâ korkuyor olman bana hakaret değil mi? Ben varım." Hafiften gülünce ben de kendimi tutamayıp birkaç saniyeliğine tebessüm ettim.

"Sen olmasan bu odaya giremezdim. İzin ver de girmişken korkayım."

"İzin vermiyorum." Birden kaşlarımı çatarak ona baktım.

"Ne?"

"Madem iznimi istiyorsun izin vermiyorum. Korkmayacaksın." Yutkundum. Benden istediği şey korkmamam değildi, bana emrettiği şey korkmamamdı. Bana korkmamamı emrediyordu. Buna izin vermediğini söylüyordu ve öyle başka seçenek sunmaz bir haldeydi ki kabul edecektim.

"Tamam," dedim, "deneyeceğim."

"Deneyeceksin." Gözleri gözlerimdeydi. Elinin hafifçe elime çarpışını hissettim. Elimi tutmadı. Garip bir şey yaptı. Elini güç vermek ister gibi elime değdirdi ve geri çekti. Sanki elini tutamam, sen benim elimi tutsan hayır demem ama sana verebileceğim en büyük temas eline dokunup geri çekmektir der gibi... Gülümsedim.

"Deniz, göğüslerini açıp şuraya uzanır mısın?" NE? Anlık bir şokla doktora döndüğümde nefesimi tuttum. Göğüslerimi mi... açıp... Tabii ki göğüslerini açacaksın salak mısın ultrason dedi doktor! Ben bunu hiç hesap etmemiştim. Cihan'a yanımda gelmesini söylerken göğüslerimi açacağımı düşünmemiştim! Doktorun görmesinde hiçbir sorun yok. Ama Cihan'ın görecek olması... Cihan Karahanlı göğüslerimi mi görecek? Sonra da hayatımıza kaldığımız yerden devam edeceğiz?

"Deniz?" Cihan'ın beni kendime getiren bakışıyla yutkundum.

"Tamam..."

"Yardım edeyim mi? İyi misin?" Bir de yardım etseydi bari. Başımı sağa sola doğru sallayarak hızlıca doktorun gösterdiği sedyeye oturdum. Gözlerimi kapatıp üstümdeki şile bezinden beyaz elbisenin kollarını çıkardım. Aşağı indirirken gözlerim kapalı bir şekilde kendimi sedyenin üstüne hafifçe bıraktım. Ve işte. Göğüslerim sere serpe ortada. Cihan'ın nasıl baktığını bilmiyorum, bakıyor mu bakmıyor mu bunu da bilmiyorum ama ben utanıyorum. Ondan çok ama çok utanıyorum. Yerimde kim olursa olsun hanginiz olursanız olsun utanırdınız. Derin bir nefes aldım ve gözlerimi sıktım. Tam o sırada doktorun eldivenli elleriyle göğüslerime soğuk bir jel sıktığını hissettim. Jeli göğüslerimde iyice dolaştırıp ultrasonu sağ göğsümün altına bastırınca nefesimi tuttum. Hiçbir şey hissetmemeye çalışıyordum. Yüzümün utançtan kıpkırmızı olduğunu biliyordum. Tir tir titrediğimin de farkındaydım. Ama yapabileceğim hiçbir şey yoktu.

"Şu an bir şey hissediyor musun?" diye sordu doktor.

"Utanıyorum." deyiverdim birden. Cümlemle birlikte doktorun gülme sesini duymam bir oldu.

"Göğsüne bastırdığımda bir şey hissediyor musun?" Vay canına. Bir de rezil oldum, öyle mi? Kim bilir Cihan nasıl bir ifadeyle bakıyordur şu an!

"Hayır... hissetmiyorum..."

"Peki, şu an?" Sağ göğsümün sağ altına biraz daha bastırdı.

"Hayır." Ultrason cihazını sağ göğsümden çekip sol göğsüme yerleştirdiğinde hissettiğim ufak bir acıyla yutkundum. Cihazı sol göğsümün altına iyice bastırınca ağzımdan hafif bir inleme çıktı. O an garip bir şey oldu. Ağzımdan çıkan hafif inlemeyle birlikte Cihan'ın elini elimde hissettim. Gözlerimi yumdum. Elimi mi tutuyordu?

"Deniz, gözlerini açar mısın… buraya bak." Doktorun sesiyle birlikte hızlı nefes alışımı sakinleştirmeye çalışıp gözlerimi araladım. Başım yatmama rağmen öyle öne dönük duruyordu ki gördüğüm ilk şey göğüslerim oldu. Bir tanesinin üzerine bastırılan ve canımı yakan ultrason cihazı, diğerinin üstündeki jel… Bir an başımın döndüğünü hissettim. Başımı Cihan'a çevirdiğimde bana veya göğüslerime değil ekrana bakıyordu.

"Bakıyor musun?" Doktorun ikinci cümlesiyle birlikte başımı ekrana çevirdim. Elini uzatıp bana ekrandaki beyaz bir bölgeyi gösterdi.

"Bak, burayı görüyor musun? Bu beyazlık burada olmamalı. Göğsün yapısına göre diğer bölgeler şu şekilde görünürken, uzaklaştırırsam daha iyi göreceksin… evet, bu kısımda bir fazlalık var. Sağ göğsün şu an tamamen temiz görünüyor. Ama sol göğsünde elle de belirgin hissedilen, canını yakan, çok net görünen bir kitle var. Şimdi, size durumu açık bir şekilde anlatayım. Sen yüzde yüz bir meme kanseri hastasısın. Yüzüme öyle bakma, sana her şeyi direkt söylemek zorundayım. Bu gibi durumlarda iki tedavi yöntemi vardır. Birine sistematik tedavi deriz birine lokal tedavi deriz. En kesin çözümü lokal tedavidir, kitlenin tamamen yok edildiğine inanılır. Ama şu an gördüğüm kadarıyla kitlen oldukça büyümüş durumda. Bundan önce sistematik tedaviye başvurmak zorundayız. Yani kemoterapiye olduğunca çabuk bir şekilde başlamak zorundasın. Kemoterapi nasıl bir süreç olacak, her şeye hazırlıklı olman lazım, kendini çok hasta gibi hissedeceksin, yorgun olacaksın, baş dönmelerin olacak, iştahın kapanacak, saçların dökülecek, ama biz sana…"

Gerisini dinlemedim. Dinleyemedim. Öyle bir cümle kurdu ki, öyle bir şey söyledi ki devam edemedim dinlemeye. *Saçların dökülecek...*

Saçların dökülecek...

Saçlarım mı dökülecek? Saçlarımı kaybedeceğim. Gidecekler. Tek tek tane tane dökülüp gidecekler. Bunu kaldıramam. Bununla yaşayamam.

"Bu süreçte en çok sana iş düşüyor Cihan. Yemek yemek istemediği zamanlar olacak, yürüyemediği zamanlar olacak, konuşamadığı zamanlar olacak. Sen onun yanında olmak zorundasın. Deniz iyileşene kadar iki ayrı kişi olarak değil, bir beden olarak yaşamak zorundasınız. Psikolojik olarak kötü bir döneme giriyorsunuz, ikiniz de. Ben psikolog desteğini de öneririm. Ama şu an için tek söyleyebileceğim şey kemoterapiye en kısa zamanda başlamamız gerektiği. Eğer anlamadığınız bir yer varsa..." derken dolmuş gözlerimle gözlerine baktım Cihan'ın, doktora soruyordum ama gözlerim Cihan'daydı.

"Saçlarım mı dökülecek?" Cihan'ın gerginlikten alnındaki damarlarının belirginleştiğini fark ettim. Boğazıma gelen hıçkırığımı yuttum.

"Evet," dedi doktor, "ama geri gelecekler."

Geri gelecekler. Geri gelecekler. Geri gelecekler. Yıllarca duyduğum cümle. Duyup da inandığım ama inanmamam gereken cümle. Annemi babamı defalarca sordum herkese, herkes geri gelecekler dedi. Ama gelmediler, gelemediler, gelemiyorlar... Biliyorum, saçlarım dökülür yenileri çıkar ama eskileri geri gelmez. Ben eskilerini istiyorum. Ben geçmişimin izlerini taşıyan saçlar istiyorum, tanımadığım yabancı saçlar değil, yeni saçlar değil. Şu an neye sahipsem onları istiyorum. Onlar kalsın istiyorum. Onlara dokunmak istiyorum. Çocukluğumu taşıyorum ben saçlarımda. Beş yaşımı, altı yaşımı, yedi yaşımı, on yaşımı, on beş yaşımı... Hepsini taşıyorum. Hepsiyle uzadı saçlarım. Kesilip uzayışlarını bile bir bir hatırlıyorum. Hep bir parçaları bendeydi, hiçbir zaman tamamen onlarsız kalmadım. Ben annemsiz babam olmadan kaldım ama asla saçlarım olmadan kalmadım. Şimdi onlar da giderse... onlar da giderse... dayanırım. Evet dayanamam demeyeceğim, dokuz ay bedenine bağlı yaşadığım kadın bıraktı gitti beni, saçlarımın gidişine de dayanırım. Ama zor dayanırım. Anlıyor musunuz? Kahrolurum. Ama yine de almak istediğiniz cevap buysa evet, dayanırım. Dayanabilirim. Ölmekten beter de olsam, dayanırım. Çünkü dayanmak zorundayım. Hayata saçlarımdan tutunmak zorundayım.

16. Bölüm
Biz Varız...

Doktorun kliniğinden çıktığımızda kendimde sayılmaz-dım. Sendeleyerek yürüyor ve etrafta görünen hiçbir şeyi keskin bir şekilde izleyemiyordum. Merdiven korkulukları, asansör kapıları, aynalar... her şey bulanıktı. Bulanık olmayan tek şey Cihan'dı, çünkü ona bakmıyordum. Acı çekerken baktı-ğınız her şey bulanık görünür. Görüntüsünde bir sorun olmasa bile her şey öyle silikleşir ki gözlerinizde, baktıkça bulanık gö-rürsünüz. Bu yüzden acı mı çekiyorum, o zaman silikleşirken görmek istemediğim hiçbir şeye hiç kimseye bakmayacağım. Ve evet, Cihan da bunlardan biri... Onun silinip gitmesini isteme-diğim için ona bakmayacağım.

"İyi misin?" Cihan'ın sorusuyla asansörün sağ duvarında du-ran ayna kaplı ince direğe tutundum.

"İyiyim..." diye fısıldadım.

"Değilsin." Biliyordu, haklıydı, değildim.

"İyi olmak için bir sebebim yok. Beni mutlu edecek hiçbir şey yok hiç kimse yok. Bomboşum. Bomboş bir hayatım var. Ne etrafıma çevrili bulutların içinde çoğulum ne de o bulut-ların ötesinde bir bekleyenim var. Yokum ben. İçimde kanserli hücrelerden başka hiçbir şey taşımıyorum."

Beklemiyordu. Sessiz kalmamı ya da tek kelimeyle yalanlamamı bekliyordu. Ama birdenbire böyle dökülüp art arda bir sürü cümle sıralayacağımı beklemiyordu, tahmin edememişti. Sıralayabileceğim daha çok cümle vardı içimde. Hepsini tutuyordum, biriktiriyordum. Belki şimdi, belki yarın, belki bir gün onları da söyleyecektim ona. Ya da başkasına. Şu an yanımda Cihan var. Ama bir gün dediğimiz kavram ne kadar uzun geleceği ifade eder bilmesem de bir gün yanımda Cihan olur mu bilmiyorum…

Cihan yüzüme uzun uzun baktı, asansörün kapıları açıldığında da saniyelerce bakmayı sürdürdü. Sanki cevap arıyordu. Tam nihayet buldu diye düşünmemden iki saniye önce dudaklarını araladı.

"Sahile gidelim." Bu muydu cevabı? Belki de en güzel cevap buydu.

Belki de sorunumuz ne olursa olsun anlattıklarımız ne kadar ağır olursa olsun yaşadıklarımız ne kadar acı olursa olsun yapmamız gerek tek bir şey vardı. Kime ne atlatsak da nasıl anlatsak da almamız gereken tek cevap vardı, *sahile gidelim…* Çünkü sahile gitmek umuttu. Çünkü sahil demek deniz demekti, deniz demek balık demekti, balık demek umut demekti. Küçükken solunum yollarıyla ilgili hiçbir fikrim öylesine yoktu ki balıkların suda nefes alıyor olmaları bana hep şok edici gelirdi. Balıkları hep imkânsızlığın zıt sembolü olarak görürdüm. Şaka gibi derdim ya, şaka gibi, suda nefes alabiliyorlar! Bu yüzden umut demek deniz. Bu yüzden imkânsızlıkları başarmak demek. İşte bu yüzden gideceğim. Onunla sahile gideceğim. Onunla sahile gidip adımın umutla çalkalanmış halini göreceğim.

"Gidelim."

Arabaya doğru ilerlediğimiz sırada Cihan beklemediğim bir şekilde şoför koltuğuna oturmak yerine gelip benim kapımı açtı. Şok içinde baktım yüzüne. Birden gülümsediğini gördüm. "Şoka mı girdin?" Kurduğu cümleyle birlikte yutkundum. "Sen... bana... arabanın... kapısı...?" Cihan sırıttı. "Evet." dedi. "Ben... sana... arabanın... kapısı..." Şaşkınlığım garip bir heyecana döndü. Cihan Karahanlı gün geçtikçe değil saatler hatta dakikalar geçtikçe değişiyordu. Her geçen dakika farklı bir insan haline geliyordu ve bu beni ufacık da olsa heyecanlandırıyordu.

Arabaya binişim, Cihan'ın binişini izleyişim, hiç konuşmayışım, yolun iki dakika kadar sürüşü... Sahile yürüyerek beş dakikada bile ulaşabilirdik. Araba durduğunda kaşlarımı çatarak Cihan'a baktım.

"Neden yürüyerek gelmedik?" Gözlerini gözlerime çevirmedi. Yüzüme bakmaktan hoşlanmadığını düşünmeye başlayacaktım. Ama onun tarzı buydu. İnsanların yüzüne bakmamak.

"Yorulmak yasak."

"Ama beni buz gibi denizin içine bırakıp yüzmemi bekledin." Tek kaşının havaya kalkışını izledim.

"Bilmiyordum. Hasta olduğun veya olabileceğin hakkında hiçbir fikrim yoktu. Eğer söyleseydin... eğer... Bana neden söylemedin?"

Bu soruyu içinde tuttuğu belliydi. Öğrendiği ilk andan beri bunu sormak için yanıp tutuştuğunu görebiliyordum. Ve bir cevabım yoktu. Ne diyebilirdim? Ne diyecektim? Ne gibi bir cevabım olabilirdi ki?

"Söyleyemedim."

"Biz seninle evlendik. Hiç tanımadığım bir insanla evlendim. Bunu bilmeye hakkım yok muydu? Hayatımın ne yöne gideceğini bilmeye hakkım yok muydu? Aylarımı nasıl geçirmek zorunda kalacağımı öğrenmeye hakkım yok muydu? Aylarca yapmak istediğim hiçbir şeyi yapamayacağımı, gitmek istediğim hiçbir yere gidemeyeceğimi bilmeye hakkım yok muydu? Bana söyleyebilirdin. Bir şeyi değiştirmezdi belki ama zorunluluklarımı çok daha çabuk sindirmeye çalışırdım. Ben şu an ne yaşadığımın farkında değilim. Daha dün ne haldeydim, şimdi ne haldeyim. Şoku hâlâ atlatamadım ben. Sen bana hasta olduğunu söylediğin ilk andan beri bir çaba içindeyim. Karnın doysun, dinlen, yorulma, iyi hisset, tedaviye başla… Tamam, hallettim. Şimdi? Şimdi bana açıklama yapmak zorundasın. Sana muhtaç bırakıldım ve bana bunun sebebini şimdi öğrenmemin sebebini açıklamak zorundasın."

Söyledikleri bana öyle ağır geldi ki bir an ne yapacağımı ne tepki vereceğimi bilemedim. Zorunda kalmak. Zorunda kalmak. Zorunda kalmak. Aylarını benimle geçirmek zorunda kalmak, zorunda kalacak olmak… Hiçbir şey yapamayacak, hiçbir yere gidemeyecek. Beni aldılar bir duvara zincirlediler onu da bana kelepçelediler, şimdi o da benim yüzümden gidemiyor. Onu da kendimle birlikte tutsak edeceğim burada, hayatımın bu noktasında. Gözyaşlarım gözlerime doluşurken nefesimi tutmaya çalışarak döndüm ve arabanın kapısını açtım. Hızlı adımlarla arabadan indim. Nefes nefese denize doğru yürümeye başladım.

"Deniz!" Arkamdan geliyordu. Oysa ben bir yere gitmeyecektim. Ağlayacaktım…

"Deniz!" Gözyaşlarım benden izin alır almaz yanaklarıma hücum edince olduğum yerde kaldım ve hıçkırıklarımı tutmayı bıraktım. Cihan'ı nefes nefese yanımda buldum. Önüme geçti, ellerini kollarıma koydu ve yüzüme baktı korkmuş gibi.

"Nereye gidiyordun?"

"Hiçbir yere!" diye bağırdım, "Hiçbir yere gitmiyordum! Hiçbir yere gidemiyordum! Hiçbir yere gidemem, gidemeyeceğim anlıyor musun? Seninle evlendim. Çünkü kendi tedavi masraflarımı karşılamam imkânsız. Seninle evlendim çünkü ben yaşamak istiyorum Cihan. Seninle evlendim çünkü hayatta kalmak istiyorum. Seninle evlendim çünkü ben ölmek istemiyorum! Ben… ölmek… istemiyorum… işte bu yüzden… seninle evlendim…"

Gözyaşlarımın arasında Cihan'ın bir duvar gibi tutulup kaldığını gördüm. Duyguları olan, üzülen bir duvar. Üzüldüğünü gördüm. Beklemediğim bir şekilde kollarıyla sardı beni. Bir eşten çok bir arkadaş gibi.

"Ölmeyeceksin." dedi.

Kendimi ondan kurtardım. Onun beni teselli etmek zorunda hissetmesini istemiyordum. Açıklamaya çalıştım. "Baban istemedi. Sanırım en başında öğrenirsen beni bırakıp gideceğini düşündü. Ben de öyle düşündüm. Hala da söylemek istemiyordum. Ama o an… söylemek zorunda kaldım. Yine de gidebilirsin. Hiçbir şey yapmak zorunda değilsin. Gitmek istediğin yerlere git, yapmak istediğin şeyleri yap… Benimle kalmak zorunda değilsin. Bana aylarını vermek zorunda değilsin. Zorunda değilsin Cihan, hiçbir şeyi değiştirmeye çalışmak zorunda değilsin. Bırak. Git. Hayatını yaşa. Aylarını yaşa. Seni tutmayacağım."

Gözlerime saniyelerce baktı. Hiçbir şey söyleyemiyordu. Dudakları bile kıpırdamıyordu. İçinde tonlarca düşünce olduğu belliydi. Ama hiçbirini seçip söyleyemiyordu bana.

"Özür dilerim." dedi. Cihan Karahanlı özür diliyordu. Şaşkınlıkla baktım yüzüne.

"Zorundalık doğru kelime değildi. Seninle kalmak zorunda değilim. Aylarımı seninle geçirmek zorunda değilim. İyileşmen için çabalamak zorunda değilim."

"Biliyorum. Değilsin. Ben kendi başımın çaresine bakmayı çok uzun zaman önce öğrendim. Yine bakabilirim. Yine toparlayabilirim…"

Cihan gözlerimin en derinine baktı elaya dönük gözleriyle. "Bunların hiçbirini yapmak zorunda değilim." diye yineledi. Durdu. Uzun uzun yüzüme baktı. Kuracağı bir cümle daha var gibiydi, o cümle ya beni yıkacaktı, ya ayağa kaldıracaktı. Hayatımın geri kalanının bir cümleye bağlı olduğunu fark ettim. Gözlerimi gözlerinden ayırmadan dudaklarının arasından çıkacak o cümleyi bekledim.

Dudaklarını araladı, "Ama ben bunları yapmayı seçiyorum." dedi. Duruşunu dikleştirdi, omuzlarını kaldırdı ve bir asker edasıyla, kendinden olabilecek en üst seviyede emin bir şekilde baktı bana. Gülümsemeye çalıştım sağ gözümden iki damla yaş art arda akarken.

Cihan yanımda kalmak zorunda değildi. Ama… yanımda kalmayı seçiyordu. Şunu fark ettim, artık yalnız değildim. Hayat trenim rayına girene kadar tek başıma olmayacaktım. Bir kişi değildim. Tekil değildim. Artık çoğuldum ben. Ben artık ben bile değildim. Artık ben yoktu. Artık biz vardı… Biz vardık… Biz varız…

17. Bölüm
Var Mısın?

"Bunların hiçbirini yapmak zorunda değilim. Ama ben bunları yapmayı seçiyorum."

Benim hayatım 18 yılla sınırlı. 18 yıl yaşadım, evet 18 yaşında oluşum bunun en net örneği. Belki saçmalıyor olduğumu düşüneceksiniz, 18 yaşındaysam zaten hayatımın 18 yılla sınırlı olmak zorunda olduğunu söyleyeceksiniz. Ama inanın bana, çok insan gördüm, çok insan görüyorum ki yaşadıkları hayatın süresi yaşlarıyla doğru orantılı değil. Kimse yaşadığı yıl sayısı kadar yıl yaşamıyor. Öyle güzel şeyler yaşıyorlar ki öyle güzel öyle dolu hayatları var ki benim yaşımdaki çoğu insan 30 yıl yaşadım dese inanırım. Saysa yaptıklarını 30 az gelir derim. 40 yıl yaşadım desin, 50 yıl desin, 90 desin. Yaşanılan eylemler yaşa bakmıyor çünkü. Şansa bakıyor. Şansınız varsa, işte o zaman istediğiniz kadar hatta çok daha fazla yaşıyorsunuz. Bir günüm başkasının bir saatine eş değer benim. Peki ben bir insanın yirmi dörtte birini hak edecek kadar ne yaptım? Konuya nereden geldim, niye yaşımdan girdim söyleyeyim. 18 yaşındayım ben. Ve biraz önce hayatımdaki en güzel cümleyi duydum. Bunların hiçbirini yapmak zorunda değildi, ama bunları yapmayı seçiyordu. Kendi kararıyla, kendi isteğiyle, kendi tercihiyle...

Bu zamana kadar insanlar benim için tercihlerini, seçimlerini kullandıklarında her seferinde gitmeyi seçtiler. Kimse benimle olmayı seçmedi. Herkes bırakıp gitmeyi seçti. Gitmeyi tercih ettiler ve hayatımda ilk defa bir insan benim yanımda kalmayı seçiyor. Zorunda değil, ama bunu seçiyor...

Şimdi sahilde deniz kenarında oturmuş denizi izliyoruz birlikte. Bedenlerimiz yan yana, ama birbirine değmiyor. Birbirimizi hissedecek kadar yakın birbirimize dokunamayacak kadar uzağız. Aklımda cümlesi tekrarlanıyor, benimle kalmayı seçişi... Ve ona bir şeyler anlatmak istiyorum. Onunla konuşmak istemiyorum, ona konuşmak istiyorum, ona anlatmak...

"Saçlarım gidecek..." diye mırıldandım yutkunarak. Cihan'ın başını ağır ağır salladığını gördüm.

"Gidecek." Yineleyen sesi şefkatten yoksun olsa da güç vermeye çalışmak için sert durur gibiydi.

"Biliyor musun..." diye başladım anlatmaya, "annem beni yurda bırakırken saçlarımı öptü. O zamanlar saçlarım upuzundu, küçücük olmama rağmen upuzun saçlarım vardı. Doğduğumda bile uzunmuş! Annemin bana anlattığı birkaç şeyden hatırladığım tek şey bu sanırım. Saçlarımın doğduğumda bile uzun olduğunu anlatmıştı bana, saçlarımı asla kestirmediklerini anlatmıştı. O gece beni bırakırken uzun saçlarımı öptü ve bana ömrün saçların kadar uzun olsun dedi. Sonra yurda girdim, girer girmez saçlarım kesildi. Klasik yurt hikâyesi. Bilirsin, yurtta bitlenme ihtimali çok yüksektir!" Halime güldüm acı acı, sonra devam ettim. "Her seferinde ağladım. Saçlarım her sene kesildi ve ben her seferinde ağladım Cihan. Çünkü annem bana ömrün saçların kadar uzun olsun demişti ve saçlarımın uzamasını engelliyorlardı! Sanki saçlarımı değil ömrümü kesiyorlardı! Her seferinde ölmek istemiyorum diye ağladım. Ölmek istemiyorum dedim... kestiler. Büyüyüp tek başıma düzenli olarak banyo yapabileceğim ana gelene kadar keseceklerini söylediler. Sırf bu yüzden o yurtta banyo yapmayı en erken öğrenen ben oldum! Öğrendim, hırs yaptım. Bir insan banyo yapabilmek için hırs yapar mı? Ben yaptım. Her seferinde daha sert sürdüm sabunu vücuduma, daha az şampuanla yetinmeye çalıştım, çünkü onlar için doğru banyo sert bir sabun kullanımı ve olabildiğince az şampuan demekti. Sonra bir gün geldi. Bana dediler ki, saçını uzatabilirsin... O günden beri saçıma tek makas darbesi değmedi. Çünkü ben sadece saçımı değil ömrümü uzatıyordum. Ama şimdi... şimdi... saçlarım gidecek... tamamen gidecek. Kendimi ölüme o kadar yakın hissediyorum ki. Beş dakika sürecek sanki ömrümün tamamen yok olması. Saçlarım gittiği an, saçlarımı kaybettiğim an ömrümü de kaybedeceğim ben. Kötü bir metafor edinmişim belki kendime ama elimde değil. Mantıklı olmadığını bilsem de inancımı değiştiremiyorum. Umarım dünya benim inançlarıma göre işlemiyordur... umarım hiçbir şey bu kadar basit değildir... umarım hiçbir şey saçlarım kadar kısa sürmez..."

Cihan'ın bakışlarını üzerimde hissediyordum. Gözlerimde değil, burnumda değil, dudaklarımda değil, saçlarımda. Evet, bakışları belime kadar uzanan saçlarımı süzdü yukarıdan aşağı. Ömrümü izler gibi izledi saçlarımı. Derin bir nefes aldı. "Hiçbir şey hiç kimsenin inancına göre işlemiyor. Ve hangi yaratıcıya inanıyorsun ya da inanıyor musun bilmem ama inan bana o yaratıcı seni bırakıp giden bir kadının cümlesini dikkate almayacak. Ömrün saçların kadar uzun olmayacak. Ömrün ne kadar çabalarsan o kadar uzun olacak."

"Yoruldum." diye sözünü kestim. "Hayatım boyunca sürekli çabalamaktan çok yoruldum. Sürekli çabaladım... sürekli... Şimdi öyle yorgunum ki benim ruhum bile yorgunluktan bir yere oturdu kalkmıyor. Nasıl kalkacağım ben? Nasıl çabalayacağım?"

Cihan denize bakan gözlerimi kendi gözlerine çevirebilmek için elini yavaşça uzattı ve çenemi tutup yüzümü kendi yüzüne çevirdi. "Banyo yapmayı öğrenmek için nasıl hırslandıysan öyle hırslanacaksın. Öyle kalkacaksın ayağa. Çünkü neden, biliyor musun?" dedi ayağa kalkarken, ayağa kalkışını izledim, kalktı ve bana elini uzattı. "Çünkü benim senin elini bırakmaya niyetim yok ve ben senin elini sen otururken tutmayacağım Deniz. Elini tuttuğum müddetçe ayakta olacaksın. Sen olmasan da ruhun olacak. Var mısın?"

Gözlerimi gözlerine çevirdim. Rengini çözemediğim o müthiş gözleri öyle karanlık ama aynı zamanda öyle umut verici bakıyordu ki gözlerimin dolduğunu hissettim. Titreyen elimi yavaş yavaş uzattım, elini tuttum.

"Varım." dedim.

Bu, hayatımda yaşadığım en güzel sahneydi. Bizi dışarıdan izleseler öyle duygulanırlardı ki... Bir kitapta anlatılsa yazar muhtemelen *"içinin karanlığı dışına vursa da bir yerlerinde açmayı bekleyen bir güneşin olduğunu belli eden genç adam elini yavaş yavaş upuzun saçlı kumral kıza uzattı, var mısın diye sordu tane tane, kız narin ve titreyen elini kararlı bir şekilde genç adamın elinin içine sıkıştırıverdi ve varım diye mırıldandı tek nefeste, varlardı..."* şeklinde anlatırdı. Vardık çünkü. Şu andan itibaren biz vardık. Biz olmasak da bir olmuştuk.

"Nereye gidiyoruz?"

"Arabaya."

"Arabayla nereye?"

"Arabaya her zaman gidecek bir yerin olduğunda mı binersin sen? Bazen arabaya binmek ve öylesine gitmek vardır. Gidecek bir yerin olmasa da gitmek dünyanın en huzur verici eylemlerinden biri. Ve biz de şimdi bunu yapacağız." Kaşlarımı çattım.

"Ne... yapacağız?" Cihan ağır ağır güldü kapımı açarken.

"Gidecek bir yerimiz olmadan araba süreceğiz."

Hiçbir şey anlamadan arabaya bindim. Cihan kapımı kapatıp kendi koltuğuna geçerken onu izliyordum. Yüzünde umut dolu bir ifade vardı. Onun umudu bana bile umut vermeye başlamıştı. Arabaya binip arabayı çalıştırırken derin bir nefes aldım. Önce benim camımı açtı sonuna kadar. Sonra kendi camını, son olarak radyoyu açtı ve arabayı çalıştırdı. Radyoda çalmaya başlayan şarkıyla birlikte nefesimi tuttum. Sözlerini dinlemeye başladım

"İncecik ipleri vardı, onu şimdi hayata bağlayan. Küçücük gözleri vardı ağladığında beni maviye boyayan. O hayatımın çocuk yanıydı beni sevdi benden çok. Yaralarıma üfledi dudakları, beni öptü benden çok. Şu garip küçük kalbimin yerine koydu, beni benden çok sevdi."

Sanki içimden bir ses bundan haftalar sonra Cihan bu şarkıyı bir kez daha duysa beni hatırlar diyordu. Sanki bu şarkı bir gün bizim şarkımız olur diyordu. Biz değil, birdik belki ama yine de olurdu. Yine de bizim de bir şarkımız olurdu. İki insanın şarkısı olması için aşka gerek yoktu. İki insanın bir şarkısı olması için ortamda iki insan olması yeterliydi. Ama bir şey daha vardı, bir şarkı iki insana aşk getirebilirdi... Evet, bu daha önce yaşanmıştı. Bir şarkının iki insana aşk getirdiği görülmüştü. Ve belki yine olacaktı, bize aşk getiren şarkı buydu belki, bas bas "beni sevdi benden çok" diye bağırırken bizi kastediyordu belki... Çok fazla belki vardı belki, ama olsun, olasılık olan yerde umut var demektir. Mavi gözlerim yoktu belki, ama benim gözlerim de pekâlâ ağladığımda onu elaya boyayabilirdi. Hem ela değişkenlik demekti, ela varsa her renk var demekti, maviye tutunca mavi olurdu, yeşile tutunca yeşil. Öyleyse Cihan'a göre ben ağlarsam güzel şeyler olurdu, rengârenk şeyler...

"Üşürsen camları kapatayım." Cihan'ın sorusuyla birlikte huzurlu bir rüyadan uyandım sanki. Başımı sağa sola doğru salladım.

"Üşümem." dedim.

"Tamamdır. Evet, anlat bakalım."

"Ne anlatayım?"

"Bir şeyler anlat. Güzel anlatıyorsun." Nehir'in bana Ankara'da kurduğu cümleler geldi aklıma. Bana demişti ki onu kendine bağlamak istiyorsan ona bir şeyler anlat. Defalarca kendimi anlatmıştım, defalarca yaşadıklarımı anlatmıştım ve artık bunu yapmamı seviyordu. Gülümsedim.

"Sen anlat," diye mırıldandım, "bir kere de sen anlat." Kaşlarını çattı.

"Ne anlatayım?" Ona doğru döndüm, vücudum da tamamen ona doğru dönüktü şu an. Gözlerimi kırpıştırdım elimi çenemin altına yerleştirip direğimi bacağıma dayadığımda.

"Ne yapacağız Cihan? Planımız ne? Bana var mısın dedin, sana varım dedim ama ne yapacağız... aklından geçenler ne?"

Cihan'ın gülümseyişinin solduğunu ve o gülüşün kendini düşünceli bir ifadeye bırakışını gördüm. Bakışları yavaş yavaş direksiyona kaydı. Bir süre sonra başını kaldırdı ve sert bir nefes aldı.

"Plan şu, doktora ayda kazandığı paranın iki katını teklif ediyorum ve onu da yanımıza alıp Ankara'ya dönüyoruz. Orada yoğun bir tedaviye başlıyoruz. Ne gerekiyorsa, neye ihtiyacın varsa getirtiyoruz, yaptırtıyoruz ve seni hayatta tutuyoruz. Tamam mı?"

Şok içinde baktım yüzüne. Öyle büyük bir şok yaşıyordum ki nefesimi tuttum o saniye. Hayatımda hiç kimsenin benim için böyle bir şey yapmamasından geçtim olayın, daha önce hiç kimse benim için hiçbir şey yapmamıştı. Cihan ilkti. Cihan benim bir konuda ilkim olmuştu. Benim için bir şeyler yapıyordu, benim için bir şeyler yapan ilk insandı o. Bu da benim önüme tek yol koyuyordu. O benim için bir şeyler yapıyorsa ben de kendim için çabalayacaktım. Bana başka yol bırakmıyordu. O beni elimden tutup ayağa kaldırıyorsa oturmak için ısrar etmeyecektim. Bacaklarım tutmayana kadar ayakta kalacaktım. Çünkü ben hayatta kalmak istiyordum…

18.Bölüm
Âşık Olduğum Kadın

(Bir Hafta Sonra)

Ankara'ya dönüşümüzün üzerinden tam bir hafta geçti. Cihan bir haftadır doktoru Ankara'ya getirmek için uğraşıyor. Benimle konuşmaları sürekli iyi olup olmadığımı sorgulamaktan öteye gidemedi, çünkü çok büyük bir yoğunluk içerisinde. Doktora klinik hazırlatıyor, kalacak yer ayarlıyor, benim için özel bir hastane araştırıyor... Tüm bunların içerisinde eli hep telefonunda. Şaşırtıcı derecede çok ilgileniyor benimle. Geçen bir hafta içerisinde ondan "iyi misin?" cümlesini defalarca duydum. Her seferinde iyiyim dedim. O bana bu soruyu sordukça ben ona iyiyim diyecektim. Çünkü o çabaladıkça ben iyi olacaktım.

"Deniz..." Cihan'ın fısıltılı sesiyle birlikte yattığım yatağa vuran güneşin rahatsız ediciliğini gözlerimle engellemeye çalışırken kendimi bıraktım, gözlerimi araladım ve başımda bekleyen Cihan'a baktım.

"Cihan?" Doğrulmaya çalıştığım sırada Cihan'ın elini bana uzattığını gördüm. Başımın her zamanki gibi dönme ihtimaline karşı aldığı bir önlemdi bu. Elini tuttum ve gülümsemeye çalışarak yatakta doğruldum.

"Hazır mısın?" Kaşlarımı çattım.

"Ne için?" Cihan beni eliyle tutup ayağa kaldırırken derin bir nefes aldı.

"Bugün, yaşadığın diğer günlerden farklı bir gün olacak. Son bir haftandan da farklı koskoca 18 yılından da farklı. Bugün bir şeyleri değiştirmeye başlıyoruz kumral... Bugün kemoterapiye başlıyorsun."

Kullandığı kelimeler birbirleriyle öyle çelişiyordu ki içimi büyük bir korku kapladı. Hiçbir şeyden korkmuyordum saçlarımı kaybetmekten korktuğum kadar, elimi tutan elini sıktım yavaşça.

"Artık..." dedim korkumu gülerek gizlemeye çalışarak, "Kumral diyemeyeceksin... çünkü... saçlarım..." Gözlerimden bir iki damla yaş çıktığında yüzüm hâlâ gülmeye çalışıyor gibiydi. Yutkundum. Cihan elini yüzüme götürüp gözyaşlarımı beklemediğim bir şekilde sildiğinde bana doğru gölge olduğunu fark ettim.

"Hiçbir şey geri gelmemek üzere gitmez Deniz. Senden giden her şey, herkes geri gelecek. Sana hayatımda olduğun her an kumral diyeceğim. Buna emin ol. Şimdi korkmanı istemiyorum. Sana daha önce de söyledim. Ben senin yanındayken korkmayacaksın ve seni sevindirecek bir haberim de var."

Sevindirecek bir haber? 18 yaşında kanser hastası olmuş genç bir kızım ben. Beni sevindirecek bir haber ne olabilir? Birdenbire iyileşmiş olmam mesela?

"Sevineceğimi sanmasam da... neymiş?" Cihan gözlerini devirdi.

"Sevineceğini sanmasam da ilk birkaç kemoterapini burada alacaksın. Günlerdir aşağıda bunun için bir oda hazırlatmaya çalışıyorum. Bir süre evden çıkmak istemeyeceğini düşündüm." Aslında bakarsanız sevinmeyeceğimi düşünsem de bu içimde ufak bir rahatlamaya sebep oldu. Çünkü bu halde dışarı çıkmak istemiyordum, kemoterapi alıp geleceğim halde de o şekilde dışarı çıkıp eve geri dönmek istemiyordum. Saçlarım döküldükten sonra da insan içinde olmak isteyeceğimi sanmıyordum. Burada olmak en iyisiydi.

"Bana bıraksaydın yatağımdan bile çıkmak istemezdim." Cihan tek kaşını havaya kaldırıp başıyla kapıyı işaret etti.

"Zorlama istersen." dedi muzip bir tavırla.

"Tamam." Sakince mırıldandığımda içimde bir sıkıntı vardı, "Keşke şu an beni güldürecek modumu değiştirecek bir şey olsa... korkuyorum..." dedim çaresizce.

Cihan düşünceli gözlerle bir bana bir yatağa baktı. Birkaç saniye düşündükten sonra sanki bir şey söyleyecekmiş de tereddüt ediyormuş gibi tekrar yüzüme baktı. Pes ettiğini gördüm, sanki söylemekten vazgeçti ya da erteledi. Derin bir nefes alıp tekrar kapıyı işaret etti.

"Gidelim mi?" Başımı salladım.

"Gidelim."

Elim elinde ilerledik kapıya doğru. Yavaş yavaş geçtik koridordan. Cihan bir şeyler söylemek istiyor ama kendini tutuyor gibiydi. Nihayet başını bana çevirmeden dudaklarını araladı. "Demek yataktan çıkmak istemiyorsun..." dedi. Kaşlarımı çattım.

"Evet. Mümkün olsa hiç yataktan çıkmam." Dudaklarını gülmemek için birbirine bastırdı. Sanki bana istediğim modu vermek istiyor gibiydi, sanki beni güldürmek istiyor gibiydi.

"Bir gün kendini bana âşık edebilirsen sana söz veriyorum, yataktan çıkmayız..."

Durdum. Olduğum yerde koridorda kaldım ve Cihan'ın elini tutan elimi sıktım. Cihan da o an durdu ve kaşları havada, yaramaz bir çocuk havasıyla baktı yüzüme. Bu bana tanıştığımızdan beri kurduğu tek flört cümlesiydi! Hatta bu benim hayatımda duyduğum tek flört cümlesiydi! Cihan Karahanlı benimle flört mü ediyordu? Kendimi tutamayıp hafifçe kıkırdadım. O benimle flört ediyorsa ben de devam ettirirdim... Tabii eğer becerebilirsem.

"Zor olmasa gerek." diye mırıldandım, "Elimi tutuyorsun."

Kendi kendine güldü. Kaşlarıyla ellerimizi işaret etti.

"Elini tutmuyorum. Elimi tutmana izin veriyorum sadece."

Odunluk seviyesi 100'e ulaştığı o an gözlerimi devirdim. Onaylamaz bir bakışla elimi elinden çektiğim sırada Cihan'ın bir oyundaymışız gibi elimi yakaladığını fark ettim.

"Başın dönüyor Deniz, el ele tutuşmamızın tek anlamı bu. Bu yüzden elimi tutmak zorundasın. Yoksa evlilik de tedavi de iptal."

"İyiyim ben."

"İyisin. Elimi bırakırsan kötü olacaksın. O yüzden elimi bırakmayacaksın." Tek kaşımı havaya kaldırdım.

"Bana emir mi veriyorsun?" Başını salladı ağır ağır.

"Sana emir veriyorum." Gözlerimi devirerek elimi çektiğim gibi hızlı adımlarla merdivenlere yöneldim. Allah kahretsin ki merdivenin ilk basamağına basar basmaz beynimin yerinden oynadığını hissettim. Kendimi merdiven korkuluklarına tutulu bir şekilde bulduğumda düşmek üzereydim.

"Deniz!" Cihan'ın telaş dolu sesiyle birlikte elimi ona doğru uzattım. Beni kollarımdan tuttu.

"İyi misin?" dedi bu hafta bininci kez.

"Başım… iyiyim…"

"Sana elimi bırakmayacaksın dedim. Bundan sonra benimle temas halinde olmadan hiçbir yere gitmeyeceksin. Tek adım atmayacaksın."

Cevap verebilecek durumda değildim. Merdivenleri ağır ağır indiğimiz sırada bizi alt katta bir hemşirenin beklediğini gördüm. Her şey çok çabuk oldu. Beni odaya alışları. Cihan'ın kapıda kalışı. Yatağa yatışım. Korkmaya bile fırsat bulamadan uyuyuşum…

Uyku çok ağırdı. Normalde ağır olan bütün uykularımın toplamı kadar ağır, bütün hafif uykularımın eksiği kadar yoğundu. Uyku beni kollarıyla sarıyordu sanki. Beni bırakmak istemiyordu, bana sarılıyordu. Uyku bana güven veriyordu beni bulunduğum yatağa bağlamışlar, yüz yıllık bir koşumun ardından uyumama izin veriyor gibilerdi. Kendimi bu yataktan başka hiçbir yerde güvenli hissedebileceğimi düşünemedim o an. Öyle bir sıvı dolaşıyordu ki damarlarımda burada kalmak zorundaymışım gibi hissediyordum. Sonra zamanın geçtiğini anladım. İlk kez bir hareketlilik hissettiğimde biraz önce bulunduğum yataktan daha güven verici bir yerle tanıştım. Gözlerimi araladım ve Cihan'ın sakallı yüzüyle karşılaştım.

Kaç dakika kaç saat geçmişti bilmiyordum. Bildiğim tek bir şey vardı, Cihan'ın kollarının arasında bir üst kata çıkarılıyordum. Başım dönüyordu.

"Cihan…" diye fısıldadım.

"İyi misin?" Başımı sağa sola doğru salladım. İyi hissetmiyordum.

"Çok yoruldum..." Sol gözümden bir damla yaş aktığında gözlerim kapandı. Cihan'ın ağır ağır ilerleyişini duydum.

"Cihan..." diye fısıldadım tekrar. O an yorgundum, bilincim kapkaranlıktı ama bir sürü düşünce beynime üşüşmüştü. Çok şey düşünüyordum. Çok fazla şey vardı beynimin içinde. Cihan beni yatağıma bırakırken aklımda beliren soruyla birlikte bir kez daha Cihan'ın adını fısıldadım. "Cihan..."

"Efendim?"

"Bana... dedin ya... bir sevdiğini kaybetmişsin... bu yüzden... kimdi o? Senin..." Devam edemedim. İkinci bir cümle kuracaktım ama öyle yorgun düşmüştüm ki devam edemedim. Gözlerim bir kez daha ağır ağır uykuya çekilirken Cihan'ın cevabını duydum.

"Sevgilimdi." dedi, "Âşık olduğum kadındı."

19. Bölüm
Benden Bir Şey İste!

Yorgunluk bütün bedenimi ele geçirmiş gibiydi. Hissetti-ğim tek şey saatlerce koşmanın ardından gelen yorgunluk hissiydi. Bacaklarım, kollarım, ellerim, hatta gözlerim bile öyle yorgundu ki yattığım yere yapıştırılmış gibi hiç kıpırdayamadan uyuyordum. Uyuyor da değildim aslında. Bilincim açıktı, ama gözlerimi açamıyordum. Elimi hareket ettirmeye çalıştığımı ha-tırlıyorum ama yorgunluktan kıpırdayamıyordum bile.

"Daha ne kadar uyuyacak?" Zenan'ın sesini duyduğumu ha-tırlıyorum. Yaklaşık yirmiye yakın kez ne zaman uyanacağımı sormuştu. Uyanık olduğumu söyleyecek halim bile yoktu.

"Zenan…" diye mırıldandı Cihan'ın tahammülsüz sesi, "Odana gidip hayatına devam eder misin?" Saatlerdir başımda-lardı. Zenan'a bile şaşırmıyordum da Cihan'ın saatlerdir burada olması… bana garip geliyordu. O beni beklemezdi. Benim ba-şımda beklemezdi. Ama değişmeye başladığını hissediyordum. Bu kadar kısa sürede bu kadar değiştiyse bu işin sonunda ne halde olacaktı görmek için sabırsızlanıyordum.

"Deniz'i merak ediyorum, uyanıp iyiyim desin gideceğim!"

"Susabilme özelliğin olsaydı burada kalmana izin verir-dim ama susamıyorsun. O yüzden burada kalmıyorsun da.

Odana git, ben sana haber vereceğim." Zenan sıkıntılı bir nefes verdi.

"Karımla yalnız kalmak istiyorum desen çok daha geçerli bir sebep olurdu." O an tüm halsizliğimin ötesinde içimde bir yerde ufak bir ışık yandı. Karısı... ben Cihan Karahanlı'nın karısıydım. O bunu kabul etse de etmese de o beni sadece yardım ettiği bir insan olarak görse de ben onun karısıydım.

"Karımla yalnız kalmak istiyorum. Oldu mu?" Şok içinde nefesimi tuttum o an. Ne? Cihan resmen bu cümleyi kurdu mu? Şaşkınlıktan yorgunluğumu unutup ayağa fırlayacaktım şimdi. Cihan bunu gerçekten dedi mi? Ciddi ciddi benden karım diye bahsetti mi?

"Oldu. Size iyi baş başa kalmalar. Karına iyi bak..."

Aslında mantık çerçevesinde düşününce Cihan'ın o cümleyi yalnızca Zenan'ı kızdırmak ve odadan göndermek için kurduğu net bir şekilde belliydi. Ama yine de, her kızdırma denemesinde bir gerçeklik payı olmalıydı. Belki bugün ilk kez karım demişti benim için. Belki bir gün arkadaşım da derdi bir yerden başlardık, sonra sevgilim derdi, sonra içinden gele gele, gerçek olduğunu bastıra bastıra Deniz benim karım derdi. Ona âşık olduğumdan değil, bunu hak etmeyi istediğimden bekliyordum bunu.

Zenan odadan çıkıp kapıyı kapattığında Cihan'ın gömleğinin hışırtısını duydum. Sonra dolabın kapağı açıldı. Belli ki üstünü değiştiriyordu. Dolabın kapağını kapattı ve yine katlanmış bir gömleğin açılma sesini duydum. O an öyle kıpırdamaksızın yatıyordum ki her ufak sesi kulağımda hissediyordum. Sonra yavaş yavaş yatağın kıpırdandığını fark ettim. Yatağım sağ kenarına bir ağırlık çöktü. Cihan yatağa gelmiş olmalıydı...

Uyuyacak mıydı? Kaşlarımı çattığım sırada birden garip bir şey oldu... Oldukça garip... Çok garip bir şey. Beklemediğim, beni donduran kaskatı kesilmeme sebep olan bir şey oldu. Nasıl anlatılır bilmiyorum, nasıl söylenir bilmiyorum... Saçımda bir el var. Cihan o büyük, güzel ellerinden birini uzattı ve başıma tam saçlarımın üstüne koydu. Eli tam orada duruyor şimdi. Nefesini yüzüme yakın hissediyorum. Burnundan soluyup verdiği hava hafif hafif dudaklarıma çarpıyor. Ve şok içindeyim. Anlam veremiyorum. Cihan Karahanlı benim saçlarımı mı okşuyor?

"O da böyle uyurdu..." Yutkundum. Cihan'ın sesiyle, kurduğu cümleyle diken diken oluşunu hissettim tüylerimin. Bu ana asla anlam veremeyecektim. Şaşkınlığımı belli etmemeye gayret ettim, uyumuyor olduğumu asla anlamamalıydı. Belli ki yatışımı, uyuyuşumu, şu halimi sevdiği ama kaybettiği kadına benzetmişti.

"Hiç kıpırdamadan, nefes bile almıyor gibi... nefesini kontrol ederdim. Saçlarına dokunurdum. Onunla konuşurdum. Saatler sonra cevap verirdi bana. Bir gün hastane odasına girdim. Yanına uzandım. Elimi kalbinin üzerine koydum. Onu izledim. Kalbi ağır ağır atıyordu. Sakin oluşu bile mutlu ediyordu beni. Bir an gözlerimi kapattım, o huzurlu anda uyumak istedim. Sevdiğim kadının kalbini dinlerken uyuyacaktım. Huzur bulacaktım. Gözlerimi kapattığım an garip bir şey oldu. Kalbi elimin altında neredeyse bulunduğu yerden çıkacakmış gibi hızlandı. Başta anlayamadım, uykuya dalmak üzereydim ve rüya mı görüyordum gerçek mi anlayamadım. Kendime gelmeye, gözlerimi açmaya çabaladığım an birden kalbi yavaşladı... Çok yavaşladı... Biraz daha yavaşladı... Nefes almaya çalıştığını duydum, korkuyla gözlerimi açtım, işte tam o an. O yedi saniye, gözlerimi açışım, onun gözlerini kapatışı, elimin altındaki kalbinin birdenbire hareketsiz kalışı. Gözümün önünden gitmeyen, aklımdan çıkmayan o sahne. Ve ben şu an o sahneyi tekrar yaşıyor gibiyim…"

Elini ağır ağır saçlarımdan çekti, yüzümde dolaştırdı, boynuma dokunarak aşağı indi ve kalbimin üzerine koydu. Eli kalbimin üzerindeyken kalbim delicesine hızlı atıyordu şimdi. Ağlamak istiyordum. Bir adamın bir kadını böyle güzel sevebilmesi mümkün müydü? Cihan Karahanlı çok güzel seviyordu. Bana bu eve geldiğim ilk gün dedikleri gibi… Cihan severse harbiden severdi. Ve ben, şu an beni sevmesini istiyordum. Sevgisini öyle güzel anlattı ki kıskanmak değil belki ama imrenmek hissini tamamıyla yaşıyorum. Ben, Cihan'ın beni sevmesini istiyorum.

"Onun çok güzel hayalleri vardı. Çok güzel şeyler gerçekleştirmek istiyordu, görmek istediği insanlar vardı, vaktini geçirmek istediği insanlar vardı. Ama o zamanlar böyle değildim, böyle hırslı böyle güçlü değildim. Onun hayallerini gerçekleştiremedim, sadece yanında olabildim. Ama senin hayallerini bir bir gerçekleştireceğim. Senin iyi olmanı sağlayacağım. Sırf bir sevenin vardır diye… sırf birini seviyorsundur diye…"

Yok diyemedim. Yok benim bir sevenim. Kimseyi sevdiğim de yok. Yalnızlığın kimseyi sevmeme boyutuna eriştim ben. Sevecek kimsem olmadı. Gözlerimi annemle kapattım, şimdi seninle açtım. Kim bilir belki seni severim bir gün, belki sevenim de sen olursun, diyemedim…

Gözlerimi ağır ağır açtım. Sanki yeni uyanmışım gibi kaşlarımı çattım ve başımı çevirmeye çalıştım tüm halsizliğime rağmen. Cihan'a baktım şaşkınlıkla. "Cihan… sen… burada…" Hafifçe güldüğünü gördüm.

"Deniz... ben... burada..." Bu kelime oyununu yapmayı çok seviyordu. Şaşkın olduğumda, heyecanlandığımda her zaman cümle kurmak yerine kelimeleri yan yana sıralıyordum. O da buna aynı şekilde karşılık veriyordu. Altı çizilesi kitap diyaloglarına dönecekti bu aramızdaki sanki.

"Sen... benimle mi konuşuyordun? Dediklerini duymadım." Gerçekten yalan konusunda çok başarılıyım. Uyanır uyanmaz dediklerini duymadım diye bağıracaktım sanki. Hatta ben uyurken dediklerini duymuyorum her uyuduğumda bana özel hayatını anlat diyeceğim neredeyse.

"Dudaklarımı aralamadım bile." dedi yüzünde çarpık bir gülüşle, "İyisin?" dedi sorar gibi. İyi misin demiyordu, sanki kötüyüm cevabını almaktan korkuyor gibiydi. Gülümsemeye çalıştım halsizliğime rağmen.

"İyiyim... çok yorgunum..."

"Dinleneceksin. Bundan sonra uzun bir dönemin dinlenerek geçecek, hayatının geri kalanı için dinlenmiş olacaksın. Doktor bu hastalığın en önemli iki çıkış yolu dinlenmek ve mutlu olmak dedi. Seni dinlendiriyoruz. Diğerini de sağlamak istiyorum... Şimdi, senden bir şey isteyeceğim." Cihan'ın kadife sesindeki hafif heyecan beni şaşırttı, benden ne isteyebilirdi ki?

"Tamam..." diye mırıldandım kısık bir sesle.

"Gözlerini kapat." Sanki hayata yeniden dönmüş gibiydi, içine sığmayan bir umut seziyordum Cihan'da. Ne isteyeceğini bilmiyordum, neden gözlerimi kapattırdığını da bilmiyordum. Ama içimden bir ses mutlu olduğunu söylüyordu.

"Gözlerimi mi?"

"Evet, gözlerini." Yutkundum. Ağır ağır kapattım gözlerimi.

"Şimdi iyi düşünmeni istiyorum. İyi düşün ve aklına gelen ilk dileğini söyle." Kaşlarımı çattım anında.

"Ne?" diyerek gözlerimi açtım.

"Deniz... gözlerini kapatacaksın ve kapalı tutacaksın. Çok basit bir şey istiyorum."

"Ama... aklıma gelen ilk dileğimi mi..? Hiçbir şey anlamıyorum." Bir abi edasıyla baktı yüzüme.

"Kapat gözlerini." dedi ve kendi dediğini başıyla onayladı, "Kapat Deniz." diye ekledi. Tekrar yutkundum ve tereddütle kapattım gözlerimi.

"İstediğim çok basit bir şey. Benden bir şey istemeni istiyorum. Şimdi soruyu soracağım ve aklına gelen ilk dileğini söyleyeceksin. Tamam mı?" Derin bir nefes aldım. Sanki psikolojik bir deneyin tam ortasındaydım.

"Tamam."

"Şimdi, tam şu anda ne olmasını isterdin?"

O an sanki günlerdir aklımda bir dileğimle bir isteğimle savaşıyormuşum gibi hiç beklemeden çıkıverdi ağzımdan isteğim. "Aylin..." diye mırıldandım. Aklıma bile gelmemişti! Ama birden ağzımdan çıkıverdi! O an gözlerimi açtım, gözlerimin dolduğunu hissettim. Aylin'i nasıl unutabilmiştim? Yurttan ayrıldığımdan beri onu aramamıştım bile. Kız kardeşim gibi görüyordum onu hatta aramızdaki 13 yaşlık fark yüzünden çocuğum gibi bile görebilirdim. Ama onu bir kez bile aramamıştım. Oysa yurttan ayrılırken bana söz verdirtmişti, onu bırakıp gitmeyeceğime dair söz verdirtmişti bana. Ben de gitmiştim... onu bırakıp gitmiş ve aramamıştım bile onu. Telaşla doğrulmaya çalıştım. Başımı kaldırdığım an başım dönünce yatakta buldum kendimi. Cihan aniden kollarımı tuttu.

"Deniz! Ne yapıyorsun?"

"Aylin'e gitmem lazım. Onu unuttuğumu düşünecek!"

"Aylin kim? Dur, dur bir sakinleş... Yavaş yavaş anlat her şeyi. Şu an ayağa kalkmana bile izin veremem, kalkamazsın da zaten. Sakin ol. Anlat."

"Ona gitmem lazım..." derken gözlerimden birkaç damla yaş düşmüştü bile.

"Deniz, sadece anlat."

"Anlamıyorsun Cihan bekleyemem, onu terk ettiğimi düşünüyor! Çok kolay ağlar, çok kolay üzülür şimdi mahvolmuştur... lütfen, lütfen beni ona götür..."

"Kim bu Aylin?"

"Benim... yurdumda kalıyordu... 5 yaşında. Bebekliğinden beri yanındayım. Onu da yanıma alacağıma dair söz verdim ona. Zamanı var dedim ama o zamana kadar hep arayacağımı hep görüşeceğimizi söyledim. Sonra onu tamamen unuttum... Onu terk ettim... Lütfen beni ona götür..." Cihan doğruldu. Kaşları çatık ve sert bir duruşla düşündüğünü gördüm.

"Sen hiçbir yere gidemezsin." diye emretti kısaca. Bu kadar acımasız olacağını düşünmemiştim.

"Ona gitmek zorundayım!" Ağlayamıyordum bile, sadece gözlerimden yaşlar akıyordu ve hıçkırıp duruyordum.

"Gidemezsin Deniz, bu kadar basit." dedi sert sesiyle.

"Anlamıyorsun ben ona git..."

"Sen gidemezsin..." diye açıkladı, "ama o sana gelebilir."

O an durdum. Beklediğim cümle buydu belki de. Duymak istediğim tek cümle buydu o an. Hatta bu cümle benim hayatımda duyduğum en güzel cümleydi. Ben Aylin'e gidemezdim, ama Aylin bana gelebilirdi.

"Çok zor. Bu yaşta yurttan dışarı çıkarılması yasak, koruyucu ailesi var, onlardan başka kimse alamıyor." Cihan gözlerini devirdi. Dalga geçiyormuşum gibi güldü birden. Sonra başını dikleştirip yeni tanışıyormuşuz gibi bana elini uzattı.

"Selam," dedi, "ben Cihan Karahanlı. İstediğim her şeyi yaparım. Kimse tek kelime edemez. Şimdi gideceğim, o yurttan kimi istiyorsan çıkarıp getireceğim. İstersen müdürü bile kolundan tutar getiririm buraya. Çünkü dediğim gibi, ben Cihan Karahanlı. İstediğim her şeyi yaparım. Tanıştığımıza memnun oldum..."

20. Bölüm
Âşık Adamlar Hep Öper...

"Deniz... Deniz! Deniz!" Gözlerimi araladığımda yaşadığım şaşkınlık beni ne yapacağını şaşıracak hale getirdi. En son hatırladığım Cihan'ın üstünü değiştirip odadan çıktığıydı, bana Aylin'i yurttan alabileceğini söylemişti, ona inanmayarak yastıklarımın arasına gömülmüştüm ve uyumam sadece üç dakikamı almıştı... Uyudum, karanlık rüyalar gördüm, rüyalarımın her birinde yüksek binalardan düştüm... sonra bir ses duydum.

"Deniz... Deniz! Deniz!" Binadan düşerken yumuşacık bir yatakta buldum kendimi, üstümde minik bir beden, kollarımda yumuşak kollar, kulağımda aşk dolu bir ses duydum.

"Aylin?" Gözlerimi kocaman açtığımda şaşkınlığım tavan yaptı. Aylin buradaydı. Tam burada. Odamızda, tam benim üstümde! Yutkundum. Şokuma yenik düşmedim, gözlerimi yüzüne diktim dolmuş gözlerle baktım ona. Upuzun sarıya dönük kumral iki yana örülü saçları, yemyeşil gözleri, üstünde daha önce görmediğim ve ona ait olmadığına emin olduğum kaliteli kırmızı beyaz elbisesiyle öyle güzel görünüyordu ki... Onun saçlarını yalnızca ben örerdim. Yurtta bulunan kıyafetler de asla bu kadar iç açıcı olmazdı. Onu eşofmanla, pijamayla ya da basit ikinci el kaprilerle görmeye o kadar alışmıştım ki şu an böyle görünce gözlerim doldu. Hak ettiği gibi… diye düşündüm. Aylin hak ettiği elbiseler içinde… Aylin sevinçle bana sarılırken gözlerim odanın kapısında ayakta duran Cihan'a kaydı. Hafifçe gülerek bizi izliyordu. Gözlerim gözleriyle buluştuğunda bana göz kırptı.

"Teşekkür ederim…" diye fısıldadım. Cihan başını sallarken Aylin üstümde doğruldu. "Bir şey değil Deniz'ciğim! Seni çok özledim diye bu amca beni getirdi! Ona teşekkür et! Biliyor musun Allah dualarımı kabul etti… Ağladım ben Deniz. Sana gelmek istedim ama gelemiyordum. Allah'a dua ettim beni sana götürecek birini yollasın diye. A ah bir baktım bu amca gelmiş!" Gülmemek için kendimi zor tutarak Cihan'a baktım. Kaşları çatılmıştı. Onu bu halde görünce hafifçe kıkırdadım.

"Aylin'ciğim, Cihan amca olacak kadar büyük değil daha. Sen en iyisi onunla da benimle konuştuğun gibi konuş." Aylin kaşlarını çatarak başını Cihan'a çevirdi.

"Ona da mı Deniz'ciğim diyeyim yani…" Büyük bir kahkaha attım. Cihan'a baktığımda pek eğlenmediğini fark ettim.

"Siz tanıştınız mı?" diye sordum.

"Hayır Deniz. Ben yabancılarla konuşmam."

"Nasıl yani? Hiç tanışmadan mı geldiniz buraya?" Tam o sırada Cihan söze girdi. "Küçük hanım benimle konuşmadı. Sorularıma cevap vermedi." O an Cihan'ın anlattığı görüntü canlandı gözümde. Arabadalar, Cihan Aylin'e sorular soruyor ama Aylin cevap vermiyor. Ve Aylin beş yaşında…

"Aylin'e yabancılarla konuşmamasını ben söyledim. Özür dilerim." dedim eğlenerek, "Aylin! Cihan çok iyi bir insan. Hadi git onunla tanış."

Aylin yüzüme şaşırmış gibi baktı. "Emin misin Deniz? Ama sen dedin ki… yabancılarla…"

"Cihan yabancı değil! Ben senin için neysem o da öyle olacak. Benimle nasıl konuşuyorsan onunla da öyle konuşabilirsin, izin veriyorum." Aylin son kez kaşları havada baktı bana. "Aynı senin gibi mi?" Başımı salladım anında.

"Evet!" Aylin tereddütle üstümden kalktı, Cihan'a doğru ilerlerken Cihan'ın Aylin'e doğru eğildiğini gördüm. Cihan gülümserken Aylin ciddi bir şekilde elini uzattı.

"Ben Aylin." dedi resmi bir gülümsemeyle. Cihan başını kaldırıp gülerek bana göz kırptıktan sonra Aylin'e baktı.

"Ben de Cihan. Çok memnun oldum. Gözlerinize hayran kaldım Aylin Hanım…" Aylin hemen elleriyle ağzını kapatıp gülerek bana döndü. Utanmıştı. O haline kıkırdadığım sırada Cihan'ın gülüşü bile büyüdü.

"Deniz'ciğim bana ne dedi!" dedi Aylin sevinçle. Aylin bu dünyadaki en güzel şeydi…

"Utandın mı?" diye sorduğum sırada başını sallayıp Cihan'a döndü.

"Teşekkür ederim." dedi başı önünde gülerek, "Şimdi ben Deniz'le konuştuğumun aynısı gibi konuşabilir miyim?" Cihan başını salladı.

"Tabii ki konuşabilirsin. Utanmana gerek yok." Aylin çabuk utanırdı ama sonra çabuk alışırdı. Birden Cihan'ın kucağına atlasa şaşırmazdım şu an. Başını kaldırdı. Duruşunu dikleştirdi birden.

"Tamam Cihan'cığım, teşekkür ederim." Aylin'in cevabıyla birlikte gülmekten ölecektim. Cihan'ın yüzünde şoka girmiş bir ifade vardı. Cihan Karahanlı'ya hayatında ilk defa Cihan'cığım diye hitap edilmişti. Hem de beş yaşındaki bir çocuk tarafından!

"Cihan'cığım?"

Aylin hemen korkuyla bana döndü. Kaşları kırışmış her an ağlayabilecek gibi bakıyordu bana.

"Deniz, o bundan hoşlanmadı..." diye mırıldandı. Aylin bilmiş kelimesinin tam karşılığıydı. Anında başımı sağa sola doğru salladım. Onun korkmasını, şevkinin kırılmasını istemiyordum.

"Hoşlandı tatlım! Sadece şaşırdı. Hem... hem... ben de ona hep öyle hitap ederim... Değil mi Cihan'cığım?" Yutkundum. Ne tepki vereceğini bilmiyordum. Yüzüme birkaç saniye donmuş gibi baktı. Sonra yüzünde garip bir ifade oluştu. Gözlerini kırptı.

"Evet... öyle..." Kaşlarımı çattım. Ne olmuştu? Neden birden garip bir ifadeye bürünmüştü böyle? Bunu söylememe mi bozulmuştu?

"O zaman sana Cihan'cığım diyebilir miyim?" dedi Aylin hevesli. Cihan başını salladı.

"Diyebilirsin tabii ki. Deniz, siz birlikte vakit geçirin. Ben biraz Bora Abi'min yanına gidiyorum. Size yemek getirmelerini söylerim." Başımı salladığım sırada Aylin birdenbire Cihan'ın elini tuttu.

"Sen şimdi Deniz'ciğime âşık mı oldun? O yüzden mi aldın onu benden? O zaman artık üzülmem. Bu çok güzel bir şey." O an alt dudağımı ısırdım, âşık olmak... Cihan Karahanlı'nın bana âşık olması imkânsızdı. Gözlerimi kırpıştırdım. Aylin'in üzüleceğini bile bile konuşmaya başladım. "Aylin'ciğim, o öyle değil... bizimki..." derken Cihan sözümü kesti.

"Evet..." diye fısıldadı büyülü sesiyle, yere doğru eğildi ve Aylin'i belinden tutup gözlerine baktı. "Ben Deniz'ciğine âşık oldum..." dedi. "O yüzden aldım onu senden... benim olsun diye..."

Dondum. Kurulan cümleler her zaman gerçek olmak zorunda değildir. Dünyada ağızdan çıkıp havaya karışmış her cümle doğruluk payı taşımak zorunda değil. Onun dudaklarının arasından çıkanlar da yalan, biliyorum. Ama ben biraz önce hayatımın en güzel yalanlarını duydum. Hep söyledim, Cihan'a karşı hiçbir hissim yok. Onun da bana karşı hiçbir hissi yok. Ama bir şey var... tek bir şey... o da benim sevilme, onun sevme açlığı. Bizim birbirimize ihtiyaç duyduğumuz an tam burada başlıyor. Ben sevilmek istiyorum, o sevmek istiyor. Bu da şunu gösteriyor, hiçbir şey imkânsız değil, bizim de bağlandığımız bir nokta var. Koskoca evrende, kocaman yıldız haritalarımızda bizim de kesiştiğimiz bir nokta var. Öyle bir noktadayız ki söylediği yalanlar bile mutlu ediyor beni. Evet. Belki küçümsenecek bir şey ama inkâr edemem, mutlu oldum. Çok mutlu oldum. Tekrar tekrar duymak istiyorum o cümleyi. Cihan'ın bir tuşu olsa da her bastığımda tekrar tekrar "Ben Deniz'ciğine âşık oldum." dese... Cihan'ın bir tuşu olsa da bastığımda bana âşık olsa...

"Deniz'ciğim duydun mu?" Donuk bir şekilde Cihan'ı izlerken Aylin'e başımı salladım. Cihan kusura bakma der gibi yüzüme bakıyordu. Ona da gözlerimi kırptım sadece.

"Duydum," diye mırıldandım, "çok net duydum."

Cihan ayağa kalktı. Aylin'in saçlarını okşayıp bana baktı.

"Ben gideyim..." Tam o sırada Aylin bir kez daha engelledi onu. Elini tuttu ve Cihan'ı kendine doğru çekti. Aylin'in gelmesi iyi mi olmuştu bilmiyordum. Şimdi ne yapacaktı? "Bu ne biçim aşk!" diye hayıflandı, "Öpmeyecek misin? Dizilerde hep öpüyorlar." Şok içinde bakakaldım. Neredeyse kendimi yataktan Aylin'in üstüne doğru atacaktım sırf susturabilmek için!

"Aylin, gel tatlı buraya!" dedim anında.

"Dur Deniz'ciğim! Âşık adamlar hep öper... Yoksa âşık değil misin? Eğer değilsen Deniz benimle gelebilir mi?" Cihan çaresizce bir süre Aylin'in yüzüne baktı.

"Aylin! Böyle şeyleri konuşmak çok ayıp sen bi..." derken Cihan sözümü kesti. "Haklı..." diye mırıldandı, yüzüme uzun uzun baktı, çenesindeki kemiklerden birinin belli oluşu gözüme çarptı. Yutkundu ve ağır ağır devam etti derin bir ses tonuyla, "aşık adamlar hep öper..."

Gözlerimi kırpıştırarak baktım yüzüne uzun uzun. Beni... öpecek miydi? Şok içinde onu izlerken Aylin tahammül sınırlarını zorlarcasına mızmızlandı. "Öp o zaman!" Cihan bana baktı. Ben Cihan'a baktım. Sonrasını çok net hatırlayamıyorum. Bana doğru bir adım atışını hatırlıyorum, elini yanağıma koyuşunu, üstüme eğilişini, gözlerimi kapatışımı ve Cihan'ın yanağıma masum bir öpücük konduruşunu...

Cihan Karahanlı beni öptü. Yanağımdan. Beş yaşındaki bir çocuğun zorlamasıyla. Ben Cihan Karahanlı tarafından öpüldüm! Beni öptü. Öptü beni. Dudaklarını yanağıma değdirdi. Dudakları tenime değdi... Buna öpmek diyorlar ve evet... o beni öptü. Çünkü yalan olsa da dediği gibi, âşık adamlar hep öper...

21. Bölüm
Bebek Nasıl Yapılır?

Cihan'ın yanağıma bir öpücük konduruşunun üzerinden dakikalar geçmişti, Cihan odadan çıkıp gitmiş ve beni Aylin'le baş başa bırakmıştı ama bende bıraktığı etki geçmemişti. Yanağımda dudaklarını hissetmeye devam ediyordum, kalbim hızlı hızlı atmaya devam ediyordu. Hayatımda ilk defa bir erkek yanağımdan öpmüştü beni. Babam bile öpmemişken Cihan öpmüştü. El ele tutuşmanın, öpüşmenin, sevmenin ilki olur evet... ama yanağından öpmek gibi basit bir şeyin ilki? Cihan Karahanlı benim ilkim olmuştu. Masumluğumun ilki.

"Deniz'ciğim! Sen âşık mısın şimdi?" Aylin hevesle yatağa tırmanıp üstüme çıktığı sırada düşüncelerimden savrulmaya çalıştım.

"Ne?"

"Âşık mısın? Cihan'a!" Kaşlarımı çattım anında. Ve nedense düşünürken buldum kendimi. Ama hayır... olamazdım...

"Ben? Cihan'a?" Aylin bunu bilmek zorunda değildi, "Evet..." diye mırıldandım. "Ona âşığım."

"Senin adına çok mutluyum Deniz'ciğim! Çünkü bütün dizilerde âşık olununca mutlu olunuyor. Hem bir dizide dediler ki, aşkmış mutluluk getiren. Şimdi sen mutlu mu olacaksın?" Derin bir nefes aldım.

Mutluluk... Mutluluk bana öyle uzaktı ki sadece kelime anlamını bilmiştim yıllar boyunca. Mutluluğun ne olduğunu biliyordum, ama nasıl mutlu olunacağını bilmiyordum, verdiği hissi bile bilmiyordum. Çünkü bir kez bile mutlu olduğumu hatırlamıyordum. Ama dediğim gibi, Aylin'e mutsuzluğumu da, yalnızlığımı da, hastalığımı da yansıtmayacaktım.

"Mutlu olacağım Aylin'ciğim. Hatta şu an çok mutluyum," dedim bitkin bir gülümsemeyle.

"O zaman beni bahçeye çıkarır mısın? Gelirken gördüm, kocaman bir bahçe var dışarıda. Hadi Deniz hadi!" Aylin neşeyle kolumu çekiştirirken nasıl ayağa kalkacağımı düşündüm. Kalkabilir miydim? Yürüyebilir miydim? Üstümdeki ince askılı kısa kırmızı elbiseye baktım. Dışarısı sıcak olmalıydı, buna rağmen üşüyordum, daha çok üşür müydüm?

"Hadi Deniz! Hasta mısın yoksa? Deniz... sen... hasta mısın?" Aylin'in yüz ifadesi neşeden hüzne bürününce anında bütün yorgunluğuma rağmen doğruldum.

"İyiyim ben... çıkalım." Yataktan ağır ağır kalktım. Aylin yataktan zıplayıp beni elimden tuttuğu gibi kapıya çekiştirince başım hafifçe dönse de duraksamadım. Devam etmeye çalıştım.

"Aylin yavaş! Düşeceğiz!"

"Tamam ama Deniz'ciğim, eğleniyoruz!" Sesimi çıkaramadım. Bir şey olmaz gibi geliyordu, sessizce arkasından koşuşturdum. Elimi bırakmıyordu. Beni büyük Karahanlı villasının merdivenlerinde elimden tutmuş koşturuyordu. Villanın içinde bizi gören kimse olmadı. Ben soluk soluğa kaldığımda kimseye görünmeden büyük arka bahçeye ulaştık. Aylin beni hamakların ve havuzun olduğu bölgeye götürene kadar koştuk. Sonra elimi bıraktığı an düşecek gibi oldum ve sandalyeye tutundum. Başım dönüyordu... Nefes nefese elimi boğazıma götürdüm.

"Amanın!" dedi Aylin şok içinde, "Deniz bunlar da ne!" Başımın dönmesine rağmen başımı hafif hafif çevirdim ve Aylin'e baktım. Hamakları gösteriyordu.

"Onlar hamak." diye açıkladım.

"O da ne?"

Boğazıma gelen öğürmeyle birlikte elimle ağzımı kapattım ve konuşmaya çalıştım. "Üst... üstlerine... üstlerine yatıyorsun... sallanarak uyuyorsun..."

"Aaaa! Yatabilir miyim Deniz!" Başımı salladım. Ağır ağır dikkatlice yürümeye çalıştım. Hamakların ve Aylin'in başına geldiğimde eğildim.

"Hadi beni kucağına al." Başımı salladım ve yutkundum. Terlediğimi hissediyordum. Gözlerim kararır gibi olduğunda hamağa tutundum ama kendimi zorlamak zorundaydım. Şu an bayılsam Aylin korkudan ölürdü, ona hiçbir şeyi...

"Deniz!" Duyduğum ses karşısında sesin sahibinin öfke dolu olduğunu anlasam da rahatladığımı hissettim. Cihan Karahanlı... bütün öfkesini sesinde birleştirmiş bana doğru geliyordu... bize doğru.

"Senin ne işin var burada?" Doğrulmaya çalıştım ağır ağır. Ona döndüm ve yüzüne muhtaç bir ifadeyle baktım. Yorgundum... bu yüzümden de belli oluyor olmalıydı ki öfkesinin azaldığını fark ettim.

"Aylin buraya gelmek istedi."

"Hem neden gelmeyelim ki?" Aylin merakla sorunca Cihan'a yalvaran gözlerle baktım. Bir şeyleri belli etmemeliydi!

Yüzüme uzun uzun baktı, tutunacak bir yer aradığımı fark ettiğinde beklemediğim bir şekilde kolunu uzattı, elini belime koydu.

"Deniz biraz grip olmuş... daha çok hasta olmasın diye dinlenmesi gerekiyordu."

Aylin hemen bana döndü öfkeyle, "Deniz hani hasta değildin!" Başımı sallamaya çalıştım. "Değilim! Basit bir grip sadece... İyiyim ben..." Sesim bile çıkmıyordu Cihan uyarmak ister gibi belimi sıktı.

"Gripse bir şey olmaz ama sen otur bence Deniz'ciğim. Cihan beni sallasın! Sallarsın değil mi Cihan'cığım?" Cihan bir kez daha bana döndü sorar gibi. Başımı salladım anında.

"Lütfen..." diye fısıldadım. Derin bir nefes aldı. Sert yüzünün biraz olsun yumuşadığını gördüm.

"Otur..." diye emretti. Elini belimden çekince ağır ağır sandalyelere doğru ilerledim. Yavaşça oturdum. Mide bulantım beni komaya sokacak derecedeydi. Ama sesimi bile çıkarmadım, Cihan'ın Aylin'i hamağa yatırışını izledim. Aylin keyifle gülüyordu, Cihan da yüzünde sert ama hafif bir şefkatle ona bakıyordu. Sonra yüzü bana döndü, gözlerime baktı uzun uzun. Teşekkür etmek ister gibi gözlerimi kırptım. Cihan'ın bakışları Aylin'in sorusuyla ona döndü.

"Cihan! Sizin ne zaman bebeğiniz olacak?"

"Ne?" Mide bulantıma rağmen gülmemek için zor tuttum kendimi. Aylin'in sorusuna mı gülüyordum Cihan'ın tepkisine mi bilmiyordum.

"Bebek! Bir bebeğiniz olması lazım... çünkü bu insanlığın devamı için gerekli! Eğer anneler ve babalar bebek yapmazsa ne olur? Dünya yok olur. Ve bütün evliler eğer âşıklarsa bebek yaparlar. Siz ne zaman yapacaksınız?" Cihan'ın çene kaslarının gerildiğini görebiliyordum. Ama bozuntuya vermedi.

"Yakında…" diye mırıldandı.

"Ah! Peki nasıl yapacaksınız?"

"NE?" Kahkaha atmamak için zor duruyordum çünkü o kadar midem bulanıyordu ki büyük ihtimalle kahkaha atarken birden kusardım.

"Yani… bebek… nasıl oluyor Cihan'cığım? Neyle yapılıyor?"

Aylin Cihan'ın tahammül sınırlarını zorluyordu. Cihan buna daha ne kadar dayanabilirdi bilmiyordum, ama biraz daha izlemek istiyordum. Cihan çaresizce alt dudağını ısırdı. Bana bakmadan başını eğdi ve dudaklarını araladı. "Bebek… aşkla yapılıyor… Eğer iki insan birbirlerine âşık olurlarsa birden birinin karnında bebek beliriyor. Sonra o bebek büyüyor ve dünyaya geliyor."

Aylin bunu yer miydi? "Saçma." Yemezdi. Aylin konuşmaya devam etti. "Bir kere aşkla bir şey yapılamaz. Aşk çünkü… çünkü… aşka dokunulmaz ki! Aşk insanın içindedir. Sen aşkla pasta yapabilir misin?" Aylin'in yaşına göre fazla zeki soruları Cihan'ı çileden çıkarmak üzereydi.

"Bunu büyüdüğünde, âşık olduğunda anlayacaksın. Aşka dokunulur. Aşk sadece insanın içinde değildir. Bir insan âşık olduğu zaman soluduğu hava bile aşktır, dokunduğu her yer, baktığı gökyüzü aşktır. Aşk âşık olan insanın her yerini çevreler. Aşk her şeydir, aşk her yerdedir. İşte bu yüzden, aşk olmadan bebek olmaz."

Hayranlıkla dinledim. Cihan Karahanlı'yı aşk hakkında böyle konuşurken görmek beni şoka sokmuştu. Âşık olabileceğine inanmadığım bir adamın böyle konuşması… bana garip hissettirmişti. Hem şu an kendimi iyi hissetmeye başlamıştım. Belki bir seans kemoterapi ve biraz moralle iyileşirdim bile.

"Peki… dizilerde yatakta ne yapıyorlar?" Aylin'in sorusu karşısında şoka girdiğim anda Cihan'ın şok içindeki sorusu duyuldu. "Ne?"

"Aylin'ciğim bugünlük bu kadar soru yet…" diyerek ayağa fırladığım an bir şey oldu. Garip bir şey. Ayağa kalktım, bir adım attım ve yerin ayağımın altından kayıp başımın üstüne doğru ilerlediğini gördüm. Donakaldım. Burnumun içinden bir sıvının aktığını hissettim, bir sıvı dudaklarıma doğru ilerliyordu… gözlerimi bir yere sabitlemeye çalıştım, tutunacak bir yer arıyordum.

"Deniz!"

"Deniz'ciğim! Burnun kanıyor!"

Cihan'ın beni tutuşunu hatırlıyorum. Beni belimden yakalayışını hatırlıyorum, beni kolları arasına alışını hatırlıyorum… sonra yavaş yavaş bacaklarımın uyuştuğunu, kendimi Cihan'a bıraktığımı hatırlıyorum. Gözlerim ağır ağır kapandı, geriye tek bir ses kaldı. "Deniz… ölmeyeceksin…"

Araba freni sesi. Kapının açılıp kapanma sesi. Sedye sesi. Bağırma sesleri. Kapanan kapı sesi. Otomatik açılan kapı sesi. Kalp atış sesleri. Telaşlı konuşan insan sesleri. Yaklaşık iki saattir duyduğum sesler bunlar. Kendimde değilim ama bu sesleri duyduğuma eminim. İnsanlar bir şeyler yapıyor. Bir şeyler üstünde bir yerlere taşınıyorum. İnsanlar telaşlı, bağırıyorlar, çağırıyorlar, vücuduma bir şeyler yapıyorlar ama hiçbir şey hissetmiyorum. Çünkü bedenim uyuşmuş, çünkü hislerim artık çalışmıyor. Çünkü sanki bir şeyler bitiyor. Bir şeyler sona eriyor...

Saat sesleri. Saatten gelen tik tik tik sesleri... dakikaların geçiş sesleri... saatlerin geçiş sesleri... insan sesleri...

"Fazla yanında durmayalım Cihan Bey. Oldukça yorgun olmalı. Bir süre hiç yataktan kalkmaması gerekiyor. Serumunu sürekli değiştireceğiz, her şey bizim gözetimimiz altında olacak, siz merak etmeyin."

"Ben dışarı çıkmayacağım." Cihan Karahanlı sesi...

"Ama Cihan Bey, yorulmaması lazım."

"Hiçbir şey yapmayacağım. Ama gözümün önünden ayırmayacağım onu. Burada, kıpırdamadan, konuşmadan oturacağım."

"Cihan Bey..."

"Beni bundan vazgeçiremezsiniz. Buradan atılmam da babamın hoşuna gitmez. Şimdi izin verirseniz karımın yanında oturacağım. Siz çıkabilirsiniz..." Doktorun nefes alışını duydum. O an uyanık mıydım uyuyor muydum bilmiyordum. Kıpırdayamıyordum, gözlerimi açamıyordum, düşünemiyordum bile, dudaklarımı aralayamıyordum... ama sesleri duyabiliyordum...

"Peki Cihan Bey..." Ayak sesleri. Kapının açılış sesi, kapının kapanış sesi.

Sonra garip bir şey oldu. Uyuşmuş buz gibi olmuş ellerimden birine sıcak bir şey dokundu... elime bir el dokundu... Parmaklarım yavaşça bir elin içinde kayboldu. Cihan Karahanlı benim elimi mi tutuyordu?

"Deniz..." diye fısıldadı, "Ölmeyeceksin..."

O an derin bir nefes aldım. Bunu bana ikinci söyleyişiydi ve öyle kesin, öyle net konuşuyordu ki ona inandığımı hissettim. Ona inandım. Cihan Karahanlı bana ölmeyeceksin diyordu ve ben ölmeyecektim.

22. Bölüm
Bana Dilek Tutmayı Öğret…

Gözlerimi yavaş yavaş araladığımda karanlık bir oda karşıladı beni. Tepemde çalışan klima odayı soğutmuyordu, öyle ki ter içinde uyanmıştım. Burası lüks bir hastanenin en lüks odalarından biriydi. Her türlü imkân sağlanırken klimanın çalışıyor olmasına rağmen odayı soğutmaması da neydi böyle? Midemdeki hafif kasılmayla birlikte başımı ağır ağır sağa doğru çevirdim. Yan koltukta arkasına yaslanmış, gözlerini kapatmış Cihan'a baktım. Uyuyordu. Yanındaki komodinin üzerinde duran masa lambasından sızan turuncu ışık sakallarını turuncu gösteriyordu. Dudaklarını, tenini, kirpiklerini, saçlarını öyle güzel gösteriyordu ki keşke güneş de turuncu olsaydı dedim… Sonra düşündüm. Cihan Karahanlı güneşin altında da, karanlıkta da güzeldi. Yakışıklılık kelimesinin bile bir sınırı vardı, onun sahip olduğu şey kusursuz güzellikti.

Hafifçe öksürdüğüm an istemeyerek de olsa Cihan'ın gözlerini açışını izledim. Sıçrayarak uyandı ve kaşları çatık bana döndü. Gözlerimi açık gördüğü an oturduğu yerden fırladı, başıma geldi ve üzerime doğru eğildi.

"İyisin." diye fısıldadı sorar gibi. Gülmeye çalıştım.

"Soru cümlesi kurmayı unutmuşsun…" Yüz ifadesi değişmedi. Ciddi yüzündeki hüznü görebiliyordum.

"Sana iyi misin diye sorarsam, bana iyi değilim diyebilirsin. Bu cevabı duymaktan korktuğum için sana iyi misin diye soramam… en fazla 'iyisin' derim…"

Cevap veremedim. Bir süre gözlerinin içine baktım. Ela gözleri cevap bekler gibiydi. Ama kurduğu cümleler kalbimin hiç dokunulmayan öyle bir noktasına değmişti ki yorgun bedenim daha da yorulmuştu, ruhum uyuşmuştu. Güzel hisler beni yoruyordu… Dudaklarını araladı tekrar: "İyisin?"

Soru olan ama aslında olmayan cümlesini tekrarladığında yutkundum. Ona hiçbir zaman iyi değilim diyemeyecektim. Ölüyor olsam bile ağzımı açıp iyi değilim diyemezdim. Bende eski aşkını görüyordu, onun sürecini gözden geçiyordu biliyorum. Onun ölümünü… Ben ona, eski aşkını hatırlatıyordum. Ve o benim değil, hatıralarının ölmesinden korkuyordu.

"İyiyim." dedim titreyen sesimle.

"Yemek yemen lazım." Yemek kelimesini duyduğum an midemin bulandığını hissettim. Elimi anında ağzıma götürdüm ve öğürmemek için zor tuttum kendimi. Cihan anında elimi ağzımdan çekti. "Kusacaksan kus, istersen banyoyu kullanalım." Başımı sağa sola doğru salladım.

"Yemek fikri… midemi bulandırıyor… ve sıcak… Klima mı bozuk?"

"Hayır. Çalışıyor. Sadece hava temizleme özelliği açık. Sana iyi bakmamız lazım." Hafifçe gülümseyince ben de gülümsemeye çalıştım. Ama sıcaktan o kadar bunalmıştım ki delirecektim…

"Çok bunaldım. Bu oda midemi bulandırıyor, kapalı bir yerde durmak midemi bulandırıyor. Cihan…"

"Efendim?"

"Senden bir şey isteyebilir miyim?" Bunu her şeyden çok istermiş gibi anında başını salladı.

"Ne istersen…"

Alt dudağımı ısırdım ve tereddütle konuşmaya başladım. "Beni dışarı çıkar Cihan. Bahçeye." Cihan doğrulup bir süre derin bir nefes alarak düşündü. Kararmış havaya baktı, odanın kapısına baktı…

"Senin dışarı çıkman yasak." diye mırıldandı can sıkkınlığıyla. Kendimi burada o kadar kötü hissediyordum ki ağlayacaktım.

"Lütfen…" diye fısıldadım, "Nefes almak istiyorum, gökyüzüne bakmak istiyorum…" Cihan çaresizce yüzüme baktığında ona yalvaran gözlerle bakıyordum. Çaresizce ellerini açtı. "Saat 7'den sonra bölümün kapısı bile kapanıyor, refakatçilerin dışarı çıkışı da yasak. Kapıyı kartımız olmadan açamayız. Hemşire de izin vermeyecektir." Gözlerime bakmaya dayanamadı, gözlerini gözlerimden kaçırdı, "Televizyonu açayım mı?" diye mırıldandı. Ama ben yalvaran gözlerimi onun gözlerinden ayırmadım.

"Hani sen Cihan Karahanlı'ydın? Hani her şeyi yapabilirdin? Belki son günlerim… ve tek isteğim bahçeye çıkıp gökyüzünü izlemek. Ama Cihan Karahanlı bunu sağlayamıyor." Dondu kaldı. Hiçbir şey söyleyemedi. Bir sürelik sessizlikten sonra yutkundu, eline televizyonun kumandasını aldı, bir kanalı açtı ve cevap bile vermeden koltuğa oturdu. Ama sinirlendiği, bunu yediremediği belliydi. Kocaman ellerinden biriyle kumandayı sıkıyordu. Bir ona baktım, bir eline... sonra bir ses geldi. Kumandanın kırılma sesi! Resmen sinirinden elindeki kumandayı sıkarak kırmıştı. Tepki vermedim, başımı cama doğru çevirdim. Camdan göründüğü kadar karanlık geceye baktım. İçimde ölüm korkusu vardı, toparlanacağım diye diye geldiğim aşamalar beni korkutuyordu. Ben ölüme yaklaşıyordum. Ölür müydüm yaşar mıydım bilmiyorum, ama ölüme yaklaşıyordum. Ve belki de son günlerimi burada, bu hastane yatağında geçirmek istemiyordum. Gözlerim camda, konuşmaya başladım...

"Hiçbir geceyi dışarıda sabahlayarak geçirmedim. Her gece 12'de yataktaydım, odamdaki diğer 30 kızla birlikte her gece 12'de yatağımın içine girmek ve üstümü örtmek zorundaydım... Her gece 12'de üstümü örttüğümde hayallerimi de örttüm ben, her gece 12'de umudumu örttüm, annemin üstünü örter gibi örttüm, babamın üstünü örter gibi örttüm. Hep merak ettim, gece dışarıda ne oluyor bilmek istedim. Gece dışarı çıkmak neden yasaktı Cihan? Gece dışarıda ne oluyordu? Ne vardı bu gecede bu kadar korkulacak, ne vardı bu kadar korkarak yataklara saklanacak, üstümüzü korunmak için sıkı sıkı örtecek? Ben çocukluğumu geceyi merak ederek geçirdim. Çünkü gece bir özgür olma biçimiydi, biliyordum. İnsan aydınlıkta özgür olamazdı. İnsan ya gözleri kapalıyken, ya hava karanlıkken özgür olabilirdi. Bu yüzden gece dışarıda olmak hep huzur verici geldi bana. Şimdi ölüme bu kadar yaklaşmışken gecenin bu saatinde dışarıda olmak istiyorum evet, özür dilerim, seni üzmek istemiyorum ama ben..." derken birden şoka girdim.

Cihan'ın bacaklarımın ve belimin altında hissettiğim kolları beni şoka soktu. Ne olduğunu anlayamadan Cihan Karahanlı'nın kucağında buldum kendimi. Öfkeyle kapıyı ayağıyla açtı.

"Ne yapıyorsun Cihan?" diye sordum şaşkınlıkla.

"Konuşma," diye emretti, "seni kaçırıyorum."

Şok içinde kucağında yattığım yerden başımı kaldırmaya, yüzüne bakmaya çalıştım, ama doğrulamıyordum. Bacaklarım da boynum da gücünü kaybetmiş gibiydi. Cihan beni koridora çıkardığında önce koridoru kontrol etti. Kimsenin olmadığını görünce yavaş yavaş ilerledi, hemşirelerin olması gereken lobinin başında kucağında benimle durdu. Ciddi bir yüz ifadesiyle masadan bir kart aldı ve hızla kapıya yöneldi. Kartı kapının yanındaki okuma sistemine tuttu, kapı açılınca dışarı bir adım attı ve kapıyı kapatmak için tekrar kartı okuttu. Kartı cebine atarken beni sıkıca kavradı.

"Kollarını boynuma dolarsan daha rahat olursun, düşmezsin..." dedi bunu neden düşünmediğimi sorgular gibi bir sesle. Kollarımı kıpırdatmaya çalıştım ama kaldıramadım bile.

"Kollarımı... kaldıramıyorum ki..." Yutkunduğunu gördüm. Alnında beliren damarı duygularını dışa vuruyordu.

"Böyle düşer miyim?" diye mırıldandım korka korka. Başını sağa sola doğru kıpırdattı sertçe.

"Düşmezsin," dedi, "ben seni düşürmem."

Onun siniri bana değildi. Onun siniri benim durumumun benim başıma, bir insanın başına gelmiş olmasıydı. O sinirli değildi. O üzgündü. Cihan Karahanlı üzgündü. Beni koridordan geçirdiği gibi asansöre yönelmeden merdivenlere yöneldi. Birlikte merdivenlerden indik.

"Beni taşırken yorulmuyor musun?" Yüzünde hafif bir gülümseme oluştu.

"Seni hissetmiyorum bile. Şu an kucağımda mısın?" Mimiklerimin elverdiği kadarıyla kıkırdamaya çalıştım.

"Cihan..." diye mırıldandım gülüşümden kaynaklı nefes nefese.

"Deniz?"

"Teşekkür ederim."

Sesini çıkarmadı. Cevap vermedi ama yüz ifadesi gurur doluydu. Birlikte hastanenin kapısından çıktığımızda bizi kocaman çimenlerle kaplı, büyük ağaçlarla dolu, ortasında süs havuzu, karşısında parkıyla, içinde oturan hasta yakınlarıyla koşuşturan çocuklarla doluydu. Bir hastaneye dair güzel olan tek şey bahçeler olmalıydı. Gecenin karanlığını bahçedeki turuncu ışıklar bozuyordu, ama çok güzel bozuyorlardı. Karanlık hâlâ vardı, artık turuncuydu sadece...

"Oturma yerleri dolu..."

Cihan'ın sert sesiyle birlikte anında dudaklarımı araladım. "Ben zaten oturamam ki... çimenlere yatır beni..."

Cihan bana baktı tereddütle, sonra çimenlere çevirdi başını, sonra tekrar bana baktı.

"Hadi!" dedim halsizce, "Çimenlere yatır da gökyüzünü izleyeyim." Derin bir nefes aldı, ağır ağır ilerledi, çimenlere kucağında benimle oturdu. Şaşkınlıkla baktım yüzüne. "Beni kucağından indirmeyecek misin?" Bacaklarımı yavaş yavaş çimenlere doğru uzattı, dikkatlice başımı göğsüne denk getirdi ve beni şoka sokacak şekilde başım onun üstündeyken Cihan Karahanlı da bütün temkinini, bütün sınırlarını bir kenara bırakıp çimenlere yatıverdi.

Durum şuydu, Cihan çimenlerin üstünde yatıyordu, ben de başım onun göğsünde, birlikte gökyüzünü izliyorduk...

Hiç âşık olur muyum bilmem. Şu an hissetmeye başladığım şeyler müteşekkir olmak mıdır sevgi midir bilmem. Bildiğim tek bir şey var, ben şu an, tam şu an hayatımın en güzel anını yaşıyorum. Kıpırdayamıyorum, saçlarım dökülmeye başlamak üzere, yorgunluktan ölüyorum, ölüme yakınım, ama tam şu an, bir saniyedir çok mutluyum. Cihan Karahanlı beni hastaneden kaçırdı, benimle birlikte çimenlere yattı, gökyüzünü izliyor. Çünkü onun da duyguları var. Gökyüzünü izleyen adam kötü olur mu hiç… Tam bu duyguların derin düşüncelerin arasında aklıma gelen şok edici bir şeyle şok içinde durdum.

"Cihan!" dedim korkuyla, "Aylin'e ne oldu?"

Resmen bahçede birlikte oynarken bayılmışım, uyandığımda Aylin'i sormak aklıma bile gelmedi. Sanki otobüste çocuğumu unutup eve tek dönmüş gibiyim şu an. Cihan'ın hafifçe güldüğünü duydum.

"Nehir ve Bora'yla. Onlara da Nehir'ciğim ve Bora'cığım demeye başlamış."

Yaşadığım korku ufak bir kıkırdamaya döndü. Onları öyle hayal ettim. Eminim Aylin hayatında ilk defa bir annesi ve babası var gibi hissediyordur. Hem eminim Nehir ve Bora Aylin'in anne babası olsaydı Aylin dünyanın en mutlu insanı olurdu…

"Teşekkür ederim…" diye mırıldandım.

"Ne için?"

"Aylin'i onlara emanet ettiğin, unutmadığın için."

"Önemli değil." Sonra durdum, kısa bir sessizlikten sonra dudaklarımı araladım gözlerim gökyüzündeki yıldızlardayken.

"Aslında sadece onun için değil. Her şey için. Yanımda olduğun için, ölmeme izin vermeyeceğin için, beni buraya getirdiğin için, beni mutlu ettiğin için… Sen bana yıldızları ve geceyi hediye ettin Cihan. Çok teşekkür ederim…"

"O zaman bir dilek tut." dedi Cihan'ın duygu yüklü kaba sesi. Kaşlarımı çattım. Cihan elini kaldırıp gökyüzünü gösterdi. "Tam şurada," dedi, "yıldız kayıyor..." Parmağını takip ettim, parlayan yıldızlardan birinin dimdik ileri doğru kaydığını gördüm. İlk defa bir yıldız kayması görüyordum!

Heyecanla konuşmaya başladım. "Nasıl tutacağım!" Cihan heyecanlı soruma güldü.

"Dilek tutmayı bilmiyor musun?" Omuz silktim.

"Hiç kayan bir yıldız görmedim. Şimdi senden son bir şey istiyorum..."

"Neymiş?" dedi huzurlu bir sesle Cihan.

"Bana dilek tutmayı öğret." Derin bir nefes aldığını anladım karnının hareketinden. Sanki küçük çocuğuna öğretir gibi konuşmaya başladı.

"Gözlerini kapat..." dedi kapattım.

"Derin bir nefes al..." dedi aldım.

"Şimdi göz kapaklarının önüne, aklına öyle bir görüntü getir ki bu görüntü seni en mutlu edecek görüntü olsun. Sonra içinden onun gerçek olmasını dile. Bu kadar..."

Başımı salladım. Gözümün önüne gelen görüntüyü ben seçmedim. Cihan cümlesini kurarken otomatik olarak bir görüntü geldi gözlerimin önüne. Bu görüntü... Cihan'ın ve benim görüntümdü... İkimiz, bir sahilde, güneş batarken rüzgârgüllerinin tam karşısında, el ele...

"Ne dilediğini bana söyleme, söylersen bozulur." dedi Cihan ben titrerken, sonra habersizce ekledi "Umarım gerçekleşir." Başımı salladım dolu gözlerimi açtığımda.

"Umarım." dedim.

Umuyordum. Çünkü o görüntüyü görmek o kadar huzur vermişti ki bana... Ben, bilinçli olarak değil, yanlışlıkla da olsa onu dilemiştim. Bundan daha doğal ne olabilirdi ki?

Ben ilk hakkımda bana dilek tutmayı öğreten adamı diledim...

Ben, bilinçli olarak değil, yanlışlıkla da olsa onu dilemiştim. Bundan daha doğal ne olabilirdi ki?

Ben ilk hakkımda bana dilek tutmayı öğreten adamı diledim.

23. Bölüm
Gökyüzüne Dokunmak...

Neredeyse bir saattir burada böylece Cihan Karahan-lı'nın üstünde yatmış gökyüzünü izliyorum. Etrafta koşuşturan çocuklar, çekirdek çitleyen hasta yakınları, ağlayan tek tük insanlar, tek başına sakin sakin gezenler... Burası apayrı bir dünya. Biz evleri görüyoruz, alışveriş merkezlerini, okulları, sokakları, geceleri bar bar dolaşanlar var, kafe kafe gezenler, sahillerde oturanlar. Gecenin bir vakti bir hastaneyi gezmeyi, orayı gözlemlemeyi hayal ettiniz mi hiç? Çünkü burası apayrı bir dünya. Apayrı bir vakti günün, apayrı bir bölgesi dünyanın... Hayatımda ilk defa gece dışarıdayım ve hayatımda ilk defa gece bir hastanedeyim. Burası bana gerçeği gösteriyor. İnsanların gerçek hallerini, insanların gerçek cümlelerini, insanların gerçek gözyaşlarını... Hastaneler her şeyin kabul gördüğü tek ortammış demek, bir kadın tam şurada karşıda bir bankta oturmuş saatlerdir ağlıyor. Kimseye garip gelmiyor. Az önce biri bayıldı, garip gelmedi, sedyeyle içeri taşıdılar ama öyle sakinlerdi ki... İnsanlar gecenin 2'sinde bir yerde oturmuş çekirdek yiyorlar kimseye garip gelmiyor, çünkü ne yapılabilir ki? Beklemeleri gerekiyor. Beklemeleri gereken insanlar, bitmesi gereken ameliyatlar, saati gelecek ilaçlar var... Uykusu gelmiş doktorlar var mesela. Bankta uyuyan bir doktor gördüm. Gördüm, baktım, geçtim. Herkes gördü, baktı, geçti. Garip değil bu. Burada yaşanan hiçbir şey garip değil. Ne gözyaşı, ne kahkaha, ne uyku, ne de ölüm. Burada, tam burada, ölüm bile garip değil. *Hastane, ölümün şaşırtıcı olmadığı tek yer.*

Hastane, herkesin, her şeyin kabul gördüğü tek yer. Ve ben hastanedeyim, kendime kabul ettiremediğim durumumu başkalarına kabul ettirmeye geldim... getirildim...

"Mutlusun?" Cihan bir kez daha soru ekini kullanmadan sorar gibi kurdu cümlesini. Gülümsedim yorgun gözlerle. Üstünde yattığım için beni göremiyordu.

"Mutluyum..." diye fısıldadım, "Aslında yapmak istediğim bir sürü şey var. Cihan..."

"Deniz?" Gülüşüm yüzümde soldu, içime gelen garip bir hisle birlikte titrek sesimle konuşmaya başladım.

"Sanki çok az zamanım varmış gibi geliyor. Sanki her şeyi birkaç güne sığdırmam gerekiyormuş gibi geliyor. Ufacık hayallerim var, onları büyütmemem gerekiyormuş gibi... sadece elimdekileri gerçekleştirmem gerekiyormuş gibi..." Cihan hafifçe kıpırdandı.

"Tam şu an," dedi, "ne gibi bir hayalin var mesela?" Gökyüzüne bakıp hasta gözlerle gülümsedim.

"Lunapark." Cihan şaşkınlıkla doğruldu ve yüzüme baktı başım hâlâ onun üzerindeyken.

"Lunapark mı?"

Başımı salladım. "Hiç gitmedim... Hep dizilerde görürdüm, ya da kitaplarda okurdum. Uzaktan bile görmedim. Gerçekten her şey o kadar büyük mü?" Cihan gözlerimin içine öyle derin baktı ki bir an ruhum ruhuyla birleşti sandım. Dakikalarca cevap vermeden ayırmadı gözlerini gözlerimden. Ne olduğuna hiçbir anlam veremediğim bir sırada gözlerini kaçırdı.

"Hastaneden çıktığımız zaman söylerim seni götürürler." Omuz silktim.

"Sadece merak ediyorum, gerçekten her şey o kadar büyük mü? Bir gemi varmış, üstüne binince yukarı aşağı doğru sallanıyormuş, bunu bir dizide gördüm. İsmi gon... gon'lu bir şeydi..."

"Gondol." dedi Cihan kısaca, acı çekiyor gibi bir hali vardı.

"Heh, evet! Gondol gerçekten o kadar büyük mü? Bir de, dönme dolap gerçekten şehrin her yerini yukarıdan gösteriyor mu? Yani uçak gibi... gerçi uçak nasıl gösteriyor bilmiyorum ama... Sadece bir kitapta okudum, uçağa benzetmişler. Çok garip olmalı. Bir şeye oturuyorsun... Gökyüzüne yaklaşıyorsun... Saçların uçuşuyor... Cihan..."

"Efendim Deniz?"

Cihan'ın sesindeki titreyen tınılar beni anlık bir şoka uğrattı, anlam veremeyerek devam ettim. "Dönme dolap yukarı çıktığında yıldızlar daha büyük görünüyor mu?" Bir süre gözlerime baktı, sonra burnunu çekti ve alt dudağını ısırarak birden beni sıkıca kavradı. Ayağa kalktığında hastaneye yönelecek sandım. Ama öyle olmadı, bahçenin aşağısına, arabalara doğru yöneldi.

"Nereye?"

"Seni kaçırıyorum." dedi gülmeye çalışarak. O an donakaldım. Kalp atışlarım tavan yaptığında ne diyeceğimi bilemedim, bomboş baktım yüzüne.

"Lunaparka mı?" Sorum basit bir soruydu. Ama ses tonum bu soruyu sorarken öyle titremişti ki beni ne kadar mutlu edeceğini hissettirmiştim ona. Başını salladı.

"Lunaparka."

Başımı göğsüne yasladım. Sonra her şey bir rüyaya ulaşır gibi hızlı ilerledi, arabanın arka koltuğuna yatışım, gözlerimi kapatışım. Sessiz bir yolculuk ve araba durduğunda gözlerimi karanlık bir lunaparka açışım. Doğrulmaya çalıştığım sırada Cihan arka kapıyı açıp beni kucağına almıştı bile. Gözlerimi kırpıştırıp renkli ışıkları sönmüş, kimsesiz kalmış, bomboş lunaparka baktım. Ne kadar da bana benziyordu. Yıllarca ne olduğumu aradım durdum. Buydum ben işte, gece olduğunda terk edilen, ışıkları kapatılan, bomboş kalan bir lunaparktım ben...

"Bu saatte çalışmasını beklemek saçmaydı..." diye mırıldandım, "İstediği zaman istediğini elde eden karakterler sadece masallarda var. Şu çocuk masallarında. Her şeye inanan çocukların okuduğu masallarda." Cihan derin bir nefes aldı. "O zaman bir çocuk ol ve her şeye inan. Çünkü şu an bir masalın içindeyiz Deniz... İstediğimiz her şeyi elde edeceğimiz bir masalın içindeyiz." Kaşlarımı çattığımda Cihan'ın tam yanımızda duran şalteri kilitli şalter kutusunun camını anahtarıyla kırıp içindeki şalteri kaldırışına şahit oldum. Sonra nutkumun tutulduğu anı yaşadım. Rengârenk ışıklar birdenbire lunaparkı doldurunca nefesimi tuttum. O an çok garip bir andı. Biraz önce kendimi benzettiğim lunaparkın ışıkları rengârenk yanıyordu şimdi. Cihan sadece lunaparkın değil, benim de ışıklarımı yakmıştı. Cihan bana ışık vermişti, renk vermişti, o bana hayat vermişti...

Lunaparkın kapısı ardına kadar açılırken Cihan'ın kucağında lunaparka girmem bir oldu. Tam o sırada karşıdaki güvenlik kulübesinin ışıklarının yandığını görünce Cihan'a baktım. O ise korkmam yerine bizzat kulübeye doğru ilerliyordu. Kulübeden uzun boylu, iri yarı bir güvenlik çıkınca alt dudağımı ısırdım. Yeşilçam filmlerinden farksız bir an yaşıyorduk. Ama jönümüz kaçmak yerine tehlikenin ayağına gidiyordu.

"Buyurun?" Güvenlik sert bir tavırla sorunca Cihan tam adamın önünde durdu.

"Ben Cihan Karahanlı, Gökhan'ın bir arkadaşıyım. Kendisini arayıp uyandırmak yerine direkt buraya gelmek istedim. Çünkü gecenin bu saatinde canı dönme dolap çeken bir karım var..." Adamla gülüştükleri sırada kaşlarımı çattım. Ne oluyor şimdi? Gökhan kim?

"İsminizi çok duydum Cihan Bey. Sizi almamam Gökhan Bey'in pek hoşuna gitmez, buyurun. Siz dönme dolaba geçin, ben de çalıştırayım... Bir de keşke şalter dolabını kırmasaydınız." Gülüşüyorlar. Şaka mı bu?

"Aşk insanı bu hale getiriyor... Çok teşekkür ederiz."

Cihan kucağında benimle birlikte dönme dolaba yöneldiğinde gözlerinin içine bakıyordum bana baksın diye. Kurduğu son cümleler de neydi öyle? Tamam, yalan olduğunu, adama tamamen yalan söylediğini gayet de iyi biliyordum. Ama yine de Cihan'ın ağzından "aşk insanı bu hale getiriyor" cümlesini duymak karnımda kelebek uçurtmuştu.

"Cihan? Gökhan kim?"

Hafifçe gülümsedi. "Masalımızın kurtarıcısı..." Kaşlarım çatık bir şekilde yüzüne baktığım sırada gülümseyerek bana baktı, "arkadaşım."

"Burası onun mu?"

"Evet. Bir eğlence şirketinin sahibinin oğlu. Şirkete bağlı barlar, lunaparklar, paintball alanları, karaoke mekânları var..."

Başımı çevirip yaklaşmakta olduğumuz dönme dolaba baktım. Biz yaklaştıkça büyüyordu. Dizide göründüğünden de, kitapta anlatıldığından da büyüktü. Metrelerce yukarı uzanıyordu ve içimde hafif bir yükseklik korkusu oluşmuştu. Ama korkmak yasaktı, Cihan vardı...

Cihan beni dikkatlice dönme dolabın önümüzdeki kabinlerinden birine oturtunca kolunu bırakmadım, oturur oturmaz başım koluna yaslandı. Başımı havada tutamıyordum. Ama Cihan'ın durumdan şikâyeti yok gibiydi. Başım onun kolunda, ellerim korkudan bileklerini yakalamış, öylece dönme dolabın ışıklarına bakıyordum. O sırada Cihan'ın bana baktığını fark ettim. "Neye bakıyorsun?" diye sordum utanarak, gözlerini benden ayırmadan cevapladı. "Dönme dolabın ışıklarına bakıyorum..."

Bu bir iltifat mıydı, bana söylediği bir yalan mıydı bilmiyorum. Ama bu hayatımda duyduğum en güzel şeydi. Bana baktı, baktı, dönme dolabın ışıklarına bakıyorum dedi... Ben de ona bakıp yıldızlara bakıyorum diyeceğim. Âşık değiliz, ama muhtacız birbirimize, biliyorum. Ben hastayım, o mutsuz...

Dönme dolap birdenbire hareket etmeye başlayınca nefesimi tuttum ve Cihan'ın bileğini sıktım korkuyla. Yutkunup gözlerimi dışarı çevirdim. Karanlık gecenin altında önce ışıkları yanan lunapark oyuncaklarını gördüm. Sonra dönme dolap biraz daha yükseldi, biraz daha, biraz daha... korkudan gözlerimi kapattığımda dönme dolap birden durdu!

"Cihan! Neden durdu?" Gözlerimi açamıyordum bile, "Elektrikler mi kesildi?" Oysa dönme dolaptan gelen müzik sesini duymaya devam ediyordum.

"Hayır. Gökyüzünü izlememiz için durdu. Ama gökyüzü gözlerle izlenir... gözlerini kapatırsan yıldızları göremezsin..."

"Ama çok yüksek..."

"Deniz. Üç dediğimde gözlerini açacaksın, korkmak yasak, ben yanındayım."

"Tamam..." diye mırıldandığım an Cihan'ın huzur veren sesi konuştu. "Üç." Üçe kadar saymadan üç demesine takılmadan gözlerimi açtım. Korkuyla dudaklarımı araladım. Başımı aşağı çevirdiğimde sokakları, ışığı yanan evleri gördüm. Her şey küçücük görünüyordu. Arabalar parmaklarım kadardı. İnsanlar öyle minik görünüyorlardı ki korkuyla başımı aşağıya bakmaktan kaçmak için yukarı kaldırdım. Sonra gökyüzüyle göz göze geldim. Yıldız doluydu gökyüzü. Yıldızların çokluğu felaket getirir derler... Ama ben öyle mutluydum ki, belki de benim felaketim mutlu olmaktı.

"İyisin?" dedi Cihan.

"İyiyim." dedim, "Çok iyiyim... çok mutluyum... Cihan?"

"Efendim?"

"Tokamı çıkarır mısın? Saçlarımı salmak istiyorum, hava rüzgârlı, yüzüme çarpmalarını özledim." Cihan anında gözlerini kırptı, ben başımı çevirdiğimde saçlarımdan tokamı yavaşça çıkardı, sonra bir an eli saçlarımda donup kaldı... Kıpırdamadan öylece durdu.

"Ne oldu?" diye sordum. Cevap gelmeyince başımı ona doğru çevirmeye çalıştım ama beni durdurdu.

"Dur..."

"Bir şey mi oldu? Cihan? Ne oldu?" Beni durdurmaya çalışsa da o an korkuyla başımı kaldırabildim, ona baktım korkan gözlerle.

"Ne oldu?" diye bağırdım. Beni kollarımdan tuttu, kendine doğru çevirdi sakinleşmem için sıkıcı tuttu beni.

"Sakin ol…"

"Ne oldu?"

"Deniz, şimdi beni sakince sessizce dinle. Bak, sana olacaklar anlatılmıştı. Her şeyin farkındaydık, biliyorduk, bekliyorduk. Şu an bir dönme dolabın üzerindeyiz, burada kendini üzmene, mahvetmene izin vermeyeceğim… Kendini gökyüzünde üzmene izin vermeyeceğim…" Gözlerimden yaşlar akarken hıçkırmak için tek bir cümle kurmasını bekliyordum, tek bir cümle.

"Söyle…" diye yalvardım, "Mahvoldum zaten… ben mahvoldum… söyle de daha çok mahvolayım! Cihan… söyle…"

Kollarımı tutan ellerinden birini kaldırdı, yavaş yavaş saçlarıma götürdü, elini saçlarımda dolaştırdı ve yavaşça gözümün önünde tuttu elini. Bakakaldım. Öylece bakakaldım elinde tuttuğu saçlarıma. Gözümün önüne annemin beni bırakırken saçlarımdan öpüp "ömrün saçların kadar uzun olsun yavrum…" deyişi geldi. Sonra gözlerimi kırpıştırdım ağzımdan hıçkırıklar, gözümden yaşlar çıkarken. Elimi kaldırdım saçlarıma götürdüm ağlaya ağlaya çektim saçlarımı… sağı çektim, solu çektim, üsttekileri, alttakileri, ortadakileri… saçlar biriktikçe kucağıma koydum, sonra daha çok birikti, sonra daha çok… Beni tutmaya çalışan Cihan'a "Bırak!" diye bağırıp devam ettim. Ağlamaktan ölmek üzereydim. Yorgundum… mahvolmuştum… yüzümü kopmuş binlerce tel saçımın üstüne, kucağıma koydum bağıra bağıra ağlayarak…

Başımda Cihan'ın elini hissettim. Kalan saçlarımı okşadığını hissettim…

"Dokunma... bana bakma..." Eliyle yüzümü kaldırdı, gözlerim gözlerine denk gelecek şekilde tuttu yüzümü.

"Sana bakmıyorum," dedi gözleri gözlerimdeyken "yıldızlara bakıyorum..."

"Yapma Cihan... bakma bana... lütfen..." Yüzümü çekmeye çalışsam da eli beni bırakmıyordu. O beni ona bakmaya zorladıkça gözlerimi kapattım.

"Senin saçların ölmedi Deniz. Yıllarca nasıl uzadıysa uzamaya devam edecek. Saç kimseyi güzelleştirmez, hiçbir şeyi örtmez, kimseye mutluluk vermez. Saçlarının eli kolu yoktur, onları kaybetmek sana hiçbir şey kaybettirmez. Bak, ben görebiliyorum, burada, saçlarının devamı var... kafanın içinde... onlar dışarı çıkmayı bekliyorlar. Kafanın içine kötü düşünceler yükleyip içerideki saçlarını üzme. Bırak şu saçlarını gökyüzünün karanlığına at gitsin... Bu saçlar senin geçmişin! Sen geçmişinden kaçmadın mı bunca yıl? Al işte, istediğin oldu, geçmişin bıraktı gitti seni. Şimdi sen de onları bırak gitsinler... Kes ağlamayı. Aç gözlerini, seni gökyüzüne kadar getirdim. Sadece mutlu ol diye... sadece gül diye... Seni üzen ne varsa gökyüzüne bırakıp yeryüzüne öyle in diye..."

Gözlerimi yavaş yavaş araladım. Önce Cihan'ın gözlerine baktım. Sonra başımı eğdim, kucağımdaki geçmişime baktım. Ellerimle tuttum saçlarımı, elimi kaldırdım yavaş yavaş... saçlarımı dönme dolaptan bıraktım tutam tutam... geçmişimi bıraktım, uçup gidişini izledim.

Bu gece, hayatımın en önemli gecelerinden biriydi belki de. Hatta ikincisi. İlki annem ve babamın beni bırakıp gittikleri geceydi. İkincisi de bu gece işte. O karanlık günleri bir dönme dolaptan aşağı attığım gece. Ben bu gece bir dönme dolaba bindim. Ben bu gece yıldızları yakından gördüm. Ben bu gece gökyüzüne dokundum. Gökyüzüne yaklaştım, gökyüzünü hissettim, gökyüzüne dokundum... Çünkü artık gökyüzünün çok daha önemli bir yeri var benim hayatımda. Çünkü ben ona bir parçamı verdim. Ben onda bir parçamı kaybettim. *Ben saçlarımı gökyüzünde kaybettim...*

24. Bölüm
Bu da Benim Vedam…

Dönme dolaptan yere inmek cennetten düşmek gibi.
Çünkü bana göre cennet, gökyüzünün ta kendisi. İnsan bazı anlarda, çok mutlu olduğu bir yeri bırakırken mesela şairleşebiliyor. Ben gökyüzünü bırakırken şairleştim sanki, acaba gökyüzü kuşların cenneti midir? Acaba kuşlar gökyüzünden inip yere her konduklarında şairleşirler mi, acaba kuşlar da şiir yazar mı, acaba kuşlar da içlerinden konuşur mu? Bir kere gökyüzünde olduğunu hissedince, yere ayak basmak artık yere inmek olmuyor, yere konmak oluyor. Biz, Cihan ve ben gökyüzü yolculuğumuzun ardından yere konar konmaz aciz gözlerle döndüm ona. Bana o kadar derin bakıyordu ki bana bakmasını istemedim. Elimi uzattım, gözlerini elimle kapattım. Saçlarımın dökülmeye başlamış, çoğu yeri kel kalmış, yolunmuş şu haliyle beni görmesini istemiyordum. Bana bakmasını istemiyordum, beni görmesini, gözleri kapalıyken benim hakkımda düşünüp görüntümü gözlerinin önüne getirmesini bile istemiyordum. Ben artık görülmek, bakılmak, düşünülmek, hayal edilmek, akla getirilmek istemiyordum. Ben yok olmak istiyordum. Gecenin bu vaktinde benim yanımda olabilecek tek insan Cihan'dı, elimde olsa isterdim ki annem babam gibi

o da bir gece yarısı bıraksın gitsin beni... Çünkü insan kendine dair sevdiği tek şeyi kaybedince yok olmak istiyor. Ben artık kendimi sevemem, Cihan'ın da beni sevebileceğine ihtimal vermiyorum. Sevginin güzellikle ilgisi olmadığını orada burada her yerde söylediler, her yerden duyduk, her yerden duyurdular. Ama hayır. Benim için, tam şu anda her şey o kadar zor ki.

Ruhum saçlarımla birlikte özgüvenini öyle çok kaybedip öyle aciz bir hale geldi ki ben artık Cihan'ın beni sevebileceğine inanmıyorum. Belki hayatta kalmak için son umudum Cihan Karahanlı'nın beni sevmesiydi, beni üstüme gelmek üzere olan trenden elimi tutup çekerek kurtarmasıydı, ama artık buna inanmıyorum. Beni sevemez, beni sevmeyecek. Ben sevilmeden öleceğim. Ama aciz halimi ona belli etmeyeceğim. Ölüme yaklaştığımı kabul ediyorum. Bu hastalık bana ağrılar verirken, acı çektirirken her şeyin bu kadar çabuk olacağını düşünememiştim. Kaç gün oldu ki daha... ne kadar zayıfsam, ne kadar güçsüzsem saçlarımı kaybedişim beni öyle bir hale getirdi ki ne hissettiğimi tahmin edemezsiniz. Kanım vücudumu terk etmek istiyor. İçinde ters giden ne varsa atmak istiyor dışarı. Göğüslerimi söküp atmak istiyor vücudum. Belki de olacak olan budur, onları da kaybederim saçlarımla birlikte ve ben biraz daha eksik ölürüm.

Bir kanser hastasının bu halini görsem onu kollarından tutar kendine getirmeye çalışırdım. Ona derdim ki saçmalama! Saçlarını kaybetmenin neresi üzücü? Yenileri çıkacak, çok daha güzel çıkacak... Hadi ama! Göğüslerini kaybetmek neden üzücü olsun! Bir sürü yolu var o göğüsleri geri getirmenin, bir sürü estetik ameliyatı var! Üzme kendini. Evet. Aynen böyle derdim. Ama gerçek şu ki, bunu ne kadar başkasına söyleyebiliyorsan o kadar kendine inandıramıyorsun. Çünkü bunlar senin saçların. Senin ailen. Annen yokken yanında olan saç tellerin. Baban yokken koklayarak uyuduğun saç tellerin. Onlar giderse, ben de giderim... Olayı fazla dramatize ettiğim yok. Geleceğim belli değil, her şeyimi kaybettim, kayıplarım bitmek yerine artıyor. Ve tekrar ediyorum... hiç bu kadar ölüme yakın hissetmemiştim.

"Gözlerimi elinle kapatırsan seni kucağımda taşıyamam." dedi Cihan alayla.

"Bırak beni..." diye fısıldadım birden gözlerim dolu dolu. Elim Cihan'ın gözlerinde, sesim titriyor.

"Ne?"

"Cihan, bırak beni. Kucağından indir, buraya, yere bırak... git..." Başımı çevirdim, bir kelebeğin uçup yere konduğunu gördüm. Onun gibi olmak istedim.

"Şu kelebek gibi..." dedim, "Yere bırak beni. Yere konmak istiyorum." Cihan beklemediğim bir şekilde bacaklarımın altındaki elini bıraktı, sonra eğildi beni yavaşça ama öfkeyle yere bıraktı. Kaşlarım çatık korkuyla onu izliyordum, öfkeden deliye dönmüş gibiydi.

"Oldu mu?" diye sordu. Şaşkınlıkla baktım yüzüne, bir yanımdaki kelebeğe baktım, bir ona.

"Deniz, sen ölmek istiyorsun."

"Ben tabii ki öl..."

"Sen... Ölmek. İstiyorsun." Burnunu sertçe çektikten sonra alt dudağını ısırdı ve öfkeyle devam etti, "Sen ölmüyorsun, sadece hasta oldun! Bu herkesin başına gelebilir, herkes hasta olabilir. Ufak hastalıklar, büyük hastalıklar, genetik hastalıklar, kazalar, kalıcı hastalıklar, psikolojik hastalıklar, bir sürü hastalık var! Sen. Hasta. Oldun. Bu kadar basit. İyileşmek kelimesinin zıttı nedir biliyor musun? Hastalanmaktır. Sen hastalanmadan iyileşemezsin zaten. Ve hastalandın, eline iyileşmek için bir fırsat geçti. Saçlarına ağlıyorsun, hastalığına ağlıyorsun, kelebeğe ağlıyorsun. Yere bırak beni git diyorsun. Sen delirdin mi?"

Yere doğru eğildi ben gözyaşlarıma engel olamazken, elini çeneme koyup titreyen yüzümü kendi yüzüne çevirdi, gözleri dolmuştu. Hayatımda ilk defa ağlamak üzere bir erkek görüyordum.

"Ben..." diye fısıldadı titreyen sesiyle, "seni nasıl bırakayım... sen kelebek değilsin ki..."

Hayatımda bir sürü an oldu, bir sürü kilit noktası, bir sürü hatıra, bir sürü dönüm noktası. Her nokta ağlattı beni. Ama şu an, tam şu nokta hayatımda ağlayamadığım kadar ağladığım tek nokta oldu. Kollarımı uzattım, oturduğum yerde ona onun canını acıtacak kadar sıkı sarıldım ve hıçkıra hıçkıra, bağıra bağıra ağladım.

"Cihan ben öleceğim..." dedim gözyaşlarımın arasından. Boynuna sarılı kollarıma dayanarak beni kucağına aldı. Arabaya doğru yürürken ağlamaya devam ediyordum. Öleceğimi sayıklaya sayıklaya ağlıyordum. Çok korkuyordum. Her an ölüme bu kadar yakın olmaktan çok korkuyordum...

Sonrası hayal meyal, gözyaşlarım, arabaya binişim, yol boyunca ağlayışım. Cihan'ın kucağında öleceğimi sayıklayarak hastaneye girişim, odaya çıkışım, hemşirelerin bağırışlarımı duyup koşuşturmaları, Cihan'ın çaresizliği, koluma saplanan iğne, uyuştuğum o an... Morfin. Bana verilen şey morfin. Diğer adıyla acı kesici. Acımı kesiyorlar, beni hissizleştiriyorlar, uykum geldi... çok uykum var...

Gözlerimi açtığımda duvardaki saatin 08.34 olduğunu gördüm. Gözlerim Cihan'a kaydı. Karşı koltukta öylece beni izliyordu. Gözlerimi açtığımı görünce koltuktan fırlayıp başımda buldu kendini.

"Deniz," diyerek yutkundu, "iyisin?" Başımı sallamaya çalıştım...

"İyiyim..."

"Gece boyunca serumlar, iğneler, saatlerdir uyuyorsun... Ama şimdi daha iyi görünüyorsun. Sana yemek getirmelerini söyleyeyim..." derken duyduğum 'yemek' kelimesiyle birlikte öğürmem bir oldu. Bu seferki sadece bir öğürme değildi. Gururumu, midemi, benliğimi Cihan'ın önünde siler gibi kustum. Kendi üstüme kustum. Cihan beni orasına burasına hiçbir şey bulaşmasını umursamadan kucakladığı gibi odanın banyosuna soktu. Klozete doğrultmadı, küvete yatırdı beni. Kusmaya devam ediyordum. Suyu açtığı an korkuyla titredim, ama elini elime koyup küvette tuttu beni. Su yavaş yavaş ılıklaşırken acı içinde ağlıyordum. Üstümdeki hastane elbisesinin ipini ağır ağır çözdü. Onu üstümden çıkarırken elini tuttum.

"Yapma..." dedim, beni çıplak görmesini istemiyordum. Ama tereddüt bile etmedi. Çekti çıkardı. İtiraz edebilecek ya da bunu düşünebilecek bir halde değildim. Kendimi ona bıraktım. Gözlerimi kapattım, gözyaşlarım suyun altında kaybolurken lif olmayan bu hastane banyosunda Cihan Karahanlı'nın beni elleriyle yıkamasına izin verdim.

Elleri omuzlarımda dolaştı, kollarımda, göğüslerimde, karnımda, bacaklarımda... Elleri şampuanlanıp olmayan saçlarımda dolaştı. Ben de isterdim ipek gibi saçlarıma dokunsun, ipek gibi upuzun saçlarımı yıkasın. Ama olmadı. Vücudumu durularken kalbimin atış hızı heyecandan değildi, bir şeylerin ters gittiğini biliyordum. Gözlerimi açtım suyun altında, öylece sessiz sakin Cihan'a baktım.

"Eğer çok yakın zamanda ölürsem…" diye fısıldadım, "bil ki bu hayatta biraz daha kalsaydım sana âşık olurdum Cihan Karahanlı. Bunu hiç unutma."

Cihan cevap vermeden ellerini vücudumda dolaştırmaya devam ederken gülümsemeye çalıştım, elimi elinin üzerine koydum, "karşılıksız olsa da…" diye fısıldadım. Derin bir nefes aldı. Başını kaldırdı, dimdik baktı yüzüme.

"Eğer çok yakın zamanda ölürsen…" diye fısıldadı, "bil ki bu hayatta biraz daha kalsaydın sana âşık olurdum Deniz. Sen ölmeyeceksin…" diye ekledi ve devam etti, "ve ben sana âşık olacağım."

Bu cümlenin imkânsızlığına gülümsedim, Cihan suyu kapatıp beni bir havluya sardı, kucağına aldı ve yatağıma yatırıp üstümü örttü. Başka bir havluyla başımı ve yüzümü kuruladığı sırada odanın kapısı açılınca korktum. Kimsenin beni böyle görmesini istemiyordum. İçeri giren Murat Karahanlı'ydı, Cihan'ın babası ve annesi. Birlikte odaya girdiklerinde bu halime hiçbir tepki vermediler. Gülümseyerek girdiler içeri.

"Nasılsın Deniz, kızım?" Başımı sallamaya çalıştım.

"İyiyim…"

"Seni çok merak ettik, dün gece hastaneye geldik ama burada değildiniz. Bu arada Nehir ve Bora'nın çok selamı var. Gelmek istediler ama Aylin'i yalnız bırakmak istemediler. Dün gece göremeyince bu sabah uğrayalım dedik. Doktorunla konuşup oradan buraya geldik. Doktorun bir şeyler söyledi… tedavinle ilgili. Houston'da bir hastane varmış, acil olarak oraya nakledilirsen tedavin orada iki katı hızlı ve çok daha iyi bir şekilde ilerleyebilirmiş. Cihan'la telefonda konuştuğumda kabul etti, sana söz hakkı tanımasa da yine de sana sormak istedim." Gözlerim Cihan'a kaydı. Bana bakmıyordu, çünkü olumsuz konuşmamdan korkuyordu.

"Ben…" diye mırıldandığım an garip bir şey oldu. Kaşlarımı çattım. Gözlerim bulanıklaşmaya başladığında, görüş alanım azaldığında korkuyla Cihan'a bakmaya çalıştım. Baş dönmemle birlikte gözlerimi kapattığımda kalbimin hızının arttığını hissettim. "Cihan…" diye fısıldadım, "iyi değilim…"

"Deniz! Baba doktoru çağır!" Cihan elimi tuttuğunda, titremeye başladığımı hissediyordum.

"Cihan bana söz ver Aylin'i bırakmayacaksın, yalvarırım onu tek bırakma lütfen sana yalvarıyorum!" Konuşamıyordum. Titremekten konuşamıyordum. O kadar üşüyordum ki baş dönmemle birleştiği zaman içinde bulunduğum hal ölümden beterdi.

"Ölmeyeceksin, hiçbir yere gitmeyeceksin Deniz. Yaşayacaksın. Sana sadece bunun için söz verebilirim… Duydun mu beni?"

"Deniz duydun mu beni?"

"Cihan oğlum kendine gel!"

"Ölmeyeceksin… Sana âşık olacağım Deniz kendine gel!"

"Doktor nerede? Anne bir şey yapsana! Anne ölüyor!"

Aşk-ı Memnu'nun veda bölümünü bilirsiniz. Herkes bilir. O gece Türkiye'nin sokaklarının en boş olduğu geceymiş, gazetede okumuştuk yurttakilerle beraber. Veda bölümünü de birlikte izlemiştik. O bölüme final demediler, veda dediler. Çünkü o bölüm Bihter'in veda bölümüydü. Herkes haberdar oldu, herkes izledi, herkes biliyordu. O an keşke demiştim içimden, bir gün ben veda edersem, ölürsem eğer keşke benim vedamı da herkes izlese. Mümkün olmadı. Her gün ölen yüzlerce kelebek gibi, kimsenin görmediği bir yerdeyim. Sevmek üzere olduğum adamın gözleri önünde, bağırışları altında, yumrukladığı duvarların arasında. Koşuşturmalar var, insan sesleri, vücuduma saplanan iğneler.

"Acilen ameliyathaneyi hazırlayın!"

Bu beni iyileştirir mi doktor? Ben yıllar önce hastalandım, annem beni bıraktığında geçmeyecek bir hastalığa yakalandım. Keşke annem beni bırakır bırakmaz acil ameliyathaneyi hazırlatsaydınız, yıllarca acıyacak yerlerimi iyileştirseydiniz. Keşke annem bir doktor olsaydı, yine beni bırakıp gitseydi ama dönüp dolaşıp onun kollarında ölseydim. Keşke annem ölümümü görseydi. Keşke yaşattığı canlının ölümünü görseydi, görseydi de kahrolsaydı. Keşke anneme tek bir cümle kurma şansım olsaydı. Keşke karşıma geçseydi, bana özür dilerim deseydi, yalvarsaydı, ben de ona seni sevmiyorum anne deseydim.

Seni sevmiyorum anne.

Seni sevmiyorum anne.

Seni sevmiyorum anne.

Seni…

Seni…

Keşke böyle olmasaydı anne… keşke beni bırakmasaydın anne… keşke beni sevseydin, keşke bana sarılsaydın, keşke beni korusaydın, keşke bunları yapmana rağmen hâlâ seni sevmeseydim anne... Allah kahretsin anne, seni seviyorum... Benim kaderimi sen çizdin. Saçlarımı öpüp ömrün saçların kadar uzun olsun dedin, beni gönderdiğin yerde her ay saçlarımı kestiler anne. Ömrümü kestiler. Beni sen öldürdün anne. Ben eminim, her neredeysen çok mutlusundur. Aşk-ı Memnu'nun vedasını aynı anda farklı yerlerde izlemişizdir, Bihter'e ağlamışsındır. Bak anne, bu da benim vedam. Bu da senin kızının vedası. Keşke görsen anne. İçinde öyle derin bir boşluk açılsa ki ana rahmine ne kadar bebek düşerse düşsün içini dolduramasan. Beni sen öldürdün. Beni bu hayattan sen gönderdin, âşık olacağım adamdan sen ayırdın. Şimdi keşke... keşke sen de benimle gelsen.

Uyuştuğumu hissediyorum. Sesler durdu, hareketler durdu, görüntüler yok, hayat ağacıma bağlı olduğum ipim yavaş yavaş kopuyor, hissediyorum. Aklımda Cihan, aklımda Cihan'ın hayali. Bana ölmeyeceğime dair söz verişi... Özür dilerim Cihan, sana sözünü tutturamadım. Bak, orada kahrolduğunu biliyorum, ama içinde hala umut var, ne güzel için var senin... Keşke anlasan, ne benim hayatımda, ne yazılmış kaderimde umut var benim. Bu bir gidiş Cihan. Bu geri dönüşü olmayan bir gidiş. Ben gidiyorum. Rüyalarına gelirim, bana "iyisin?" dersin, "iyiyim..." derim. Ben tırtıldım, kelebek oldum, ölüyorum. Bir kelebeğin ölmesini durduramazsın. Cihan Karahanlı her şeyi yapar, ama buna gücü yetmez. Bana seni nasıl bırakayım sen kelebek değilsin ki dedin ya. Bak öyleymişim! Şimdi bırak beni buraya, tam buraya... belki kelebeklerin ruhu da gökyüzünde uçabiliyordur diye düşünür mutlu olurum ben. Hoşça kal Cihan.

* * *

(Yazar'ın Anlatımıyla)

Şehirlerin birinin ilçelerinin birinde, hastanelerin birinin koridorlarının birinde yakışıklı bir şövalye yaşarmış... Bu şövalye motosikletiyle diyar diyar dolaşmış da kendine aşk bulamamış. Günlerden bir gün birini getirmişler önüne, onu koru demişler ve korumak için elinden geleni yapmış şövalye. Düşmanlarla savaşmış, kılıcını çekmekten çekinmemiş. Çünkü ona koruması için getirdikleri kız öyle güzel öyle narinmiş ki kılına zarar gelsin istememiş. Ama ne yaptıysa olmamış. Düşmanlarından biri arkasından dolaşmış, arkasına sakladığı sevdiğini alıvermiş ondan. Çaresizmiş şövalye, bekliyormuş. İçinde hâlâ bir umut varmış. Çünkü âşık adamlar hep öpermiş ya hani, şövalyelerin umudu da hiç tükenmezmiş...

"Cihan, kendine gel oğlum... bak ameliyat daha bitmedi, baban doktorla konuşmaya gitti. Ben inanıyorum Deniz! Doktor geliyor!" Cihan Karahanlı telaşla, korkuyla ve aynı zamanda umutla ayağa kalktı. Doktorun yüzünden bir şey anlamaya çalışmadı. Çünkü anlayacağı şeyin onu mutsuz edeceğinden korkuyordu. Ama bakmasa da, anlamaya çalışmasa da gerçek onu zaten bulacaktı. Doktor önce Cihan'ın babasına baktı tereddütle. Murat Karahanlı doktora kaşlarıyla Cihan'ı işaret edince doktor, Cihan'a döndü. Cihan Karahanlı'nın acısının başlangıcı her romanda olduğu gibi uzun uzun olmadı. Uzun uzun açıklama yapmadı kimse ona. İki kelime duydu sadece, gerisini o da hatırlamıyor zaten,

"Onu kaybettik."

25. Bölüm
Asıl Hikâyenin Başlangıcı...

Cihan Karahanlı'nın acısının başlangıcı her romanda olduğu gibi uzun uzun olmadı. Uzun uzun açıklama yapmadı kimse ona. İki kelime duydu sadece, gerisini o da hatırlamıyor zaten: **"Onu kaybettik."**

Asırlar boyunca milyonlarca insan doğdu, asırlar boyunca milyonlarca insan öldü. Asırların geçmesi, binlerce yılın, ayların, haftaların günlerin geçişi, her biri yeni bir insanın doğum tarihi oldu ama her biri eski bir insanın ölüm tarihi de oldu. İnsanlar her zaman yeni insanın doğumunu hazırlıklı olarak, anlayışlı olarak, mutlu olarak karşıladı. Çünkü aralarına yeni bir insan katıldı, yeni bir ses, yeni minik eller, yeni yetenekler, yeni beyinler, yeni kalpler... Orada dur. Yeni kalpler... Kalp ne güzeldir, bilir misiniz, kalpler arttıkça güzellik arttı. Kalbi olan her insan güzelliği arttırdı bu dünyada. Ama ölüm? Seslerin susuşu, ellerin donakalışı, yeteneklerin sönüşü, beyinlerin donuşu, kalplerin son atışı... Kalplerin... son... atışı... Güzel kalpler, dünyayı güzel yapan kalpler son kez atıyor, bir düşünsenize. Hayatınıza bir insan giriyor. Dudaklarının arasından çıkan cümleler öyle güzel ki, anlattığı hisler, düşünceleri, bakışları öyle güzel ki içiniz titriyor. Kalbine dokunmak istiyorsunuz, uzatıp elinizi kalbinin içine sokmak istiyorsunuz. Kalbinin için-deki güzelliklerin hepsini kendi kalbinize dökmek istiyorsunuz. Çünkü siz içiniz güzel olsun istiyorsunuz. Elinizi kalbine yeni yeni dokundurmuşken, onun kalbini yeni yeni keşfediyorken bir gün geliyor, dokunduğunuz kalp atmayı bırakıyor. *"Daha elime alacaktım,"* Alamazsınız, o kalp durdu, *"Daha içindeki güzellikleri kendi kalbime dökecektim!"* Dökemezsiniz, o kalbin içinde güzellik kalmadı. Zira bakarsanız, ortada kalp denen bir şey de kalmadı. Bir kalbin asıl varlığı içindeki ruhani güzellikle birlikte gelir. Bir kalp durursa, içindeki ruh uçup giderse, ortaya bir et parçasından başka bir şey kalmaz. Şimdi elinizi çekin o et parçasından. Sizi hayata bağlayan güzellik dolu ruh uçup gitti, hem de nereden biliyor musunuz... *sizin ellerinizin arasından.*

Deniz Akay. Cihan Karahanlı'nın haftalardır beyninin için-de tekrar ettiği o isim. Deniz Akay. Bir isim, bir soyadı ama bir insandan fazlası. Cihan için duran bir kalp, ellerinin arasından uçup giden bir ruh. Üstünden haftalar geçse de Cihan'ın için-deki acı her geçen gün içine odun atılan ateşe döndü. Cihan'ın acısı büyüdü, büyüdü, Cihan'ın acısı büyüyor. Kelime anlamı olarak cihan dünya demek, bilirsiniz. Dünya denizlerini kaybe-derse ateş her yanını sarar ve Cihan, Deniz'ini kaybetti... Daha büyük bir acı olabilir mi?

Haftalardır kesmediği sakallarıyla, asker tıraşını haftalar önce olmuşken uzamış kızıl-kahve saçlarıyla, baygın bakan ela gözleriyle bir acı abidesini andırıyordu. Tam şu an, oturduğu kaldırım taşında portresi çizilse tarihte "acı çeken adam port-resi" olarak yer alırdı. Evlerine girmek istemiyordu, içeride oy-nayan sürekli Deniz'ciğinin ne zaman geleceğini sorup duran Aylin'in sesini duymak istemiyordu. Deniz'in uyuduğu yatağı görmek istemiyordu. Birlikte bindikleri motosikletine dokunmak istemiyordu. Ona onu hatırlatan kimseyi görmek, duymak, bilmek istemiyordu. Cihan tek başına simsiyah, karanlık bir odaya kapatılmak istiyordu. Deniz'i bir tabutun içine koyup karanlığıyla baş başa bıraktıkları gibi onu da kapatsınlar, karanlığıyla baş başa bıraksınlar istiyordu.

Bu aşk değildi belki. Bu sevgiydi. Cihan âşık olmasa bile Deniz'e her baktığında küçük bir kız çocuğu görür gibi olmuştu her zaman. Çünkü Deniz çocukluğunu yaşamaya muhtaç bırakılmıştı. Ve Cihan, amaçladığı gibi ona çocukluğunu yaşatamadan kaybetmişti onu...

"Cihan... Akşam yastıkla örtü verelim de kaldırımda yat istersen?" Bora Karahanlı bütün abi tavrıyla her gün Cihan'ın yanında olmaya çalışmıştı. Ama Cihan üstüne çöken karamsarlıktan kurtulamıyordu. Dudaklarını aralayıp tek kelime etmiyordu. Kurtulması gereken bir labirentin içine sıkışmıştı, kimseye kurtar beni diyemiyordu. Bir ateşin ortasında kalmıştı, elleri kolları kalbi yanıyordu, kimseye al beni bu ateşin ortasından diyemiyordu. O istiyordu ki denizinin dalgaları söndürsün ateşini...

"Yine mi cevap vermeyeceksin? Yine mi konuşmayacaksın benimle?" Bora Cihan'ın yanına kaldırıma oturunca uzaktan kaldırıma dikilmiş iki heykeli andırıyorlardı. İkisinin de yüzlerinden mutsuzluk akıyordu. Bora Cihan'ı toparlamak için her şeyi yapmaya razıydı. Ama Cihan'ın kıpırdayacak hali yoktu.

"Sen âşık mıydın bu kıza? Daha birkaç hafta önce istemiyorum diyordun. Abi babamla konuş demedin mi bana? Bu evliliği iptal etsin demedin mi? Düğünden kaçmayı düşünen sen değil miydin Cihan? Ne oldu şimdi?"

Cevap yok.

"Seni anlıyorum. Aynı olayı ikinci yaşayışın, bu yüzden ağır geliyor. Ama Nergis farklıydı. Sen Nergis'e âşıktın. Onun acısı bile bu kadar uzun sürmedi. Deniz gittiğinden beri bitkisel hayatta gibisin... Ağzını açmıyorsun şu hale bak. Cihan... bak ben senin abin sayılırım. Sen böyle durdukça içim acıyor benim. Sana yardım etmeme izin ver. İyi olmanı istiyorum. Hadi... konuş benimle..."

Bir olayın acısını haftalarca içinize atarsanız, o acı içinizde büyür. Acınızı kimseye anlatmazsanız sustuğunuz her kelime içinize yük olur. Cihan öyle çok susmuştu ki içinde kelimelerinin üst üste dizilişi bir dağ oluşmuştu sanki. Şimdi konuşmaya ihtiyacı vardı ama. O dağı düzlüğe indirmeye ihtiyacı vardı.

"Abi..." dedi titrek sesiyle, "götür beni buradan."

Sonrası bir film şeridi gibi. Bora'nın arabasına binişleri, Murat Karahanlı'nın camdan onları izleyişi. Aylin'in Nehir'e Deniz'i istiyorum diye ağlayışı, çiseleyen yağmurun Bora'nın araba camlarına vuruşu...

"Nereye gidelim?"

"Sür abi... denize doğru..." Deniz'e doğru sürüyorlardı. Yağmurdan kaçarken denize tutulmaya gidiyorlardı. Bora biraz da olsa rahatlamıştı. Çünkü biliyordu, saatler sonra bu şehirden çıkıp en yakın deniz kıyısına ulaştıklarında Cihan konuşacaktı. Ona duygularını anlatacaktı... Bu şehirde deniz yoktu, bir tek Cihan'ın Deniz'i vardı, o da gitmişti. Bu şehre deniz fazlaydı sanki...

3 saatlik sessiz yolculuğun sonunda Bartın'a ulaştılar. Yağmur, şehirleri geçtikçe artıyordu sanki. Bartın'a, deniz kenarına

ulaştıklarında dışarıda durulamayacak kadar yağmur vardı. Gök gürlemeleri, şimşekler, birbirlerinin seslerini bile duymaları imkânsızdı. Bora Cihan'a arabada konuşmayı önerecekken Cihan umursamadan arabanın kapısını açtı, indi aşağı. Arabadan dışarı attığı ilk adımda sırılsıklam olmuştu bile. Yağmur yağmıyordu sanki, bir şelalenin altında duruyorlar gibiydi. Bora da kardeşi gibi gördüğü Cihan'ı yalnız bırakacak değildi. Önce yağmuru düşündü. Sonra içinden "siktir et..." diye mırıldanıp indi arabadan aşağı. Cihan denizi izlerken tam yanında durdu. Yüzüne baktı, sonra denize baktı. Sanki Deniz'i görür gibi izliyordu denizin dalgalarını Cihan. Yağmurun deniz suyuyla birleşimi, çıkardığı ses... huzur verici miydi bilinmez ama Cihan Karahanlı'yı hüzne boğduğu belliydi.

"Anlat," dedi Bora sırılsıklam bir halde, "âşık mı oldun?"

"Bilmiyorum," Cihan'ın sesi çaresizdi. Cihan sesinin bedene dönüşmüş haliydi, Cihan komple çaresizdi... Kaşlarını çattı, gözlerinin yandığını hissederken hislerini anlatan tek bir cümle çıktı dudaklarının arasından, "Her şey ismimi ilk kez söylediği anda başladı. Uzun uzun baktı, sonra Cihan dedi bana. Abi... dedim ki, benim ne güzel ismim varmış..."

Bora cevap bile vermeden Cihan konuşmaya devam etti. Bir kere başlamıştı haftalardır içinde tuttuğu duygularını anlatmaya. Nasıl susardı şimdi.

"Ben onunla bir sürü şey öğrendim. Hani sen Nergis farklıydı ona âşıktın diyorsun ya. Nergis hiçbir şeymiş... Deniz'le bir bütün bile olamadık belki ama kalbi çok güzeldi abi. Bana anlattıkları, hayalleri, hisleri, duyguları, kurduğu cümleler..."

Titriyordu. Tir tir titriyordu. Sırılsıklamdı, üşüyordu ama umurunda değildi, devam etti. "Sana hangi birini anlatayım ki ben şimdi. Ben… Çocukluğunda kendini büyük görüp oyuncak kamyonla oynamayan ben, dönme dolaba bindim onunla. Mutlu olsun diye, gülsün diye. Bir insanın hayatı bu kadar mı mutsuzluk odaklı olur! Dönme dolaba bindik, en yukarı çıktık, gökyüzündeyiz dedi bana… Elimi saçlarına götürdüm. Saçları elimde kaldı. Sen bunun acısını tahmin edebiliyor musun? Saçları elimde kaldı… saçlarını okşamak istedim, saçları elimde kaldı… Hayatımda yaşadığım en çaresiz anları onunla yaşadım. Unutamıyorum ya. Kimseye anlatmadım duygularımı, kimseye anlatamadım, saçlarının elimde kalışını unutamıyorum. Annesinin ona kurduğu bir cümleyi söylemişti bana. Ömrün saçların kadar uzun olsun demiş. O an o cümle geldi aklıma. Elimde kalan saçlara baktım, ona baktım. Saçlarına ihtiyacı yoktu ki… çok güzeldi abi… Ama anlatamazdım ona. Bak senin ömrün benim elimde kaldı ama senin buna ihtiyacın yok diyemezdim. Bir insanın ömrü benim ellerimde kaldı. Ömrünü de saçlarını da gökyüzüne bıraktı… Çocuk gibiydi ya, bebek gibiydi. Son günlerde o kadar hastaydı ki zaten gittiğimiz her yere kucağımda götürdüm onu. Bir gün yıldızları izledik birlikte. Yıldız kaydı, bana dilek tutmayı bilmediğini söyledi. Ben ona dilek tutmayı öğrettim… Saatler sonra yerde bir kelebek gördü. İndir beni dedi, bu kelebeğin yanına bırak git beni. Beynimin içinde her bir cümlesi dolaşıyor, her bir cümlesi kurduğu her bir kelime hece hece beynimin içinde yankılanıyor. Hayatımda duymadığım cümleler duydum. Ona dedim ki, sen kelebek değilsin ben seni nasıl bırakayım… Ne oldu şimdi? Bıraktım. Bak yok! Yok… gitti… bıraktım ben onu… Kelebek değilsin sen dedim, seni bırakmayacağım dedim, gitmeyeceksin dedim. Kelebekmiş, gitti…"

Cihan Karahanlı ağlar mıydı? Cihan Karahanlı'nın gözlerinden yaşlar akar mıydı? Sert adamlar yağmurda ağlardı belki de, kimse görmesin, anlamasın diye. Ama acısı öyle büyüktü ki yağmur dursa da ağlardı, yağmur yağsa da. Bir kelebeğin ölümüne herkes hazırlıklıdır. Bir kelebeğin ertesi gün öleceğini herkes bilir. Ama demişti ya Cihan "sen kelebek değilsin ki..."

Bu konuşmadan bir sonuç çıkmazdı. Bu deniz bir yere ulaşmazdı. Cihan'ın gideceği yollarda bir ağaç yeşermezdi artık. Denizi bir yere ulaştıracak, Cihan'ın yollarını yeşertecek tek bir şey vardı, mucize. Bir mucize olursa şayet, o zaman Cihan'ın yollarında ağaçları bırak çiçekler bile yetişirdi... Ve bu mucize, olmak üzereydi.

* * *

"Ne kadar daha? Kaç gün? Kaç hafta?" Murat Karahanlı telefona doğru sertçe sorarken çalışma odasında tek başına Godfather havasında oturuyordu. Elindeki pilot kalemiyle önündeki kâğıda tarihler yazmakla meşguldü.

"Olanlardan haberi var mı?" dedi.

"Anlattınız mı?" dedi.

"Hâlâ uyanmadı mı?" dedi.

"Ne zaman uyanır?" dedi.

Uyanmak ne güzel bir kelime. Cihan'ın da Deniz'in de yanıldığı bir şey vardı. Deniz bir kelebek olamazdı. Zira kelebekler uyanamazdı, bir kelebek ölürse onun hikâyesi orada biterdi. Ama ne vardı biliyor musunuz? Deniz Akay'ın hikâyesi henüz bitmemişti. Ölüm uyanılan bir şey değildi, ancak uyku... ancak uykudan uyanılırdı. Ve Deniz şu an sadece uyuyordu.

Bir yanda deniz bulabilmek için Bartın'a gitmiş Cihan, bir yanda dünyanın öbür ucu, nefes alabilmek için Houston'da haftalardır uyutulan Deniz... Nefes almaktan vazgeçmedilerse bir bildikleri var demekti, birbirlerini bir daha göreceklerini hissetmeseler nefes almayı bırakırlardı demekti. Ama ikisi de nefes alıyor. Aynı havayı solumuyorlar belki, ama hisleri öyle demiyor. Biri uyusa da, diğeri kendi bilincine ulaşamasa da içten içe hissediyorlar aynı havayı soluyacaklarını.

Bundan aylar önce Bora'nın babası Ahmet Karahanlı, Bora'yı yola getirmek için bir plan yapmıştı. Onu sakat bir kızla evlendirmişti, ona bir sorumluluk vermişti ve başarmıştı, Bora yola gelmişti. Şimdi bir ailesi vardı, doğmak üzere olan bir bebeği... Kardeşi Murat Karahanlı oğlu Cihan'ı aynı mutlu tabloyu yaşarken görmek istiyordu ama emin olduğu bir şey vardı. Cihan Bora kadar kolay yola gelmezdi. Cihan'ın birine bağlanması için, âşık olması için, ondan vazgeçememesi için önce onu kaybetmesi gerekiyordu. Kimsenin ona kızmaya hakkı yoktu. O önce Cihan'a Deniz'i kaybettirmişti ki Cihan Deniz'i kaybetmenin acısını çeksin. Sonra Deniz'ini geri verecekti ona, yola sokmak böyle olurdu. Bir plan, böyle yazılırdı... Ama Murat Bey'in hesaba katmadığı bir şeyler vardı. Hiçbir şey onun planladığı gibi gitmeyecekti. Mutlu son bu kadar kolay elde edilemezdi. Bu hikâye daha bitmemişti. *Asıl hikâye yeni başlıyordu.* Hem bu sefer, acı olmayacaktı! Bu sefer işin içinde aşk vardı. Sadece işin içinde değil... Bu sefer Cihan'ın içinde aşk vardı.

"Bekle dedi gitti, ben beklemedim, o da gelmedi.

Ölüm gibi bir şey oldu. Ama kimse ölmedi."

-Özdemir Asaf-

26. Bölüm
Kırılmış Bisküvi

(Deniz'in Anlatımıyla)

Ne demişti Özdemir Asaf, ölüm gibi bir şey oldu ama kimse ölmedi. Bu cümle, benim hayatımın en kısa özeti. Hatırladığım birkaç şey var. Cihan'a veda edişim, Cihan'ın bağırışları, Cihan'ın haykırışları, Cihan'ın duvarı yumruklayışları, Cihan'ı odadan zorla çıkarışları... Gözlerimin kapanışı... Benim ela gözlerim seyirciye kapanan tiyatro perdesi gibi kapandı, gözlerimin ardında yüzlerce insan kaldı ne olduğunu ne olacağını merak eden. Bazı izleyiciler oyun bitti herhalde deyip kalkıp gittiler. Bazıları beklemek istedi, kaldılar. Belki bitmemiştir dediler, eğer hayatım bir oyunsa ben bu oyunu mutlu sonla bitirecektim. Öyle ya da böyle, benim hayatımın ikinci perdesi olacaktı. Seyirciye perde açan oyunlar gibi, belki günler belki haftalar belki de aylar sonra gözlerimi açtım ben. Bomboş, bembeyaz bir tavana. Öldüm sandım ölmedim. Bitti sandım bitmedi. Ölüm gibi bir şey oldu işte, ama kimse ölmedi.

"Neredeyim ben?" Gözlerimi hafifçe kırpıştırıp başımı sola doğru çevirdiğimde duvardaki ilginç metal saatte akşam

21.27'yi gösteriyordu. Ben duvarın bir yerinde asılı bir takvim ararken birden bir el koluma dokundu. Başımı hızla sağa çevirdiğimde başımda dikilen 25-26 yaşlarındaki simsiyah saçlı kızı gördüm. Bana şefkat dolu gözlerle bakıyordu.

"Siz kimsiniz! Cihan nerede?" Kız beni sakinleştirmek ister gibi elini kaldırdı.

"Sakin ol Deniz. Nefes alışlarını kontrol et, ağır ağır yavaş yavaş nefes alıp veriyoruz, sakiniz. Tamam mı?" dedi yatıştırıcı bir sesle.

"Cihan nerede?" Korkuyla etrafıma baktığımda kız beni sakinleştirmek için ellerinden birini koluma birini başıma yasladı, alnımdaki elinin ateşimi ölçtüğünü anladığımda duruma anlam veremiyordum. Elini alnımdan çekip bana uzattı.

"Ben Leyla." diye mırıldandı garip bir neşeyle, "Kafan çok karışık. Biliyorum. Ama iki ay sonra ilk kez uyanmana izin verildi. Bu yüzden kendini yormaman lazım, beynin kaosa hazır değil. Şimdi sakin ol, doktoru çağıralım bir baksın. Tamam mı?" Leyla denen kız kapıya yönelirken elimi uzatıp kolunu tuttum.

"İki ay mı? Cihan nerede?"

"İki ay. En büyük hayalimi yaşadın, iki ay boyunca uyumak!" Gülerek Cihan'la ilgili soruma bile cevap vermeden kapıya yönelince şok içinde yataktan doğrulmaya çalıştım. Koluma takılı serum yüzünden kalkamıyordum. Yüzümde neler olduğunu anlamaya ya da idrak etmeye çalışan bir ifadeyle etrafa bakınıyordum. İki aydır burada mıydım? Burası neresiydi? Cihan neredeydi? Bu kız da kimdi! Telefon… Telefonum nerede? Gözlerim odanın içinde dolaşırken birden beynimin renkleri algılamaya çalışırken yorulduğunu fark ettim. Gözlerimi sıkıca kapattığım sırada kapının açıldığını duyup gözlerimi açtım. İçeri sarı saçlı, uzun boylu, sarışın bir doktor girdi. Üzerinde mavi ameliyathane kıyafetleriyle, başındaki galoşuyla Doktor Levent'in sarışın halini andırıyordu.

"Finally, I'm able to see your beautiful eyes! They look amazing." What? Doktorun neden İngilizce konuştuğunu anlayabilmek için Leyla'ya döndüğümde bana gülümsüyordu. Ciddi anlamda, ne olduğunu anlamazsam kafa karışıklığından bayılacaktım.

"Deniz'ciğim, bu doktor Steve. Steve Murphy."

"Neden İngilizce konuşuyor?"

"Çünkü… ismi Steve." Leyla'nın açıklaması oldukça yerindeydi, saçma değildi. Saçma olan şey benim sorumdu. Dünyada binlerce farklı dil var. Ve ben bir insanın neden İngilizce konuştuğunu sorguluyorum. Bir insanın neden dünya üzerinde en çok konuşulan dili konuştuğunu sorguluyorum. Bunu Türkçe konuşarak yapıyorum.

"Yani… onu Cihan mı getirtti… Benim için yabancı bir doktor mu getirtti… Cihan nerede? Ben… iyi miyim?" Leyla elini koluma koyup ela gözleriyle gözlerime baktı.

"Onu kimse getirtmedi Deniz. O bize gelmedi. Biz ona gittik." Şok içinde kaşlarımı çattığımda Leyla yüzüme mahcup bir ifadeyle bakıyordu. Başımı cama doğru çevirdim. Akşam karanlığında dışarıdan gelen gitar seslerini duyduğumda kaşlarımı çattım.

"Biz… neredeyiz?" Nerede olduğumuzu bilmiyordum. Ama nerede olmadığımızı gayet iyi biliyordum, benim bildiğim bir yerde değildik biz. Belki İstanbul'daydık? Belki İzmir?

"Houston! Amerika Birleşik Devletlerine hoş geldin!" Şok içinde nutkum tutulmuş bir şekilde bir Leyla'ya bir Doktor Steve'e baktım. Bu bir çeşit şaka mıydı? Cihan birden içeri girip şaka yaptığını mı açıklayacaktı?

"Amerika?"

"Amerika." Leyla gözlerime bana her şeyi anlatacağını söylemek ister gibi teselliyle bakıyordu. Şoktan çıkamamıştım. Hangi şehirde olduğumu tahmin etmeye çalışırken olduğum ülkede bile olmadığımı öğrenmiştim. Türkiye'de değildim, şaka değil. Amerika'daydım. Cihan yoktu. Tanımadığım bir kızla baş başa, yabancı bir doktorun yanında birbirimize bakıyorduk.

"So... Let's see how you feel..." Doktor söze girdiğinde ne dediğini anlamıyordum bile. Leyla doktor ve benim aramda bir tercüman gibi nasıl hissettiğimi sordu, doktora çevirdi. Doktorun söylediği şeyi bana çevirdi, bir yerlerimin ağrıyıp ağrımadığını sordu, doktora çevirdi. Yaklaşık on dakika kadar sonra doktorun sorduğu tüm soruların cevabı iyiye işaretti. Ağrı yoktu, baş dönmesi yoktu, iştahsızlık yoktu zira oldukça açtım. Doktor bugünden itibaren hasta yemekleri yemeye başlayabileceğimi söylerken doktorun odadan çıkması için fazla aceleciydim. Çünkü bir an önce gerçekleri öğrenmek istiyordum. Hayatım hakkında kararlar verilmişti, bedenim hakkında kararlar verilmişti, konumum hakkında kararlar verilmişti. Hiçbirinde fikrim sorulmamıştı, iki ay boyunca uyutulmuştum. Uyandığımda yanımda tanımadığım görmediğim bilmediğim bir insan vardı. Ben bildiğim insanları istiyordum. Ben Cihan'ı istiyordum. Ben onu istiyordum.

Doktor raporunu doldurup odadan ayrılır ayrılmaz başımı Leyla'ya çevirdim. Kollarını göğsünde birleştirip bana gülümsedi.

"Anlat."

"Yemeğini birazdan getirirler…" İstediğim cevap bu değildi.

"Bak. Seni tanımıyorum Leyla. Ama benden maksimum 2-3 yaş büyüksün, yaşlarımız yakın. Nasıl hissettiğimi tahmin etmen lazım. Özgür hissetmiyorum. Hakkımda kararlar verilmiş, gözlerim kapalıyken bir sürü şey olmuş. Ben bunları bilmek istiyorum. Çünkü bunları bilmek benim hakkım. Cihan… nerede?"

Leyla kolları göğsünde yatağımın yanındaki kırmızı koltuğa oturdu ve derin bir nefes aldı.

"Yok." Kaşlarımı kaldırdım.

"Ne demek yok?"

"Cihan burada değil."

"Neden? Haberi yok mu? Nerede olduğumu bilmiyor mu!" diye sordum telaşla doğrulmaya çalıştığım esnada. Leyla beni yerime yatırtmaya çalışırken serumu çıkarıp atmak üzereydim.

"Şşş, tamam sakin ol! Gel… yat… anlatacağım…"

"Cihan bilmiyor mu? Meraktan deliye dönmüştür! Nasıl söylemezsiniz? Nasıl yanıma gelmesine izin vermez…" derken sözümü kesti. "Biliyor." Şaşkınlıkla kaşlarımı çattım.

"O zaman neden… n-neden burada değil?" Leyla'nın gözleri gözlerimden kaçtı. İç çekerek başka bir yere dikti gözlerini.

"Çünkü gelmek istemedi Deniz…" Gözlerim anlam veremeyerek kısılırken gözyaşlarımın harekete geçtiğini hissedebiliyordum.

"Saçma," diye mırıldandım birden, "buna inanacağımı düşünmüyordunuz, değil mi? Cihan nerede? Murat Bey'in sürprizi mi bu? Cihan'ın sürprizi mi? Bak, kimsin bilmiyorum Leyla. Burada ne işin var bilmiyorum. Ama Cihan asla beni bırakmaz…

Gelmek istemedi ne demek! Ona beni bırak dedim... yerdeki kelebeğin yanına bırak beni git dedim. Bana sen kelebek değilsin ben seni nasıl bırakayım dedi! Şimdi beni bırakıp gitti mi? Cihan... asla... beni bırakmaz... Asla."

Cümlelerim titreyen dudaklarımın arasından çıkarken Leyla karşımda güçlükle duruyor gibiydi. Ama yüzünde pes etmeyecek bir ifade vardı. Kırılmış bir bisküvi gibi dağılmıştım, sonra ağzından öyle bir cümle çıktı ki kırıntılarım yere döküldü sanki.

"Cihan seni bıraktı, Deniz. O seni bıraktı."

İhtimaller. Kafamın içinde oluşan soru işaretleri. Ruhumun içinde acıyan, kurtarılmayı bekleyen umutsuzluklar. Ruhum kulaklarıma ulaşan cümleyi duymayı, ona inanmayı reddediyor. Cihan seni bıraktı dedi bana. O seni bıraktı dedi. Cihan seni bıraktı... Cihan seni... bıraktı...

Bir gece var aklımda. Bir geceyi hatırlıyorum. Yurttayım, yaşım sekiz. Bir gece uyanıyorum, annemi istiyorum diye ağlıyorum. O gece yurtta kalan koruyucu ablalardan biri odamıza giriyor, yatağıma geliyor, beni sakinleştirmeye çalışıyor. Saçlarımı okşuyor, gözyaşlarımı siliyor, beni öpüyor ama nafile. Ben annemi istiyorum. Her çocuğun annesi vardır, her çocuk annesini ister, ancak anneler yalnızca bazı çocukların yanındadır. Her çocuğun bir annesi vardır, ama her çocuk bir anneye sahip değildir. Ben annesi olup bir anneye sahip olamayanlardandım. O gece çok ağladım. Ta ki bir cümleye kadar. Koruyucu ablaya dedim ki, annem ne zaman gelecek. Gözlerime baktı, "Deniz," dedi ağır ağır hayatımın en önemli gerçeğini açıklamak üzereymiş gibi, "annen seni bıraktı."

Bunun ne demek olduğunu çok iyi biliyordum. Biri bir insanı bırakıyorsa, bu demekti ki o insan bir daha gelmeyecekti.

Gidiş varsa dönüş yoktu. Tek çıkarlı bir yoldu bu. Dönüşü olmayan, tek yönlü biletlerle gidilen bir yolculuktu ve ben bu yolculukla bile ekonomi sınıfındaydım.

"Cihan beni bırakmaz!" Sesim hastane odasında yankılanırken, gözyaşlarım yanaklarımı ıslatırken ellerim titriyordu. Leyla'ya yalvaran gözlerle bakıyordum bana güzel bir şeyler söylemesi için. Cihan gitmedi demesi için... Cihan gelecek demesi için...

"Ne bekliyordun Deniz! Cihan âşık olamaz. Cihan sevemez. O hayatında bir kere sevdi, sevdiği kadını kaybetti. Sevdiği kadın öldü ve Cihan artık kimseyi sevemez. Hele ölüme bu kadar yakın birinden kaçacağı zaten ortadaydı. Sen rahatsızlandın, sen ölüme yaklaştın ve Cihan senden uzaklaşmak istedi. Yanında olmak istemedi, ölüm ihtimalini biliyordu. Ölümünü görmek istemedi. Mahvolmak istemedi. Cihan seni sevmek istemedi..."

"Cihan öyle biri değil..." dedi titreyen sesim.

"Cihan... öyle biri... Bak Deniz. Murat Karahanlı ne olursa olsun senin yanında. Ben onun için buradayım, sana bakmam için, seni iyileştirmem için. Sana her imkânı sağlayacak. Burada istediğin yerde kalacaksın, istediğin kadar kalıp istediğin an Ankara'ya döneceksin. Sağlık kontrollerin benim kontrolümde olacak. Ankara'ya döndüğün an sana Karahanlı holdingte bir iş ayarlanacak. Murat Karahanlı oğlu Cihan'ın yarım bıraktığının özrünü böyle diliyor senden. Oğlunun yalnız bıraktığı kızı koruyarak! Sen artık onun himayesi altındasın. Cihan'ı unut. Hayatına bak. İyisin, sağlıklısın, hayattasın, saçların uzuyor. Her şey daha güzel olacak. Başarılı olacaksın, mutlu olacaksın. Arkadaşların olacak, sevdiğin insanlar olacak, âşık olacaksın. Ama o kişi Cihan olmayacak. Belki geri döndüğünde, eğer şirkette çalışmayı kabul edersen Cihan'ı her gün göreceksin, ama ayakta kalman lazım. Sakin olman lazım. Anlı..." derken gerisini dinlemedim bile.

Neydi bu? Ne yaşıyordum ben? Gözlerimi kapatmadan önce Cihan yanımdaydı, benim için ağlıyordu. Biz Cihan'la birbirimize âşık olacaktık! Ben gözlerimi kapatmasaydım Cihan'la birbirimizi sevecektik! Biz daha mutlu olacaktık... daha el ele tutuşacaktık... Ne değişti? Korktu mu? Sorumluluk almak mı istemedi? Beni mi istemedi? Yalan mıydı her şey? Sevmedi mi beni, sevmeyecek miydi, âşık olmayacak mıydı, elimi tutmayacak mıydı? Cihan Karahanlı her halükarda benim hayatımdan defolup gidecek miydi! Ne olursa olsun beni yalnız mı bırakacaktı? Kafamda binlerce soru var, şoktayım... Bir işim olacak. Bir evim olacak. Bir şehrim, çevremde insanlar. Benim saçlarım olacak upuzun. Peki ya aşkım? Hep dedim, Cihan kelime anlamına göre dünya demek, denizsiz cihan olmaz diye. Peki bir cihan olmazsa denizler nerede dalgalanacak? Benim evim neresi olacak?

Sanki bir başlangıç çizgisinin önünde duruyorum. Bir şeyler olmak üzere... Hayatım değişmek üzere. Uyutuldum ben, saatlerce, günlerce, haftalarca uyutuldum. Gözlerimi kapattılar benim, açtığımda her şeyim gitmişti. Aylin neredeydi? Kahretsin, Cihan neredeydi? Bunları öğrenmek zorundaydım... Bir şeyler yapmak zorundaydım. Hayatıma devam etmek, mutlu olmak, Aylin'i mutlu etmek ve Cihan'ın karşısına geçip "neden" diye sormak zorundaydım. Çünkü aşk böyle bir şey değildi. Söz vermek bu değildi. Biz söz vermiştik içten içe birbirimize. Dedim ya size... biz birbirimizi çok sevecektik! Biz birbirimize âşık olacaktık!

* * *

En umut verici ayın günlerinin birinde, Eylül'ün ortalarında, Karahanlı ailesinin yürüyen hüznü Cihan Karahanlı hayatında yeni kararlar almak üzereydi. Kimi sevsem gitti diye düşünüyordu, ulaştığı denklem sonucu onu başkasını sevmemeye itiyordu. Toparlanmak zorundaydı, ziyaret etmesi gereken bir mezar, sorularına cevap verilmesi gereken bir Aylin vardı. Deniz'le ne zaman konuşsalar, Deniz'in kendisine inandığını biliyordu Cihan. Bir deniz size inanırsa, etrafınızda ne kadar su olursa olsun, nefes alamıyorsanız bile boğulmazsınız. Koskoca bir deniz sizin ölmenize karşıysa evren sizi çekip kurtarır. Sizin başka bir ele ihtiyacınız yok tutulacak, deniziniz var ya... Bir deniz size âşık olursa, sizi özgürlüğünüze götürecek şey dalgalardır. Deri ceketini çıkardı Cihan Karahanlı. Motosikletini garajın en karanlık köşesine bıraktı. Üstüne bir gömlek geçirdi ilk defa, bir ceket. Kendisine ait ama hiç kullanmadığı o lüks siyah arabasına atladı. Toparlanmak zorundaydı. Artık aklında, kalbinde, ruhunda aşk olmayacaktı. Artık duyguları, hisleri yoktu onun. Artık yepyeni bir Cihan Karahanlı vardı. Ve bu adamın sahip olduğu tek gerçek duvarlarıydı. Oysa bilmiyordu ki bir gün Deniz'i geri geldiğinde o duvarları kendi elleriyle yıkayacaktı... O gün belki yarındı, belki yarından da yakındı.

27. Bölüm
Bir Deniz Masalı...

Her varlığın bir hikâyesi vardır. Canlı olsun, cansız olsun. İnsan olsun, kuş olsun hatta, deniz olsun, gökyüzü olsun. Ben, yıllarca ne olduğumu arayıp durdum, sonra ışıkları sönmüş bir lunaparkta buldum benliğimi. Ben kapkaranlık bir lunaparkım dedim, ışıklarımı yaktılar. Kendime rengârenk bir lunapark olmayı yakıştıramadım. Yüzüm gülmezken lunapark rolüne girmek bir yalanı yaşamaktı. Ben neydim biliyor musunuz? Ben ismimin ta kendisiydim. Sabahları durulan, güneş yükseldikçe dalgalanan derin bir deniz. Ben bir denizdim. Bu da benim masalımdı. Bir deniz masalı... Bu bir hikâye olamazdı. Mutlu olmamın önüne bu kadar engel çıkarken yaşadığım hayata bir hikâye diyemezdim. Mutsuzluklarım efsaneleri andıracak kadar imkânsızdı. Ben imkânsız mutsuzluklar yaşıyordum. Bu da benim hikâyemin masala döndüğü noktaydı işte. Bu, denizde yaşamaya çalışan bir kelebeğin hikâyesiydi belki, evet. Ama başınızı kaldırıp uzaktan öyle sessiz öyle dikkatli bakarsanız görecektiniz, bu koskoca bir denizin masalıydı. Bu bir deniz masalıydı... Ve biz, daha bu masalın başındaydık.

"İşte, Murat Bey'in senin için hazırlattığı ev! Ankara'nın merkezinde. Her şey rahatın için, sağlığın için düşünülerek ayarlandı. Karşıda bir hastane var, bu evin seçilmesinin sebebi hastanenin karşısında olması. Binanın alt katı eczane. Ve ben ihtiyacın olan her an yanında olacağım! Eşyalar tamamen düzeltildi, kıyafetlerin senin için odana yerleştirildi ama sadece onlar yok. Çok daha güzel, yeni kıyafetler, yeni ayakkabılar alındı. Şu çekmecelerin bi…"

"Cihan nerede?" Leyla'nın sözünü kestiğim an derin bir nefes alıp elini uzattığı çekmeceyi açtı. Çekmeceden bir makyaj çantası çıkarıp anlatmaya devam etti. "Bu çekmecede senin için makyaj malzemeleri var! Ayrıca saç tokalar, saç bantları, saç maşası, saç tostu bile var. Yani ihti…"

"Cihan'ı ne zaman göreceğim?"

"Mutfak dolapların, buzdolabın tamamen dolu. Ayrıca sipariş verebileceğin numaralar da bur…"

"Bak. Yemek, kıyafetler, makyaj malzemeleri umurumda bile değil. Ben Cihan'ı merak ediyorum. Seni bana yardım etmen için tuttular ve sen bana yardım edeceksin. Cihan'ın yerini söyleyeceksin." Leyla yutkundu, beni elimden tutup koltuğa oturttuktan sonra yanıma oturdu.

"Seninle bunu defalarca konuştuk Deniz. Cihan seni istemiyor. Yani… seni seviyor, insan olarak seviyor. İyi olmanı istiyor. Sadece bu. Bağlanmaktan korktu işte. Baban onu da seninle yollayacakken gitmekten vazgeçti. Sana bağlanmak istemedi. Uzaklaşmak istedi." Öfkeyle derin bir nefes aldım.

"Bunları yüz elli kere dinledim. Cihan'a koşup aşkım diyecek değilim. Kollarına atlayacak değilim. Sadece sormak istiyorum… bana neden umut verdiğini… Bana dedi ki… eğer ölmezsen bil ki sana âşık olacağım. Ne oldu şimdi? Ölmedim. Ama…"

"Cihan sandığın gibi biri değil Deniz. Üzülüp öyle der, doğal. Ama bağlanabilecek biri değil. Eski sevgilisinin ölümünden sonra kimseye bağlanamadı. Sakın ona gidip hesap sormaya kalkma. Bak. Beni dinle, Murat Bey sana şirkette güzel ama basit bir iş verecek. Kendini geliştirmeye bak, hayatını düzene sokmaya bak. Cihan'ı düşünme artık. Şirkette odan bile hazır!" Gözlerimi devirdim. Kurduğu cümleler ne kadar kolay kurulan cümlelerdi. Onu düşünme artık, ne kadar kolay söylenen bir cümle, üç kelime. Onu düşünme artık. İmkânsızlığın üç kelimeyle özeti.

Leyla söylediklerinde haklı olabilirdi. Cihan bağlanmaktan korkmuş, kaçmış olabilirdi. Ama bu işin içinde eksik bir şeyler vardı. İçimde yerine oturmayan parçalar vardı. Tek bildiğim Cihan'ı bir an önce görmek istediğimdi. Onu görünce parçalar yerine oturacaktı. Gözlerine baktığımda anlayacaktım...

"Tamam. Hayatıma bakacağım. Ama soruma cevap istiyorum. Cihan nerede, ne yapıyor, nasıl?" Leyla biraz rahatlamış gibi doğruldu.

"Cihan biraz değişmiş duyduğum kadarıyla. Şirketten birileriyle konuştum. Deri ceketini çıkardı takım elbisesini giydi tam bir iş adamı oldu dediler. Bütün gün suratı asık çalışıyormuş. Ama iyi... merak etme..."

Cihan ve takım elbise. Cihan ve şirket. Cihan ve çalışmak. Eksik parça sayısı arttı. Bir an önce o şirkete adımımı atmam, Cihan'ı görmem gerekiyor. Tam şimdi, şu an.

"Beni şirkete götür."

"Ne?"

"Şirkete gitmek istiyorum."

"Ama… hayatım biraz daha dinlenmen lazım. Daha yeni Ankara'ya döndük."

"Ben gayet iyiyim." dedim ayağa kalkıp. Üstümdeki kırmızı yazlık elbise Ankara'nın bu soğuğuna biraz tersti ama nasıl olsa arabayla gidecektik.

"Tamam… o zaman… sen arabaya in ben geliyorum." Sorgulamadan çantamı aldım, evden çıktım. Asansörü beklediğim sırada bacaklarımın titrediğini hissediyordum. Cihan'a gidiyordum, onu görmeye, kokusunu duymaya.

* * *

Cihan Karahanlı başını önündeki dosyalardan kapısından gelen tıklama sesiyle ayırdı. Şirketin harcamalarına göz atarken odaya giren babası Murat Karahanlı gergin görünüyordu. Cihan kaşlarını çatıp babasına baktı.

"Bir sorun mu var baba?" İçinden daha ne sorun çıkabilir denizimi kaybettim diyordu.

"Buna sorun der misin bilmem…" Cihan oturduğu yerden kalkıp odasının açık kalan kapısını kapattı. Masasının önüne, babasının tam karşısına oturdu.

"Ne oldu?" Murat Karahanlı gergindi, heyecanlıydı, üstünde korkunç bir hava vardı. Planı Cihan'ı ve Deniz'i birbirine kızdırmaktı. Deniz Cihan'a kızgın olacaktı, Cihan Deniz'e. En büyük aşklar nefretten doğardı. Ama hep dedim ya, Murat Karahanlı'nın hesaba katmadığı bir şey vardı.

"Oğlum. Şimdi sana söyleyeceklerimi sakin bir şekilde dinle. Heyecanlanma. Kızma. Benim hiçbir suçum yok." Cihan'ın kalp atış hızı artmıştı. Umutsuz da olsa içinde garip bir hareketlenme vardı.

"Dinliyorum?"

"Oğlum… Deniz yaşıyor."

Şimdi hayatınızda yaşadığınız en şok edici anı düşünün. Bu zamana kadar hangi olayda şoka girdiniz? Hangi olayda tutulup kaldınız? Hangi olayda kalbinizin atışı maksimuma ulaştı? İşte o olayın kat kat fazlasını yaşadığınızı düşünün, tebrikler Cihan Karahanlı'yı anladınız.

Cihan o an hayatının karmaşasını yaşıyordu. Ne demekti bu? Bundan aylar önce sevdiği kadının ölümüne şahit olmuştu. Haftalarca acısını çekmişti, şimdi Deniz yaşıyor ne demekti?

"Ne saçmalıyorsun?" diye sordu birden babasıyla konuştuğunu unutmuş gibi. Babası buna aldırmadı.

"Açıklamama izin ver… Bak. Deniz benimle hastanede onu kaybettiğini düşündüğün günün öncesinde konuştu. Sen odada uyurken… Ona yurtdışı olayından bahsettim. O da senin haberinin olmasını, senin gelmeni istemedi. Öleceğine emindi oğlum. Ölümünü görmeni istemedi. Tek gitmek istedi, biz de… sana…"

"Baba…" Cihan beyni durmuş gibi baktı babasına, "Sen ne saçmalıyorsun?"

Bütün cümleleri unutmuştu, bütün kelimeler gitmişti Cihan'ın aklından. Bildiği, hatırladığı tek cümle buydu. Ne diyebilirdi? Ne yapabilirdi? Nasıl inanabilirdi artık, neye inanabilirdi Cihan?

"Oğlum biliyorum bana da Deniz'e de çok kızacaksın ama ben mecburdum…"

"Yalan söylüyorsun. Halüsinasyon mu bu? Hayal mi görüyorum? Rüyada mıyım? Bir şey yap uyandır beni baba.

Rüyadayım şu an, uyandır beni. Çünkü ben şu an acı çekiyorum. Bunun gerçek olmadığını biliyorum, olduğunu umut ederek acı çekiyorum. Uyandır beni."

Gözleri dolu doluydu, sakallı yüzü saçlarına kadar kıpkırmızıydı. O gün, Cihan Karahanlı'nın elleri titriyordu...

"Oğlum... yalan değil, rüya değil, halüsinasyon değil. Deniz yaşıyor."

Dakikalarca konuştular. Murat Karahanlı Cihan'ı sakinleştirmek için, onu inandırmak için elinden geleni yaptı. Cihan öfke doluydu. Elleri yumruk halinde tir tir titriyordu.

"Nasıl yapar bunu bana? Söz vermiştik birbirimize, âşık olacaktık! Nasıl acı çekmeme izin verir..."

"Oğlum, sakinleş. Deniz birazdan burada olacak. Kıza sinirlenme."

Deniz birazdan burada olacak.

Deniz birazdan burada olacak.

Deniz... burada... olacak...

Dünyanın en güzel cümlesiydi bu o an Cihan için. Sanki odası birdenbire deniz manzaralı olacaktı. Deniz bu odaya girdiği an bu oda suyla dolacaktı. Belki Ankara'da deniz yoktu ama Cihan'ın dört tarafı denizlerle çevriliydi, ne kadar şokta olursa olsun, ellerinin titremesini de yüzünün yanmasını da durdurmasa da Cihan'ın içinde anlamlandıramadığı, eksik kalan bir yerler vardı. Ama biliyordu. Deniz'i gördüğü an her şey aydınlanacaktı. O zaman anlayacaktı. Eksik parçalar o zaman tamamlanacaktı.

"Bak beni dinle Cihan..." Murat Karahanlı söze girmek üzereyken birden Cihan'ın odasının kapısı iki kez tıklandı. Kapı açılırken Cihan nefesini tutmuştu. Nefesini tutan yalnızca Cihan değildi, aynı zamanda Deniz'di. Deniz içeriye kısa kumral saçları, kırmızı askılı elbisesiyle girerken ikisinin de kalbi deliler gibi atıyordu. Kızgınlardı. İkisi de kızgınlardı ama gözleri birbirleriyle buluştuğunda bir şey oldu... Bir şey...

"Deniz! Kızım hoş geldin!" Murat Bey Deniz'e sıkıca sarılırken Deniz kıpırdamadan duruyordu, Cihan'ı izliyordu dolmuş gözleriyle. Cihan'ın nutku tutulmuştu. Hareket edemiyor, gözlerini Deniz'den ayıramıyordu. Murat Bey bir şeyler söyledi. Ne dediğini ikisi de duymadı. Sonra konuşmayı sonundan yakaladı Deniz.

"Birbirinize kızgınsınız. Biliyorum. Bu yüzden sizi bir arada durmaya zorlayamam. Boşanmak istediğiniz an boşanabilirsiniz. Avukatlarım hizmetinizde. Ben sizi başbaşa bırakayım, konuşacaklarınız vardır."

Murat Bey odadan çıkarken Deniz'de de Cihan'da da kıpırdama yoktu. Dakikalardır hareket etmeden birbirlerine bakıyorlardı. Titreye titreye.

Bir plan nasıl yapılır Murat Karahanlı bunu gayet iyi biliyordu. İki insanı birbirine âşık mı edeceksin? Ayır onları. Onlara acı çektir. Sonra birbirlerinden nefret etmelerini sağla. Bu aşkı güçlendirir. Murat Bey'in fikri buydu, planı buydu, düşüncesi bu yöndeydi. Ama hesaba katmadığı bir şey vardı... Murat Karahanlı'nın hesaba katmadığı şey ne Cihan'ın ne de Deniz'in salak olmadıklarıydı. İnanın bana, salak olsalardı plan tıkır tıkır işlerdi. Ama ikisi de öyle zekiydiler ki bir planın tam ortasına düştüklerinin tam şu an farkındalardı. Deniz durmadı, adımlarını attığı gibi kollarını Cihan'ın boynuna doladı. Cihan'ın kolları Deniz'in beline dolanırken Cihan yüzünü Deniz'in boynuna gömdü, o güzel deniz kokusunu burnuna çekti...

"Hoş geldin..." diye fısıldadı Deniz'ine, "hoş geldin Deniz..."

28. Bölüm
Bana İnan

Deniz durmadı, adımlarını attığı gibi kollarını Cihan'ın boynuna doladı. Cihan'ın kolları Deniz'in beline dolanırken Cihan yüzünü Deniz'in boynuna gömdü, o güzel deniz kokusunu burnuna çekti…

"Hoş geldin…" diye fısıldadı Deniz'ine, "Hoş geldin Deniz…"

Deniz Cihan'ın kolları arasından sıyrılıp şaşkın gözlerle Cihan'ın ela gözlerine baktığında içindeki eksik parçalar yerine oturdu. O an anladı, bu bir oyundu. Aklında Nehir'in ona çok önceden anlattığı evlilik oyunları vardı. Bora'nın babasının Bora'yı yola getirmek için hazırladığı o oyun… Cihan da her şeyin farkındaydı. Aynı hikâyeyi Bora'dan dinlediği an farkındalığının ilk anıydı. Şimdi ise, farkındalığının ikinci anını yaşıyordu. İkisi de bilinçlilerdi, farkındalardı. Ne Cihan Deniz'i ne Deniz Cihan'ı bırakıp gitmişti. Onlar birbirlerini bırakmaya zorlanmışlardı.

"Plan işlemedi…" diye mırıldandı Deniz özlem dolu sesiyle. Cihan başını salladı. "Yemedik." Kendi aralarında gülüştükleri sırada Cihan derin bir nefes aldı. Şimdi ne olacağını düşünmeye başladı. Şimdi ne olacaktı, Deniz'le ne yapacaklardı. Aşk mı… aşk mı gelecekti şimdi? Birbirlerine âşık mı olacaklardı?

Yoksa çoktan âşık mı olmuşlardı? Cihan mutluluğunun yanında kızgındı. Çok kızgındı. Babasına öyle kızgındı ki ondan intikam almak bile isteyebilecek bir haldeydi. Ama Deniz'e bir söz vermişti... Ona âşık olacağına dair bir söz vermişti. O an Cihan'ın içini bir korku kapladı. Aşk... Cihan âşık olmaktan korkuyordu. Çünkü emindi, âşık olduğu an kaybedecekti. Soyut bir el uzandı sanki kalbine, Deniz'in kalbine girmesini engellemek istedi. Cihan'ın içinde bir yer vardı, Deniz'e âşık olmasını engellemek istiyordu. Çünkü Cihan Deniz'i kaybetmek istemiyordu. Âşık olmamalıydı, ama onu hayatında tutmalıydı.

Cihan'ın içindeki bu korkudan, bu hesaplaşmadan Deniz'in haberi yoktu. Deniz'in beklentileri büyüktü. Cihan ona söz vermişti, eğer hayatta kalırsan sana âşık olacağım demişti. İşte gelmişti buradaydı Deniz! *Hadi* der gibi bakıyordu, *âşık ol bana.* Ama ne Murat Karahanlı'nın planı işlemişti, ne Deniz'in planları hayal ettiği gibi olacaktı. Cihan'ın aşk korkusu her şeyin önüne geçiyordu.

"Şimdi ne olacak? Planı anladık, gördük, ne yapacağız Cihan?" Cihan derin düşüncelere dalmak üzereyken Deniz'in kendi ismini söylemesiyle birkaç saniye kalbinin durduğunu hissetti. *Abi, demişti Bora'ya, her şey ismimi söylediği anda başladı. Cihan dedi bana, benim ne güzel ismim varmış dedim...*

"Cihan? İyi misin?" Cihan Deniz'e ismini kullanmayı yasaklamalıydı belki de. Bir insan bu kadar güzel Cihan diyemezdi.

"İyiyim... Şimdi ne olacak biliyor musun, planı devam ettireceğiz. Babamın ne düşündüğünü çok iyi biliyorum. Şu an birbirimizden nefret ettiğimizi, şirkette birlikte çalışırken sürekli tartışacağımızı ve tüm bunların bize aşkı getireceğini düşünüyor. Planının işlediğini düşündüreceğiz ona."

"Yani… kavga mı edeceğiz…" Cihan gülerek başını salladı. "Seni tartışırken düşünemiyorum." Deniz gülerek Cihan'a baktığında aklında bir sürü soru vardı.

"Peki sonra… sonra ne olacak?" Sonucu bilmek istiyordu, aşk kısmını bilmek istiyordu. Ama Cihan ona hiçbir şey diyemezdi, ne diyecekti ki? Ben âşık olmaktan korkuyorum mu diyecekti?

"Sonrasını sonra düşüneceğiz. Sen iyisin. Ben iyiyim. Biz iyi olacağız… Şimdilik düşüneceğimiz tek şey babamı planının işlediğine inandırmak olsun. Birbirimizden nefret ettiğimizi düşünmeli. Eminim ki sana bu koridorda bir oda hazırlatmıştır, birbirimizi daha sık görelim diye. O yüzden işimiz daha kolay olacak. Yakın olacağız, onun yanında soğuk olacağız, bırakalım biraz planının işlediğini düşünüp sevinsin."

Deniz'in içini bir korku kaplamıştı. Murat Bey'in planının sonucunda âşık olmaları gerekiyordu? Cihan'ın konuşmaları ise bu planı sonuca ulaştırmayacak şekildeydi. Hani, neredeydi o hastane odasındaki Cihan? Hani, neredeydi o âşık olmak üzere olan Cihan? Ama yine de bekleyecekti, anlamadığı bir şeyler vardı. Cihan'ın dediğini uygulayıp bekleyecekti… Artık Cihan ve Deniz'in de bir planları vardı, ama Cihan ve Deniz'in hesaba katmadıkları bir şey vardı… o da planlarının gerçeğe dönüşeceğiydi.

(Deniz'in Anlatımıyla)

Sanki 19 yıldır bir yapbozu tamamlamak için eksik olan parçaları arıyordum. Yıllarca aradım durdum o parçaları, Cihan'ın odasından içeri girip Cihan'ın yüzündeki ifadeyi gördüğümde en önemli parçayı buldum sandım, yapbozumu tamamlayacağım sandım. Ama olmadı. O parçayı buldum, yerine takarken başka parçayı kaybettim sanki. Bana sarıldığında, kollarını belime doladığında, saçlarımı koklayıp hoş geldin dediğinde kendi kendime "oluyor" dedim... Bir şeyler oluyor gibiydi, bir şeyler oluyor sandım. Ben o an, sonunda benim hayatımda da iyi bir şeyler oluyor sandım. İlk defa biri beni gerçekten seviyor sandım. Ama Cihan'ın anlattıkları başkaydı. Bir plandan bahsetti, babasına kendi planının içinde çelme takacaktık. Ama sonuç neydi? Biz bu planın neresindeydik bilmiyordum. Aşk gelir miydi, gelecek miydi bilmiyordum. Bilmeyi bekliyordum.

Şimdi bana verdikleri küçük, sıcak, şirin odada oturuyorum. "Masamda." Benim bir masam var. Bir diplomam bile yok ama bir masam, bir odam, bir kalemim var. Ne yapacağımı anladım, basit şeyler isteniyor. Önümde bir sürü dosya var, benden istenen tek şey bunları tarihi sıraya göre dizmem. Bunun için bir diplomaya ihtiyaç yok. Kâğıtları bölmelerinden çıkarıp tarihlerine göre masamın üstüne dizmeye başladım. Masamın üstü...

Benim bir masa üstüm var... Masam var. O kadar inanılmaz geliyor ki. Hayatım boyunca hep değer görmeyi istedim, bir plana alet edilmiş olsam da değer görüyorum şimdi. Bir insan değer gördüğünü masasının olmasından anlar mı? Ben şu an anlıyorum... Ben değerliyim, çünkü benim bir masam var.

"Benim bir masam var..." Farkında olmadan sessizce mırıldandığımda kapının açık olduğunu duyduğum nefes sesiyle anladım. Başımı korkarak kaldırdığımda Cihan'ı gördüm. Odamın kapısında durmuş beni izliyordu. Ben korkunca derin bir nefes daha aldı, kapıyı kapattı ama olduğu yerde kaldı.

"Masanın olmasına çok sevinmiş gibisin." diye mırıldandı elleri ceplerinde, beni hayranlıkla izliyordu. O an aklımdan geçen her şeyi anlatmak istedim ona. Her şeyi sıralamak istedim.

"Biliyorum... garip gelecek... ama masamın olması beni mutlu etti... Bu zamana kadar üstünde yattığım yataklar bile benim olmadı, üstüme giydiğim kıyafetler başkalarının küçükleriydi. Saçıma yıllarca aynı tokayı taktım, toka benim değildi. Ellerimi yıkadığım çeşme, çeşmeden akan su, ben ıslandığım suyun parasını bile kendim ödeyemedim. Ağzıma giren her bir lokma başkasındandı, üstünde yemek yediğim tabaklar, ellerimle tuttuğum çatallar kaşıklar, üstüme lif diye sürdüğüm bezler, saçıma şampuan diye döktüklerim, bileğime bileklik diye bağladığım iplikler... Bu zamana kadar sahip olduğum tek şey saatimdi. Onu da her gün kolumu ısırarak yapardım. Ama şimdi bak, beni bir odaya getirdiler bana "burası senin odan," dediler, bana bir masa gösterdiler, "işte bu da masan." dediler. Birden bir masam olmadı sadece, benim birden bir dünyam oldu. Hayatımda ilk defa biri bana bir şey verdi. Hayatımda ilk defa bana bir şey gösterildi, "bu senin" dendi bana. Hayatımda ilk defa bir şeye dokunuyorum ve bu benim diyorum. Ben hayatım için bile bu hayat benim diyemedim Cihan. Hayatım hakkındaki bütün kararları başkaları verdi. Kendi hayatım bile bana ait değildi..."

Cihan'ın hayranlığı kat kat artmış gibiydi. Gözleri beni öyle bir izliyordu ki utanarak başımı eğdim. Bir şey söyleme gereği bile duymuyordu sanki, öylece bakıyordu sadece. Nutku tutulmuş gibi beni izliyordu.

"Senin..." diye fısıldadı ağır ağır, "Senin bir hayatın var Deniz."

O kadar inandırıcıydı ki, o kadar güzel söylemişti ki bu cümleyi kucağına yatayım bana bu cümleyi tekrar tekrar söylesin istedim. Duymak istediğim cümle buydu sanki. Sanki birinin bana hayatım olduğunu söylemesine ihtiyacım vardı.

"Benim bir hayatım var. Ama ben o hayata sahip değilim." Cihan bir kez daha hayranlıkla baktı bana, gözleri birden saçlarıma kayınca kendimi rahatsız olmuş hissettim. Saçlarım şu an kısaydı, omzuma bile değmiyordu, kulaklarımı geçmişlerdi en azından... Ama beni böyle görmesini istemiyordum.

"O hayata sahipsin, o hayata ne annen ne baban ne başka biri sahip. Senin hakkındaki en büyük kararı sen daha çok küçükken annen baban aldı, evet. Ama artık onlar yok. Bu senin hayatın. Sana saçların ömrün kadar uzun olsun deyip seni öleceğini düşünmeye iten kadının hayatı değil." derken birden kapı açılınca Cihan da ben de başımızı aynı anda kapıya çevirdik. Gelen Murat Karahanlı'ydı. Tedirginçe Cihan'a baktım.

"Çocuklar?" dedi Murat Bey şaşkınlıkla, "aranız düzelmiş bakıyorum da?" Gözlerim hemen Cihan'a kaydı, Cihan ise gayet sakin görünüyordu.

"Ben de sana gelecektim baba," Cihan'ın söze girişiyle kaşlarımı çattım, ne diyecekti? Rol mü yapacaktı?

"Ne için?"

"Deniz'in odasının burada olmasını istemiyorum." Ne? Sakin ol Deniz. Sakin ol. Rol yapıyor! Bunu kafasında planlamış mıydı? Rol bile olsa şu an hafif bir çöküntü içerisindeyim!

"Neden?" Murat Karahanlı zafer edasıyla bakıyordu.

"Doğru olduğunu düşünmüyorum. Bir süre birbirimizi görmek isteyeceğimizi sanmıyorum." Yemin ediyorum, Murat Bey'in yüzünde hafif bir gülümseme gördüm.

"Aynı düşüncedeyim." diye konuşmaya katıldım birden sessizce, "Ben bir daha Cihan'ı görmek istemiyorum." Cihan bana şok içinde bakarken telaşla bakışlarımı ona çevirdim, bu cümle benden mi çıktı?

"Yani… bir süre… bir süre Cihan'ı görmek istediğimi sanmıyorum." Neredeyse özür dilerim seni görmeyi her şeyden çok istiyorum diyeceğim.

"Çocuklar, sizi çok iyi anlıyorum ama bu mümkün değil. Deniz'e şirketteki tek boş odayı verdim. Birbirinizi gördüğünüzde başınızı çevireceksiniz, çok kolay. Bu konuda yapabileceğim hiçbir şey yok. Buraya geliş sebebim de Deniz'le konuşmaktı, sana da gelecektim Cihan. Şirketimizin avukatı Engin'le konuştum. Boşanmak istediğiniz an ona gidip işlemleri başlatmasını söyleyebilirsiniz. Sizi evli kalmaya zorlamayacağım. Artık… özgürsünüz."

Yutkundum. Aklı başında her insan Murat Bey'in ne yapmaya çalıştığını anlardı. Bizi birbirimize muhtaç bıraktığında, Cihan'ı benimle evlenmeye zorladığında planı işe yaramamıştı.

Ama şimdi bizi özgür bırakıyordu ki birbirimizden gitmek istemeyelim.

"Tamam," diye mırıldandım, "ben boşanmak istiyorum." Cihan bir kez daha şok içinde bana baktığında ona yanlış anlamaması için yalvaran gözlerle bakıyordum. Ben bu plan işini fazla abarttım.

"Cihan, oğlum sen?"

"Ben... ben de... Biz bunu kendi aramızda konuşup halledelim. Şimdi izninizle ben odama dönüyorum."

"Benim de bir toplantım var gençler, seninle geliyorum. Deniz'ciğim iyi çalışmalar."

"Teşekkür ederim." dediğim sırada gözlerim Cihan'daydı, acaba beni yanlış anladı mı? Acaba bana kızdı mı? Neden hiçbir şey söylemeden gitti şimdi? O an büyük bir korku hissettim içimde. Belki söylediklerimi ciddiye aldı? Oysaki Murat Bey gelmeden önce çok güzel bir konuşma yapıyorduk... Bana annemin kurduğu o cümlenin bir yalandan ibaret olduğundan bahsediyordu. Ömrümün saçlarım kadar uzun olması mevzusu... O cümleye nasıl da inandığım mevzusu... Hayatımı o cümleye göre kurduğum mevzusu... Oysa şimdi ne oldu? Kızdı mı bana? Telefonumun titremesiyle birlikte ekranını açıp bildirime baktım.

Cihan – Bir Yeni Mesaj Korkuyla mesajı açtığım gibi okudum,

"Ömrün saçlarından uzun olsun..." Sonra bir mesaj daha.

"İnanmak için bir cümleye ihtiyacın varsa buna inan." Ve bir mesaj daha.

"İnanmak için bir insana ihtiyacın varsa bana inan." Bu kadar.

Hayatım boyunca toplasan belki 10 mesaj almışımdır, ama bu mesajlar bu zamana kadar aldığım almış olabileceğim en güzel mesajlardı. İnanmak için bir cümleye, bir insana ihtiyacım vardı, evet. Ama artık ihtiyacım kalmamıştı. Cihan vardı, benim ihtiyaç duyduğum cümle Cihan'dı. O benim için bir cümle, bir paragraf, kocaman bir romandı.

29. Bölüm
Plan İçinde Plan!

Ertesi güne kadar Cihan'ı görmedim. Şirkette Murat Bey'in gözü önünde sık sık görüşmememiz en doğrusuydu. Ertesi gün şirkete ulaşıp odama girdiğimde masamda yeni dosyalar gördüm. Üstünde "tarihlerine göre sırala" yazan bir notla... Mesleğim tarihlerine göre dosya sıralayıcı olmuştu. Dört yıllık lisans bölümü olsa okurdum, diplomalı tarihlerine göre dosya sıralayıcı olurdum. Masaya geçip dosyaları sıralamaya başladığım sırada dosyaların arasında ufak bir kâğıt gördüm. Kaşlarımı çatarak kâğıdı elime aldım. Üstüne ufak harflerle yazılmış yazıyı okudum. ***9.00 – Fotokopi odası***

Kaşlarımı çattım. Saate baktım, 9'a 5 vardı. Bu notu dosyalarımın arasında Cihan'dan başkası koymuş olabilir miydi? Cihan Karahanlı dosyalarımın arasına not koymuş olabilir miydi? İçimin kıpır kıpır olduğunu hissettim bir an. Aceleyle kalktım, notu buruşturup hırkamın cebine sıkıştırdım ve telefonumu alıp odadan çıktım.

"Merhaba," Koridorda gördüğüm bana gülümseyen kadına doğru bir adım attım, "acaba fotokopi odasının nerede olduğunu biliyor musunuz?" Kadın ellerime baktı.

"Neyin fotokopisini çektireceksiniz?" Bir an duraksadım. Donakalarak yutkundum. Anında odama yönelip masadaki dosyalardan birini aldığım gibi hızla çıktım.

"Bunun!" Kadın şaşkınlıkla bakıyordu bana, "unutmuşum... iyi ki hatırlattınız..." Tekrar gülümsediğinde eliyle koridorun sonunu gösterdi.

"Koridorun sonunda sağda kalan oda. Kapısında yazıyor zaten."

"Teşekkür ederim." Koşturarak oraya yöneldiğimde insanların bakışlarını üzerimde hissediyordum. Birinin "Cihan Bey'le evliymiş, güzel kız." dediğini duydum. Arsızca ona döndüm. "Teşekkür ederim."

Kadın şaşırarak baktı yüzüme, "Duydu!" diye mırıldandı. Gülümseyerek yanlarından geçip giderken içimde büyük bir heyecan vardı. Bugün ilk kez Cihan'ı görecektim. Belki bana söylemek istediği bir şeyler vardı...

Fotokopi odasının kapısını açıp içeri girdiğimde Cihan'ı orada buldum. Arkası dönüktü, bir elinde kahve bir elinde dosyalar vardı. Dosyaları makinenin içine yerleştiriyordu. Boğazımı temizledim. "Erken gelmişsin?" Omzunun üzerinden bana bakarken hırkamın altındaki mavi elbisemi süzdü. Hafifçe gülümsedi. "Erken gelirsin diye bekledim." Odanın kapısını kapatıp üç adımda yanında durdum, elimdeki dosyayı dosyalığın üzerine bıraktım.

"Ben... iş 9'da başlıyor diye 8.55'te buradaydım... Keşke erken gelseydim, bekledin mi?" Cihan endişeme gülümsedi.

"Seni beklemek de güzel." Saçlarımı kulağımın arkasına atarken gülümsedim. Utanarak boğazımı temizledim.

"Artık gizli gizli mi görüşeceğiz?" Cihan makinenin kapağını indirdikten sonra nihayet bana döndü.

"Babamın uğramayacağı tek yer burası, fotokopi odası. Buraya çok uğrayan da olmuyor, eski moda buluyorlar. Hepsinin odasında birer küçük fotokopi makinesi var zaten. Ben de düşündüm ki, burası bizim buluşma yerimiz olsun."

Cihan ve benim bir buluşma yerimiz mi olacaktı? Fotokopi odası... buluşma yerimiz! Bizim bir buluşma yerimiz vardı. Buluşacaktık, gizli gizli görüşecektik.

"Murat Bey'den kaçmamız gerekecek anlaşılan... Cihan?" dedim soru soracak gibi. Cihan yutkundu, sanki ismimi söylemem kalbinde bir yerleri yerinden oynatmış gibi baktı yüzüme.

"Deniz?"

Gözlerimi kırpıştırdım. "Sana bir şey soracağım..."

"Evet?" Derin bir nefes aldım ve kendimi sorumu sormaya hazırladım. Ne denirdi, nasıl sorulurdu ki? Gözlerimi gözlerine diktim. Dünden beri merak ettiğim bir şeyler vardı. Öğrenmek istediğim bir şey vardı, onun düşüncesini öğrenmek istiyordum. Derin bir nefes daha aldım, bir nefes daha... Üşüdüğümü hissettim o an, Cihan verdiği cevabıyla ya beni ısıtacaktı ya camları açıp daha çok üşütecekti bedenimi. Tek cümlesiyle...

"Ne olacak?" deyiverdim birdenbire, Cihan anlamamış gibi kaşlarını çattı.

"Ne olacak derken?"

"Ne olacak Cihan? Bir şeyler konuşuyoruz, bir şeyler planlıyoruz... Peki sonra ne olacak? Sonrasında ne olacak?"

"Deniz..."

"Babanı kendi planıyla vurmayı planlıyoruz tamam, evet. Ama sonra ne olacak? Cihan... biz ne olacağız? Sen ve ben? Ne olacağız? O planla vurulanlardan biri de biz mi olacağız?"

Sessizlik. İşte bunu beklemiyordum. Cevabı beni mutlu eder dedim, ya da cevabı beni üzer dedim. Ama cevap yok. *Cihan sessizliği...* Sanki tüm dünya sustu birden. Ülke suspus oldu, denizlerden bile ses yok, rüzgâr sessiz dalgalanıyor artık, Cihan sustu kuşlar bile ötmüyor şimdi.

"Cihan?" dedim umutsuzca, "Bir şey söyle!" Umutsuzca konuşurken bile umudum vardı. Hissedebileceğim bir şey söylesin istiyordum, söyler sanıyordum. Bir şeylerin sonu geliyordu, Cihan ortaya çıksın dur desin istiyordum. Ne olmuştu? Bana söz vermişti... eğer ölmezsen sana âşık olacağım demişti. Ben ölmeyince ne değişmişti?

"Saçlarım mı?" dedim birden titreyen sesimle, "saçlarım kısa diye mi b-" derken elini dudaklarıma götürdü.

Acı çeker gibi baktı yüzüme. "Lütfen... bunları şimdi konuşmayalım..." Ondan bir adım uzaklaştım. O an omuzlarımın duruşu güçlendi sanki, başımı salladım.

"Bunları hiçbir zaman konuşmayalım." dedim. Dosyalığa bıraktığım dosyayı aldım. Odama döndüm. Peşimden gelmedi, gelseydi de hiçbir şey değişmezdi. Masama oturdum, gözlerimi duvara diktim. Dünyanın en mantıklı şeyi duvarı izlemekti.

Bu sefer yine sessizlik oldu. Sesimi çıkarmadan oturdum odamda, oturdum kaldım. Bu seferkinin ismi farklıydı. *Deniz sessizliği...* Güneş battı, kuşlar uçmayı bıraktı bir anda, denizler duruldu, sadece sesler değil ışıklar da gitti. Perdelerini kapattığım odamın karanlığında kaldım. Saat 9'u 30 geçiyordu ben karanlıkta kaldım. Herkesin sabahı bana akşam oldu. Oturduğum yerde izlediğim duvarda bir kapı açıldı sanki. Geleceğimin kapısı, adım at ya da atma... ben geleceğime gideceğim Cihan, gel ya da gelme.

Masamda duran bilgisayarı açtım, yutkundum. Tereddüt bile etmeden bir gelecek çizdim kendime, arama yerine "üniversite sınavı" yazdım, yan sekmeye geçtim, "YGS başvuruları" yazdım, bir sekme daha açtım, "İstanbul Üniversiteleri" yazdım. Kim olurdu yanımda kim olmaz, bilmiyordum. Bildiğim tek bir şey vardı, benim bir geleceğim olacaktı. Yanımda kimse olmasa da, tek de kalsam bir geleceğe sahip olacaktım. Çünkü ben bunu hak ediyordum…

Günler boyunca Cihan'la bir kez bile konuşmadım. Defalarca koridorda karşılaştık, yüzüme uzun uzun baktı bir saniye bile durup bakmadım ona. Bunları şimdi konuşmak istemediği konular beni ondan almıştı, geleceğime vermişti. Odamda bana verilen ufak tefek işleri çabucak bitirip Dil Anlatım, Tarih, Coğrafya testleri çözüyordum… Benim hayalim bir geleceğe sahip olmaktı, her şıkkı gelecek senedimin altına imza atar gibi seçiyordum.

Tek çalışan ben değildim, odamdan geç saatlerde çıktığımda Cihan'ı hala odasında görüyordum. Şirketten en geç ben çıkacağım sandığımda ben giderken o kalıyordu. Sabahları erkenden geldiğimde o çoktan odasına geçmiş oluyordu, su içer gibi işiyle ilgileniyordu, yemek yer gibi çalışıyordu. Onu öyle gördükçe derslerime daha sıkı sarılıyordum. Şu an mesela, elimde bir adet Matematik kitabıyla odama doğru ilerliyorum, sayılarla oynamanın vakti geldi…

Kitap ellerim arasından kayıp giderken telaşla yere doğru eğildiğimde elimdeki dosyaları da düşürdüm. Söylenerek yere diz çöktüğümde bir çift erkek ayakkabısı gördüm bana doğru gelen, başımı kaldırdığımda esmer, hoş birini gördüm. Yere eğildi ve dosyalarımı toplamama yardımcı oldu, daha sonra kaşlarını çatarak yerdeki matematik kitabımı aldı. Ben ayağa kalkarken kitabımla birlikte ayağa kalktı ve bana baktı. "KPSS için mi?" diye sorduğunda utandım,

"Hayır… YGS için…" Oldukça şaşkın görünüyordu.

"Sen… üniversite mezunu değil misin?" Hayır beyefendi kayınpeder torpiliyle girdim.

Başımı salladım. "Maalesef. Lise mezunuyum. Ama buradaki işim gayet kolay… yani… mezun olmama gerek yok… Yani sadece…" derken elini omzuma koydu anlayışla. "Anlıyorum. Kursa gidiyor musun? Tek başına çalışmak zordur."

"Hayır, bir şekilde hallediyorum."

Adamın yüzü aydınlandı birden. "Bak ne diyeceğim, öğle aralarımız çok uzun. Her öğle aramın yarım saatini sana matematik anlatarak geçirebilirim. Bu teklifi başkası yapmaz sana, iyi düşün!" Gülümseyerek baktığında benim de yüzüm aydınlandı. Aslında çekiniyordum, ama birinin bir şeyleri bana anlatmasına ihtiyacım vardı. Dudaklarımı araladığım anda bir sesleniş böldü konuşmamızı. "Hakan!" Kaşlarımı çatarak sağa döndüğümde odasının kapısında durak Cihan'ı gördüm, tam olarak karşımdaki adama sesleniyordu.

"Odama gel!" Gözlerimi gözlerine çevirdim, gözlerden ateş çıkarabilme özelliği insanlara yüklenseydi size yemin ediyorum şu an Cihan'ın gözlerinden ateş çıkardı. O kadar öfke dolu bakıyordu ki neredeyse öpüşürken yakalandığımızı düşünecektim. Sadece karşılıklı konuşuyorduk ve bu onu sinirlendirmeye yetmişti. Ama konuşmaya çalışsam bunları şimdi konuşmayalım derdi.

Bildiğim, düşündüğüm tek bir şey vardı o an. Cihan beni durduramazdı. Babası bizi mi bir araya getirecekti, o babasını mı öfkelendirecekti, o zaman benim de bir planım vardı. Ben de onun öfkesini alacaktım. Plan içinde plan içinde plan. Hangimizin planı tutardı bilmiyordum, ama benimkinin beni mutlu edeceğini biliyordum. Gülümseyerek isminin Hakan olduğunu öğrendiğim adama döndüm ve elimi uzattım. "Memnun oldum Hakan Bey, ben Deniz. Öğle arasında görüşmek üzere."

30. Bölüm
Lütfen Sev Beni…

"Uyuyor mu… Ben Cihan'dan öğrendim, Nehir ve Bora'yı bırakmak istememiş. Durum ne?" Öğle arasına çıkar çıkmaz şirketten ayrıldığım gibi yurda Aylin'i görmeye geldim. Cihan'dan öğrendiğim kadarıyla Nehir ve Bora'ya çok alışmıştı, benim yokluğumda da yalnız kalmaktan korktuğu için onları bırakmak istememişti ama koruyucu aile süresi dolduğu için Aylin'i yurda geri yollamak zorunda kalmışlardı. Durumu öğrendiğimden beri şu anda ilk kez ona gitme fırsatım olmuştu, aslında bakarsanız gitmek istemiyordum. Ankara'ya geldiğimden beri aklımda olan iki isimden biri Cihan biri Aylin'di ama ben Aylin'in yanına gitmek istemiyordum. O çok sevdiği saçlarımın olmadığını görmesini istemiyordum. Ama o benim canımdı, işte gelmiştim… buradaydım…

"Mahvoldu çocuk." diye açıkladı yurt müdürü, "Sabaha kadar ateşten uyuyamadı, bir Deniz diyor bir Nehir… Nehir Hanım da bugün ziyarete geleceğini söyledi, birazdan gelir herhalde. İkinizi birden görürse iyi olur belki."

"Revirde mi?"

"Serum taktılar gece ama yatağına götürdük sonra, diğer çocuklar okulda. Aylin tek yatıyor şimdi… Git hadi, seni görsün."

Başımı sallayarak çıktım odasından. Aylin'in kaldığı odaya, bizim eski odamıza doğru ilerlerken adımlarım olabildiğince hızlıydı. Bir an keşke koridorda yürüdüğüm zaman boyunca birden saçlarım uzasa, upuzun olsa diye düşündüm... İmkânsız, imkânsızdı... Kapının kulpuna elimi uzattım, kulpu aşağı indirdim, kapıyı açtım. Gözlerim dolu dolu girdim odaya. Oradaydı, benim eski yatağımda. Kendi yatağında bile yatmıyordu. Benim yatağımda yatmış, benim yastığıma sarılmıştı. Ağır ağır ilerledim Uyuyan Güzel'imin yanına. Yatağa, tam yanına oturdum. Eğilip yanağına ufak bir öpücük kondurdum. Hep ailem yok diyordum ya hani... galiba benim bir ailem vardı. Tam yanımda.

Uzun zamanlar geçirdim tek başıma, tek başıma kocaman upuzun bir hayat geçirdim. Yanımda insanlar oldu, gelip gittiler. Hayatıma giren kimse kalıcı olmadı. En son beş yıl öncesini hatırlıyorum. 14 yaşındaydım, yağmur yağıyordu. Camdan bahçeyi izlerken bahçeye yurt müdürümüz kucağında battaniyeye sarılı bir şeyle girdi. Kaşlarım kalkabileceği kadar kalkmıştı. Elinde sırılsıklam olmuş bir battaniye, battaniyenin içinde bir şey! O da neydi... Saat 1'i geçmişti, herkes uyuyordu, ben yine uyuyamamıştım. Cam kenarından odaya atladım, koşarak koridora çıktım. Kenarları yırtılmış terliklerim ayaklarımdan çıkmasın diye yere bastıra bastıra koştum, tam kapının önünde sırılsıklam olmuş müdürümüzle karşılaştım. Yüzüne baktım, yüzüme baktı, battaniyeye baktım, tekrar yüzüne baktım.

"Deniz sen hiç uyumaz mısın?" Tek kaşım havaya kalktı, alt dudağımı ısırdım, şu an umurumda olan tek şey o battaniyeydi.

"O şey ne?" diye mırıldandım merakla, müdür battaniyenin içindeki şeye baktı sonra odasına doğru ilerlemeye başladı. Peşinden ilerledim. Görene kadar hiçbir yere gitmeyecektim.

"Peşimden geldiğini duyabiliyorum, terlik seslerin kulağıma geliyor Deniz." Omuz silktim. Cevap vermeden peşinden ilerledim. Odasına girdi ama izin verir gibi kapıyı kapatmadı. Peşinden girdim, sonra ıslanmış battaniyeyi masasının üstüne bıraktı. Kaşlarımı çatarak bir adım attım. Sonra korkuyla durdum. Battaniyenin içinden bir el çıktı! Küçücük, minicik, oyuncak bebek eli! Bu da neydi… bir… oyuncak mı? Bir adım daha attım, bir adım daha… Nutkum tutulmuş gibi baktım, bu bir bebekti.

"Gerçek mi?" deyiverdim hayretle, "Bu gerçek bir bebek mi!" Müdür montunu ve atkısını çıkarıp asarken gülümsedi.

"Bu gerçek bir bebek. Polis bulmuş, bir çiçek serasında."

"Sera ne demek?"

"Çiçeklerin yetiştiği yer diyebiliriz en anlayacağın şekilde."

"Onu neden oraya bırakmışlar? Çiçeğe benziyor diye mi?"

Bir adım daha yaklaştım bebeğe, masmavi kocaman gözleri, sarı-kızıl karışımı kızıl saçlarıyla öylece duruyordu, bana bakıyordu. Evet! Gerçekten! Çiçeğe benziyordu. Bu battaniyenin arasındaki şey hareket eden, bakan, gözleri olan, elleri oynayan bir çiçeğe benziyordu.

"Çiçek mi? Çiçeğe mi benziyor? Bak ne var biliyor musun ufaklık, bebeğin yanında hiçbir not yok, kimliği de bulunamamış. Daha yeni doğmuş anlaşılan. Bir ismi yok, ona bizim bir isim vermemiz gerekiyor. Ne dersin, Çiçek olsun mu ismi?" Omuz silktim.

"Öyle saçma isim mi olur… Çiçek bir bitkidir!" Müdür saçma bilmişliğime güldü,

"Peki öyleyse… ismi ne olsun?" O an aklıma geçen gün televizyonda denk geldiğim film geldi. Bir Yeşilçam filmiydi, defalarca tekrarı oynatılmıştı, her seferinde ama her seferinde izliyordum. Orada aynı böyle masmavi gözlü bir kadın vardı... ismi Aylin'di, sevdiği adam ona Aylin'ciğim diyordu. Çok hoşuma gitmişti.

"Aylin olsun! Müdür Amca, ona ben bakabilir miyim? Benim bebeğim olabilir mi!" diye sordum heyecanla, "Yarın ona yürümeyi, konuşmayı öğretebilir miyim? Lütfen..." Müdür gülerek bebeğe doğru eğildi,

"Aylin..." diye fısıldadı elini tutup, "Hayatın da ismin kadar güzel olsun... hoş geldin Aylin."

Sonra bana döndü. "Senin odanda kalacak, bakıcı ablaların onunla ilgilenecek. Hem daha onları öğrenebilmesi için aylarca zaman gerek. Sen de anne olmak için çok küçüksün, ama söz, ablası olabilirsin."

"Abla mı! Teşekkür ederim! Aylin, ben senin ablanım!"

Ona doğru eğildim, minik eline doğru parmağımı uzattım, eliyle parmağımı sıkıca tuttu. "Eh" diye bir ses çıkardı, güldüm. Zaman o kadar hızlı geçti ki, eh dedi önce, sonra bir gün ehe diye gülmeyi öğrendi. Bir gün oturmaya başladı, bir gün bir yere tutundu kendi kendine ayağa kalktı. Bir sabah bir uyandım "Diniş" dedi bana, sonra zaman geçti, bir gün geldi "Diniz" deyişini duydum. Odanın kapısından girdim bir gün, ellerini uzattı bana doğru koşmaya başladı. Ona defalarca günaydın Aylin'ciğim dedim, bir gün yatağımda gözlerimi açtım, "ginaydin diniz'ciyi" diye bir ses duydum. Zaman aktı, zaman hızla geçti, O bana "Deniz'ciğim" dedikçe ben büyüdüğümü hissettim. O hiçbir zaman benim kızım olmadı, ya da hiçbir zaman gerçek kardeşim olmadı olamaz. Ama o benim canımın içi oldu. En gerçeğinden, en hasından canımın içi.

"Aylin'ciğim…" diye fısıldadım kulağına doğru saçlarını okşarken. Hafifçe kıpırdandı, gözlerini kırpıştırarak açtı, bana sıradan bir olay yaşıyormuş gibi baktı.

"Off Deniz!" dedi hayıflanarak, "Yine mi rüyama geldin!" Gülerek eğildim ona doğru. Elini aldım, yanağıma koydum. Ağzı yavaş yavaş açıldı şaşkınlıkla.

"Ah!" dedi, "ama ben sana dokununca kayboluyordun! Yoksa… sen gerçek misin?" Başımı salladım dolu gözlerle gülerek.

"Geri geldim! Sana döndüm!"

"Deniz'ciğim!" Kollarını boynuma doladığında eksik parçalarım tamamlanıyor gibi hissettim. Hızlı değil belki ama yavaş yavaş da olsa tamamlanıyordum ben. Birden ona kadar sayar gibi tamamlanıyordum…

"Sen… sen… sen…" Heyecanla kekelemeye başladığında cümlesini toparlayamıyordu, ufak bir kahkaha attım.

"Ben, ben… evet ben!" dedim sevinçle.

"Sen iyi misin? Sen buradasın Deniz! Sen geldin!" İyice doğrulup bana baktı, sonra gözlerinin yavaş yavaş saçlarıma kaydığını fark ettim. Donakaldı. Dudakları aralandı, nutku tutulmuş bir şekilde saçlarıma baktı.

"Ama… saçların…" derken durdu, gözlerime baktı. Sanki bir şeyler anladı, sanki bir şeyler fark etti… Gülümsedi birden heyecanla. "Çok havalı olmuş! Ben de istiyorum!" Bir çocuk bu kadar anlayışla, bu kadar güzel enerjili olabilir miydi? Bir çocuk bu kadar büyük olabilir miydi?

"Yakında seninkileri de kesmek zorunda kalacağız zaten, boyun 1 metre saçların 1.5!" Aylin kıkırdamaya başlayınca elimi karnına götürdüm hafifçe gıdıkladım onu, büyük bir kahkaha attı. Tam o sırada odanın kapısı açılınca ikimiz birden başımızı kapıya çevirdik. İçeri önce kocaman bir karın girdi, sonra kızıl saçlar, güzel bir yüz, yemyeşil gözler... Nehir Karahanlı. Aylin yataktan fırladığı gibi ona koştu.

"Nehir'ciğim! Bak Deniz'ciğim geldi!" Nehir gülerek Aylin'e doğru eğildi ve karnını tutarak öptü onu, sıkıca sarıldılar ve gülerek bana doğru gelmeye başladılar. Ayağa kalkıp Nehir'e sıkıca sarıldım.

"Deniz..." diye fısıldadı bana, "Çok kötü günler geçirdik... Cihan da biz de mahvolduk. Gerçeği öğrenince çok mutlu oldum, iyi ki döndün... iyi ki..." derken karnının büyüklüğünden zor konuşuyor gibiydi, yavaşça eğilip yatağa oturdu.

"Teşekkür ederim, hem üzüldüğün için hem Aylin'e baktığın, onunla ilgilendiğin için..."

"Ne önemi var, saçmalama! Aylin senin canınsa bizim de canımız artık. Koruyucu ailesi olduk..." diyerek şefkatle Aylin'e baktı, ama Nehir iyi görünmüyordu.

"Duydum! Çok sevindim, siz harika insanlarsınız... ama sen, pek iyi..." derken Aylin söze atladı. "Nehir'ciğim, Deniz'ciğim... size bir şey soracağım..." İkimiz de merakla ona döndük. "Sizin isimleriniz neden su gibi?" Kaşlarımızı çattık.

"Nasıl yani?" dedim merakla.

"İsimleriniz işte, nehir, deniz, su olan şeyler! Çok güzel... Benim ismim neden Aylin?" Ufak bir kahkaha attığım sırada gözlerim Nehir'e kaydı, gülümsüyordu ama pek rahat görünmüyordu.

"Çünkü sen özelsin! Özel bir ismin var... Biliyor musun, sana bu ismi ben verdim!" Kaşları havaya kalktı.

"Ama bu harika bir şey Deniz'ciğim! Teşekkür ederim… sen olmasan ismim olmayacaktı." Çocuk aklına kıkırdadığım sırada gözlerim saate kaydı. Öğle arasının yarısı geçmek üzereydi. Şirkette biriyle tanışıp öğle arasının son yarım saatinde birlikte ders çalışma sözü almıştım, bir an önce dönüp ona yetişmem gerekiyordu. Eh, Cihan Karahanlı'nın kıskançlığı bekletilmeye gelmezdi.

"Bir şey değil Aylin'ciğim! Canımın içi, ben şimdi şirkete dönmek zorundayım. Ama çıkışta yine geleceğim hatta alabilirsem seni alacağım bu gece bende kalacaksın. Tamam mı?"

"Tamam. Nehir, sen de gidiyor musun?" Nehir hüzünle başını salladı,

"Ben de şirkete geçeceğim Deniz'le, Bora beni orada bekliyor Cihan'ı görmeye gitti. Ama akşam belki ben de gelirim Deniz'le birlikte. Tamam mı tatlım? Sen güzel güzel oyna." Aylin başını salladı.

Aylin'le vedalaşıp Nehir'le birlikte çıktık yurttan. Buraya taksiyle gelmiştim ama Nehir Murat Bey'in şoförüyle geldiği için birlikte dönecektik belli ki. Bu halinin sebebini çok merak ediyordum. Arabaya binmesini bekledim. Daha sonra yanına oturdum ve şoför arabayı çalıştırınca dudaklarımı araladım.

"Sen iyi misin?" Başını salladı derin bir nefes alıp, "Ben… iyi gibiyim. Yani… Şu son zamanlarda çok stresli hissediyorum. Doğum yaklaştı… Normalde doğum için İstanbul'a dönecektik biliyorsun, ama şu son olaylar yüzünden uzun süre burada kalmak zorunda kaldık. Bora Cihan'ı yalnız bırakmak istemedi. Şimdi de doğuma iki hafta var, ama doktor uçağa binmemin, arabayla uzun yolculuk yapmamın tehlikeli olabileceğini, doğumu burada yapmam gerektiğini söyledi. Buna biraz moralim bozuk, kalbim günlerdir çok hızlı atıyor, çarpıntım var." dedi.

Elimi uzatıp Nehir'in karnının üstüne dokundurdum. Hafifçe bir kıpırdanma hissedince gülümsedim. "Cinsiyetini öğrendiniz mi?" Nehir'in yüz ifadesi o an değişti. Yanakları kızardığı gibi gülmeye başladı. "Aslında öğrenmeyecektik... ama ben dayanamadım! Kız... bir kızımız olacak..." O an kalp atışlarımın arttığını hissettim. Nehir'in şu hali o kadar güzeldi ki. Bir kızları olacaktı, sevdiği adamla bir kızları olacaktı...

"Bak bir kızınız olacak, yepyeni bir insan katılacak hayatınıza, tatlı bir bebek! Stres yapmamaya çalış, güzel günlerin geleceğini düşün... Harika bir hayatınız olacak..." Nehir gülümseyerek derin bir nefes aldı. Elini elimin üstüne koydu teşekkür eder gibi. Sonra başını camdan dışarıya çevirdi...

Şirkete geldiğimizde içeri girene kadar Amerika'da geçirdiğim günlerden bahsettik. Ona Leyla denen kadını tanıyıp tanımadığını sordum, hiçbir fikri yoktu. Sonunda şirkete ulaştığımızda Cihan ve Bora'yı giriş katında kahve içerlerken gördük. Bora Nehir'i gördüğü an gözleri aydınlandı, karşıdan hayatının anlamı geliyormuş gibi şefkatle baktı. Dayanamayıp iki adımda sarıldı karısına. Sonra bana döndü. "Deniz! Çok korkuttun bizi!" Gülümsedim.

"Beni de çok korkuttular..." Gözlerim Cihan'a kaydı, sanki bir şeyden dolayı öfkeli gibiydi, ama yine de gözlerini benden alamıyordu.

"Neyse ki şu an iyisin, kahve söyleyelim mi sana da? Nehir, sana da meyve suyu söylüyorum." Nehir başını sallarken ben konuşmaya başladım.

"Maalesef. Benim bir işim var. Kalamayacağım." Cihan'ın kaşları çatıldı. Ağır ağır süzdü beni, konuşmasını beklemiyordum, eminim o da konuşmayı beklemiyordu ama istemsizce sordu. "Ne işin var?" Sinirli mi çıktı onun sesi?

"Şey… Hakan Bey bana ders çalıştıracak da…" Cihan'ın öfkesi gözlerini koyu bir elaya çevirirken Nehir bana döndü. "Ders mi?"

Başımı salladım. "Evet, üniversite sınavına hazırlanıyorum."

"Bu harika bir şey! Hangi bölümü istiyorsun?" Omuz silktim. "Ona daha karar vermedim. Birkaç kişiye danışıp öyle düşüneceğim…" Cihan bakışlarını üzerime dikti, sertçe yanıtladı.

"Hakan'a danış, o bu konularda çok bilgilidir." Gerçekten bu kadar çabuk kıskanacağını düşünememiştim.

Bora hafifçe güldü. "Oğlum kıskançlığa mı başladın sen de? Nehir bana kıskançlık sizde genetik mi diye sorup duruyordu, öyleymiş."

Cihan omuz silkti. "Ben asla kimseyi kıskanmam. Böyle bir karar vermene sevindim. Sana Hakan'la iyi dersler. Abi, Nehir, gelin odamda devam edelim." Cihan yanımdan çekip giderken Bora ve Nehir özür diler gibi baktılar bana.

"Önemli değil." deyip gülümseyerek asansöre doğru ilerledim. Cihan bir asansöre bindi, ben yandaki asansöre. Birbirimizi tanımıyormuşuz gibi ayrı asansörlerde aynı kata çıktık. Yanımdan çekip gitti, öylece kendi odama doğru ilerledim. Odama girerken kapıda karşılaştık Hakan'la.

"Ben de sana bakmaya geliyordum. Çalışalım mı?" Başımı salladım odamın kapısını açarken. Birlikte içeri girdik. Masama oturduğumda Hakan tam yanıma bir sandalye çekip kendisi de oturdu. Masada duran Matematik kitabımın ilk sayfasını açtı.

"Evet, ilk konumuz sayılar… 1, 2, 3, 4, 5…" derken kendimi tutamayıp ufak bir kahkaha attım. Hakan gülerek sayfayı değiştirdi.

"Yalnız ilk konumuz gerçekten sayılar. Ama tabii saymayı öğrenmiyoruz. Konunun adı o. Şimdi, konumuz şöyle…"

Anlatırken kitaba notlar alıyor, örnek soruların çözümünü göstere göstere hızlı bir şekilde ilerliyordu. Ve işin garip yanı çoğunu da anlıyordum. Ortaokulda matematiğim iyiydi, sonra liseye geçince boşlamıştım biraz ama hâlâ aklımda kalan şeyler vardı, onu duraksatmadan on beş dakikadır dinliyordum. Tam cümlesinin yarısında kapı çaldı. "Girin!" Birden odaya Cihan'ın sekreteri girdi. "Deniz Hanım, acil toplantıya çağırılıyorsunuz…" Kaşlarımı çattım şaşkınlıkla.

"Toplantı mı? Ben mi?" derken Hakan söze girdi. "Benim neden haberim yok bu toplantıdan?" Sekreter tereddütle cevap verdi. "Sadece yeni alınan çalışanlar. Çok acil, toplantı odasında bekleniyorsunuz."

"Tamam…" Ayağa kalkıp Hakan'a döndüm, "Kusura bakma."

"Hiç önemli değil, yarın devam ederiz."

"Görüşürüz!"

Odamdan çıktığım gibi şaşkınlık dolu bakışlarla koridorun sonuna doğru ilerledim. Koridorun sonundaki "Toplantı Salonu" yazan kapının kulpunu aşağı indirdim. İçeriye girdim ve bakakaldım. Toplantı… Harika… Sadece Cihan Karahanlı'nın bulunduğu bir toplantı.

"Ne için çağırdın beni?" dedim kapıyı kapatmadan. Bana döndü. Birkaç saniye sessizce bana baktı. Sonra sert adımlarla yanıma geldi, elimi kapının kulbundan çekti, kapıyı kapattı ve yüzüme baktı.

"İçeri geçebilirsin."

"Cihan, ne için çağırdın?"

Kaşlarıyla odayı işaret etti. "Toplantı."

Gözlerimi devirdim. "Cidden mi? Gerçekten mi? Sen ve ben... iki kişilik bir toplantı. Ne hakkında? Şirketin belgelerini şeffaf dosyalara geçirme görevim hakkında mı? Bu ay bazı sorunlar yaşadık, şeffaf dosya sayısında düşüş var. Bu konuda ne düşünüyorsunuz Cihan Bey?"

"Bu ay bazı sorunlar yaşadığımız konusunda size katılıyorum Deniz Hanım. Sorunların sorumlusu sizsiniz, o sorunları bana siz yaşatıyorsunuz. Düşüş olduğu da doğru, Hakan'ı yüzüstü düşürmek üzereyim."

Ciddi ciddi baktım yüzüne. "Ne şimdi bu?" diye sordum. Derin bir nefes aldı. Yutkundu. Eli açmayayım diye kapının kulpunu tutuyordu.

"Görmüyor musun Deniz? Her gün benden uzaklaşıyorsun..." dedi günlerdir duygularıyla dolmuş sesiyle, sonra devam etti. "Her gün hayatında bir adım geri gidiyorum, bu böyle devam edecek, biz her konuşmadığımızda bir adım geri gideceğim ben. Şu an ben senden uzaktayım, sen de benden uzaktasın. Uzaklaştıkça ışık azalacak, ben senden uzaklaştıkça karanlıkta kalacağım. Sonra bir gün görünmez olacağım. Bunu göze alabiliyor musun? Benim görünmez olmamı göze alabiliyor musun?"

"Cihan... ne anlatmaya çalışıyorsun?"

"Sen beni senin hayatından çıkarıyorsun, beni ellerinle hayatının dışına itiyorsun. Bir gün geldiğinde hayatında olmamamı göze alabiliyor musun? Bunu anlatmaya çalışıyorum..."

"Ben seni hayatımdan çıkarmaya çalışmıyorum! Asıl sen benim hayatımda kalmamak için çabalıyorsun!"

"Ne yapıyorum ben?"

"Hiçbir şey... hiçbir şey yapmıyorsun Cihan. Sorun da bu zaten. Beni sevmiyorsun, benimle olmaya çabalamıyorsun, benim için elini bile kıpırdatmıyorsun, sen benim için hiçbir şey yapmıyorsun. Hareket etmiyorsun, konuşmuyorsun. Bütün cümlelerin başkasınaydı, ölen sevgilin için canının yandığı kadar yandı mı canın ben gittiğimde!" Durdum, art arda sıraladığım öfkeli cümlelerden sonra gözlerimden yaşlar akarken durdum,

"Söz vermiştin Cihan..." diye fısıldadım gözyaşlarımın arasında, "Sen yaşayacaksın ve ben sana âşık olacağım demiştin... söz vermiştin bana... Ben yaşıyorum, ama sen bana âşık olmuyorsun. Başkasını sevdin, böyle bir yeteneğin var, sen beni sevemiyor değilsin... sen beni sevmek istemiyorsun."

"Sen gittiğinde..." diye mırıldandı ağır ağır, "Sen gittiğinde canım yanmadı. Çünkü sen gittiğinde ben canlı değildim. Sen ruhumu da alıp gittin. Sen hayatımı aldın, toparlanmaya çalıştıkça aklıma elimde kalan saçların geldi. Toparlanmaya çalıştıkça aklıma gözlerin geldi. Toparlanmaya çalıştıkça aklıma sesin geldi, bana Cihan deyişin geldi. Ben dini inançlardan çok uzak bir insanım, inanmayı bile sorgulamayacak kadar uzağım. Ama bir gece oturdum, kaldırımda oturdum, ellerimi açtım Deniz. Ellerimi açtım, dua ettim... Ben senin için dua ettim, seni bana geri versin diye, sen gel diye dua ettim. Geri gelmeni her şeyden çok istedim. Dünyanın en güzel sesi sustu sen gidince, sen sustun ve artık kulaklarımın olmasının bir anlamı kalmadı. Duyabilme yeteneğimi kaybetmek istedim, başkalarını duyabiliyorken seni duyamamak beni öldürdü. Sen konuşmuyorken duymamın ne anlamı vardı... Gözlerim varken seni görememek hayatımda aldığım en büyük cezaydı. Sen... senin hayalin, senin fikrin aklımdan çıkmadı, çıkamadı, delirdim! Bir sürü yola girdim, bir sürü caddeden geçtim, bir sürü insanın yanından yürüdüm, koştum, uzaklaşmaya çalıştım ama her seferinde sana çıktım. Seni aklımdan uzaklaştıramadım. Ne kadar gidersem gideyim sana çıktı yolum ve bunun sebebi dünyanın yuvarlak oluşu değil, bunun sebebi hayatımın her yerinin sana ait oluşu. Şimdi bana seni sevmek istemediğimi söylüyorsun. Ve ne var biliyor musun Deniz... Sen ilk defa, belki de hayatında ilk defa haklısın. Ben seni sevmek istemiyorum. Seni sevmemek için çabalıyorum. Seni sevmemek için elimden geleni yapıyorum. Ama olmuyor... Allah kahretsin ki kendimi durduramıyorum! Seni sevmekten korkuyorum, seversem kaybedeceğimi biliyorum... Belki de seni sevmeyi değil, seni kaybetmeyi istemiyorum. Ama insan kendi nefesini durduramaz derler ya, ben seni sevmeyi durduramıyorum. Eğer almak istediğin cevap buysa evet, ben seni seviyorum Deniz. Seni seviyorum. Seni çok seviyorum. Ama sana yakın olamam, sana bağlanamam... bir kez daha acı çekemem... bir kez daha kaybedemem seni... Sen gittin, içimde bir dağ yıkıldı, ben altında kaldım. Şimdi bir enkaz altındayım, ama buradan çıkmak bile istemiyorum, çünkü yanımda sen varsın... Yanımda ol, ama biz bu enkazdan kurtulmayalım Deniz. Hayatımda kal, ama sana bağlanmama izin verme. Ben sana bağlanırsam senin sularında boğulurum Deniz..."

Kurduğu cümleler bana annemin küçüklüğümde bana ördüğü atkıyı hatırlattı. Her saniyesini izlemiştim o güzel atkının örülüşünün. Cihan'ın konuşması güzel bir atkıydı ve ben örülüşüne şahit olmuştum. Ne denirdi bilmiyorum, ne söylenirdi bu sözlerin üstüne. Beni sevmek istemiyordu, ama beni seviyordu. Yanımdan ayrılmak istemiyordu, ama beni yanında istemiyordu. Gitmemi istemiyordu, gelmemi hiç istemiyordu. Kal diyordu, gidiş biletimi uzatıyordu sanki bana. Ne yapılırdı, ne denirdi, ne hissedilirdi...

"Cihan..." dedim gözlerim dolu dolu, sesim titriyordu. Nasıl sağlayabilirdim benimle olmasını? Nasıl sağlayabilirdim beni sevmesini, bana âşık olmasını, benimle kalmasını? Dudaklarım titriyordu, gözlerimden yaşlar akıyordu.

"Cihan..." dedim ağlarken, "Lütfen sev beni..."

Size yemin ediyorum, bir insanın acısı somut olabilseydi Cihan'ın acısı taşa dönerdi o an, acı çekiyordu. Acı çektiğini görüyordum, hissediyordum. Karşılıklı acı çekiyorduk, benim acımı dindirebilecek tek insan oydu, ama yapmıyordu. Bir hikâye okumuştum, bir adam varmış, gözyaşları kanseri tedavi edebiliyormuş, ama o adam hiç ağlamıyormuş... Bizim hikâyemizde o adam Cihan'dı işte. Acımı dindirebilirdi ama dindirmiyordu. Elleri ellerime uzandı, dolu gözlerinden bir damla yaş akarken ağlamamam için yalvarır gibi gözlerime baktı.

"Yapamam..." diye fısıldadı titreyen sesiyle, "Deniz... yapama..."

Tam o an, dışarıdan duyulan bir çığlık sesiyle donakaldık. Başım anında kapıya çevrildi. Önce tiz bir kadın çığlığı duyuldu, sonra tanıdık bir ses: "Nehir!" Bora Karahanlı'nın sesi. Cihan da ben de aynı anda kapıya koştuğumuzda koridorda yerde acı içinde yatan Nehir'i gördük, yanı başında Bora! Gözlerim acı bir şekilde Nehir'i süzdüğünde elbisesinin altından süzülen kanı gördüm. Titreye titreye Nehir'e doğru ilerlediğimde çığlık çığlığaydı. "Bora!" diye bağırdı acı içinde, "Bebeğimiz ölüyor..."

31. Bölüm
Umudum Kalmadı…

(Haftalar Sonra)

Kötü şeyler çabucak olur derler, gerçekten bu kelimeyi kullanırlar, "çabucak" derler, "kötü şeyler çabucak olur." Bir ameliyat mesela, ne kadar kısa sürerse o kadar acı verici olur, kısa sürecek bir ameliyatta verilen morfin azdır, anestezi kısa sürer, ameliyat biter, uyanırsınız. Acınız gerçek olur. Hayatımızı da bir ameliyat canlandırması gibi yaşıyoruz, ameliyata giriyoruz, bir yerlerimiz kesiliyor, kanımız azalıyor. Ama o an canımız yanmıyor. Bize zarar verildiği an değil, üstünden zaman geçtikten sonra anlıyoruz başımıza geleni, çok sonra hissediyoruz acımızı. Hayatlarımız da böyle işte, başımıza üzücü bir sürü olay geliyor, ama o an his yok, acı yok, kötü hiçbir düşünce yok. Ne olduğunu anlamıyoruz bile, birileri bize aslında zarar veriyorken ameliyatta uyutuluyor gibi hiçbir şey anlamıyoruz, aklımız başımıza her şey bittikten sonra, o insan bize çoktan zarar verdikten sonra, eldivenlerini çıkardıktan, galoşunu başından çıkarıp çöpe attıktan sonra anlıyoruz. Sözleriyle, yaptıklarıyla bizi incittikten sonra fark ediyoruz. Galoş soyut, eldiven gerçek değil, ortada bir doktor yok. Keşke bize her zarar veren doktor olsa, keşke zarar gören her yerimiz kesilip biçilen vücudumuz olsa. Keşke mesela, her zarar görüşümüz fiziksel olsa. Ama öyle değil, insanlar böyle değil, hiçbir şey sandığımız gibi değil. Sadece insanlar değil, evren bile sandığımız gibi değil. İçinde yaşadığımız şu koskoca evren, sandığımız kadar iyi değil...

Küçüklüğümden beri, benim hikâyemin başladığı ilk günden beri hayatımın her anında üzüleceğimi hissediyor gibiydim. Ben bebekken hiç ağlamazmışım biliyor musunuz? Beş yaşına kadar annem bunu söyleyip dururdu, onunla ilgili en net hatırladığım şey bu. "Sen hiç ağlamazdın bebekken..." Meğer gözyaşı depolamışım. Meğer bebekken geleceği görüp mutlu olmaya çalışmışım. Bebekken bile çabalamışım. Hayatımın her anı çabalayarak geçmiş. Her anı çabalayarak geçecek. Çünkü ben çabalamaya alıştım. İnsanlar insanlara alışır, insanlar ortamlara alışır, insanlar yeni evlere, yeni şehirlere, yeni ülkelere alışır. İnsanlar yeni bir kültüre alışır, müziklere alışır, havaya suya alışır. *Ben çabalamaya alıştım...* Hayatım boyunca yaptığım tek şey çabalamaktı, tutunabildiğim tek şey çabamdı, ben de çabaladım, kimse elini uzatmadı bana, ben de kendi çabama tutundum. En son mutlu olacağıma inandığım anı hatırlıyorum. Amerika'da bir hastanede gözlerimi açıp ölmediğimi anladığımda aklıma Cihan'ın "Sen ölmeyeceksin ve ben sana âşık olacağım." deyişi gelmişti, ölmemiştim işte! Başarmıştım! Ölmemiştim ve bana âşık olacaktı. Öyle sanmıştım, o an mutlu olacağıma, mutlu olacağımıza inanmıştım. Sandığım hiçbir şeyin gerçekleşmemesi gibi bu hayalim de sandığımla kaldı. Cihan bana âşık olmadı, elleriyle gözlerini kapattı sanki, bir adım öteye geçemiyorum.

Şu son birkaç hafta Bihter'in intihar sahnesinin birkaç haftaya yayılmış hali gibi günler yaşadım, yaşadık. Hani o final bölümü yayınlandığında mobeselerden sokaklar izlenmişti, kimse yoktu ya sokaklarda, fay hatları rahatlamıştı, trafik kalmamıştı hani. Karahanlı ailesi final bölümünü yaşadı sanki, evden çıkan yok, konuşan, ses çıkaran, yaşayan yok. Bütün Karahanlı'lar burada, Murat Karahanlı'nın evinde. İnsanlar ancak vedalarda bir araya gelir derler, onlar da bir vedada bir araya geldi.

Haftalar öncesini hatırlıyorum. Bir odaya giriyorum, Nehir yeşil gözlerini aralıyor, "İsmini Umut koyacaktık…" diyor, "Artık umudum kalmadı…"

Günler sonrasını hatırlıyorum. Bir odaya giriyorum, Bora masmavi gözleriyle bir duvarı izliyor, "Ben…" diyor, devam edemiyor. Söylediği şey her şeyi anlatmaya yetiyor, "Ben…" Başka hiçbir kelime yok, ortada bir cümle yok. Sadece "Ben…" Belki acı çekiyorum diyecekti, belki çok üzgünüm diyecekti, belki o, belki bu, belki şu, ama hiçbir önemi yok. Erkekler acılarını yansıtamaz derler, ama Bora'nın acısı gözlerinden duvara projeksiyonla yansır gibi yansıyor.

Günler geçiyor, bütün aile bir arada. Cihan Bora'yı teselli etmekten başka hiçbir şey yapmıyor. Cihan beni görmüyor, Cihan bana bakmıyor. Zaman… biraz daha zaman. Çok kötü şeyler oldu, biliyorum. Mahvolduk, o kadar iyi biliyorum ki. Sadece Nehir ve Bora'nın umudu kaybolmadı, bu ailenin, ben de dahil komple umudu kayboldu. Benimki zaten ortalarda yoktu… Ama yine de düzeleceğini biliyordum, umut değil bu. Bilmek, biliyor olmak, hissetmek. Her şey düzelir, kötünün zirvesinde başladığınız hiçbir şey kötüye gitmez. Zaten en kötüsünü yaşıyorsanız her şey iyiye gitmek zorundadır, çünkü en kötüden daha kötüsü olamaz.

Öyle de oldu, günler geçti, bir gün çok garip bir şey oldu. Tam bir hafta önce bugün, Nehir odasında yatarken, Bora başında otururken, Cihan ve ben onların yanında destek olmaya çalışırken... Aylin bizi görmek istemiş, yurt müdürü de Murat Bey'e haber verince Murat Bey araba yollayıp Aylin'i aldırtmış, getirtmiş. Odanın kapısı açıldı, Aylin koşarak içeri girdi, önce bana sarıldı, sonra yatakta yatan bitmiş haldeki Nehir'i gördü. Şoka girdi!

"Nehir'ciğim ne oldu sana?" diyerek koşarak yanına gitti, yatağa çıktı. Nehir'in gözlerinin dolduğuna şahit oldum o an. Aylin şaşkınlıkla Nehir'in karnına baktı. "Ama senin karnın küçülmüş! Bebek nerede?" Nehir ağlamaya başladığında Aylin'i almak için bir adım attığımda Cihan omzumdan tuttu beni, "Konuşsunlar..." dedi sessizce.

"Bebek... bebek... gitti..." Aylin başını kaldırdı, bana baktı soran gözlerle. Başımı salladım. Sonra büyük bir insan edasıyla Nehir'e döndü. "Üzülme..." diye mırıldandı Nehir'in yüzünü okşarken.

"Geri gelemez mi?"

"Gelemez."

"Hiç mi gelemez?"

"Hiç gelemez..."

"Neden gitti?"

"Bilmiyorum."

"Ama siyah resmi vardı! Göstermiştin Nehir... Karnının içindeydi! Şimdi nerede?"

"Artık... artık karnımın içinde değil... artık yok..."

Nehir ve Aylin bu konuşmayı yaparlarken Bora dağılmış gibiydi, dudakları titriyordu gözlerimin önünde. Ama bu konuşmanın sonu öyle bir yere varacaktı ki, bu son aklımın ucundan bile geçmezdi. Aylin'in başı öne eğildi. Sessiz kaldı bir süre Nehir ufak hıçkırıklarla ağlarken. Aylin'in kızaran yanaklarını buradan görebiliyordum. Başını bile kaldırmadan sessizce konuşmaya başladı. "Nehir..." diye mırıldandı Aylin masumca, "Belki ben senin kızın olurum... olamaz mıyım?"

Kaşlarım çatıldı, Cihan'ın kaşları çatıldı, Bora'nın, Nehir'in, hatta ben bunu nasıl söyledim der gibi Aylin'in bile kaşları çatıldı. Aylin'i almak için bir adım daha attım, bu sefer beni durduran Bora oldu, başını kaldırıp sorun olmadığını anlatır gibi baktı bana. Olduğum yerde kaldım. Nehir önce Aylin'e baktı, titreyen elini uzatıp Aylin'in saçlarına dokundu, masmavi gözlerinin etrafında dolaştırdı parmaklarını, Bora'nın her nasılsa kopyası olan bir çocukla aynı yataktaydı... Sonra başını Bora'ya çevirdi, Bora soran gözlerle baktı ona, Nehir tekrar Aylin'e döndü cevap vermek için ve ağzından tek bir kelime çıktı. "Olabilirsin..."

İşte o gün, bir şeylerin biraz olsun düzelmeye başladığı ilk gündü. Nehir ve Bora o kadar büyük bir karar verdiler ki... "İstiyorum," diye açıkladı bana Nehir, "Kendimi anne olmaya çok hazırlamıştım... Bir bebeğim olacağına çok inandırmıştım kendimi... Şimdi ellerim bomboş kalamaz Deniz. Ellerim dolmak zorunda, Aylin'i çok seviyorum, çok daha seveceğime de eminim. Bana güven, Bora'ya güven, ona en mutlu olacağı hayatı vereceğiz..."

Aylin benim kızım gibiydi, kardeşim gibiydi, bu yüzden benden izin almak istiyorlardı. Benim iznime bile ihtiyaçları yoktu, ama bunu istediler. Ondan ayrılmak zor olacak olsa da, ayrı şehirlerde yaşayacak olsak da Aylin'in hayatının dönüm noktası olacaktı bu. İyi bir anne, iyi bir baba, iyi bir gelecek... Benim Aylin'ciğim mutlu olacaktı.

Bu kararı kesin olarak vermeleri bile günlerini aldı. İşlemler, Aylin'in toparlanması, Nehir'in sağlık problemleri derken günlerce kendi hayatıma ara verdim ben. Ne Cihan aklıma geldi ne şirket ne dersler... Aklım tamamen Aylin'deydi, çünkü abla olmak böyle bir şeydi... Sonunda o gün geldiğinde, Bora ve Nehir Aylin'in küçük valizini arabalarına yerleştirdiklerinde Aylin neşeliydi. İlk defa bu kadar mutlu görüyordum onu. "Odam olacakmış Deniz! Oyuncaklar varmış içinde! Balık tutma oyuncağı varmış!" Bir çocuktu o, her çocuk gibi mutlu olmayı hak ediyordu. Her çocuk gibi balık tutma oyuncağına sahip olmayı hak ediyordu... Gözlerim dolu dolu sıkıca sarıldım ona. Saçlarını kokladım.

"Sakın üzülme tamam mı Deniz'ciğim! Gelip benim odamda kalabilirsin. Balık bile tutabiliriz!"

Başımı salladım. "Üzülmüyorum, mutluluktan ağlıyorum Aylin'ciğim. En kısa zamanda geleceğim, balıkları iyi besle."

"Görüşürüz Deniz, Cihan'cığım, Deniz'ciğime iyi bak. Görüşürüz Murat Amca, görüşürüz!"

Aylin Nehir ve Bora'yla arabaya binerken sanki içimden bir parçayı almışım da arabanın bagajına koymuşum gibi hissettim. Aylin gitti, içimden bir parça da koptu gitti onunla. Ama bir nevi bir mesaj geldi sanki bana. *Bak, herkesin suyu akıyor yolunu buluyor, senin sularında dalga kalmadı Deniz...* Başımı Cihan'a çevirdim, hayatıma baktım. Başını bana doğru çevirdi, gözlerimin içine baktı.

"Gitti..." diye mırıldandım, "Herkes gibi."

"Mutlu olmaya gitti." dedi Cihan, başımı salladım.

"Sanırım hayatıma bakma vaktim geldi. Kendime bir hayat kurma vaktim geldi."

"Hakan'la çalışacaksın, İstanbul'da bir üniversite kazanacaksın, okumaya gideceksin..." derken gülerek arkamı dönüyordum ki kolumu tuttu Cihan, "Cidden Deniz, haftalardır bir şeyler düşündüğünün farkındayım. Planın ne, ne yapmayı düşünüyorsun?" Gözlerinin içine baktım, en derinine.

"Hakan'la çalışacağım, İstanbul'da bir üniversite kazanacağım, okumaya gideceğim..."

Bozulmuş gibi gülümsedi. Ne bekliyordu? İstediği bu değil miydi?

"Umarım..." diye mırıldandı, "Umarım mutlu olursun." Başımı salladım.

"Umarım gidebilirim buradan, burada beni mutlu edecek hiçbir şey kalmadı." Donduğunu fark ettim o an. Donakaldı gözlerimin içine bakarken, gözlerini kaçırıp boğazını temizledi. Cevap verecek gibi oldu, ama hiçbir şey demedi. Yanımdan geçip gitti, eve girdi. Böyle olmasını o istemişti. Yanımda kal ama seni sevmeyeceğim hikâyesi gerçekdışıydı, yanında olup beni sevmediğini görmeye dayanamazdım. Kendini sevgiye kapattığı sürece kendimi ona açmayacaktım. Beni sevmediği sürece, ben de onu sevmeyecektim... Annem babam bırakıp gitmişti beni, buna katlanmıştım. Katlanamayacağım şeylerin sayısı sıfıra inmişti. Ve bu sıfırlık listede Cihan Karahanlı yoktu... Onun yokluğunu mu çekecektim, kabulümdü, ona da katlanırdım...

32. Bölüm
Cihan Is Back!

"Mavi su gibi bir şey! Ama kocaman Deniz, kocaman! Onun adı da denizmiş biliyor musun, ama içinde balıklar varmış! Senin de içinde balıklar var mı Deniz?" Kıkırdayarak telefonu daha sıkı kavradım. "Tabi ki var! Her denizin içinde balıklar vardır. İstanbul'a geldiğimde sana balıklarımı göstereceğim Aylin'ciğim."

"Gerçekten mi?"

"Gerçekten! Hadi şimdi sen denizi izlemeye devam et, Bora'yla Nehir'e selam söyle, tamam mı? Çok öpüyorum!"

"Biz de seni çok öpüyoruz Deniz'ciğim!"

Telefonu kapatıp şirketteki odamın masasına bıraktığımda, dosyalara döndüğümde yüzümde buruk bir gülümseme vardı. Gülümsememin tek kaynağı Aylin'di, şu an hayatımda iyi giden tek şey Aylin'in mutluluğuydu. Onun dışında her şey Kaybedenler Kulübü'nden fırlamış gibi "standart"tı.

Dosyaları tek tek inceledikten sonra, yanlışları düzeltip şeffaf dosyalara yerleştirdikten sonra saate baktım. Çoktan öğlen olmuştu. Zaman hızla akıp gidiyordu, ben her öğlen Hakan'la ders çalışmaya devam ediyordum. Cihan geri çekilmiş gibiydi, hiçbir tepki, hiçbir ses yoktu ondan gelen. Odamın kapısı çalındığında başımı kaldırdım.

"Gel." Hakan içeri elinde iki fincan kahveyle girince gülümseyerek dosyaları kenara ittim. Gelip yanıma bir sandalye çektiğinde test kitaplarımı çıkarıyordum.

"Eee bugün nasılız bakalım?"

"İyiyiz, sizi sormalı."

"Çok iyiyim, bugün değişik bir enerji var üstümde. Sana matematiği hatmettireceğim. Nerede kalmıştık? Fonksiyonlar mı?"

"Evet, sanırım..."

"Tamamdır, başlayalım ama önce sana bir şey söyleyeceğim. Deniz, sakın yanlış anlama ben bu ders anlatma durumuna devam etmek istiyorum, zaten edeceğim de ama sadece günde yarım saat matematikle bir yere varamazsın."

Kaşlarımı çattım. "Nasıl yani? Kendim akşamları çalışıyorum... evde..."

"Biliyorum. Ama öyle olmaz, bir yere varamazsın. Bak bir arkadaşım bir dershanede öğretmenlik yapıyor. Onunla konuştum, çalışanlar için akşam eğitimleri var. 8'den 11'e kadar. Bir düşün derim, bütün dersleri alacaksın haftanın 5 günü. Bunun sana çok yararı olur, hepsi okumuş bilgili hocalar. Telefon numarasını buraya yazıyorum..." diyerek test kitabımın ön sayfasına bir telefon numarası yazdı.

"Mutlaka ara, konuş."

Haklıydı, kendim her gün birer saat çalışarak hiçbir yere varamazdım. Ucu açık çok soru kalıyordu, anlayamadığım çok konu vardı. Bu dediğini düşünmeyecektim bile, direkt yapacaktım. Madem bir gelecek kurmaya bu kadar hevesliydim, bunun için her şeyi yapmak zorundaydım.

Ders bittikten sonra ilk işim o dershaneyi aramak oldu. Beni bir Dil Anlatım hocasıyla konuşturdular, o kadar iyiydi ki! Ders yoğunlukları, ödevleri, fiyatı her şeyiyle uygundu… Tek sorun dersler Hakan'ın dediği gibi 8'de değil 7'de başlıyordu. Benim buradaki işim 7.30'da bitiyordu. Masamdan kalkıp koridorda ilerledim, bu konuda izin almam gereken tek insan Murat Karahanlı'ydı ve o da bana izin verecekti. Koridorun sonunda odasının önünde durdum. Kapısına iki kez tıklatıp içeriden sesinin gelmesini bekledim.

"Gel," Kapıyı açıp içeri girdiğimde bir an durakladım. Cihan babasının yanı başında durmuş, ona doğru eğilmiş birkaç dosya gösteriyordu. O da beni görünce nutku tutulmuş gibi baktı. Birbirimizi o kadar az görüyorduk ki…

"Deniz, güzel kızım! Bir sorun mu var?" Başımı salladım.

"Yani… sorun değil ama bir konuda izninize ihtiyacım var." Cihan kaşları çatık beni dinliyordu.

"Tabii, ne konuda?"

"Biliyorsunuz ben işten 7.30'da çıkıyorum. Ve aynı zamanda şu an üniversite sınavına hazırlanıyorum. Normalde kendim ders çalışıyordum ama bu yetmemeye başladı. O yüzden bir dershaneye yazılacağım, akşamları gideceğim ama dersler 7'de başlıyor. Yani… ben… bir saat erken çıksam sorun olur mu diyecektim? Gündüz tüm işleri yetiştirmeye çalışırım." Cihan'ın yüz ifadesi öyle bir hale büründü ki anlam bile veremedim. Resmen bu söylediğim onu rahatsız etmiş gibiydi.

"Mesai bitiminde gelen dosyalar ne olacak?" diye sordu Cihan birden.

"Sorun değil oğlum, ertesi gün halleder."

"Her gün bir saat olmaman büyük bir aksaklık çıkarabilir, yetiştirebilecek misin?" Neydi şimdi bu? Hayatımı kurmamı mı istemiyordu, dershaneye gitmemden mi rahatsızdı? Tam olarak sebebi neydi, istediği neydi?

"Dosyaların tarihlerini düzenleyip şeffaf dosyaların içine koyma işimi yetiştirip yetiştiremeyeceğimi mi soruyorsunuz? Emin olun yetiştirebilirim Cihan Bey." Yutkundu. Başını bilgisayara çevirdi ve umurunda değilmiş gibi bilgisayarda başka bir şeyle ilgilenmeye başladı.

"Sorun değil kızım, bir saat hiçbir problem yaratmaz. Sen hayatına bak!"

"Teşekkür ederim, iyi çalışmalar."

Odadan çıktığım gibi dershaneyi aradım. Kayıt olacağımı, bu akşam ilk derse başlamak istediğimi söyledim. Seve seve kabul ettiler. Hızlıca işlerimi bitirip normal saatimden bir saat önce çıktım işten. Dershaneye gittim, kitaplarımı aldım, derslere girdim, sakince dersleri dinledim. Dershane günlerim umut dolu geçmeye başladı. Aklımda başka hiçbir şey yoktu. Sadece dersler, sadece şirket, sadece geleceğim. Hatta üçü bile değil, aklımda hayatımda ilk kez sadece ben vardım, sadece kendi geleceğim. Mutluluğa giden yol kendi geleceğinizi düşünmek değil miydi zaten? Kendi geleceğimi düşünüyordum, nihayet nefes alıp kendimi düşünüyordum. Dershaneden arkadaşlarım bile olmuştu! Mert diye bir çocukla aynı yaşlardaydık, o da yurtta büyümüş ama on beş yaşında evlatlık alınmış. Bu yüzden belki de, birbirimizle konuşma ihtiyacı hissettik. Şimdi şirket koridorunda odama doğru ilerliyorum. Kulağımda telefonum, elimde kahvem. Tam karşımda Cihan.

"Tamam, ben bir iki saat sonra çıkıyorum şirketten. Olur, buluşup gideriz… Kızılay'dan mı? Bilmiyorum, birilerine sorarız, zaten tam adliyenin orada inersek iki dakika yürümüş oluruz. Tamamdır, akşam görüşürüz."

Cihan'ın tam yanından geçip yüzüne bile bakmadan odama gireceğim sırada kolumda bir el hissettim. Arkama döndüğümde Cihan'ı gördüm, mahcup bir şekilde yüzüme bakıyordu.

"Biraz konuşabilir miyiz?" Birkaç saniye öylece baktım yüzüne, sonra başımla odamı işaret ettim.

"Odamda konuşalım..." Birlikte odama geçtiğimizde ben masama geçtim, o da masamın hemen önündeki tekli koltuğa oturdu. Beklentisiz ama merakla ona baktım.

"Ne konuşmak istiyorsun?" Gözlerini gözlerime dikti.

"Neden böyle oldu?" diye sordu içten bir sesle.

"Ne oldu?"

"Deniz... neler olduğunu görüyorsun... biliyorsun. Haftalar önce yaptığımız konuşmayı hatırlıyor musun?" dediği an anında cevapladım. "Unutmam mümkün mü?"

"Sana... seni seviyorum dedim, seni sevmek istemiyorum ama buna engel olamıyorum dedim. Bunlar senin için hiçbir anlam ifade etti mi merak ediyorum. Seni sevmem, istemeye istemeye de olsa seni sevmem senin için hiçbir anlam ifade etti mi?" Yüzüne boş boş baktım birkaç saniye. Bomboş bir ifadeyle baktım. Hiçbir düşünce, hiçbir his olmadan sadece doğruca yüzüne baktım.

"Cihan..." dedim ağır ağır, "Sen zeki bir adamsın. Aklı başında, düşünebilen bir insansın. Neden şimdi düşünemiyorsun? Şu söylediklerini, şu yaptıklarını bir düşünsene. Birini sevdin, biriyle birlikte oldun, onu severken kaybettin sen onu, tamam. Sen sevdiğin birini kaybettin diye artık kimseyi sevmeyecek misin? Beni sevdiğin an öleceğimi mi düşünüyorsun? Bu ne kadar mantıklı Cihan? Bir düşünsene... biz bir çocuk masalında değiliz, burası hayali bir dünya değil. Birini sevdin, onu kaybettin, yaşandı ve bitti. Bu kadar basit. İnsanlar senin böyle olduğunu bilmiyorlar biliyor musun..."

"Nasıl olduğumu?"

"Bir korkak olduğunu! Kız kardeşin daha tanıştığımız ilk gün bana dedi ki, abim severse harbiden sever. Yalanmış bu. Senin sevmeye cesaretin yok, korkak olmasan emin ol beni kaybedecek olsan bile severdin, beni kaybedeceğini bile bile elimi tutardın, sen korkak olmasan biz şimdi seninle el ele olurduk Cihan... İnsanlar bir sürü engele rağmen aşk yaşıyorlar, bir sürü engele rağmen sonsuza kadar birlikte oluyorlar. Sen? Senin sebebin ne, bizim engelimiz ne? Bizim engelimiz sensin. Ben..." dedim ve durdum.

"Ben artık seninle bunları konuşmak istemiyorum Cihan. Aynı şeyleri tekrar tekrar konuşmaktan sıkıldım... Sana beni sev diye yalvaramam. Senin ayaklarına kapanıp beni sev diye ağlayamam. Burada duruyorsun, tam karşımda, böylece beni sevmeden duruyorsun ve ben bir şey yapamıyorum, artık yapamam da, yapmam. Ben artık sana bir adım daha atmam, senden bir adım beklemem. Şimdi sakın bana 'Ben seni zaten seviyorum' deme, sen beni sevmiyorsun Cihan. O gün söylediklerin hakkındaki düşüncemi merak ettiysen düşüncem bu, ben sana inanmıyorum. Sen beni sevsen, beni kaybetmeyi bile seversin..."

Cihan ayağa kalktı, kahverengi saçları, kızıla dönük sakalları, ela gözleriyle tam karşımda durdu, bir şey söyleyemiyor gibiydi. Gözlerim takım elbisesinde dolaştı. "Babanı tebrik ederim... İstediği oldu. Seni yola sokmak istedi, sen o yola girdin, girdiğin yetmezmiş gibi beni de o yolun dışında bıraktın. Hem biliyor musun Cihan, bunların önemi de yok... Çünkü ben takım elbiseli Cihan'ı sevmedim, deri ceketli, motosikletli o hiçbir şeyden korkmayan Cihan'ı sevdim. Bana yüzmeyi öğreten sendin, bana uçmayı öğreten bile sendin, sen çıkardın beni gökyüzüne. Bana kelebek olmadığımı söyleyen Cihan'ı sevdim ben, o Cihan'ı sevdim... Sen o olmadığın sürece beni sevmenin, sevmemenin, beni görmenin, görmemenin de bir anlamı yok. Şimdi iznini isteyeceğim, dershaneye yetişmek için bu dosyaları bitirmem lazım..."

Hiçbir şey söylemedi. Sadece birkaç dakika boyunca ben işime döndüğümde bile öylece bana baktı, sonra sessizce çıktı gitti odamdan. Aklıma bir kez bile gelmedi, Cihan Karahanlı'nın bu hali aklımda yer edemiyordu. Eski Cihan aklımdan çıkmazken yeni Cihan aklıma gelmiyordu. Çünkü bir kez anneniz babanız tarafından bile terk edildiğinizde garip bir bağışıklık sistemi kazanıyordunuz. Biri sizi sevmiyor mu, biri sizi istemiyor mu, biri sizi bırakıyor mu TEMİZLEME SİSTEMİ AÇILSIN. Onunla ilgili her şey, tüm hisler, tüm duygular, tüm anılar hepsi temizlensin. Yine de aklımda kalan birçok şey var. Dönme dolaba binişimiz, beni kucağında taşıyışı, ona "beni yere bırak, bu kelebeğin yanına bırak git..." deyişim, bana "sen kelebek değilsin ki, ben seni nasıl bırakayım..." deyişi, bana dilek tutmayı öğretişi, onu dileyişim...

Düşünme artık, düşünmek üzülmektir.

Akşam şirketten çıkıp Mert'le buluştuktan sonra bu havanın ayazında titreye titreye dershaneye geldik. İlk ders Dil Anlatım'dı. En ön sırada birlikte oturup dün verilen ödevlerimizi karşılaştırıyorduk.

"Eee, sen niye A dedin buna?"

"Sen soruyu tam okumadın mı Mert? Sonunda hangisi olamaz diyor, olabilir demiyor!"

"Hasiktir!" Mert'in küfrüyle birlikte ayıplar gibi gülerek yüzüne baktım, hayatımda gördüğüm en küfürlü konuşan insandı.

"Hiç öyle bakma Deniz. Bunlar benim tepkilerim. Sana şeyi anlattım mı ben, ilk YGS sınavından neden atıldığımı…"

"Hayır, atıldın mı? Neden atıldın?"

"Soruları çözmeye başladım, ilerledim bayağı. Sonra bir baktım kaydırma yapmışım. Üçüncü soruyu dördüncü soruya işaretlemişim bütün testin cevapları kaymış! O an ağzımdan kocaman bir küfür çıkınca doğal olarak atıldım." Kıkırdayarak cevap vereceğim sırada içeri Dil Anlatım hocası girince başımı kaldırdım.

"Arkadaşlar merhaba, ufak bir duyuru yapacağım sonra derse geçeceğiz. Aramıza yeni arkadaşlarımız katılmaya devam ediyor. Geçen hafta Deniz arkadaşımız katıldı, biliyorsunuz… Bir kayıt daha aldık bugün, kısaca arkadaşımızı size tanıtayım hemen sonra derse geçelim. Buyurun…"

Gözlerim kısıldı, merakla kapıya baktım yeni sınıf arkadaşımızı görmek için. Sonra sanki bir Sons of Anarchy sahnesi yaşıyorum gibi hissettim. Kalın taban botlar, siyah kot pantolon, deri ceket, elinde bir kask, Cihan tam karşımda… Burada, sınıfın içinde, tam karşımda! Hem de yeni Cihan değil, sevdiğim, âşık olduğum Cihan, eski Cihan. Bana dilek dilemeyi öğreten Cihan, dilediğim Cihan, beni gökyüzüne çıkaran, bana uçmayı öğreten, bana yüzmeyi de öğreten Cihan, saçlarımı gökyüzüne bırakan, beni hastaneden kaçıran,

Aylin'in Cihan'cığı, benim Cihan Karahanlı'm… Burada, hem karşımda, hem içimde… İçimden bir ses bu sahneye Türkçe bir replik eklemeyi yakıştıramadı, ayağa kalkmak istedim, kalkıp bağırmak istedim, "Cihan is back!" demek istedim, Cihan geri dönmüştü… Bu, bir geri dönüştü. Buradaydı, elinde kaskıyla savaşmaya gelmişti…

33. Bölüm
Sözümü Tuttum

Bazı insanlar evin oturma odası gibidir. Sıcak, huzurlu, güvenli... Cihan sınıfa girdiğinde mesela, sınıf kocaman bir oturma odasına dönüştü benim için. Bir köşesinde soba mı var dersiniz şömine mi bilmem, ama sınıfın içi ısındı, içim ısındı anlayabiliyor musunuz? Neydi Cihan? Ateşti, ısıtırdı. Cihan lunaparkın ışıklarını yakardı. Cihan Deniz'e uçmayı öğretirdi, yüzmeyi öğretirdi. Can simidiydi Cihan. Motosikletinin kaskıyla savaşan bir şövalyeydi. Kaskını almıştı, savaşmaya gelmişti. Belki de karşı saflarda olmalıydık. Karşı ülkelerin askerleri olmalıydık. Bir savaştaydık, birbirimize karşı durabilirdik. Yan yana olmayı seçtik. Düşman olabilirdik, ayrı kalabilirdik. Birlikte olmayı seçtik. Geride durup hayatta kalabilirdik, ön saflara çıkıp ölmeyi seçtik. Ama ölmeyecektik, kaskı vardı onun... Motosikleti vardı... âşık adamlar hep öperdi ya hani, kasklı şövalyeler sevdiklerini hep korurdu.

Kendimi kaptırmak üzere olduğum masal dünyasından Cihan görüş alanımdan çıktığında ayrılabildim. İsmini, yaşını söyledikten sonra en arka sıraya geçerken bakışlarım onu takip etti. Hani demiştim ya size, Cihan aklıma bile gelmiyor diye. Bir anlığına da olsa unuttum sanmıştım. Hissetmiyorum, belki de bir daha hiç hissetmem sanmıştım. Olmadı, olamadı. Eski

Cihan geri döndü, hislerim birer şimşek darbesi gibi kafamda belirdi. Şimdi tek yapmak istediğim ona sarılmak, onu koklamak, onunla olmak, saatlerce susmadan bir şeyler anlatmak ona, dinlemesini izlemek, dinlemesini dinlemek...

Aklımda olayın özeti tekrarlanıp duruyordu. Hani ismi soyadıyla birlikte zikredilmek zorunda olan insanlar vardı ya hani. Cihan da onlardan biriydi bir zamanlar, Cihan Karahanlı... Markaydı Cihan Karahanlı, onu yapmazdı, bunu yapmazdı, başını öne eğmezdi, gözleri sağa sola kaymazdı, eğilip yere düşürdüğünü almazdı. Kime sorsan böyle derdi, ama öyle değildi işte. Herkes defterlerini açsın, herkes not alsın, Cihan Karahanlı yok artık! Sadece Cihan var, Cihan'cığım var. Cihan'cığım benim için dershaneye başladı... Sizin deyişinizle, koskoca Cihan Karahanlı dershaneye başladı...

Dersler bitmek bilmedi. Üç saatimiz olduğu için ara bile vermeden blok işliyorduk, başımı ne zaman çevirip baksam Cihan'ın not aldığını görüyordum. Bana bakmıyordu, ama buradaydı işte. Elimi uzatıp almak istiyordum onu oradan, sarılmak istiyordum. Dersler boyunca zil sesi duymak için dua ettim. Çünkü ne olacağını görmek istiyordum artık. Ne yapacağını, neler diyeceğini öğrenmek istiyordum... Sonunda zil çaldığında anında kitaplarımı toplayıp ayağa kalktım. Mert hemen önümde ayağa kalkıp bana bir şeyler anlatmaya başladığı sırada gözüm Cihan'daydı. Onun da gözleri bana çevrilince nefesimi tuttum. Tereddütsüz bir şekilde bana doğru gelmeye başladı.

"Sonra bayağı bir şaşırdı! Dedi ki sen numaramı kimden aldın, nasıl alırsın... Grupta gördüm dedim, ne grubu diyor kız resmen aynı grupta olduğumuzu bilmiyor şaka gibi, ben günlerdir onu..." Mert anlattığı şeyi anlatmaya devam ederken Cihan upuzun boyuyla yanımızda dikilince tereddüt ederek durdu.

"Buyurun?" diye sordu Mert Cihan'a doğru, anında araya girdim. "Mert... tanıştırayım. Cihan. Cihan, bu da Mert. Mert dershaneden arkadaşım... Cihan da..." Ne desem diye düşünürken Cihan Mert'e elini uzattı.

"Kocasıyım." Mert'in yüz ifadesini görmek zorundaydınız, benim yüz ifademi de görmek zorundaydınız! Cihan buradaydı, resmen buradaydı. Kocasıyım diyordu! Mert anında Cihan'ın elini sıkıp bana döndü.

"Evet... sana biraz bahsetmiştim... evlilik olaylarından..." Mert anlamış gibi başını salladı afallayarak. "Anladım. Memnun oldum. Ben çıkıyorum, görüşmek üzere." Mert yanımızdan ayrılır ayrılmaz Cihan'a döndüm. Gözlerimi gözlerine çevirdim korkuyla, oysa onun gözlerinde korkudan eser yoktu. Dimdik bakıyordu. Korkusuz...

"Cihan..."

"Deniz..."

"Neden geldin?"

"Asıl daha önce neden gelmedim?"

Buydu işte, aradığım cevap, aradığım Cihan buydu... Hiçbir şey demedim. Gözlerinin içine baktım. Hiçbir şey demedi. Gözlerimin içine baktı. Saniyeler sonra güvenliğin sesi böldü bakışmamızı.

"Arkadaşlar... kapatacağız da..." Gülerek döndüm ona, başımı salladığım sırada Cihan'la birlikte kapıya yöneldik. Birlikte sessizce indik merdivenlerden. Sessizce çıktık dershanenin kapısından. Sessizce... her şey sessizce oldu, güzel günler sessizce gelir derler. Yalan söylüyorum, bunu kimse demedi... Ben dedim. Çünkü inanmak istedim... Sessizliğin güzel günleri getireceğine inanmak istedim.

"Motosikletimi özledin mi?" Cihan'ın sorusuyla birlikte başımı kaldırdığımda tam önümüzde duran motosikleti gördüm. Yüzüm aydınlandı!

"Ben sürebilir miyim!" dedim heyecanla.

"Dur bakalım, daha birkaç ay önce korkuyordun."

"Ama o zaman da demiştim ya... biz bunun için yaratılmışız!" Heyecanla motosiklete doğru ilerlediğimde Cihan kolumu tuttu, beni kendine çevirdiği sırada elleri kollarımdaydı. Karanlıktı, upuzun neon ışıklarıyla süslü bir caddede ayakta duruyorduk. Yan caddeden gelen havai fişek sesiyle başımı kaldırdım, havaya baktım, rengârenk ışıkların altında gözlerimi tekrar Cihan'a çevirdim.

"Sen..." dedi ağır ağır, "motosiklet kullanmak için yaratılmış değilsin." Gülerek geri çektim kendimi. "Önemli bir şey söyleyeceksin sandım." Anında kollarımdan tekrar yakaladı beni ve kendine doğru çekti...

"Sen..." dedi bir kez daha, "arkamda oturmak için, kollarınla bana sarılmak için, huzurdan sırtıma yaslanıp uyumak için yaratılmışsın. Sen bana sığınmak için gelmişsin bu dünyaya, ben de sana sığınak olmak için..." Yutkundum. Şiir gibi cümlelerini art arda sıraladıktan sonra gözlerimi gözlerine diktim. Korkakça baktım yüzüne.

"Cihan..." dedim.

"Deniz..." dedi.

"Ne değişti?"

"Bana korkak dedin." Kıkırdadım.

"Bu mu yani! Korkak olmadığını ispatlamak için mi geldin!" Hafifçe gülümseyerek iyice kendine çekti beni.

"Bana korkak dedin. Yalancı dedin. Beni sevdiğine inanmıyorum dedin. Sözünü tutmadın dedin. Konuşmak istemiyorum dedin. Yola girdin beni o yolun dışında bıraktın dedin. Seni sevmiyorum dedin, eski Cihan'ı seviyorum, seni sevmiyorum dedin. Bana seni sevmiyorum dedin Deniz…"

Gözlerimi gözlerine diktim. "Ben… onu sana değil… eski Cihan'a değil… yeni Cihan'a demiştim…"

İstifini bozmadı, konuşmaya devam etti. "Sen bana seni sevmiyorum dedin. Biz seninle Cihan ve Deniz'iz. Denizler cihanları sevmezse bu insanlar suyu nereden bulacak? Cihanlar denizsiz kalırsa bu dünyaya nasıl yağmur yağacak?" Yüzüne baktım öylece, hiçbir şey diyemedim. Sonra dudağının kenarı kıvrıldı. "Bu konuşmayı sabahtan beri hazırlıyorum." Kıkırdayarak baktım yüzüne.

"Ben bunları istemiyorum ki Cihan. Ben şimdi düşün istiyorum, şimdi söyle içinden geçenler, aklından geçenleri."

Başını salladı. "Söyleyeceğim. Ama burada değil."

"Nerede?"

"Orada…" Tek parmağı gökyüzünü gösterirken bana kasklardan birini uzattı. Alıp başıma geçirdiğim sırada motosikletine yerleşiyordu. Arkasına geçtim, sıkıca sarıldım ona.

"Hazır mısın?" dedi.

"Hazırım, ne de olsa bunun için yaratılmışız…"

Güldüğünü duydum. Motosiklet çalıştı, kalbim de çalıştı o an. Ona sarıldım, onu hissettim. Buradaki deniz bendim, ama bu güzel deniz kokusu ondan başkasından geliyor olamazdı… İçime çektim, bir daha duyamam bu kokuyu diye içime koku depoladım sanki. Gözlerimi kapattım. Tek elimi havaya kaldırıp uçtuğumu hissettim. Buradaydım, bu yaşanıyordu, bu gerçekten oluyordu… Ne oluyordu biliyor musunuz? Ben nihayet mutlu oluyordum…

Sonunda motosiklet durduğunda uyuyakalmak üzereydim. Zar zor gözlerimi açıp kaskı başımdan çıkardığımda Cihan inmeme yardım ediyordu. Hemen sonra heyecanla başımı çevirdim. Nereye geleceğimizi biliyordum, biz gökyüzüne gidecektik... dönme dolapla! Bu sefer lunaparkın ışıkları çoktan yanıyordu, sadece bize özel bir lunapark... Bizim lunaparkımız... Heyecanla Cihan'ın elini tuttum.

"Hadi!" dedim. Neredeyse koşar adım ilerledik dönme dolaba. Kabinlerden birine adımımı attığımda Cihan elimi bırakmıyordu. Birlikte oturduğumuzda, dönme dolap çalışmaya başladığında kalbim durmak üzereydi. Dönme dolaba ikinci binişimdi bu. Ama ilk mutlu binişimdi. Uçmaya hazırdım şimdi sanki, o kadar hafiflemiştim ki...

"Bana yüzmeyi öğrettin, uçmayı da öğretecek misin?" Beş yaşındaki bir çocuk sorusu gibi bir soru çıktı ağzımdan. Cihan bana hayranlıkla baktı.

"Üç deyince atlıyoruz desem... atlar mısın benimle?"

"Uçacaksak evet." Birbirimize gülerek baktığımız sırada Cihan'ın hislerinin yoğunluğu gözlerinden okunuyordu.

"Deniz... hani sana bir söz vermiştim ya..."

"Hangisi?"

"Hastanede..."

"Sen ölmeyeceksin demiştin, ölmeyeceksin ve ben..." derken Cihan sözümü kesti. "Ve ben sana âşık olacağım demiştim." Başımı ona doğru çevirdim. Meraklı gözlerle baktım yüzüne.

"Ne oldu biliyor musun?" diye sordu hevesle.

"Ne oldu Cihan?" Ela gözleri dönme dolap ışıkları altında kırmızıya dönmüştü. Parlayan gözlerle bana baktı ve kalbimi titreten o cümleyi kurdu. "Ben sözümü tuttum. Sana âşık oldum."

34. Bölüm
Mutlu Deniz'ler

Cihan olmak, koskoca bir cihan olmak. Bu ismin altında ezilmek. Bir bebeğe Cihan ismini koymak haksızlık gibi gelmişti başta, küçücük bir bebek, ama ismi kocaman bir yük. Doğar doğmaz omuzlarında bir sürü yük. Büyüdükçe bile, boyu uzadıkça, kasları geliştikçe, omuzlarında bir sürü yük, bir sürü yük daha! İsmini Cihan koyarak onu omzuna gelecek yüklere hazırlamış oluyorlar. *"Bak, senin ismin Cihan, çocuk... Senin bir sürü derdin olacak, seveceksin, daha çok derdin olacak. Korkup sana sığınan olacak ve sen çocuk... koruyacaksın. Cihan'sın sen. Yağmur da seninle kar da. Güneş de sende rüzgâr da. Hepsini tadacaksın, hepsinden sağ salim çıkıp güçlü kalacaksın. Ve sen, küçük Cihan, kocaman bir dünya olacaksın... Deniz'in dünyası. Denizlerin dünyası... Denizler dalgalanacak üzerinde. Kollarının arasında bir Deniz, burnunda Deniz kokusu..."*

Kollarındayım. O kadar güzel ki. Dönme dolabın en tepesindeyiz, gökyüzünün tam ortasında. Hava rüzgârlı, yağmur atıştırıyor. Ve ben kollarındayım, inanabiliyor musunuz?

"Cihan..."

"Deniz..."

"Buradayım."

"Buradasın."

"Kollarındayım."

"Kollarımdasın." Başımı kaldırdım. İnanamıyormuş gibi baktım yüzüne. Elimi uzattım gerçek mi değil mi anlamak için sakallarına dokundum. Şaşkınlıkla konuşmaya başladım. "İnanabiliyor musun Cihan, biz yan yanayız ve dünya sarsılmıyor!"

Cihan hafifçe gülümsedi, kollarıyla daha sıkı sardı beni. Saçlarımı öptü, saçlarımı kokladı.

"Dünya bizi yan yana görmeye alışmak zorunda. O da bunu anladı. Çünkü ne var biliyor musun Deniz... biz artık yan yanayız. Bizim sonumuz mutlu olacak." Gülümseyerek başım göğsüne yasladım. Derin bir nefes aldığım sırada o da saçlarımdan derin bir nefes aldı. Sonra gözlerini kapattı.

"Sen gerçekten deniz gibi kokuyorsun..." diye mırıldandı, "ya da okyanus gibi, biraz da naneli, ferah, temiz, mis gibi bir koku. Belki bebekken de deniz gibi kokuyordun, sana o yüzden bu ismi verdiler. Olamaz mı? Olabilir..."

Hafifçe kıpırdandım gözlerimi kapattığımda. "Ne yazık ki bunları sorabileceğim aboneye şu an ulaşamıyorum, kendisi beni terk edip gitti..."

Durumumu espriye vurmama kaşlarını çattı Cihan. "Atlatmış gibisin."

"Altı yaşımda atlattım, sonraları da gelmelerini bekledim, evet. Ama emin olduğum bir şey var. Ben onları altıncı doğum günümde, tek başıma camda onları beklediğim ama gelmediklerini içim acıya acıya gördüğüm o gece atlattım. Aslında bakarsan... artık onları görmek bile istemiyorum. Sebeplerini dinlemek, özürlerini duymak istemiyorum. Hayatım boyunca onları beklememin tek bir sebebi vardı. O da onlara tek bir şey söylemek..."

"Neymiş o?"

Yağmurun altında ıslandığımız sırada Cihan beni daha sıkı sardı ısıtmak ister gibi, gözlerim kapalı cevap verdim. "Hep söylemek istedim... Hep o sahneyi canlandırdım gözümde... Onları eleştirdiğim an, onlara olumsuz bir şey söylediğim an içlerinde ufacık bir yer 'bak görüyor musun iyi ki bırakıp gitmişiz' diyecek, biliyorum. İçleri rahatlayacak. O yüzden onlara hiçbir şey söylemeyeceğim, hesap sormayacağım, özür beklemeyeceğim. Eğer bir gün gelirlerse... Onlara diyeceğim ki..." Başımı kaldırdım. Cihan'a baktım masum gözlerle, dikkatlice bana bakıyordu.

"Sizi sevmiştim... Bu kadar. *Sizi sevmiştim ben.* Çünkü sevmiştim ben onları Cihan... Bir keresinde ben üç yaşımdayken annem beni uyutup bakkala gitmiş. Ben uyanmışım, evi aramışım, her yeri... her yeri aramışım. Annem geldiğinde ev darmadağınmış. Sonra içeriden, mutfaktan bir ses gelmiş. Ufak hıçkırık sesleri, 'anne yok, anne ditti' Yere çömelmişim... ağlıyorum..."

"Şşş tamam..." Ağlamaktan konuşamadığım o an Cihan eliyle gözyaşlarımı silerken daha sıkı sardı beni.

"Bunu bana beş yaşımdayken anlattı. Bana sarılmış, ben seni hiç bırakır mıyım bebeğim demiş! Bunu anlattığında da, o an da sarıldı bana. Sımsıkı sarıldı. Ben seni hiç bırakır mıyım dedi, birkaç gün sonra bıraktı beni. O beni hiç bırakır mıymış... Bırakırmış..."

"Tamam, yaşandı bunlar. Bitti, bunları düşünüp duracak mısın Deniz? Sen bana hediye edildin, hayatıma hediye olarak geldin. İyileşmek için, mutlu olmak için, sen bana ben seni mutlu edeyim diye verildin. Bundan sonra mutsuz olmak yok. Mutsuz olmak yasak. Duydun mu? Şu andan itibaren olağanüstü mutluluk hali ilan ediyorum. Sen... ben... mutlu olacağız." Gülmeye çalışarak baktım yüzüne.

"Sen... ben... Az olmadı mı?"

Kaşlarını çattı anlamamış gibi. "Eve gidip çoğaltabiliriz." dediğinde kıkırdayarak uzaklaşmaya çalıştım ondan. Gülerek tuttu beni. Sonra güvenlik görevlisine eliyle bizi indirmesi için işaret etti. Dönme dolaptan indikten sonra el eleydik. Birlikte motosiklete doğru ilerledik. Yağmur hafif yağdığı için motosiklete binmek sorun olmayacaktı, Cihan'a sıkıca sarıldım ve yavaş bir hızda kasktan yüzüme çarpan yağmur tanelerini hissetmeye çalıştım. Bu motosiklette bir şey vardı. Buraya oturduğum an, Cihan'a sarıldığım an, yola çıktığımız an bilincimi kaybediyordum, uykuya dalıyordum. Yağmur damlaları yüzüme gerçeklikler gibi vuruyordu art arda. Bir gerçek daha, sonra bir gerçek daha, bir tane daha, sonra bir tane...

"Cihan..." Fısıldayarak gözlerimi araladığımda içinde bulunduğum rahat, sıcacık, yumuşacık yatağa bakmaya çalıştım karanlıkta. Cihan odanın bir köşesinde üstündekileri çıkarıyordu. Bir an şok içinde başımı kaldırdım uyku mahmurluğuyla.

"Kıyafetlerim!" Cihan gülerek siyah tişörtünü çıkarttı.

"Islanmışlardı."

"Sen mi çıkardın?" Derin bir nefes alarak pantolonuyla, üstü çıplak bir şekilde yatağa geldi.

"Sakin ol Deniz," diye mırıldandı yatağa otururken, "seni ilk defa iç çamaşırlarınla görmüyorum. Hatırlasana..."

"Öyle… ama yine de utandım… Sen…" dedim başımı kaldırmadan, "burada mı yatacaksın."

Başını hayır der gibi salladı. "Koltuğa gideceğim. Sen rahat ol." Kalkarken cesaretle elimi uzatıp elini tuttum. Merakla bana döndü olduğu yerde kalıp.

"Gitme…" diye fısıldadım, "Yanımda yat."

Gözleri karanlık odanın loş ışığında benimle buluştu. Tereddütle baktı yüzüme soru sorar gibi. Alt dudağımı ısırdım, başımı salladım. Sonra çok daha büyük bir cesaretle dizlerimin üstünde ilerledim yatakta. Cihan'ın tam önünde, dizlerimin üstünde, yatakta durdum. Titreyen ellerimi Cihan'ın pantolonunun kemerine uzattım. Cihan'ın gözlerinin titrediğin görüyordum, gözlerimi gözlerinden ayırmadan kemerini açtım. Fermuarını yavaş yavaş aşağı indirdim. Sonra pantolonunu bir çekişte yere düşürdüm ve yutkundum. Derin bir nefes aldım. Karşımda sadece iç çamaşırıyla kalan Cihan'a baktım. Elini yanağıma koydu, yavaşça okşadı yanağımı. Bakışlarım hâlâ masumdu, hâlâ korkaktı.

"Yatağa gel…" diye fısıldadım. Başını salladı. Gözlerini gözlerimden ayırmadan dizlerini yatağa koydu, ben geriye doğru ilerledikçe o öne doğru ilerledi. Sonunda yatağa yattığımda o da tam üstümdeydi. Kollarından destek alarak üstümde uzanıyordu, yüzüme bakıyordu.

"Cihan…" dedim.

"Deniz…" dedi. Ellerimi sakallarında gezdirdim.

"Sen şimdi bana âşık mı oldun?" Hafifçe gülümsedi.

"Ben şimdi sana âşık oldum." diye tekrarladı.

"Hani Aylin bir şey söylemişti… Hatırlıyor musun âşık adamlar hep öper demişti…"

"Eee?" Gözlerimi gözlerine çevirdim. Utanarak alt dudağımı ısırdım. Ama utanmaya yer yoktu. Evliydik, âşıktık, buradaydık, karanlık bir odada... yataktaydık. Utanmak yoktu artık, olmamalıydı.

"Öp o zaman." deyiverdim birden.

Cihan keyifle gülümsedi. "Benden seni öpmemi mi istiyorsun?"

"Cihan," dedim omuz silkerek, "öp beni."

Beklemedi. Düşünmedi bile. Dudakları dudaklarımla buluştu anında. Sanki yıllardır savaştığı bir açlığın sonunda doyurucu bir yemek yiyor gibiydi. Alt dudağım dudakları arasındayken ellerim sırtında dolaşıyordu. Dudakları dudaklarımı öptü, dudakları boynumu öptü... Karnımda hazzın verdiği doruk noktasını yaşıyordum. Sonra ani bir hevesle ellerim baksırına kaydı. Baksırını yavaş yavaş aşağı indiriyordum ki Cihan durdu. Bana baktı, o durunca ben de durdum.

"Olmaz Deniz..." diye mırıldandı nefes nefese.

Kaşlarımı çattım. "Neden?" Derin bir nefes aldı.

"Sen... çok masumsun..." Anlayamıyordum. Tam şu an Cihan'ı anlayamıyordum.

"Sevişmek masumluk dışı bir davranış mı? Bütün bebekler masumluk dışı bir hareket sonucunda mı dünyaya geliyor? Okuduğum bütün kitaplar yalan mı söyledi bana? Cihan... Ben bunu istiyorum..." dedim gözlerinin içine bakarak.

"Sen bana âşıksın. Ben sana. Ne engelimiz var? Sana 'çok az geldik' demiştim, 'eve gidip çoğalalım' demiştin... Hatırlıyor musun?" dedim oyun oynar gibi gülümseyerek. Başını salladı dudağı kıvrıldığında. "Çoğalmak istiyorsun yani..." dedi tek kaşı havada. Başımı salladım.

"İki kişi yeterli bir topluluk değil Cihan. Bu aşk için dünyaya karşı savaşacaksak ordumuzu büyütmek zorundayız." Kelimemin yarısında dudakları dudaklarımı buldu. Elleri yorganın altında göğüslerime kaydı, bu kabulleniş hareketiydi Cihan'ın. Bu bir komutanın ordu kurmayı kabul ediş anıydı. Çok kişiye gerek yoktu, üç kişilik bir ordumuz olsa bile yeterdi bize...

Uyumaya yakın Cihan kollarıyla beni arkamdan sardığında huzur doluydum. Omzuma ufak bir öpücük kondurduktan sonra saçlarımı öptü, başını saçlarıma gömüp kulağıma doğru bir şeyler anlatmaya başladı.

"Madem yakın zamanda bir bebek yapmak istiyoruz... madem beni buna zorladın, bebeğimizin ismine ben karar vereceğim. Hatta karar verdim." diye açıkladı huzurlu bir sesle. Uykuya dalmak üzereymiş gibi gözlerimi kırpıştırdım.

"Olmaz... daha cinsiyeti belli değil... Hem beraber düşüneceğiz."

"Kabul edilmedi. Ben isme karar verdim. Hatırladığını sanmıyorum, hastanede uyutulduğun sırada bir ara uyanıp uykuyla karışık bir şeyler söyledin bana. Bu Deniz'ler hep mutsuz olmak zorunda mı Cihan dedin, 'hep mutsuz bu Deniz'ler, ben mutlu Deniz'ler görmek istiyorum.' dedin."

"Böyle bir şey mi dedim! Hatırlamıyorum..."

"Evet... dedin..."

"Eee? İsim ne olacak?"

"Kızımız da olsa... oğlumuz da olsa... ismi Deniz olacak." Şaşkınlıkla bütün uykum kaçmış bir şekilde döndüm ona.

"Deniz mi?" Başını salladı mutlu gözlerle.

"Yepyeni bir Deniz'imiz olacak. Sen çocukluğunda ne kadar mutsuz olduysan o kadar mutlu yetiştireceğiz onu. Bu Deniz ne kadar mutlu olmayı hak ettiyse o Deniz o kadar mutlu olacak işte. Hep mutsuz bu Deniz'ler, ben mutlu Deniz'ler görmek istiyorum dedin ya hani, artık ailemizde iki Deniz olacak. Mutlu Deniz'ler göreceğiz..."

Gözlerimin birinden tek bir damla yaş kayıp giderken başımı boynuna gömdüm.

"Başka bir isim aklımıza gelirse onu da ikinci ismi yaparız. Ama ilk ismi Deniz olacak. Tamam mı?" dedi sessizce, "anlaştık mı aşkım?" Başımı salladım gözyaşlarımın arasından.

"Anlaştık aşkım."

35. Bölüm
Deniz'li Cihan

Bazı günler bazı insanlar için önemlidir. Bugün, Karahanlı ailesi için önemli bir gün. Bugün Cihan'ın anne ve babasının evlilik yıldönümleri! Her yıl evlerinde bir davet verip kutlarlarmış bugünü. Bugün benim bu davete tanık olduğum ilk gün. Sahne hazır, yemekler, içecekler, davetliler, her şey hazır. Daha birkaç hafta oldu biz Cihan'la kavuşalı. Ama evin kızı gibi oldum, her şeyle ilgilenmekten bitkin düşmüş bir haldeyim. Ama mutluyum da. Çünkü sonunda bir ailem var. Herkes burada, tüm ailem...

"Deniz'ciğim anlamıyorsun! O kızlar salak ve kendilerini beğenmiş gibiler. Ayşin'in saçlarının uçları mor biliyor musun, annesi sprey gibi bir şey almış. Nehir istersen sana da alayım dedi. Ama ben özenti gibi biri değilim. Bu yüzden istemedim. Ama onlar benimkisi gibi balıklı bir oyuncak almışlar. Çünkü özenti gibiler."

Haftalar sonra ilk kez Aylin'le ayaküstü dedikodu yapabiliyorduk. Önceden bana yurttaki kızların dedikodusunu yapardı, şimdi başladığı anaokulundaki kızların dedikodusunu yapıyor!

"Onların saçları güzel değildir bir kere Aylin'ciğim, seni kıskanıyorlar demek ki. Bak ben sana çok güzel tavsiyeler vereceğim, ama önce şu konuklara bir bakayım… Ayrıca sen yemek yedin mi, bak Nehir seni çağırıyor!"

"Aylin'ciğim hadi ama, yemeğin soğuyacak!" Aylin başını kaldırıp sahnenin önündeki masada oturan Nehir'e baktı. "Geliyorum anne." diye bağırdı ve ona yöneldi, tam o an şok içinde kolundan tuttum onu.

"Ne dedin sen?" dedim şaşkınlıkla.

"Hehe anne dedim…" Utanarak eliyle yüzünü kapatınca gözlerimin dolduğunu hissettim. Aylin'i tuttuğum gibi sıkıca sarıldım ona. Yanaklarını öptüm, boynunu öptüm. Artık onun bir annesi vardı, bir babası vardı. Onun da bir ailesi vardı…

"Aferin. Git şimdi annenin yanına." Aylin koşarak ilerlediği sırada yanlışlıkla Bora'ya çarptı.

"Özür dilerim baba, sen görünmez gibi oldun hep çarpıyorum!" diye mırıldandı. Kendi kendime güldüğüm sırada Bora Aylin'e doğru eğildi. "Sen sakar gibi oldun!" dedi muzır bir tavırla. Şu an gördüğüm en tatlı aile onlardı! Hayranlıkla baktım. Tam o an Cihan kolumdan yakaladı beni.

"Deniz…"

"Cihan…"

"Biraz konuşalım mı?"

"Ama konuklar?"

"Konuklar gayet iyi bebeğim, kısaca önemli bir şey söyleyeceğim sana. Hadi gel."

Beni elimden tutup mutfağa götürürken koşar adım peşinden ilerledim. Mutfağa girdik, çalışanların duyamayacağı sessiz bir köşeye geçtik. Beni bir sandalyeye oturttu ve önümde eğildi. Yüzünde ciddi bir ifade vardı. Ne diyeceğini gerçekten çok merak ediyordum.

"Bilmen gereken bazı şeyler var..."

"Aldattın mı?" diye soruverdim espriyle karışık. Ciddiyetini bozmadan ellerini uzatıp ellerimi tuttu.

"Ciddi... ciddi bir konu..."

"Seni dinliyorum Cihan."

"Ben haftalardır anneni ve babanı araştırıyorum. Ve onları buldum." Öfkeyle ayağa kalktığımda beni sıkıca tutup bir kez daha oturttu.

"Şşş, dinle! Biliyorum onları istemiyorsun. Sadece dinle..."

"Cihan! Nasıl... ben... sen... Nasıl?"

"Deniz... bilmediğin çok şey var."

"Ne var?! Ne olabilir!"

"Anneni babanı boşuna suçlamışsın yıllarca." deyiverdi birden. Gözlerim kocaman baktım ona. Kalbim yerinden çıkmak üzereydi.

"Sen... ne diyorsun...?"

"Annen, sen tam beş yaşındayken. 2001 yılında kanser olduğunu öğrenmiş. Hastane kayıtlarında var. Raporu bir doktora gösterdim, tedavisi imkânsız bir durumdaymış öğrendiğinde. Doktor arkadaşıma bu sonuç sana gelse hastaya nasıl bir tedavi uygulardın dedim, uygulamazdım, son günlerini iyi yaşa derdim dedi. Annen öleceğini öğrenmiş Deniz! Üç farklı hastanede kaydı var o hafta, senin bırakıldığın hafta üç farklı doktora gitmiş. O hafta sen bırakılmışsın, sonraki hastane kaydı İstanbul'da. Hastaneye yatmış. Refakatçi ismi olarak babanın ismi var. Sonra... Deniz... çok üzgünüm... sadece üç hafta sürmüş... üç hafta hayatta kalabilmiş... O hastanede sadece üç hafta tedavi görmüş ama olmamış, başaramamış."

"Cihan..."

"Babanı araştırdım, hastanede kalan diğer hasta yakınları psikolojisinin pek iyi olmadığını söylediler. Çökmüş. Annen son günlerini yoğun bakımda geçirirken defalarca içip içip hastaneye gelip olay çıkarmış, annenin üzüntüsü onu mahvetmiş. Ölümden sonra babanı günlerce hastane bahçesinde görmüşler. Orada yatıyormuş..."

"Cihan sus..."

"Çok üzgünüm. Deniz çok üzgünüm..."

"Ölmüş mü?" dedim hıçkırıklarımın arasından, "O da ölmüş mü?"

"Ortada bir mezar yok. Ortada bir ceset yok. Ama bir gün bir uyanmışlar baban hastane bahçesinde yok. Öldüğünü düşünmüşler. Baban ortada yok. Bilmiyorum, ne kadar hayatta kalabilmiştir o halde..."

"Ölmeye mi gitmişler? Cihan benim annem babam ölmeye mi gitmiş! Ben onları suçlarken onlar ölüyor muymuş!" Katıla katıla ağlamak derler ya, onu yaşıyordum şu an. Cihan beni sıkıca kollarıyla sarıp saçlarımı okşarken sakinleşemiyordum.

"Hep nefret etmeye çalıştım onlardan. Hep kötü gördüm onları. Hep onları üzmenin hayalini kurdum... Ben hep sandım ki beni bırakıp yeni bir hayat kurdular. Ben hep sandım ki başka çocukları oldu, sandım ki mutlular... Annem... babam... Cihan lütfen onları yaşat! Yalvarıyorum bir şey yap!"

Ben ağlıyordum, Cihan ağlıyordu. Dolu gözlerinin içine baktım, çaresizdi. Ben daha çaresizdi.

"Seni annenin mezarına götürebilirim. Ama sana söz veriyorum, baban öldüyse de yaşıyorsa da onu da bulacağım. Söz veriyorum. Şimdi toparlan, sen Deniz'sin. Deniz'ler hep güçlü oldu, hep güçlü olacak. Sil gözyaşlarını. Bahçeye dönelim, ailemizle olalım. Sana söz veriyorum her şey güzel olacak..."

Bahçeye döndüğümüzde herkes keyifliydi, müzik güzeldi, yemekler güzeldi, sevdiklerim buradaydı ama içim acıyordu. Hayatımı borçlu olduğum, o hep suçladığım iki insana haksızlık etmiştim. Onlar beni bırakmamışlardı, hayat beni onlardan almıştı sadece...

Murat Bey ve eşi sahnede konuşma yapıyordu ben tam bunları düşündüğüm sırada. Dinleyemedim bile. Dalgınlıkla yeri izliyordum. Sonra sahneye birilerinin daha çıktığını gördüm. Zenan, Bora, Nehir, sonra Cihan... hiçbirini dinlemedim. Birini bile dinlemedim. Sonra adımı duydum.

"Artık yeni bir evladım daha var. Ve belki de en çok onun bize söyleyecek şeyleri var hayat hakkında. Deniz, kızım gel bir de sen konuş! Alkışlarınızla gelinim Deniz..."

Sarsılmış gibi başımı kaldırdım. Cihan'ın yüzüne baktığımda başını salladı, iki adım atıp beni elimden tuttu ve sahneye çıkmama yardımcı oldu. Ben mikrofonun başına geçtiğimde de elimi bırakmıyordu. Karşımdaki tüm bu insanlara baktım. Gözüm Aylin'in üzerinde kaldı.

"Deniz'ciğim sunucu gibisin!" diyerek kıkırdadığında hafifçe gülümsedim. Bu insanlar benden bir şeyler duymayı bekliyordu. Ve işin garip olmayan yanı. Benim de onlara söyleyecek bir şeylerim vardı.

"Çok uzun konuşmak istemiyorum. Benim hayatım bir enkazın altında kalmış, kurtarılmayı bekleyen çaresiz insanların uzun özeti gibi. Deprem oldu sanki hayatımda, içinde bulunduğum bina yıkıldı, enkaz altında kaldım. Yıllarca kurtarılmayı bekledim. Aç, susuz, ışıksız, nefessiz, mutsuz, çaresiz. Sonra bir el uzandı o enkazın altına doğru. Tut diye bağırdı biri sanki, elimi uzattım, o eli tuttum. Biri beni çekip çıkardı o enkazın altından. Beni başka bir ele teslim etti, o elin sahibine dedi ki 'Al bak sana birini seviyorum, bu kız sevilecek!' O da beni sevdi." Bahçeyi kahkaha sesleri sararken hafifçe gülümsedim.

"Ben hep beni o enkazın altında bilerek bıraktılar sandım. Ben hep o binayı bilerek yıktılar sandım. Meğer deprem olmuş... dünya sarsılmış... Kimse yıkmamış o binayı, o bina yıkılmış. Kimse beni bir enkaz altında bırakmamış, o enkazın altında ben kalmışım. Size söyleyebileceğim tek bir şey var, hayatınızda ne yaşarsanız yaşayın, başınıza ne gelirse gelsin hiçbir zaman bitti demeyin. Gözlerinizi kapatmayın. Enkazın altında mı kaldınız, ben öldüm demeyin. Uyumayın, uyuyakalmak sizi öldürür. Gözlerinizi açın, taşların arasından sızan milimlik ışığı görün. Her enkaz ışık alır... Her karanlığı bir ışık böler. O ışık için hayatta kalın. Kendi ışığınızı görmek için hayatta kalın, ışık size ulaşıncaya kadar hayatta kalın, ışık size ulaştıktan sonra çabalamanıza gerek yok. Sonrasında ışık sizi hayatta tutacak zaten. Hiç kimseye, hiçbir şeye, saçlarınıza bile anlam yüklemeyin. Kendinizi kelebeklerle özdeşleştirmeyin. Yapmam demeyin, yaparsınız. Sevmem demeyin, seversiniz. Olmaz demeyin, çünkü olur. Ben bugün buradayım. Bu zamana kadar birçok şeye olmaz dedim, ne kadar istesem de hayır dedim ya! Hayır, ben bunu istiyorum, ama bu olmaz dedim! Bir gece gökyüzünü izliyordum, bir yıldız kaydı ve ben bir insanın bana âşık olmasını diledim. Sonra kendime dedim ki, 'saçmalama Deniz... olmaz...' Dilediğim adam Cihan'dı. Onu diledim, oldu. Sevin, sevdiğinizi dileyin, iyileşmeyi dileyin, mutlu olmayı dileyin. Siz dilediçe gerçekleşecek her şey. Bütün dileklerinizin kabul olması dileğiyle... Ömrünüz saçlarınızdan uzun olsun."

Alkışlar. Cihan'ın elimi sıkıca kavrayışı, Aylin'in sevinci, Cihan'ın alnımı yavaşça öpüşü... Ve perde kapanır.

* * *

"Aşkımdın sen benim. Biricik aşkımdın."

"Sen de benim. Sen de benim ilk aşkımdın!"

Haftalar geçti, ben en mutlu olduğum anımdayım. Buradayım işte, yıllarımın beklediği, ellerimin arzuladığı, gözlerimin dolduğu, kalbimin attığı yerdeyim. Bana ilk kez aşkım diyen adamın yanında, babamın yanında.

Cihan haftalardır onu arıyordu. En sonunda Kocaeli'de bir kimsesiz bakımevinde bulmuş, kimliği yok, hiçbir şeyi yok. Farklı bir isim verilmiş. Sadece insanların tarifleriyle ulaştık buraya. Babam da nasıl geldiğini hatırlamıyor. Tek hatırladığı annemin hastalığı, beni bırakışları, sonra mahvoluşu... Haftalarca sokaklarda yatmış. Hastalanmış, aylarca hastanede kalmış. Sonra yıllar önce bir şekilde burada bulmuş kendini. Hiçbir detayı hatırlamıyor. Sadece eski günler var.

"Biz seni bırakmak ister miydik? Annen hep derdi ki bu hastalık değil kızımın acısı öldürecek beni... Belki de ondan öldü kızım... Seni çok aradım. Çok uğraştım seni bulabilmek için. Ama aklım gitmişti benim! Beynim durmuştu. Nereye bıraktığımızı bile hatırlamıyordum. Mahvoldum ben... Biz mahvolduk yavrum. Aklımdan bir saniye çıktıysan tam burada öleyim..."

"Ölmek yok baba… İnanıyorum sana…" Ağlamaktan konuşamıyordum ki. Bu nasıl bir andı böyle? Hem acı çekiyordum hem huzur doluydum. Tamamlanmıştım çünkü. Artık her şeyi biliyordum.

"Efendim, sizi burada bırakmayacağız. İşlemler halledilsin bizimle birlikte Ankara'ya geliyorsunuz."

"Olmaz oğlum, sağ ol evladım. Ben hastayım, sizin hayatınızı mahvedemem." Ellerini tuttum sıkıca.

"Baba… sen bizimle geleceksin. İstersen orada güzel bir tedavi merkezine yerleştiririz seni, sonra istersen yine bir bakımevine geçersin. Ama yakınımda olacaksın. Her gün seni görmeye geleceğim. Baba kız gibi." Gözlerime baktı o yaşlanmış ela gözleriyle.

"Baba kız gibi…" dedi beni yanağımdan öpüp sarılırken.

Benim hikâyem bir bitişle başladı, bırakıldığımı sandım ve her şey bitti benim için. Hayat bitti, ihtimaller bitti, mutluluk bitti. Umudum kalmamıştı, ben daha altı yaşımdayken benim umudum tükenmişti. Ama umut geri döndürülebilir, üredikçe üreyebilir bir şeymiş. Benim umudum geri döndü, umudum üredi, umudum giderek arttı. Hiçbir şeyin sonu, her şeyin sonu olmadı. Biten hiçbir şey her şeyi de kendisiyle birlikte bitirmedi. Giden hiç kimse herkesi de kendisiyle birlikte götüremedi. Artık mutlu olamam dedim, oldum. Artık gülemem dedim, güldüm. Artık sevemem dedim, sevdim. Ben artık hayatıma devam edemem dedim, ettim. Mutlu olamam demeyin, gülemem, sevemem, hayatıma devam edemem demeyin. Mutlu da olacaksınız, güleceksiniz de, seveceksiniz de, hayatınıza da devam edeceksiniz. Ben her şey daha da kötüye gidecek dedim. Her şey iyiye gitti. Çünkü hani demiştim ya, zaten en kötüsünü yaşıyorsanız her şey iyiye gitmek zorunda, çünkü bundan daha kötüsü zaten olamaz...

Ve nihayet söyleyebiliyorum, Deniz annesine kavuştu, Deniz babasına kavuştu, Deniz Cihan'ına, kavuştu. Deniz kıyısına kavuştu... Deniz artık ne biliyor musunuz? Bir günbatımında Cihan'a söylediğim gibi.

"Deniz'ciğim..."

"Cihan'cığım?"

"Mutlu musun?"

"Çok mutluyum..."

Deniz artık mutlu. Deniz âşık, Deniz sevdikleriyle birlikte, Deniz umutlu. Deniz'siz Cihan olmaz demişler ya hani, Cihan artık Deniz'li... *Peki ya siz? Sizin de mutlu olma vaktiniz gelmedi mi?*

SON